Knaur

W0351913

Von Kara Dalkey erschien außerdem:

Die Geheimnisse von Goa

Über die Autorin:

Kara Dalkey, geboren 1953 in Los Angeles, arbeitete als Drehbuchautorin und Gitarristin, bevor sie ihre wahre Berufung entdeckte: Das Schreiben. »Die verborgene Stadt« ist der 2. Teil einer erfolgreichen Trilogie. Kara Dalkey lebt in Minneapolis.

Kara Dalkey

Die verborgene Stadt

Roman

Aus dem Amerikanischen
von Michael Nagula

Knaur

Die amerikanische Originalausgabe erschien 1997
unter dem Titel »Blood of the Goddess 2: Bijapur«
bei Tor Books, New York

Besuchen Sie uns im Inernet:
www.droemer-knaur.de

Vollständige Taschenbuchausgabe 2003
Droemersche Verlagsanstalt Th. Knaur Nachf., München
Dieses Buch erschien bereits unter der Bandnummer 70103
unter dem Titel: »Das Elixier der Nacht 2: Die verborgene Stadt«
Copyright © der Originalausgabe 1997 by Kara Dalkey
Copyright © der deutschsprachigen Ausgabe 1998 bei
Droemersche Verlagsanstalt Th. Knaur Nachf., München
Alle Rechte vorbehalten. Das Werk darf – auch teilweise –
nur mit Genehmigung des Verlags wiedergegeben werden.
Lektorat: Cornelia Köhler
Umschlaggestaltung: ZERO Werbeagentur, München
Umschlagabbildung: Artothek, Peissenberg/Bridgeman Library
Satz: Ventura Publisher im Verlag
Druck und Bindung: Nørhaven Paperback A/S
Printed in Denmark
ISBN 3-426-62411-7

2 4 5 3 1

PROLOG

Wie, Ihr wünscht noch eine Geschichte zu hören, Reisender? Entweder schmeichelt Ihr meiner Fertigkeit, oder die Zeit lastet schwer auf Euren Schultern.

So sei's denn. Setzt Euch, und ich werde Euch eine Sufigeschichte erzählen. Nein, ich selber bin kein *sheykh*, noch halte ich mich für einen weisen Mann. Ich erzähle diese Geschichten zur Erheiterung. Doch ist es nicht herrlich, wenn einem simplen Zeitvertreib ein Körnchen Weisheit entspringt? Weitaus herrlicher, als wenn man in dem verschlissenen Teppich, den man gerade billig auf dem Basar erwarb, einen Ring aus Gold findet.

Also. Es war einmal eine Frau, die durch eine unglückselige Fügung des Schicksals ihre Familie verloren hatte und nun ganz allein auf der Welt war. Es war jedoch eine intelligente Frau von rascher Auffassungsgabe und großer Neugier. Und sie hatte von einem erstaunlichen Garten gehört, in welchem ein Baum wuchs, der die Goldenen Feigen des Paradieses trug. Dieser Baum, hieß es, verleihe dem, der von seinen Früchten esse, alle Weisheit und jegliches Wissen, das man sich nur wünschen kann. Und da die Frau keine Familie hatte, konnte sie sich kein größeres Ziel im Leben denken, als diesen wunderbaren Baum zu finden.

Sie ging zu dem weisesten Mann, den sie kannte, einem Derwisch, der im Wald lebte. »O Großer *Pir*«, sagte sie zu

ihm, »ich möchte den Baum finden, der die Goldenen Feigen des Paradieses trägt.«
Der Weise nickte und sagte: »Ich kenne diesen Baum.«
Freude erfüllte das Herz der Frau. »So sagt mir, wie ich ihn finden kann!«
»Nun«, sagte der Weise, »ich könnte Euch als Schülerin aufnehmen. Doch es würde ein langes Studium erfordern, bevor Ihr wißt, was Ihr wissen müßt.«
Die Hoffnungen der Frau sanken, denn sie kannte ihr rastloses Wesen. »Verzeiht mir, Weiser, doch ich glaube nicht, daß ich für ein solches Studium geeignet bin.«
Der Weise erwiderte milde: »Was macht's. Wenn Ihr mit festem Sinn die Welt durchstreift, findet Ihr vielleicht, wonach Ihr sucht.«
Und so gab die Frau sämtliche Güter fort, die sie ihr eigen nannte, und wurde Pilgerin. Sie besuchte die Gräber der Heiligen und die Moscheen mit den goldenen Kuppeln. Sie lauschte vielen gebildeten Lehrern. Sie sprach mit Arm und Reich, durchlitt Flut und Dürre, Hitze und Kälte, betrachtete Sonnenaufgänge und Sonnenuntergänge, bestieg Berge und durchquerte Wüsten. Doch die Goldenen Feigen des Paradieses fand sie nicht.
Dreißig Jahre verstrichen, und mit ergrautem Haar und von Sonne und Wind verwittertem Gesicht kehrte die Frau in ihr Heimatland zurück. Sie ging in den Wald und fand den weisen Mann, mit dem sie einstmals gesprochen hatte … er schien kein bißchen gealtert zu sein.
»Ich muß wohl unwürdig sein«, sagte sie zu ihm, »denn ich habe nicht gefunden, wonach ich suchte. Es ist nur

gut, daß ich nicht Eure Schülerin wurde, denn Eure Zeit wäre an mir vergeudet gewesen.«

Der Weise lächelte bloß und nahm ihre Hände in seine. »Kommt. Ich möchte Euch etwas zeigen.«

Er führte sie eine nahe Böschung zu einem abgelegenen Tal hinunter. Da stand der Baum, schwer von den Goldenen Feigen des Paradieses.

»Was für eine Närrin ich doch war!« rief die Frau aus. »So viele Jahre bin ich gewandert, wo der Baum doch allezeit hier war. Weshalb habt Ihr mir nicht gesagt, daß Ihr sein Hüter seid?«

Doch der Sufi schüttelte den Kopf. »Ihr hättet mich für einen Aufschneider gehalten; ohne eine mühsame Reise des Geistes oder des Körpers hättet Ihr das Geschenk nicht angenommen. Außerdem trägt der Baum nur alle einunddreißig Jahre Früchte.«

Deshalb, Reisender, habt Geduld. Erleuchtung kommt zur rechten Zeit, im Gefolge der Reise, die Ihr hinter Euch bringt.

Gandharva
Musiker am Hofe
Ibrahim 'Adilshahs II.
von Bijapur

1

ROSMARIN:

Diese sehr beliebte Heilpflanze trägt dicke Blätter, die oben dunkel und unten hell sind, und bringt im Spätfrühling blaue Blüten hervor. Manche behaupten, Rosmarin habe der Heiligen Familie bei ihrer Flucht nach Ägypten Schutz geboten, worauf die Blüte die blaue Färbung von Marias Umhang annahm. Eleven haben im alten Griechenland Kränze daraus geflochten, um ihr Lernen zu unterstützen, und häufig sieht man Rosmarin bei Beerdigungen als Zeichen des Gedenkens an das, was vergangen ist. Ein Rosmarinzweig unter dem Bett bringt tiefen Schlaf und schützt vor Alpträumen. An Rosmarin riechen erhält die Jugend. Rosmarin gedeiht üppig nahe einem Haus, in dem eine Frau oder eine tugendhafte Seele über das Heim herrscht …

Die Stadt Bicholim; Provinz Goa;
Anfang Oktober 1597

Donner rollte über den mit schwarzen Wolken verhangenen Himmel. Regen folgte, grau und hart wie Eisennägel. Als Thomas Chinnery, Apothekergehilfe und unfreiwilliger Abenteurer, aus dem Sattel seines Mulis stieg, sprang das Tier hoch und tänzelte zur Seite. Ein schmerzhafter Ruck ging durch seine wehen Arme, und ein kleiner, spitzer Huf trampelte auf seinen Fuß. »Sackerment, möge der Teufel dieses elende Biest holen!«

Eine fleischige Hand schlug ihm auf den Rücken. »Nehmt Euch in acht, mein Junge! Ruft nicht den Gehörnten herbei, sonst erscheint er noch.«

Thomas blickte nach hinten, geradewegs in Andrew Lockhearts dickliches Gesicht mit den schwarzen Brauen. »Mir scheint, ich habe ihn schon ein- oder zweimal gesehen, seit ich nach Indien kam.«

Ein breites Grinsen legte sich auf das Gesicht des Schotten. »Ein Grund mehr, Eure Zunge im Zaum zu halten. Und seid freundlicher zu Eurem tumben Freund hier, wenn er nicht unfreundlich zu Euch sein soll. Es wäre ein Jammer, den ganzen weiten Weg gekommen zu sein, damit ein auskeilender Hintern Euer Richter wird.«

»Das wäre nichts als Schicksal, bedenkt man, welche

seltsamen Wendungen die Ereignisse genommen haben«, sagte Thomas. Er bückte sich und untersuchte vorsichtig den Schaden an seinem Fuß und stellte fest, daß er nur leicht lädiert war. Er richtete sich auf und schüttelte sich das Wasser aus den Augen. »Aber vorher ersaufe ich bei diesem Regen. Ich bin froh, daß der Sturzbach erst eingesetzt hat, nachdem unsere Karawane den Mandovi schon mit der Fähre überquert hatte. Wo sind wir hier?«

»In Bicholim, einem Ort, an dem sich gut mit Edelsteinen und Mineralien Handel treiben läßt, sagte man mir. Doch es gibt hier keine Karawanserei, also müssen wir irgendwo anders Schutz suchen.«

»Schutz, ein vortrefflicher Gedanke. Laßt uns schnell welchen suchen.« Der Pferdejunge der Karawane, bis auf einen Lendenschurz nackt, tauchte auf, nahm die Zügel des Mulis und führte es zu einem Palmenhain.

Thomas hinkte, Lockheart neben sich, zur Mauer eines nahen Hauses, wo sie unter der Traufe des strohgedeckten Daches Zuflucht fanden.

Wasser strömte in einem grauen Vorhang von der Schräge über ihnen und schien sie von der Außenwelt abzuschneiden. »Weshalb dieser Wolkenbruch? Ist die Monsunzeit nicht vorbei?« Klatschnaß und zitternd rieb Thomas sich die Schultern, die noch vom Strappado während seines Aufenthalts bei der Inquisition von Goa schmerzten, als man ihn an den auf den Rücken gefesselten Armen aufgehängt hatte.

»Mutter Natur hält sich nicht an den Zeitplan des Menschen, mein Junge. Mag sein, daß Jupiter noch einmal seine Blitze schleudern wollte, oder daß, wie der Hindu sagt, Indra ein letztes Mal auf seinem Streitwagen durch den Himmel rast.«

Thomas lachte bellend. »Irgendeine Gottheit wird wohl mit krauser Stirn unsere Reise verfolgen. Doch Ihr bringt Eure Metaphysik durcheinander, Andrew. Seht Euch vor, daß Ihr die Robe, die Ihr tragt, nicht Lügen straft.«

»Aber die Robe *ist* eine Lüge, mein Junge, wie ich Euch schon sagte. Ja, glaubt Ihr denn, daß ich den Paulisten um Eurer Rettung willen meine Mannhaftigkeit opfern würde? Dieser Fetzen ist nur geborgt. Doch was macht es schon aus, wenn das jemand weiß?«

»Was das ausmacht? Darf ich Euch daran erinnern, daß Goa zwar meilenweit hinter uns liegt, wir aber noch nicht in Sicherheit sind. Wenn Ihr wahrhaftig mein vom Vater gesandter Schutzengel seid, möchte man meinen, daß Euch mein Wohlergehen mehr am Herzen liegen sollte.«

»Was, dieses Gewinsel ist also Euer Dank? Tom, Tom, das Reisen hat Euch übertrieben vorsichtig gemacht.«

»Die Erfahrung lehrte mich, daß solche Vorsicht angebracht ist. Ich habe unter großen Schmerzen gelernt, daß die Handlanger der Inquisition nicht wie gewöhnliche Menschen denken. Wenn Padre Gonsção von Eurem Wunschbild wüßte, nähme er Euch das gewiß übel.«

»Was soll's? Er würde uns wohl kaum umkehren lassen. Und was habt Ihr jetzt noch zu fürchten, o Hüter des Geheimnisses des Wiedererweckungspulvers? So verrückt ist der Padre auch wieder nicht, daß er demjenigen schadet, der ihn zum Herkunftsort führt.«

»Das hoffe ich.« *Doch möge der Himmel mir beistehen,*

dachte Thomas, *wenn herauskommt, daß mein geheimes Wissen eine ebensolche Lüge ist wie die Robe, die du trägst.*
»Was den guten Padre angeht«, fuhr Lockheart fort, »so sollte ich ihn nun aufsuchen, um zu erfahren, ob er für uns nicht einen besseren Schutz als diese Traufe gefunden hat. Ah, da kommt ja Euer zweiter Schutzengel, ich brauche Euch also nicht einsam zurückzulassen.«
Durch den Regen kam ein schmaler, sehniger Mann auf sie zu, Joaquim Alvalanca; er trug einen gepolsterten Brustharnisch und einen Moronhelm mit Spitzen vorn und hinten, von denen in Strömen der Regen abfloß.
Thomas freute sich fast, ihn zu sehen, denn obwohl Joaquim einer der goanischen Soldaten war, die ihn bewachen sollten, war er auch beinahe ein Freund. Sie waren sich im stinkenden Aljouvar begegnet, dem Regierungsverlies in Goa, in dem, wie die Tradition es wollte, alle Menschen Brüder sind, weil alle so tief gesunken waren, daß sie jetzt Gleiche unter Gleichen waren.
»Hallo, *inglês*!« Joaquim gesellte sich zu ihnen an die Mauer. »Freut mich zu sehen, daß das Muli Euch nicht zu Wurst verarbeitet hat«, sagte er auf lateinisch mit starkem portugiesischem Akzent. »Ich wäre Euch gern behilflich gewesen, doch ich mußte den Fuhrleuten helfen, dafür zu sorgen, daß unsere Lebensmittel trocken bleiben.«
»Ich verstehe«, sagte Thomas. »Ihr seid offensichtlich ein Mann, der weiß, was wichtig ist.«
»Natürlich. Deshalb hat die Santa Casa mich ja auch als Begleiter für diese Expedition ausgewählt.«
»Ich dachte, der Grund sei der gewesen, daß man Euch andernfalls als Dieb gehängt hätte.«

Joaquim legte, noch immer lächelnd, eine Hand auf seinen Schwertgriff. »Habe ich Euch nicht gewarnt, Tomás, mein empfindsames Gemüt nicht zu verletzen? Gütiger Bruder Andrew«, wandte er sich an Lockheart, »hättet Ihr wohl die Barmherzigkeit, Gott darum anzugehen, daß er diesem Regen ein Ende bereitet?«

»Weshalb sollte ich das tun, Senhor«, sagte Lockheart, »wo dieses Wetter den Enten und Fischen hier in der Gegend doch so gut bekommt?«

»Weil wir Menschen sind, nicht Enten oder Fische.«

»Das sind wir in der Tat, und deshalb sollten wir ein bißchen Wasser doch eigentlich aushalten können, nicht wahr? Gebt recht gut acht, Tom, daß Euch Schwert oder Zunge von dem hier nicht verletzen, solange ich fort bin, he?«

Lockheart stülpte sich seine Kapuze über und schlenderte in den Regen hinaus.

Joaquim starrte ihm nach. »Der ist noch nicht sehr lange Mönch, oder?«

»Nein, ich fürchte nicht«, sagte Thomas. »Wie kommt Ihr darauf?«

»Mönche sind in aller Regel mager, und der hier ist das nicht im geringsten. Weshalb nimmt er an dieser Reise teil? Die Santa Casa mag keine Paulistas. Er scheint Euch gut zu kennen.«

»Wir segelten gemeinsam auf demselben Schiff von England herüber.«

»Ach. Dann ist er sicher als Wallfahrer nach Goa gekommen, um den unvergänglichen Leichnam des Francis Xavier zu sehen, ja?«

»Nein, eigentlich war Goa gar nicht unser Ziel …«
»Es gibt da eine lustige Geschichte über Xaviers Leiche, müßt Ihr wissen. Da war diese Pilgerin, die, als sie sich anschickte, den Fuß des Leichnams zu küssen, den kleinen Zeh abbiß und ihn im Mund mit sich forttrug. So etwas nenne ich wahre Hingabe, oder?«
Thomas zuckte zusammen. »Nun, bei den teureren Arzneien, die mein Herr anrührt, wird manchmal auch Mumienpulver verwendet, also dürfte es ihr nicht geschadet haben. Doch Ihr fragt mich nach Bruder Andrew …«
»Später hat sie ein Schuldgeständnis abgelegt, und man brachte sie dazu, den Zeh zurückzugeben. Ich hoffe, daß ich nicht berühmt bin, wenn ich sterbe. Es wäre mir lieb, wenn etwas von mir übrigbliebe, was man begraben kann. Wie wird es wohl dem armen Padre Francis ergehen, wenn der Tag des Jüngsten Gerichts kommt und er bei seinem Erwachen feststellt, daß Stücke von ihm fehlen?«
»Ich bin sicher, er wäre empört, aber …«
»Aber weshalb wechselt Ihr denn das Thema, Tomás? Ich habe Euch nach dem guten Bruder Andrew gefragt.«
»Ja.« Thomas seufzte. *Vielleicht haben sie dich freigelassen, damit du die Insassen des Aljouvars nicht länger plagen kannst.* »Wir waren eigentlich nach Kathai unterwegs. Unsere Schiffe beförderten zahlreiche Handelsgüter und ein Schreiben meiner Königin an den Kaiser. Mein Meister hatte mich in der Hoffnung geschickt, daß ich dort eine Faktorei errichten könne. Er hatte von den fabelhaften Heilmitteln Asiens gehört; Ginseng und Phönixstein …«
»Weshalb wart Ihr dann in Goa, wenn das gar nicht Euer

Ziel war? Hatten Eure Steuermänner so einen erbärmlichen Orientierungssinn?«
»Nein.« Wieder seufzte Thomas und beobachtete, wie die Kamele ihrer Karawane unter lautem Protest in den Schutz der Bäume geführt wurden.
»Bei Regen sind sie ruhiger«, sagte Joaquim. »Man weiß nie, wann sie einen anspucken. Doch Ihr habt meine Frage nicht beantwortet, *inglês.*«
Weil die Antwort gut überlegt sein will, dachte Thomas. »Unser Captain, fürchte ich, hatte es auf ein Gefecht mit Schiffen Eurer Nation abgesehen. Wir trafen auf eine kleine Galeone und versuchten sie zu entern ...«
»Natürlich, Tomás. Wir wissen, daß Ihr *inglês* alle Piraten und Diebe seid. Doch sprecht weiter.«
Leider liegt er damit gar nicht mal so falsch. »Jedenfalls wurden wir von der größten Carrack angegriffen, die ich jemals gesehen habe.«
»Das muß die *Santa Rosa* gewesen sein. Ein wahrer Berg auf dem Wasser, nicht wahr? Ihr wurdet also von ihr aufgebracht?«
»Nicht ganz. Sie hat unsere Schiffe schwer beschädigt. Wir nahmen zwei Geiseln und einige Waren von der kleinen Galeone mit und gingen an der indischen Küste vor Anker, um dort Reparaturen durchzuführen.«
Ein buntes Flirren zog vor ihnen über die Regenwand, und Thomas konnte den Umriß eines mit purpurnen Vorhängen versehenen goldenen Palankins erkennen, der vorbeigetragen wurde, umgeben von Frauen in zinnoberroten, scharlachfarbenen und gelblich-grünen Gewändern. Thomas stierte intensiv hin, in der Hoffnung, einen Blick auf

die hinreißende Hindufrau zu erhaschen, die in dem Palankin saß; jene Frau, die eine der Geiseln aus der portugiesischen Galeone gewesen war, die ihm in Goa zu helfen versucht hatte und die ihm, wie er hoffte, noch einmal würde helfen können.

Er spürte, wie Joaquim ihm mit dem Ellenbogen in die Seite stieß. »Das sind Schönheiten, was? Padre Gonsção sagte uns, wir sollten uns von der Karawanenführerin fernhalten, doch wenn er schläft, können wir uns vielleicht mit ihren Ladies anfreunden.«

»Ein erfreulicher Gedanke.«

»Doch fahrt mit Eurer Geschichte fort, Tomás. Wie seid Ihr nach Goa gekommen?«

»Ich dachte, ich hätte Euch all das schon im Aljouvar erzählt?«

»So? Ich hab's vergessen. Und wir müssen uns die Zeit vertreiben, bis der Padre uns holen kommt. Wie könnte man das besser als durch Geschichten? Sprecht weiter.«

»Eines Nachts ... verriet man uns an eine Bande omanischer Küstenpiraten.« *Es ist wohl besser, ihm nicht zu erzählen, daß Lockheart der Judas war.* »Ich schlich mich närrischerweise an Bord eines der Piratenschiffe, um zu sehen, was ich tun konnte, und wurde selbst als Geisel genommen.«

»Nur gerecht. Und Bruder Andrew, nahm man ihn auch als Geisel?«

»Die Piraten ... nahmen auch ihn mit. Sie brachten uns und die beiden Goaner, die wir gefangen hatten, nach Goa zurück, in der Hoffnung, ein Lösegeld für uns zu erschachern.«

»Also haben die Paulistas den Bruder freigekauft?«
»Ich nehme es an.« *Er hat sich selbst freigekauft.*
»Und die Santa Casa hat Euch aus dem Aljouvar geholt. Weshalb?«
»Das war äußerst seltsam. Man brachte mich in demselben Karren nach Goa wie einen der Leute von der Galeone. Zufällig war er ein berüchtigter Zauberer, der von der Inquisition gesucht wurde. Als wir ihn fingen, war er gerade aus Goa geflohen. Er ... starb auf dem Karren, und so befragten sie mich in der Annahme, daß ich mich mit seinem Hexenwerk auskennen würde, einzig deshalb, weil ich mich in seiner Gesellschaft befunden hatte.«
»Ah, nun entsinne ich mich. Dieser Zauberer ist der, den Ihr ermordet habt, oder?«
»Nein! Das heißt, ich verabreichte ihm eine Arznei, die seinen Worten nach den Schmerz lindert. Statt dessen tötete sie ihn.« *Eine Arznei, die ich für ein großes Heilmittel hielt. Denn hatte sie nicht erst wenige Tage zuvor einen toten Knaben wieder zum Leben erweckt?*
Joaquim zuckte die Achseln. »Aber so ist das eben mit Euch Alquismistos, oder? Heilmittel, Gifte, das ist alles eins. Ihr verkauft Eure Tränklein für teures Geld an Leute, die sich für krank halten oder die wollen, daß andere krank werden.«
Thomas knirschte mit den Zähnen. »Ich bin Apotheker, kein Alchimist, und mein Meister verkauft nie Gifte. Selbst jenen, die zu uns kamen und sich lediglich krank wähnten, haben unsere Tinkturen und Pastillen geholfen.«
»Wahrhaftig? Seid Ihr sicher, daß Ihr nicht selbst ein Zauberer seid, Tomás?«

»Joaquim …«

»Ah, nun habe ich *Euer* empfindsames Gemüt verletzt. Verzeiht mir, denn dort kommt der Padre, und wir dürfen ihn durch unseren Streit nicht aufregen.«

Ein Blitz zuckte auf, und Thomas sah, wie hinter dem Regenvorhang Padre Antonio Gonsção mühevoll auf sie zuging, Lockheart mit übergestülpter Kapuze neben sich. Der Padre hielt den Kopf gebeugt, seine Arme waren in den weiten Ärmeln der Dominikanerrobe verborgen. Er setzte seine Schritte bewußt und ohne Hast, wie um Wind und Regen zu trotzen, die ihn straucheln lassen wollten.

»Und Bruder Andrew und die Paulistas haben sich dann bei der Santa Casa für Euch verwendet?«

»Er hat sich für mich verwendet, ja.« *Und dabei hat dieser Narr das Augenmerk der Inquisition auf das Wiedererweckungspulver gelenkt.*

»Und deshalb haben sie Euch in einem Stück belassen?«

»Mehr oder weniger.«

»Eines frage ich mich aber doch. Was werden wir am Ende dieser Expedition denn nun vorfinden?«

Thomas musterte ihn argwöhnisch. »Haben sie Euch das nicht gesagt?«

»Die Santa Casa sagt niemandem etwas.«

Doch im selben Moment trat der Padre durch den Vorhang aus Regenwasser. Auf lateinisch sagte er: »Möge Gott heute abend mit Euch sein, Magister Chinnery, Joaquim.«

Thomas nickte ihm zu. »Und auch mit Euch, Padre.«

»Wie geht es Euren Armen, Magister?«

»Hm? Oh, nur noch ein leichtes Ziehen. Als wir eintrafen, hatte ich Probleme beim Absteigen, das ist alles.« Thomas

war immer unbehaglich zumute, wenn der Dominikaner sich um seine Gesundheit sorgte. Er mußte sich vor Augen führen, daß Padre Gonsção nicht der Inquisitor gewesen war, der seine Folter angeordnet hatte, und auch nicht derjenige, der ihm das Bekenntnis abgepreßt hatte. Vielmehr schien der Padre ebenso unglücklich darüber zu sein, an dieser Expedition teilzunehmen, wie Thomas.
»Der gute Padre«, sagte Lockheart, »hat es geschafft, uns Zimmer für die Nacht zu besorgen.«
Padre Gonsção seufzte. »Es entspricht nicht ganz meinen Vorstellungen. In dieser Gegend gibt es keine Herberge, also müssen wir bei den Einheimischen Obdach suchen. Domina Agnihotra hat für uns einen Kaufmann aufgetrieben, immerhin ein Christ, der bereit ist, einige von uns in sein Haus aufzunehmen.«
»Aha. Und wo wird die Domina logieren?« fragte Thomas.
Der Padre zögerte und runzelte leicht die Stirn.
Thomas verpaßte sich insgeheim eine Backpfeife. *Ich Narr! Weshalb habe ich das ausgesprochen? Ich darf ihn nicht wissen lassen, daß ich mit der Karawanenführerin bekannt bin.*
»Ihr Klan, die Marathas, ist weit verbreitet, und anscheinend hat sie hier Verwandte. Weshalb fragt Ihr?«
»Ich … hatte nur gehofft, daß sie es auch bequem hat, Padre. Sie … schien alt und gebrechlich zu sein, und solche Menschen werden bei derart schlechtem Wetter leicht krank.« *Großer Gott, vergib mir meine lahmen Ausflüchte, aber er darf nicht wissen, wer jetzt unter dem Namen Agnihotra reist.*
Das Lächeln des Padre drückte nicht gerade uneinge-

schränktes Vertrauen aus. »Natürlich. Das ist die Besorgnis des berufsmäßigen Heilers, nehme ich an.« Padre Gonsção wandte sich wieder an Lockheart. »Wie man mir sagte, erörtert der Christ, der unser Gastgeber sein wird, gern Fragen der Heiligen Schrift, so daß wir heute abend wenigstens etwas intellektuelle Unterhaltung haben werden, Bruder.«

Nur mit Mühe konnte Lockheart ein Zusammenzucken unterdrücken. »Ich freue mich schon darauf, Padre.«

»Das hatte ich gehofft. Übrigens, habt Ihr Bruder Timóteo gesehen? Es bereitet mir Sorge, wie dieser Junge ohne Rücksicht auf sich selbst hierhin und dorthin flitzt.«

»Bei allem Respekt, Padre«, sagte Thomas, »doch als gebürtiger Goaner spricht Timóteo die hiesige Sprache. Dieser Ort ist für ihn nicht so seltsam und furchteinflößend, wie er vielleicht einem Mann wie Euch erscheint, der frisch aus Lissabon kommt.«

»Ganz recht«, sagte Joaquim, »er ist von uns allen am glücklichsten dran. Sicher hat er schon den besten Wein, das beste Essen und die beste Schlafstätte gefunden.«

Der Padre sah den Soldaten stirnrunzelnd an. »Gerade die Vertrautheit mit diesem Land könnte ihn die Gefahren übersehen lassen. Wie ich hörte, hat er nur kurze Zeit seines Lebens außerhalb der Santa Casa verbracht und ist noch in vieler Hinsicht unschuldig. Ich wüßte es daher zu schätzen, Joaquim, wenn Ihr und die anderen *soldado*s ihn nicht aufziehen oder zu Torheiten verleiten würdet.«

»Padre! Wir dienen treu dem Governador da Gama, dem König und Gott. Niemals täten wir etwas so Schreckliches.«

»Ich vertraue Eurem Wort, Joaquim. Heute nacht werdet Ihr im selben Raum wie Magister Chinnery schlafen, da sein Umgang Euch offenbar angenehm ist. Aber ich werde kein despektierliches Verhalten zulassen. Wir müssen unserem Gastgeber allen Anstand und alle Höflichkeit entgegenbringen, die einem Mitchristen gebühren. Vielleicht wird auch Bruder Timóteo den Raum mit Euch teilen, wenn er erst gefunden ist. Ich werde dafür sorgen, daß er einen Balsam für Eure Schultern anrührt, Senhor.«

»Vielen Dank, Padre.«

»Ah, der Regen scheint nachzulassen. Seid so gut und folgt mir.«

Der Padre schritt weit aus, und Lockheart blieb dicht an seinen Fersen.

Thomas folgte ebenfalls, hielt aber etwas Abstand, um mit Joaquim sprechen zu können. »Was ist mit den anderen *soldados*? Wo kommen die unter?«

»Meine weniger glücklichen *compadres* werden am anderen Ende der Stadt, fern der Karawane, die Vorratskarren bewachen. Die Hindu-Kaufleute erlauben uns *soldados* nicht, in der Nähe ihrer Waren zu bleiben, aus Furcht, daß wir sie stehlen oder beschädigen. Ihre Furcht ist natürlich berechtigt, aber irgendwo müssen wir ja schlafen. Man wird mich darum beneiden, Euer Freund zu sein, *inglês* – ich werde heute nacht ein Dach über dem Kopf haben.«

»Freut mich, Euch dienstbar sein zu können«, sagte Thomas mit einem schrägen Lächeln.

Das Haus des Juwelenhändlers erwies sich als dreistöckiger Miniaturpalast mit Zwiebeltürmen an jeder Ecke. Man reichte Thomas, Padre Gonsção, Lockheart und Joaquim auf einem kolonnadengesäumten Balkon, der einen Garten mit Springbrunnen überblickte, ein Abendessen. Der Duft von feuchtem Erdreich und Jasminblüten wehte von unten herauf.

»Speist unser Gastgeber nicht mit uns?« fragte Thomas, als Mägde erschienen und ihnen auf silbernen Tabletts Tassen brachten. Seit sie in dem Haus eingetroffen waren, hatte er lediglich Diener gesehen.

Padre Gonsção schüttelte nur den Kopf.

Lockheart erklärte: »Unser Gastgeber ist zwar Christ, hat aber viele Verhaltensweisen eines Hindus beibehalten, auch die, allein zu essen.«

»Vielleicht können wir ihn heute abend bei unseren Gesprächen davon überzeugen, sein Verhalten zu ändern«, sagte der Padre. »In guter Gesellschaft das Brot miteinander zu teilen, ist dem Essen in völliger Abgeschiedenheit sicherlich vorzuziehen.«

»Das sollte ich mir besser merken«, sagte Joaquim leise zu Thomas, während er die Mägde in ihren durchscheinenden Gewändern musterte. »Es könnte ein lustiges Spiel werden. Wenn man irgendwo einen Hindu findet, der gerade sein Abendessen zu sich nehmen will, könnte man ihm von Zimmer zu Zimmer folgen und verhindern, daß er auch nur einen Bissen in den Magen bekommt.«

»Joaquim ...«

»Ah, schaut mich nicht so finster an. Ich mache ja nur Witze. Mal sehen, welche Speisen uns diese engelsgleichen Wesen mit den dunklen Augen gebracht haben.«

Die Schalen enthielten würzigen Reis mit Huhn und

Rosinen, Eier in einer Buttersauce, weiches Fladenbrot mit Zwiebeln. Die Mägde schenkten ihnen eine milchige Flüssigkeit in Tassen ein. Thomas kostete davon und fand, daß es ähnlich wie Weißwein schmeckte. »Was ist das?«

»Man nennt es *tadi*«, sagte Joaquim. »Sie stellen es aus Palmen her. *Arrak* ist aber besser. Das gleiche, nur aus der *ganja*-Wurzel destilliert. Treibt einem Mann alle Pein der Welt aus dem Kopf. Ihr müßt es irgendwann einmal probieren, *inglês*.«

»Das muß ich wohl.« Thomas hatte ein gewisses Verlangen nach schmerzlindernden Mitteln, da seine Schultern weh taten und seine Arme und Hände ihm nur unter Mühen gehorchten. *Vielleicht ermatten sie leicht bei Gebrauch, weil sie noch nicht ganz genesen sind. Ich hatte gehofft, mich rascher zu erholen.*

Als sie mit dem Essen fertig waren, wurden Padre Gonsção und Lockheart fortgerufen, um sich mit ihrem Gastgeber, dem Juwelenhändler, zu treffen. Thomas und Joaquim zeigte man ihre Zimmer oben im Südwestturm. Bis auf ein gelegentliches Kruzifix an der Wand konnte Thomas nur eine geringe Ähnlichkeit mit den christlichen Haushalten, die er kannte, feststellen. Die Wände waren mit Fresken von Pfauen und Fasanen bemalt. Die Matratzen auf den niedrigen Betten waren weicher als jene, an die er gewöhnt war, und man hatte sie mit langen, röhrenförmigen Kissen dekoriert. Einen Großteil der Wand nahmen Turmfenster ein, die von verzierten Bögen gekrönt wurden.

Thomas starrte zum Ostfenster hinaus, und ihm fiel auf, daß der Himmel sich klärte. Das Licht der untergehenden Sonne machte aus dem fernen Gebirgszug einen Schattenriß, der über den Palmwedeln gerade noch sichtbar war.

»Klug vom Padre«, murmelte Joaquim hinter ihm, »uns dieses Zimmer zu geben. Hier können wir nicht weg, ohne gesehen zu werden.«

»Hmmm?«

»Um uns mit den Hindumädchen zu treffen. Worauf starrst du, Tomás? Hat dich ein himmlischer Anblick in seinen Bann geschlagen?«

»Diese Berge da, Joaquim. Überqueren wir sie?«

»Ach so, die. Sebastião – einer der Fuhrleute, der mit dem Silberblick –, er hat den Weg schon einmal genommen. Er sagt, das seien die Ghats. Schrecklicher Name. Klingt wie der Husten eines alten Mannes. Ghat. Aber es sind eigentlich keine Berge, sagt er. Dort erhebt sich das Land zu einem Plateau namens Dekkan. Und, ja, dort müssen wir hin.«

»Was für ein Land ist dieser Dekkan?«

»Oh, ein furchtbarer Ort, sagt Sebastião. Erst kommt Dschungel, dann Wüste. Und das Fieber – ehe wir Bijapur erreichen, wird die Hälfte von uns Europäern sterben.« Joaquim sagte das so achtlos, als schildere er das Wetter.

Thomas spürte, wie ihn Mutlosigkeit befiel. Je weiter sie vom Meer fortmarschierten, desto schwieriger mußte die Flucht werden. Er würde immer mehr der Gnade von Fremden und allem ausgeliefert sein, was Gott an Wechselfällen des Schicksals für ihn bereithielt, ob es nun der anglikanische Gott war, den er von Geburt an kannte, oder der katholische, den anzuerkennen man ihn in der Santa

Casa gezwungen hatte. *Vielleicht gibt es in diesem gottverlassenen Land noch schlimmere Mächte. Man hat mir gesagt, ich könne in Bijapur fliehen, aber wie es aussieht, besteht kaum Hoffnung, daß ich überhaupt dort ankomme.*
»Ehe der Padre kam, wolltet Ihr mir gerade erzählen, Tomás, wonach unsere kleine Expedition sucht.«
Was darf ich ihm verraten? Ich weiß, daß der Padre nicht will, daß ich auch nur ein Wort über die Macht des Rasa Mahadevi *verliere.* »Wir suchen nach dem Ursprungsort einer mächtigen Arznei, Joaquim.«
Der *soldado* lachte. »Einer Arznei! Meint Ihr allen Ernstes, daß ich Euch das glaube, Tomás? Ich bezweifle doch sehr, daß die Santa Casa ihre Gefangenen *heilen* will.«
»Ich weiß nicht, was die Inquisition damit will. Ich habe nur gewußt, daß sie mich aus dem Kerker freilassen würden, wenn ich mich einverstanden erklärte, sie dorthin zu führen.«
Joaquim nickte bedächtig. »Ich verstehe den Wunsch, dem Kerker zu entrinnen, Tomás, um welchen Preis auch immer.«
Könnte es sein, dachte Thomas, *daß ich hier einen Verbündeten vor mir habe? Daß mein Wächter für mich das Tor zur Freiheit wird?* »Es gibt da etwas, was ich Euch gern fragen möchte, mein Freund.«
Joaquim musterte Thomas einen Moment lang, hörte eindeutig den Unterton von etwas Wichtigem heraus. Der *soldado* lächelte und schlenderte herbei, um sich neben Thomas an die Wand zu lehnen. Er zog einen Dolch aus seinem Gürtel und begann lässig, seine Fingernägel zu säubern. »Aha, mein Freund. Der *inglês* erweist

mir die Ehre, mich seinen Freund zu nennen. Sind wir nicht Brüder in der Not gewesen? Fragt mich, was Ihr wollt.«

Als Thomas gerade den Mund öffnete, um etwas zu sagen, kam Bruder Timóteo atemlos zur Tür hereingerannt. Die feuchte, braune Robe klebte an seinem dürren Leib und ließ ihn wie der häßliche knochige Dreizehnjährige aussehen, der er war. Er hielt den Saum der Robe hoch und trug etwas in den Falten.

»Tomás! Da seid Ihr ja!« rief Timóteo. Er setzte sich vor Thomas hin und schüttelte seine schwarze Tonsur wie ein Hund, der in einem Teich herumgetollt hatte und jetzt wieder an Land kam.

»Ay!« entfuhr es Joaquim, gefolgt von einer Schimpftirade auf portugiesisch.

»Haben wir noch nicht genug Regen abbekommen, kleiner Bruder«, sagte Thomas, »daß Ihr uns weiteren bringen müßt?«

»Vergebt mir, Senhor«, sagte Timóteo zu Joaquim. »Aber seht doch, Tomás, was ich gefunden habe!« Er zog die Falten seiner Robe auseinander und enthüllte eine Vielzahl von Blättern, Zweigen, Blüten und Wurzeln. »Das hier sind Seehundblüten, die bei Schlangenbissen helfen. Dies ist Rinde vom Chaulmoograbaum – ihr Öl ist gut gegen Aussatz. Und das ist Khus-khus-Wurzel, das Sumbulwurzel. Hier sind Cotulablätter, die Cholera und Fieber lindern. Malvenblüten gegen Heiserkeit, und Tschampakblätter …«

»Timóteo, bitte, es reicht!« sagte Thomas lachend. »Euer Großvater wäre stolz auf Euch, aber jetzt ist nicht der richtige Zeitpunkt für solche Lehrstunden.« Thomas erschien es seltsam, daß er sich mit diesem Knaben, der ein ergebener Schüler der Santa Casa war, gewissermaßen angefreundet hatte. Timóteo war während seines Prozesses und der anschließenden Folter sein »Anwalt« gewesen und hatte tiefen Kummer über den Zustand von Thomas' Seele zum Ausdruck gebracht. Thomas hatte festgestellt, daß er es dem lebhaften Assistenten nicht verübeln konnte, einerlei, welchen wahnsinnigen Herren der Junge auch diente. Timóteos Großvater Garcia de Orta war einer der großen Kräuterkundler Europas gewesen, einer der ersten, die die Naturheilkunde des Ostens beschrieben; ein gemeinsames Interesse, das sich nicht leugnen ließ.

»Aber Tomás! Schon bald sind wir oben auf dem Dekkan, wo diese Pflanzen nicht wachsen.«

»Hebt sie für mich auf, kleiner Bruder. Meine Arme sind noch schwach, und ich kann derzeit weder schreiben noch zeichnen.«

»Ich schreibe und zeichne für Euch, Tomás!«

»Kann das nicht noch warten, Timóteo? Habt Ihr schon mit dem Padre gesprochen? Er hat sich schreckliche Sorgen wegen Eurer Abwesenheit gemacht.«

Der Knabe wandte für einen Moment den Blick ab, dann sagte er: »Der Padre wird sich sicher irgendeine Strafe für mich ausdenken. Also muß ich Euch diese Dinge jetzt erzählen, solange ich noch kann. Ihr werdet dem Padre doch erklären, wie wichtig das ist, oder?«

Thomas lächelte Joaquim mit hilfloser Miene an. Der *soldado* verstand den Wink. »Timóteo«, sagte Joaquim, »seid Ihr noch Jungfrau?«

Timóteo wurde stocksteif, und seine braunen Wangen entflammten. »Senhor?«

»Habt Ihr schon die Bekanntschaft mit, Ihr wißt schon, Mädchen gemacht?«

Timóteo schluckte, die Augen weit aufgerissen. »Ich … die Santa Casa hat mir verboten, mit … Mädchen Bekanntschaft zu machen.«

Joaquim schnalzte mit der Zunge. »Was für ein Jammer, daß Ihr Goa verlaßt. So wird Euch die Erfahrung entgehen, dort unter den hinreißenden *senhoras* zum Manne heranzureifen. Welch eine Schande. Wißt Ihr, sie haben Brüste wie riesige reife Mangos, mit in der Sonne getrockneten Rosinen an der Spitze. Ihre Schenkel sind weich und braun wie Teak, und was sie erst mit ihren Zungen anstellen! Wirklich, mein Junge, sie würden Eure kleine Rute härter machen als den Felsen des Heiligen Petrus, und Ihr würdet höher spritzen als die Fontänen des Plaça do Santa Catarina.«

Timóteo sprang auf, und die Blätter und Zweige fielen aus seinem Schoß. »Ich bitte um Vergebung, Senhores«, sagte er rasch und lief zur Tür hinaus, wobei er sich bekreuzigte.

Joaquim lachte. »Ah, der wird heute nacht feuchte Träume haben.«

»Ohne Zweifel. Dank Euch.« Thomas spürte, daß auch seine Wangen sich erwärmt hatten.

»Also. Was war es doch gleich, was Ihr mich fragen wolltet, Freund Tomás?«

»Oh.« Er räusperte sich und sah nach, ob auch niemand in der Nähe der Tür lauschte. Er kehrte zu Joaquim zurück

und sagte leise: »Erst müßt Ihr schwören, daß Ihr niemandem enthüllen werdet, worum ich Euch bitte.«
Joaquim hob eine Braue. »Ich schwöre beim heiligen Saum des Gewands der Jungfrau Maria, Tomás. Fragt.«
»Ich hatte nicht vor, lange bei dieser Expedition zu bleiben. Meine Hoffnung ging vielmehr dahin, zu fliehen, sobald sich eine Gelegenheit ergibt, und mich wieder auf den Rückweg nach England zu machen. Ich hatte gehofft, mich in Bijapur absetzen zu können, doch nach allem, was Ihr sagt, ist die Reise vielleicht zu gefährlich. Und meine Arme heilen nicht gut. Ich werde Hilfe brauchen, und zwar bald. Ihr seid der Santa Casa gegenüber nicht zur Loyalität verpflichtet. Wenn sich eine Gelegenheit ergibt, darf ich dann mit Eurer Unterstützung rechnen?«
Mit traurigem Lächeln beugte Joaquim sich vor und setzte Thomas seinen Dolch an den Hals. »Tomás, Ihr könnt Euch glücklich schätzen, daß Ihr gerade mich darum bittet, denn ich bin der einzige, der Euch auf diese Bitte hin nicht verletzt oder verrät. Doch wisset, Tomás, daß ich der letzte in dieser Expedition bin, der Euch helfen würde.«
»Aber ... im Aljouvar ...«
»Im finsteren Gestank des Aljouvars sind alle Menschen Brüder, das ist wahr. Doch wir sind nicht länger im Aljouvar. Wir befinden uns jetzt unter dem wachsamen Auge der Santa Casa. Und die Santa Casa, die ist überall; in Lissabon, Madrid, überall. Wenn ich Euch helfen würde, von hier zu entkommen, gäbe es für mich kein Entrinnen. Das Aljouvar war ein Höllenpfuhl, aber ich habe ihn heil überstanden. Die Santa Casa ist nicht so barmherzig, das dürften Eure Schultern Euch tagtäglich sagen. Wenn ich

Verrat beginge, gäbe es für mich keinen schnellen Tod. Man würde mich zur Strafe Stück für Stück auseinandernehmen, versteht Ihr?«

Thomas nickte.

»Auch ich träume davon, diesem verteufelten Ort zu entkommen. Doch nun hat man mir eine Chance gegeben, mich zu bewähren und mit einer Pension nach Lissabon heimzukehren, wo ich vielleicht meine Studien wiederaufnehmen kann. Diesen Traum werdet Ihr mir nicht nehmen, *inglês*. Da wir einst Brüder im Aljouvar waren, werde ich meinen Schwur halten und niemandem erzählen, worum Ihr mich gebeten habt. Doch die einzige Flucht, die ich Euch bieten kann, ist die, die mein kleiner Freund hier ermöglicht.« Joaquim legte die Schneide des Dolchs sanft auf Thomas' Schlüsselbein.

Thomas stand reglos da. »Ich hoffe, daß eine derart verzweifelte Flucht nicht nötig sein wird, Joaquim. Vergebt mir. Ich werde Euch nicht noch einmal darum bitten.«

»Gut.« Joaquim machte sich wieder daran, mit dem Dolch seine Fingernägel zu säubern. »Wißt Ihr, ich fühle mit Euch, Tomás, wirklich. Der Teufel hat bei Eurem Geschick wahrlich die Hand mit im Spiel gehabt. Ihr habt unter Euren Begleitern nämlich keine Freunde, auf die Ihr Euch verlassen könnt. Niemand von uns kann Euer Freund sein. Dafür wird die Santa Casa schon sorgen. Wir sind alle bloß Gefährten auf dem Weg zur Hölle.«

2

GRANATAPFEL:

Dieser Baum wächst in Persien und im Osten. Er trägt wachsartige, hochrote Blüten und bringt eine Frucht mit vielen Samen hervor, aus der sich ein saurer Saft gewinnen läßt. Er gilt als Symbol des Wohlstands und der Fruchtbarkeit. Manche behaupten, er sei die verbotene Frucht des Wissens aus dem Garten Eden. Aus den Zweigen des Granatapfelbaums werden oft Wünschelruten gefertigt. Im Osten verwendet man Bündel dieser Zweige, um Dämonen und Hexenwerk fernzuhalten. Eine Tinktur aus der Baumrinde vertreibt Würmer aus den Innereien und lindert Frauenbeschwerden …

Die Festung Ahmadnagar im Sultanat Ahmadnagar
Monat Zilhij, Jahr des Propheten 975

Mirsa Ali Akbarshah, Omrah von zehntausend Männern und hochangesehener General am Hof des Padschakaisers Akbar, musterte seine Gastgeberin wie ein wohlgenährter Tiger, der ein Stück Wild beäugt. Doch dieses Wild hatte ein spitzes Geweih und einen flinken Verstand. Der Mirsa wußte, daß er auf der Hut sein mußte. Am anderen Ende der mit extravaganten Speisen beladenen Tafel saß auf einem niedrigen, durch Kissen mehrfach gepolsterten Podest Prinzessin Chand Bibi, die Sultana von Ahmadnagar. Sie war nach Art der Hindu gekleidet, über die sie herrschte, und trug ein kurzes *choli*-Mieder, das ihre Taille unbedeckt ließ, und einen *ghagra*-Rock. Darüber trug sie eine *peshwaz*-Jacke aus feinstem durchscheinendem *shabnam*-Musselin. Über Kopf und Schultern war ein *orhni*-Umhang aus blauer Seide drapiert.

Der Mirsa versuchte sich vorzustellen, wie sie wohl mit Rüstung und Helm ausgesehen haben mochte, als sie erst im vorigen Jahr die Verteidiger der Festung um sich geschart hatte. Akbars Sohn Prinz Daniyal hatte ihr Erscheinungsbild als recht furchterregend geschildert.

Doch jetzt wirkte sie überhaupt nicht furchterregend. Die Sultana war klein und Anfang Vierzig. Ihr zerfurchtes Gesicht zeigte ruhige Beharrlichkeit, ihr langes schwarzes geflochtenes Haar war von Eisengrau durchsetzt. Gerüchten zufolge hatte Chand Bibi bereits mehrere Vergiftungen und andere Mordversuche überstanden, die man Söhnen zuschrieb, die nicht länger auf ihr Erbe warten wollten. Niemand verstand, wie sie das geschafft hatte, ob durch Festigkeit im Glauben, Schlauheit oder lediglich gesunde Konstitution. Die Sultane der Nachbarschaft hielten sie für eine kluge Strategin. Andere nannten sie eine Zauberin. Woraus auch immer sie ihre Kraft bezog, Chand Bibi hatte Ahmadnagar jahrelang durch große Not hindurch zusammengehalten.

Mirsa Akbarshah drehte eine gefüllte Dattel zwischen den Fingern und sagte: »Ihr erweist mir große Gastfreundschaft, Sultana, bedenkt man, daß ich unerwartet und uneingeladen komme.«

Chand Bibi bedeckte ihre Schultern und lächelte kühl. »Ein Gesandter Seiner Kaiserlichen Majestät des Padschas ist niemals unwillkommen, noch trifft er gänzlich unerwartet ein. Für einen so edlen Besucher ist die Gastfreundschaft dieses armen Hauses mehr als unzulänglich.«

Der Mirsa starrte auf den Tisch und auf die Schalen mit geschälten Mangos in Honig, mit Limonen und Granatäpfeln, auf das würzige Roti mit Zwiebeln, das Lamm in Senfcurry und die gedünsteten Lotosherzen. Fischstücke schwammen in Pfeffer-Ingwer-Sauce, da gab es Geflügelwild, mit Knoblauch und Walnüssen gebraten. Daneben standen bescheidenere Schüsseln voll Safranreis und Joghurt mit Minze. In eleganten Porzellantassen wurde mit Kardamom und Nelken gewürzter Tee gereicht. Doch Mirsa Akbarshah hatte an den großen Festen des Kaiserhofs teilgenommen. Die Sultana hatte recht: Das hier war mehr als unzulänglich.

Sie hatten höfliche Lügen über ihre Gesundheit und ihre Familien ausgetauscht, das Ende der lebenspendenden Monsunzeit beklagt und dabei Allah dem Barmherzigen für die wenigen Überschwemmungen und Plagen in diesem Jahr gedankt. Mägde kühlten sie mit Fächern aus Pfauenfedern, um die mit dem Duft von Lotos durchsetzten Brisen zu verstärken, die hin und wieder aus den Gärten heranwehten.

»Es ist doch weitaus angenehmer«, sagte die Sultana, »sich mit einem Nachbarn an einem Tisch zu unterhalten als auf dem Schlachtfeld, findet Ihr nicht?«

»Allerdings«, sagte der Mirsa, »und Seine Kaiserliche Majestät ist sicher auch dieser Ansicht.«

»Und wie geht es Eurem erhabenen Kaiser? Wir hören so manche Geschichten, wißt Ihr, selbst in diesem entlegenen Königreich, obwohl die meisten sicher nichts als schändliche Gerüchte sind.«

»Geschichten?«

»Es heißt beispielsweise, daß der Schahinschah vom ... wahren Glauben abgefallen sein soll.«

Der Mirsa seufzte. Solche Gerüchte waren in Agra und Lahore weit verbreitet, und das nicht ohne Grund. »Diese Geschichten werden von Unwissenden weitergetragen, die die intellektuelle Neugier Seiner Majestät nicht verstehen. Es macht ihm Freude, den Glauben anderer zu erkunden und zu erörtern. Doch es sollte kein Zweifel daran bestehen, daß er in seinem Herzen stets ein treuer Anhänger des einzig wahren Glaubens bleibt.«

»Das beruhigt uns zutiefst, denn wir haben schreckliche Dinge gehört: etwa, daß er seinen eigenen Kult gegründet habe und wie ein Parsi das Feuer verehre.«

»Das trifft nicht zu«, sagte der Mirsa bestimmt.

»Wirklich? Welch meisterhafte Lügner Reisende doch sein müssen. Wir hörten, daß Seine Kaiserliche Majestät vor noch nicht einmal fünf Monaten ein Zeichen göttlicher Ungnade empfangen habe. Schlug nicht ein Blitz ein?«

»Ah, das. Ja, im kaiserlichen Palast in Lahore schlug ein Blitz ein.«

»Und danach hat es drei Tage lang gebrannt, erzählte man uns.«

Ihre Spione halten sie gut auf dem laufenden. »Ja. Einige der *ulama*, die sich vom Kaiser vernachlässigt fühlten, schrieben das Feuer Akbars … ungewöhnlichen Philosophien zu und verbreiteten haßerfüllte Gerüchte.«

»Dann trifft es also nicht zu, daß der Padschakaiser sich anschließend in sich selbst zurückzog und bloß noch mit Mystikern und Wahrsagern sprach, besonders jenen, denen er Unrecht getan zu haben glaubte?«

»So wie ich es verstanden habe, war das wirklich der Fall. Der Kaiser ging aus seiner Zurückgezogenheit jedoch demütiger denn je hervor und ist mittlerweile wieder zu den Praktiken eines aufrechten Muslim zurückgekehrt.«

»Das hört man natürlich gern«, sagte Chand Bibi. »Es ist gut, daß er weiter zu den Gläubigen gehört. Und seine Söhne, wie geht es denen? Über Prinz Murad hörte ich als letztes, daß er noch immer an seiner … chronischen Krankheit leidet.«

Seiner Trunkenheit, meint sie. Welch glücklicher Umstand

für ihre Herrschaft, daß Murad dem Wein ergeben ist; er kann seine Generäle nicht kontrollieren, die zu sehr damit beschäftigt sind, sich gegenseitig zu bekämpfen, um Ahmadnagar zu erobern. »Wenn ich richtig unterrichtet bin, befindet sich Seine Hoheit auf dem Weg der ... Besserung und erwartet gehorsam die Weisungen seines Vaters.«

»Ah, gut. Söhne sollten gehorsam sein. Ich weiß, welches Leid einem Sprößlinge bereiten, die Ärger machen.«

»Der Padscha ist ein geduldiger und milder Vater.«

»Der Padscha ist ein tapferer Mann«, sagte die Sultana mit einem Anflug von Ironie.

»Der tapferste aller Männer«, sagte der Mirsa. »Und da wir gerade von Königen sprechen, was gibt es Neues von Eurem Neffen, dem Sultan Ibrahim?«

Chand Bibi lächelte. »Bijapur blüht und gedeiht unter seiner Herrschaft. Er hat viele neue Paläste und Moscheen gebaut und zahllose erlesene Handwerker in sein Königreich geholt. Seine Dichtkunst wird überall gepriesen und desgleichen seine Gemälde. Seine Kenntnisse in der Musik sind so überragend, daß er, wie ich hörte, gerade an einem Buch über *raga* schreibt. Solltet Ihr einmal durch Bijapur kommen, so bin ich sicher, daß seine Fähigkeiten Euch zutiefst beeindrucken werden.«

Es würde mich mehr beeindrucken, dachte Akbarshah, *wenn seine Fähigkeiten eher die Führerschaft und das Kriegshandwerk beträfen, wie das bei seinem gefürchteten Onkel Ibrahim I. der Fall war.* »Und wie steht es mit den Geschichten, die wir in Agra hören, wonach Euer geschätzter Neffe vom Glauben abgefallen ist?«

Die Miene der Sultana versteinerte. »Sie sind ebensowenig wahr wie die Gerüchte hinsichtlich des Padschakaisers.«
»Freut mich, das zu hören, denn ich werde mit meinen Männern tatsächlich dort durchkommen. Ich hatte gehofft, daß der Sultan sich an Höflichkeit und Gastfreundschaft mit Euch messen kann.«
»Ibrahim heißt jedwedes Volk in Bijapur willkommen, selbst Fremde aus fernen Ländern. Wenn Ihr in Frieden kommt, wird er Euch nicht weniger willkommen heißen. Doch wenn ich die Kühnheit haben darf, Euch das zu fragen, welchen Zweck verfolgt Eure Reise? Ich glaube kaum, daß Seine Kaiserliche Majestät Euch mit nur fünfhundert Mann, einhundert Pferden und zehn Elefanten ausgeschickt hat, um ein Königreich zu erobern.«
Der Mirsa lächelte. »Ihr seid gut informiert, Große Lady. Nein, ich bin nicht auf Eroberung aus, sondern auf Erkundung. Ich habe den Befehl, tief in den Dekkan vorzudringen, vielleicht bis zum Krischna.«
»In den Süden von Bijapur? Das ist ein dürres und trostloses Land, bevölkert von düsteren, barbarischen Menschen. Was sollte der Kaiser an einem solchen Ort zu finden hoffen?«
»Ich wurde ausgeschickt, einer Legende nachzugehen, Sultana.«
Chand Bibi lachte. »Wie ich sehe, hat der Kaiser immer wieder neue wunderliche Einfälle. Sind dem Schahinschah die Lustbarkeiten in seinem Königreich schon dermaßen ausgegangen, daß er seine Generäle auf die Suche nach spannenden Geschichten schicken muß?«
»Ihr mißversteht mich. Ich versuche eine Legende zu

beweisen, eine, die Seine Majestät hörte, als er in Abgeschiedenheit lebte.«
Die Sultana zögerte. »Geschichten von großen Schätzen sind gut dazu geeignet, den Ehrgeiz anzustacheln.«
Schau an. Vielleicht weiß sie wirklich etwas, wie seine Majestät vermutete. »Von einem Schatz habe ich nichts gesagt, Sultana.«
»Ah. Was sonst könnte die Aufmerksamkeit des Schahinschah erwecken, wenn Ihr nicht sein Spion seid und erfahren wollt, welche kleinen Königreiche reif für eine Machtübernahme wären?«
»Es ist kein Geheimnis, daß Seine Majestät wünscht, ganz Indien zu seinem Reich zu machen. Vergeßt nicht, daß er ein Nachkomme des großen Dschingis Khan ist – der Ehrgeiz liegt ihm im Blut. Ich bin sicher, daß alle Informationen, die ich in dieser Hinsicht sammle, nützlich sein werden. Doch das ist nicht der Zweck meiner Expedition.«
»Welches Märchen hat dann die Macht, einen Kaiser in seinen Bann zu schlagen?«
»Eines, in dem es um eine große *rani* geht, die vielleicht ein Abkömmling der Götter ist und in einer uneinnehmbaren, verborgenen Festung lebt.«
»Wollt Ihr mir schmeicheln?«
Der Mirsa lachte leise. »Wißt Ihr, Sultana, obgleich Ihr eine Herrscherin seid, mit der man rechnen muß, so besitzt die Königin, nach der ich suche, doch eher übernatürliche Kräfte. Manche sagen, ihr Palast sei in einem Berg aus Stein verborgen, manche meinen, sie sei die Königin der Dschinns oder das Weib von einem der Söhne Schaitans.

Es heißt, sie sei vielleicht unsterblich, sie sei jahrhundertealt und klüger als die Engel. Sie stützt ihre Macht auf Zauberei, nicht auf Armeen. Diese Geschichte ist es, der ich folge, und diese *rani* soll im Dekkan leben.«

Chand Bibi war sehr still geworden. »Natürlich. Die Hindu erzählen sich viele Geschichten von Göttern und Königen, und der Dekkan ist so ein leerer Ort, daß man sich alles Mögliche vorstellen kann, was dort lebt. Ich möchte Euch eine Geschichte erzählen, die zu Eurer paßt. Nicht weit von hier gibt es einen Wald, den manche für heilig halten. Zwischen den Wurzeln der Bäume soll es Soldaten aus Stein geben, die Rüstungen und Schwerter tragen, wie man sie seit den Tagen des großen Kaisers Aschoka nicht mehr gesehen hat. Jedes Jahr nach dem Monsun enthüllt der Regen mehr von ihren steinernen Köpfen und Leibern. Jene, die in der Nähe des Waldes leben, fürchten ihn. Sie sagen, er sei das Werk eines rachsüchtigen Dämons. Die Hindu kennen viele Dämonen, etwa die *naga*, die angeblich teils Schlange, teils Mensch sind. Dämonen, deren bloßer Blick töten kann.«

Hätte er in der Wildnis an einem Feuer gesessen, wäre dem Mirsa bei ihren Worten ein Schauer über den Rücken gelaufen. Jetzt war er lediglich verwirrt. »Wollt Ihr mir angst machen, Sultana? Dieser Wald, wenn es ihn denn gibt, wächst doch nur auf einer alten Ruine, die voller Statuen und Schnitzereien ist. Auf meinen Reisen habe ich so etwas häufig gesehen. Gewiß birgt dieses Land Wunder, die noch aus der Zeit vor den Propheten stammen. Doch sie sind lange tot, und nur Geschichten, die man sich hinter vorgehaltener Hand erzählt, flößen ihnen noch Leben ein. Euer Ammenmärchen hat nichts mit meiner Suche zu tun.«

»Seid Ihr sicher, großer Mirsa? Wie wollt Ihr beurteilen können, daß eine Geschichte wertvoller ist als eine andere? Würden diese Legenden nicht aussterben, wenn es keinen Rahmen gäbe, an dem man das Gewebe aufhängen kann? Ich habe gehört, sogar Kronprinz Salim fürchtet sich, in den Dekkan zu gehen.«

Der Mirsa schnaubte verächtlich. »Das liegt nur daran, daß Seine Hoheit Salim eine eitle, aufgeblasene kleine Memme ist. Ich fürchte, er wird eines Tages noch der Tod seines Vaters sein.«

Unerwartetes Entzücken leuchtete im Gesicht der Sultana auf, und sie schlug die Hände zusammen. »Höchst ehrenwerter Mirsa, ist das nicht Verrat?«

»Salim ist noch immer ein Junge und nicht König, und ich muß ihm seine albernen Ängste nicht anrechnen. Ich hatte gehofft, Sultana, daß Ihr als intelligente und einfühlsame Frau mir von größerer Hilfe wäret, statt dessen plagt Ihr mich bloß mit abergläubischem Unsinn.«

»Nun wollt Ihr mir doch schmeicheln. Ich mache mir Sorgen um Euch, großer Mirsa. Es ist kein gutes Zeichen, wenn ein König seine besten Generäle ausschickt, um Legenden nachzujagen. Daraus kann nur Unheil entstehen. Denkt an Fatepur Sikri.«

»Das war eine prächtige Stadt. Ein architektonisches Meisterwerk.«

»Ja, doch Euer Kaiser hat sie aus einer Laune heraus erbaut, um einen Sufimystiker zu ehren, der ihm sagte, daß er Söhne haben werde. Leider hat er versäumt, eine angemessene Wasserversorgung einzuplanen, und die Stadt mußte nach nur vierzehn Jahren aufgegeben werden.«

»Ihr könnt Seiner Majestät nicht die Schuld an den Fehlern seiner Arbeiter geben.«

»Wenn Euer Unternehmen fehlschlägt«, sagte die Sultana mild, »wer ist dann wohl der Arbeiter, dem man die Schuld daran geben wird?«

»Es besteht immer das Risiko, daß ein Bediensteter seinen Herrn enttäuscht. Also muß ich eben um so nachdrücklicher auf Erfolg drängen.«

Die Sultana seufzte und lehnte sich auf ihre Kissen zurück. »Ihr scheint nichts von dem, was ich Euch sage, zu würdigen, deshalb will ich nicht länger Eure Zeit vergeuden. Fragt irgendein schlammverkrustetes Kind, dem Ihr unterwegs begegnet, nach weiteren Geschichten über diese Dämonenkönigin. Ich bin sicher, Ihr werdet jetzt genug damit zu tun haben, Eure Karawane mit neuen Vorräten auszurüsten.

Unser Basar wird das Silber Eures Kaisers freudig entgegennehmen. Ich muß mich um meine eigenen Angelegenheiten kümmern. Wie Ihr gewiß bemerkt habt, ist es nicht gerade einfach, dieses Sultanat zu regieren.«

Sie weiß etwas, will es aber nicht sagen und möchte mich davon abbringen weiterzusuchen. Das sind ermutigende Zeichen. Der Mirsa erhob sich. »So danke ich Euch denn, Sultana, für Eure großzügige Gastfreundschaft. Ich versichere Euch, daß ich mit meinen Männern nicht lange bleiben und auch die Ressourcen Eures schwer geplagten Landes nicht allzusehr ausschöpfen werde.«

»Manchmal bin ich recht froh darüber, daß Ahmadnagar kein Land ist, in dem Milch und Honig fließen. Das könnte unter den Nachbarn zu Habgier führen und sie auf den Gedanken bringen, uns erobern zu wollen.«

»Eine Eroberung braucht Ihr wahrlich nicht zu fürchten, Sultana. Seine Majestät ist bereit, Euch in der Familie der Provinzen, die ihm Ehre erweisen, willkommen zu heißen. Ein guter Vater fällt nicht über seine zukünftige Schwiegertochter her, auch wenn ihre Mitgift erbärmlich ist. Ich hoffe, Ihr werdet ebenso weise und großzügig sein, wenn Seine Erhabene Majestät persönlich kommt, um Ahmadnagar in seine kaiserliche Familie aufzunehmen. Möge Allah, der Barmherzige, der Gnädige, Euch leiten.«

Nach einer letzten Verbeugung ließ der Mirsa sich aus dem Audienzsaal hinausfahren.

Chand Bibi sah ihm nach, bis er draußen war, und umklammerte fest ihren Umhang. »Ukha!«

Schnell trat eine stämmige, muskulöse Frau ein, die Lanze stoßbereit und mit scheppernder Rüstung. Ehemals Hauptmann der Haremswache für einen benachbarten Sultan, war Ukha jetzt Chand Bibis Leibwache, der sie voll und ganz vertraute. »Ihr wünscht, Sultana?«

»Es ist zu einer Krise gekommen. Ich muß mich auf eine Reise nach Bijapur vorbereiten. Ich will, daß du mich begleitest.«

»Sultana? Es wird Tage dauern, eine Karawane zusammenzustellen.«

»Ich werde nicht in Staatsangelegenheiten reisen, sondern geheim. Besorg die schnellsten Pferde, die du im Stall auftreiben kannst.«

»Auch dann, Sultana, dauert die Reise nach Bijapur noch sieben Tage.«
»Dessen bin ich mir bewußt, Ukha. Doch Mirsa Akbarshah und seine Armee werden länger brauchen. Und Ibrahim sollte auf ihre Ankunft vorbereitet sein.«
»Könntet Ihr nicht einen Boten schicken, Sultana? Vielleicht einen *pattamar*? Solche Läufer sind sogar noch schneller als Pferde. Die Verhältnisse hier sind nicht gefestigt. Ist es da klug, wenn Ihr abreist?«
»Wie vielen soll ich das Geheimnis meines Überlebens verraten, Ukha? Wie viele können davon wissen, ehe das Geheimnis ausgeplaudert wird? Nein, ich muß die Kunde selbst überbringen. Außerdem wird Ibrahim mir wahrscheinlich eher glauben und meine Worte mit dem gebührenden Ernst aufnehmen.«
»Aber was ist mit Euren Söhnen?«
»Lady Meghaduta soll das Gerücht ausstreuen, daß ich krank sei, sich für mich ausgeben und sich absondern. Das hat sie früher schon erfolgreich getan. In der Hoffnung, daß ich endlich an der Schwelle zum Tod stehe, wird ein Streit zwischen meinen Söhnen entbrennen, wer was erbt. Das wird sie bis zu meiner Rückkehr beschäftigen, und ich kann allen eine weitere wundersame ›Genesung‹ vorgaukeln. Triff mich bei Sonnenuntergang bei den Ställen. Akbarshah und seine Männer werden dann gerade beten und unsere Abreise vielleicht nicht bemerken.«
Ukha verbeugte sich. »Euer Wunsch geschehe, Sultana.« Sie ging rasch hinaus. Auch Chand Bibi verließ den Audienzsaal und begab sich zu den Umkleideräumen.
Ahmadnagar konnte der Macht des Mogulreichs im Nor-

den nicht ewig widerstehen, das wußte Chand Bibi. Aber sie war den Kräften, die ihr geholfen hatten, sich so lange zu behaupten, etwas schuldig. *Akbar darf nichts von dem* Rasa Mahadevi *und der Zauberkönigin, die seinen Herkunftsort bewacht, erfahren. Wenn er erst Bescheid weiß, kann ihn nichts mehr davon abhalten, Ahmadnagar zu erobern und Bijapur und alles, was dahinterliegt.*

3

BEIFUSS:

Diese Pflanze hat geteilte Blätter und mit feinen Härchen besetzte Stengel und trägt im Spätsommer gelbe bis rötliche Blütenköpfe. Eine Tinktur des Krauts entspannt die Augen und verhindert Ermüdung. Schläft man auf einem mit Beifuß gefüllten Kissen, bringt das Visionen des künftigen Schicksals. Es heißt, Johannes der Täufer habe einen Gürtel aus Beifuß getragen, damit er in der Wildnis besteht. Deshalb wird Beifuß oft von Reisenden getragen, die ihn in Schuhe oder Kleidung stecken. Er gilt als Schutz gegen Insektenstiche, Zauber, Blitz, Unglück und wilde Tiere …

Der Dschungel drängte sich dicht um sie und ließ nicht zu, daß viel Sonnenlicht auf die sich vorankämpfende Karawane aus Goa fiel. Die Luft war heiß, feucht und still. Der Weg war von Wurzeln durchzogen, und niedrig hängende Zweige schienen im Unterholz zu verschwinden. Das Muli, auf dem Thomas ritt, wählte seine Schritte mit Bedacht und stolperte doch hin und wieder über einen verborgenen Stein. Die feuchte Stille wurde nur von den Schreien seltsamer Vögel und dem Summen von Insekten unterbrochen. Thomas fühlte sich veranlaßt, ständig in das dunkle Dickicht der Bäume zu spähen, in der Erwartung, daß irgendein großes Raubtier zurückstarrte.
Wie sehr dieses Land sich doch von dem unterscheidet, das wir gestern durchquert haben, dachte Thomas und wünschte sich eine leichte Brise. Zwei Tage lang, seit sie Bicholim verlassen hatten, war das Terrain angenehm gewesen: mit Obstplantagen bedeckte Hügel, von breiten Strömen voller Enten und eleganter Kraniche bewässert, an deren Ufern blühende Dörfer lagen. Bruder Timóteo hatte fröhlich auf die großen hängenden Nester der Laubenvögel und die Fährten von Fuchs und Wild gedeutet. Das hatte Thomas geholfen, seine düsteren Gedanken zu vertreiben, und ihm Kraft gegeben, dic Reise zu überstehen, bis er sich besser erholt haben würde oder sich eine Gelegenheit zur Flucht ergab oder bis sie Bijapur erreichten.

Doch der dunkle Dschungel und die stickige Luft lasteten wieder schwer auf seinem Gemüt. »Wie niederdrückend und trostlos dieser Wald doch ist«, murmelte er.
»Genau meine Gedanken«, sagte Lockheart, der neben ihm ritt. »Sogar unseren Tieren mißfällt dieser Ort.«
Thomas fiel auf, daß Lockhearts Pferd ängstlich und mit weit aufgerissenen Augen tänzelte. Thomas' Muli zuckte mit den Ohren und hob witternd die Schnauze. »Fürwahr. Ich frage mich, was sie beunruhigt.«
»Sicher etwas, was sie nicht sehen. Dieser Dschungel ist zu dicht und könnte alle Arten von Gefahren bergen. Ich hielt Wälder einst für gesunde Pfründe, voller Wild und anderer Wunder, ein Mekka göttlichen Wohlgefallens. Doch dieser Ort hat ein übles Fluidum, ein Wald, der sich trefflich als Wohnstatt eines Dämons eignet.«
Das brachte Thomas wieder den Laderaum des *Welpen* in Erinnerung, nach dem Angriff der Carrack, als die Männer krank und sterbend im stinkenden tropischen Dunst lagen, während er sein Bestes gab, sie zu pflegen. »Wenn es stimmt, was die Ärzte behaupten, beschert uns diese stickige Luft das Siechtum und Fieber, das uns Joaquims Worten nach heimsuchen wird.«
Er drehte sich auf seinem Sattel um und bemerkte, daß die *soldado*s und die Vorratskarren weit zurückgefallen waren und das Gestrüpp und die knorrigen Bäume den Blick auf sie verwehrten. Die Kamele und der Palankin der Karawanenführerin waren weit voraus, ebenfalls unsichtbar. Lediglich Padre Gonsção und Timóteo befanden sich in der Nähe.
Das wäre eine gute Stelle für einen Hinterhalt, obwohl die

Schurken, die sich in dieses Dickicht wagten, wahrlich verzweifelt sein müßten. Thomas staunte über die Ironie des Schicksals. Wären seine Arme kräftiger und der Wald weniger dicht gewesen, hätte sich ihm jetzt eine günstige Gelegenheit zur Flucht geboten. Die Küste war nicht einmal fünf Tagesritte entfernt, und er hätte ein Schiff finden können, das noch Männer brauchte, die zupacken konnten, ganz gleich welches. *Aber nicht mit diesen Schultern, die schwach wie die eines Babys sind. Und mitten in diesem Morast fliehen zu wollen* – Plötzlich schauderte ihn.
»Was habt Ihr, Tom?«
»Hm?«
»Ihr fröstelt, und Euer Gesicht ist blaß. Ihr habt Euch doch nicht schon ein Fieber eingefangen, oder?«
»Nein, nein. Ich mußte nur an einen Alptraum denken, den ich letzte Nacht hatte.«
»Ah. Ihr habt noch immer Alpträume?«
»Sie haben nicht mehr aufgehört, seit ich das indische Festland betrat.«
Padre Gonsção, der sie bereits – wie Thomas nicht entgangen war – seit geraumer Zeit musterte, wandte sein Pferd (mit einiger Mühe, weil sein Klepper ebenfalls unruhig war) und ritt zurück an ihre Seite.
»Ich gehe doch recht in der Annahme, Magister Chinnery«, sagte der Padre auf lateinisch, während er den Kragen seiner Robe hochschlug, »daß der Zauberer De Cartago Euch nicht etwa eine angenehmere und passablere Route als diese genannt hat?«
Thomas lachte humorlos auf. »Wenn ich eine wüßte, Padre, hätte ich sie dieser hier sicher vorgezogen.«

»Gab es da nicht eine Karte, die De Cartago gezeichnet hatte?« sagte Lockheart. »Hat der Großinquisitor sie Euch nicht ausgehändigt?«
Der Padre stockte und sah den Schotten eine Weile an. »Das hat er, Bruder. Doch ich mußte feststellen, daß es ihr gewissermaßen … an Details fehlt. Deshalb sollten wir Magister Chinnery dankbar sein, daß er uns hilft.«
»Natürlich«, sagte Thomas, »wollte Magister De Cartago nicht, daß seine Geheimnisse so leicht offenbar werden.«
»Dann gleicht unser Vorgehen also der Art und Weise, wie man sich religiösen Mysterien nähert«, sagte Lockheart. »Allmählich und auf verschiedenen Wegen, unter großer Mühsal, die es zu überwinden, und voller Rätsel, die es zu lösen gilt.«
»Magister De Cartago sagte, daß das Mysterium des Pulvers sich in der Obhut einer Göttin befände«, pflichtete Thomas bei.
»Und ich nehme an«, sagte der Padre, »daß das Ganze sich als heidnischer Unsinn herausstellt. Doch sagt, worüber habt Ihr Euch unterhalten, daß Ihr so erbleicht seid, Magister Chinnery? Ihr werdet verstehen, daß ich mich für alles interessiere, was Euch erschreckt.«
Du meinst, wir haben zu lange in einer Sprache miteinander gesprochen, die du nicht verstehst, dachte Thomas. *Das hat den Argwohn des Padre geweckt, er ist kein Narr.*
»Wir haben uns über Magister Chinnerys Träume unterhalten, Padre.«
»Träume?« fragte der Padre und hob eine Braue. Er führte sein Pferd neben Thomas' Muli. »Was für Träume?«
»Ich werde seit meiner Kindheit von Alpträumen heimge-

sucht«, erklärte Thomas. »Als ich von England aus in See stach, hörten sie auf, doch nun, da ich wieder an Land bin, sind sie zurückgekehrt.«

»Einige meiner Brüder«, sagte der Padre, »behaupten, daß Alpträume eine Folter der Dämonen seien, die den Menschen in die Sünde der Verzweiflung treiben sollen. Andere behaupten, solche Träume seien eine Folter, der der Mensch sich selbst unterzieht, wenn er gegen seine bessere Natur ankämpft.«

Spiegeln meine Sorgen sich derart offen auf meinem Gesicht wider? überlegte Thomas.

»Und einige«, sagte Lockheart, »behaupten auch, sie seien Botschaften aus dem Reich der Engel.«

»Ersteres scheint mir die wahrscheinlichste Ursache zu sein«, sagte Thomas, »denn meine Träume sind von einzigartiger, beängstigender Natur. Ich werde immer von drei weiblichen Wesen verfolgt ... häßliche, gräßliche Dinge, die in unterschiedlichen Verkleidungen auftauchen. Einmal waren sie Jäger und ich ein Wild, das durch den Wald floh. Vorige Nacht erschienen sie mir als Waldbewohner, und ich war eine Eiche. Sie hackten mir die Äste ab und schrien ›Mörder! Mörder!‹, was sie immer sagen.« Thomas rieb sich die Schultern. »Ich fürchte, diese Dämonen wollen meinen Tod und werden sich mit nicht weniger zufrieden geben.«

Er wandte sich um und sah, daß Lockheart ihn mit einem Blick bedachte, in dem sich Ehrfurcht und Angst mischten.

»Was meint Ihr, Andrew?«

»Ich denke, ich sollte dem guten Padre die Deutung überlassen«, sagte Lockheart mit einem Lächeln, das seine dunklen Augen nicht erreichte. »Ich mache mir langsam Sorgen um unsere Fuhrleute, die wir schon seit einer Weile nicht mehr gesehen haben. Wenn Ihr mich entschuldigen wollt, Padre, Thomas, ich werde zurückreiten und nachsehen, ob sie Hilfe brauchen.«

Der Padre nickte. »Ein kluger Gedanke, Bruder. Kommt wieder und sagt uns, ob wir anhalten sollen, um auf sie zu warten.«

»Das werde ich, Padre.« Lockheart wendete auf dem schmalen Pfad sein Pferd und spornte es mit den Fersen zum Trab an, als er davonritt.

Was hat ihm solche Angst eingejagt? dachte Thomas. *Was für ein Wächter ist er, daß er vor Alpträumen flieht, die nicht einmal seine eigenen sind?*

»Ich frage mich, was es mit diesem Schrei ›Mörder‹ in Euren Träumen auf sich hat«, sagte der Padre. »Den *fidalgo* De Cartago, in dessen Tod Ihr verwickelt wart, kann es wohl nicht betreffen, wenn Ihr die Träume schon von Kindheit an habt. Gibt es einen anderen Todesfall, der schwer auf Eurer Seele lastet?«

Thomas schüttelte den Kopf. »Da gibt es nur meine Mutter, die bei meiner Geburt starb. Manchmal, wenn er wütend war, warf mein Vater mir vor …« Thomas brach ab und starrte zu Boden, erfüllt vom Schmerz halb vergessener Erinnerungen.

»Sie getötet zu haben?« beendete der Padre den Satz für ihn. »Der Kummer kann einen dazu bringen, schreckliche Dinge zu sagen, mein Sohn. Euer Vater schlug in seinem Schmerz auf die Ursache ein, obwohl die Ursache selbst unschuldig war. Der Herr nahm Eure Mutter zur vorge-

schriebenen Zeit zu sich, und auch wenn Ihr Sein Werkzeug wart, solltet Ihr nicht Euch die Schuld daran geben. Vielleicht sind Eure Träume ja eine zu Unrecht selbstauferlegte Folter. Wenn es noch andere Sorgen gibt, die Euch plagen, so werde ich Euch gern die Beichte abnehmen. Aber natürlich ist dafür jetzt nicht der richtige Zeitpunkt.«
Thomas holte tief Luft, um seine Fassung wiederzugewinnen. »Ja. Ich danke Euch, Padre. Ich werde darüber nachdenken.«
Der Padre lächelte und legte Thomas eine Hand auf die Schulter, so daß er zusammenzuckte. Sofort nahm der Padre die Hand wieder weg. »Bitte verzeiht. Wie geht es Euren Schultern heute?«
Thomas zögerte eine Weile, ehe er zugab: »Ich fürchte, es ist schlimmer geworden.« Es bereitete ihm wirklich Mühe, die Zügel seines Mulis hochzuhalten, und oft ließ er sie auf dem Hals des Tiers ruhen.
Der Padre nickte. »Das ist nicht ungewöhnlich bei jemandem, der das Strappado erlitten hat. Vielleicht hat Bruder Andrew Euch die Arme zu früh wieder eingerenkt.«
»Ich hatte angenommen, das Einrenken der Schultern würde den Heilprozeß beschleunigen.«
»Schließlich wird es das auch. Doch Eure Arme werden eine Zeitlang wieder nutzlos sein, während sie heilen. Ich habe das früher schon gesehen. Ihr müßt Geduld haben und um Genesung beten.«
Ah, das hatte ich vergessen. Wie oft, frage ich mich, hast du Opfer des Strappado gesehen? Wie oft hast du auf eigenes Geheiß Menschen einem solchen Schicksal ausgesetzt? »Dauert der Heilprozeß lange?«

»Mehrere Wochen, wenn ich mich recht entsinne.«

Was für ein Segen für dich, dachte Thomas verärgert. *Es wird erheblich länger dauern, ehe ich auch nur an Flucht denken kann.*

»Padre, Tomás, seht!« Timóteo deutete von seinem Sitzplatz auf dem Esel hoch zu einem farbenprächtigen Vogel, der über den Baldachin des Dschungels hinweghuschte.

Thomas kicherte. »Wenigstens hat einer von uns noch Freude an dieser Reise.«

»Ah, die Neugier der Jugend. Er erinnert mich an die Zeit, als *ich* ein Knabe war. Eines Tages, ich war gerade zehn, begleitete ich meinen Vater, als er einige Lauten, die er gemacht hatte, nach Huelva in Spanien brachte. Ein maurischer Händler war im Dorf, der, Wunder über Wunder, ein Kamel mit sich führte. So ein Tier hatte ich noch nie gesehen, und ich lief hin, um es zu bestaunen. Der Maure bot an, Kinder darauf reiten zu lassen, und ich flehte meinen Vater an, daß auch ich auf dem Kamel reiten dürfe. Doch er zog mich fort und versetzte mir eine Ohrfeige und sagte, eher werde er mich an den Teufel verkaufen als zu erlauben, daß ich auf der Dämonenbestie eines Ketzers reite. Jetzt, da ich erwachsen bin, verstehe ich natürlich seinen Ärger, aber … was habt Ihr, Magister Chinnery?«

Thomas konnte sich ein Grinsen nicht verkneifen. »Man vergißt nur so leicht, daß andere Menschen auch einmal Kinder gewesen sind.«

»Ja. So ist es, mein Sohn.« Er lächelte verlegen.

»Aha, Euer Vater war Lautenmacher. Dann habt Ihr die Familientradition also nicht weitergeführt?«

»Mein Vater hat mir davon abgeraten.«
»Wie kam es, daß Ihr in den Dienst der Santa Casa getreten seid?«
Es war, als hätte sich auf einmal eine Mauer zwischen ihnen erhoben. »Darüber will ich nicht reden.«
»Verzeiht, Padre. Ich wollte nicht unhöflich sein.« Doch der Padre antwortete nicht, und in dem drückenden Schweigen versuchte Thomas, etwas Einfaches und Unbeschwertes zu finden, worüber sie sich unterhalten konnten, denn das besinnliche Geplauder hatte die Reise beinahe erträglich gemacht.
Als der Padre vor Unbehagen auf dem Sattel hin und her rutschte, sagte Thomas: »Wenn Ihr mir die Kühnheit erlaubt, Padre, weshalb reist Ihr eigentlich nicht in einem Palankin wie Domina Agnihotra? Würde Euch das die Reise nicht angenehmer machen?«
Der Padre runzelte die Stirn. »Palankine sind etwas für Frauen.«
»Und für Männer von hohem Ansehen. Als Anführer dieser Expedition im Namen der Santa Casa, würde Euch da ein Palankin in den Augen der anderen Mitglieder dieser Karawane nicht mehr Respekt verschaffen?«
»Mag sein. Doch ich ziehe es vor zu sehen, wohin ich reise, und nur der Gnade meines Pferds ausgeliefert zu sein, nicht einheimischen Trägern. Wenn die Kameltreiber deshalb geringer von mir denken, sei's drum.«
»Ah.« Thomas bewunderte den Padre regelrecht dafür, daß er sich weigerte, prunkvoll zu reisen. »Und wenn ich fragen darf, was hat den Sohn eines einfachen Lautenmachers an diese fernen Gestade verschlagen?«

Timóteo schaute über die Schulter und rief nach hinten: »Der Kardinal und der Papst haben ihn geschickt!«

»Timóteo!« bellte der Padre.

Der Knabe murmelte eine Entschuldigung und verfiel in verschämtes Schweigen.

Seufzend fügte Padre Gonsção hinzu: »Das ist Sache der Santa Casa, und wir dürfen nicht darüber sprechen. Das Schweigegebot, Magister, bindet mich ebensosehr wie Timóteo und Euch.«

»Ah, das Schweigegebot. Das hatte ich vergessen.« Thomas hatte bei seinem Tribunal geschworen, sich daran zu halten, und betrachtete es als Bestandteil des Wahnsinns der Inquisition. Doch es war natürlich zielgerichteter Wahnsinn – sprach man nicht darüber, so erfuhr auch niemals jemand von den Greueltaten, die die Santa Casa an ihren ›Gästen‹ verübte.

Thomas wunderte sich über Timóteos Worte. *Der Papst? Aus welchem wichtigen Grund sollte eine derart gefürchtete und hochangesehene Persönlichkeit einen Abgesandten nach Indien schicken?* Wieder hatte Thomas das seltsame Gefühl, innerlich im Zwiespalt zu sein; sein früheres Selbst hätte den Padre als Diener des Teufels betrachtet. Nun sollte er, wenn er wirklich der neugewonnene Katholik war, zu dem sein Schuldbekenntnis ihn erklärt hatte, den Padre als jemanden ansehen, der auf Geheiß des Himmels handelte. Nicht fähig, das miteinander in Einklang zu bringen, und in dem Bewußtsein, daß der Padre kein Wort mehr darüber verlieren würde, wandte Thomas seine Aufmerksamkeit wieder dem Dschungel und dem unsicheren Pfad zu.

Padre Antonio Gonsção bedauerte es, so barsch mit dem jungen *inglês* gewesen zu sein. Und Timóteo hatte es nicht böse gemeint – der Junge war einfach nur enthusiastisch. Doch er mußte sich vorsehen, daß er in dieser wilden, fremdartigen Umgebung die Regeln nicht aus den Augen verlor, die ihn leiteten. Ohne sie, spürte Gonsção, würden ihm in diesem Land, in dem ihm nichts vertraut war, vielleicht jede Vernunft und geistige Gesundheit abhanden kommen.

Goa war schon beunruhigend genug gewesen, an der Oberfläche Lissabon so ähnlich, doch darunter von fremden Einflüssen zersetzt und korrumpiert. Verglichen mit dieser Wildnis schien Goa allerdings ein Refugium der Zivilisation zu sein.

Es wäre undenkbar gewesen, Magister Chinnery zu erklären, daß Kardinal Albrecht ihn als Sondergesandten hierhergeschickt hatte (und eigentlich nicht der Papst – das war eine leichte Übertreibung gewesen, um sich Timóteos Mitarbeit zu versichern), damit er untersuchte, weshalb erst ein Gouverneur und dann ein Vizekönig von Goa unter dem Vorwurf der Ketzerei und Zauberei abgesetzt und nach Lissabon zurückbeordert worden waren. Es rief große Besorgnis hervor, daß so etwas in einer Kolonie geschehen konnte, in der die Inquisition gerade zu dem Zweck, heidnische Irrlehren zu unterbinden, einen Außenposten errichtet hatte.

Als Gonsção in Goa eingetroffen war, hatte er rasch erfahren, daß die Gerüchte über die Goanische Santa Casa der Wahrheit entsprachen; sie war der Korruption verfallen und hauptsächlich daran interessiert, jene zu verfolgen, deren Reichtümer sie konfiszieren konnte. Doch wie es der Zufall wollte, steckte noch mehr hinter dem Fall des unglückseligen Gouverneurs und des Vizekönigs.

Anfangs hatte Domine Sadrinho, Inquisitor maior der Santa Casa, noch den Eindruck erweckt, zur Mitarbeit bereit zu sein, und ihm die Information geliefert, daß der ehemalige Gouverneur durch eine Intrige von Zauberern, angeführt von Senhor De Cartago und einer rätselhaften Frau namens Aditi, verführt worden sei. Dann, als Gonsção mehr über diese Intrige erfahren wollte, hatten die Ereignisse eine schicksalhafte Wendung genommen.

Der Zauberer De Cartago war aus Goa geflohen und anschließend von Piraten in die Stadt zurückgebracht worden, von einem eben jener Engländer verraten, die ihn vor seinen portugiesischen Verfolgern gerettet hatten. Er kehrte jedoch als Toter zurück. Die einzige Person, die mit dem Zauberer in Verbindung gestanden hatte, war Magister Thomas Chinnery.

Während der Befragung des jungen *inglês* hatte Domine Sadrinho sich auf sehr merkwürdige Weise verhalten, Informationen vor Gonsção zurückgehalten und versucht, Gonsção vom Verhör auszuschließen. Das heißt, bis zur zufälligen Begegnung mit den Jesuitenmönchen Padre Estevo und Bruder Andrew Lockheart. In dem Bemühen, die Santa Casa davon zu überzeugen, daß sie Magister Chinnery freilassen sollten, behaupteten die Mönche, daß der Zauberer überhaupt nicht tot sei, seinen Tod nur vorgetäuscht habe und sie es beweisen könnten.

Als Magister Chinnery der Prozeß gemacht wurde, brachte man den Leichnam des Zauberers De Cartago in den

Audienzsaal, und die Mönche schütteten ihm ein braunes Pulver in den Mund. Und Gonsção erfuhr, daß es dieses Pulver war, auf das Domine Sadrinho es abgesehen hatte, daß darin sein Hauptinteresse an diesem Fall lag. Dieses seltsame Pulver erweckte den verfallenen Leichnam des Zauberers nämlich wieder zum Leben.

Die Herkunft des mächtigen, gefährlichen braunen Pulvers herauszufinden war der eigentliche Zweck der Expedition des Padre. Der Zauberer wollte das Geheimnis nicht verraten und starb abermals. Doch der junge *inglês* hatte eine Karte. Und man hängte ihn so lange am Strappado auf, bis er gestand. Und so erbot er sich, die Expedition zum Herkunftsort des wundertätigen Pulvers zu führen.

Gonsção war sich nicht sicher, wie weit er Magister Chinnery trauen konnte. Der junge Mann schien ernsthaft zu einer Mitarbeit bereit zu sein. Gewiß stellte er mit seinen verletzten Armen keine Gefahr dar. Doch es war klar, daß er seinen neuen Glauben nicht von ganzem Herzen angenommen hatte. Das war nicht weiter ungewöhnlich bei gerade erst Bekehrten, gebot jedoch Wachsamkeit.

Und hinter dem Verhältnis zwischen dem jungen *inglês* und dem Jesuitenbruder Andrew steckte mehr, als daß lediglich ein Europäer einem anderen geholfen hatte. Sie kannten einander schon eine ganze Weile, wie es schien. Bruder Andrew war eine weitere unbekannte Größe; er verstand sich auf fremdländische Bräuche und Sprachen, war sehr weltlich. Seine Gelehrtheit hatte sich bisher als äußerst hilfreich für die Expedition erwiesen. Bruder Andrew benahm sich, als sei er um Magister Chinnerys

Wohlergehen besorgt, doch Gonsção fragte sich, was wohl die wahren Beweggründe des Mönchs sein mochten.

Der junge *inglês* behauptete, Apotheker zu sein, und vielleicht verbargen sich kaufmännische Interessen hinter seiner Suche nach dem Herkunftsort des *pulvis mirificus*. Gonsção hatte sich nur aus einem einzigen Grund einverstanden erklärt, die Suche zu leiten; nicht, um einen Vorrat des Pulvers zur Verwendung durch die Santa Casa zurückzubringen, wie Domine Sadrinho hoffte, sondern um es zu vernichten.

Plötzlich blieb sein Pferd stehen und stieß ein heiseres Wiehern aus, was Gonsçãos Aufmerksamkeit wieder in die Gegenwart holte. »Dämliches Vieh«, murmelte Gonsção, »das hier ist nicht der Ort, um anzuhalten.« Er schüttelte auffordernd die Zügel. Das Pferd legte die Ohren an und begann zurückzuweichen. Gonsção schaute sich um, sah jedoch keinen Grund für die Sturheit des Tiers. »Na los, weiter!« Er trat dem Pferd in die Flanken.

Prompt bäumte das Pferd sich laut wiehernd auf. Gonsção stürzte zu Boden und landete hart auf Hüfte und Ellenbogen. »Maria e Jesu, diese Bestie peitsche ich aus«, stöhnte er. Er hörte einen Schmerzensschrei hinter sich.

Gonsção wälzte sich auf die andere Seite und sah, daß auch Timóteo und Magister Chinnery von ihren Reittieren abgeworfen worden waren, die jetzt wie verrückt den Pfad zurückgaloppierten. Der *inglês* lag auf dem Boden und umklammerte mit schmerzverzerrter Miene eine Schulter. Gonsção wollte gerade aufstehen, um ihm zu helfen, als Timóteo aufsprang und den Pfad hinauf deutete.

»Padre, gebt acht!«
Gonsção wandte den Kopf. Vor ihm auf dem Pfad, drei Armeslängen entfernt, stand ein Tiger.
Gonsção starrte ihn mit offenem Mund an, er hatte noch nie eine solch herrliche, furchteinflößende Bestie gesehen.
Der Tiger duckte sich, bleckte die Zähne und fauchte ihn an.
Gonsção hatte keine Pistole, keine Armbrust. Er hatte keine Kampferfahrung und nur einen Dolch zu seinem Schutz dabei. Er zerrte am Messerknauf, als die riesige Katze auf ihn zuschlich.
»Ai, ai, ai, ai, ai!« schrie Bruder Timóteo hinter ihm, und Steine begannen zwischen dem Padre und dem Tiger niederzuprasseln.
Der Tiger blickte verdutzt auf und wich einen Schritt zurück.
»Nicht, Timóteo!« befahl Gonsção. »Seht nach Magister Chinnery, und bringt Euch in Sicherheit! Geht!«
Doch Timóteo brüllte weiter Worte, die Gonsção nicht verstand, und bewarf den Tiger mit Steinen. Die großen Augen der Katze hatten sich geweitet, und wieder fauchte sie, schlug mit der Tatze in die Luft. Timóteo gelang es, mit einem Stein genau die Nase des Tigers zu treffen. Der Tiger sprang zurück, schüttelte den Kopf und hüpfte mit einem beleidigten Blick auf Timóteo in die Deckung des Dschungels. Timóteo lief zu der Stelle, an der das Tier den Pfad verlassen hatte, und hörte nicht auf, seltsame Worte zu rufen und mit Steinen zu werfen.
»Genug, Timóteo!« schrie der Padre. »Kommt her!«
Nach einer Minute brach Timóteo seinen Angriff ab und

kehrte mit hochrotem Gesicht und zitternden Händen zurück. »Der Tiger ist fort, Padre.«
»Gott sei's gedankt.« Padre Gonsção stöhnte, als Timóteo ihm auf die Beine half. »Das war entweder sehr tapfer oder sehr töricht von Euch, mein Sohn.«
Timóteo zuckte mit den Achseln. »Meine Vettern haben mir geraten, das zu tun, wenn ich jemals einem Tiger begegnen sollte. Sie sagten, er werde zurückschlagen oder davonlaufen, aber jedenfalls bringe es ihn dazu, sich so sehr vor einem zu fürchten, wie man selber sich vor ihm fürchtet. Steine werfen ist doch besser als gefressen werden, oder?«
»So ist es«, sagte Gonsção und klopfte sich den Staub aus der Robe. »Was habt Ihr dem Wesen zugebrüllt?«
»Ich habe ihm auf marathi geraten, sich nur ja davonzumachen und sich sein Abendessen woanders zu suchen.«
»Wie segensreich für uns, daß der Tiger marathi versteht. Also gut. Ich scheine nur ein paar blaue Flecken abbekommen zu haben. Kümmern wir uns um den armen Magister Chinnery.«
Als sie zu dem *inglês* zurückgingen, der gebückt auf dem Pfad kniete, sagte Gonsção: »Wir stehen tief in Eurer Schuld, Timóteo.«
»Ist nicht der Rede wert, Padre. Ich bin froh, daß ich Euch behilflich sein konnte.«
Als sie ihn erreichten, preßte Magister Chinnery zwischen den Zähnen hervor: »Ich fühle mich beschämt. Ich hätte Euch zu Hilfe kommen sollen, doch ...«
»Macht Euch keine Vorwürfe, mein Sohn«, sagte Gonsção und schüttelte den Kopf. »Was hättet Ihr schon tun kön-

nen, außer Euch mit mir verspeisen zu lassen?« Er half dem *inglês* hoch und betastete vorsichtig den Bereich der linken Schulter. »Der Arm ist nicht wieder ausgerenkt, also ist Euch wohl mit etwas Glück kein weiterer Schaden entstanden.«

»Ich fürchte, das ist mir im Moment kein großer Trost«, stöhnte der *inglês*.

»Ich habe keine Betelblätter mehr«, sagte Timóteo entschuldigend. »Vielleicht kann ich Euch später welche besorgen.«

»Ich danke Euch, kleiner Bruder«, sagte der *inglês*, »aber vielleicht erbitte ich mir auch von den Soldaten, sobald wir wieder zu ihnen stoßen, ein wenig Arrak.«

»Leider kann das noch einige Zeit dauern«, sagte Gonsção und blickte den Pfad hinunter. »Unsere Tiere sind verschwunden. Wir können uns glücklich schätzen, wenn die Fuhrleute sie wieder einfangen, ehe sie den ganzen weiten Weg nach Goa laufen.«

»Wir können ihnen ebensogut entgegengehen«, sagte Magister Chinnery. »Bruder Andrew wird sich Sorgen machen, wenn er unsere Reittiere ohne uns zurückkehren sieht.«

»Zweifellos. Könnt Ihr denn gehen, mein Sohn?«

»Meine Arme tun mir weh, nicht meine Beine. Ich werde es schon schaffen. Aber langsam, wenn ich bitten darf.«

»Schön. Stützt Euch notfalls auf mich.«

Als sie vorsichtig den holprigen Pfad zurückgingen, fragte Timóteo: »Padre, sind Tiger böse?«

»Böse, mein Sohn?«

»Tiger sind doch Geschöpfe Gottes, oder nicht? Aber sie

sind erschaffen, um zu jagen und zu fressen. Heißt das, daß sie Ungeheuer sind?«

»Aber sie sollen nicht den Menschen jagen, Timóteo. Vergeßt nicht, daß sich unter allen Schöpfungen Gottes besonders der Mensch hervortut, denn wir allein sind nach Gottes Ebenbild geschaffen. Es ist unsere Aufgabe, über die Natur zu herrschen und sie uns untertan zu machen, nicht, uns ihr zu unterwerfen.«

»Oh. Es war ein wunderschönes Tier, nicht? Hoffentlich habe ich es nicht zu sehr verletzt. Ist etwas böse, nur weil es gefährlich ist?«

Gonsção lachte. »Genug gefragt, Timóteo. Ich bin im Augenblick zu entkräftet, um mich über Philosophie zu unterhalten. Ihr habt ein gutes Herz, müßt aber noch viel lernen.«

»Ja, Ihr habt recht, Padre«, sagte Timóteo. »Ich habe über vieles nachzudenken.«

Es gibt verschiedene Arten von Gefahren, Timóteo, dachte Gonsção. *Gefahren für den Leib und Gefahren für die Seele. Und es ist die Gefahr für die Seele, die sich am häufigsten mit der Maske der Schönheit tarnt. Eines Tages wirst du das verstehen lernen.*

4

TÜRKIS:

Diesen blauen Stein findet man in Persien, und er soll gegen Ansteckung schützen. Die Hindu glauben, daß es großen Reichtum bringt, bei Neumond einen Türkis zu betrachten. Die Mogule tragen ihn, um sich gegen Schlangen und Hautkrankheiten zu wehren. Verschenkt man ihn, so macht er aus einem Feind einen Freund. Angeblich schützt er auch gegen Stürze, besonders gegen solche von Pferderücken. Ein Türkisamulett hat die Macht, seinen Träger vor drohenden Gefahren zu warnen …

Die Festung Ahmadnagar war hinter dem Staub, den die Armee des Mirsa aufwirbelte, nicht länger zu sehen. Sonnenlicht funkelte blendend hell auf den Lanzenspitzen und Schilden der Mogulreiter. Ihre Rosse warfen die Köpfe hoch und schnaubten, so daß Zaumzeug und Staatsgeschirr klirrten.

Mirsa Ali Akbarshah wünschte, er ritte auf seinem eigenen feurigen Roß Niyazik statt auf dem plumpen Behemoth unter ihm. Das war bitter für jemanden, in dessen Adern Tatarenblut floß. Die zweihundert Mann starke Kavallerie bestand aus seinen eigenen Leuten, alles feine Mogulkrieger. Doch die fünfhundert Infanteristen, die eher einem wild zusammengerotteten Pöbel glichen, waren Hindu und andere *harbis*, ausgewählt unter den Verfügbaren und Entbehrlichen. Dieser Mob brauchte klare Symbole der Führerschaft, und Hindu-*rajas* führten ihre Armeen auf Elefanten an.

Sein Rücken schmerzte von der rollenden Gangart des Tiers, das bemalte und vergoldete *howdah* quietschte bei jedem Schritt. Der Mirsa war sich nur zu bewußt, was für ein vortreffliches Ziel er für einen fähigen Bogenschützen abgab.

Der einzige Vorteil seines Ausgucks war die bessere Sicht. Doch er fand wenig an der Dekkan-Landschaft, was eine weitschweifende Betrachtung wert gewesen wäre. Rote Sandsteinblöcke lagen verstreut auf einer Ebene aus rotem

Sandsteinschlamm, der in der Sonne gebacken roten Sandsteinstaub produzierte. Die Eintönigkeit wurde nur gelegentlich von einer flachen Felserhebung mit einer Festung darauf oder einem kleinen, verkrüppelten Dorf unterbrochen, das zwischen kleinen, verkrüppelten Bäumen verborgen lag. *Dieser immergleiche Anblick ist eine Bedrohung, die Chand Bibi zu erwähnen vergaß.*

Ein Ruf neben dem Elefanten bot eine willkommene Ablenkung. Der Mirsa blickte von seinem *howdah* herab und sah seinen Stellvertreter Jaimal an seiner Seite reiten.

»Darf ich einige Worte mit Euch wechseln, Erhabener Mirsa?« rief der Leutnant.

»Natürlich«, sagte der Mirsa, erfreut über die Gesellschaft. Er beugte sich vor und sagte etwas zu dem *mahout.* Mit ein paar leichten Schlägen seines Stocks brachte der *mahout* den Elefanten schwerfällig zum Stehen. Jaimal übergab die Zügel seines Pferds einem anderen Reiter und kletterte die Geschirrvertäuung zum *howdah* hinauf.

Der *mahout* schlug noch einmal leicht mit dem Stock, und der Elefant setzte sich abrupt in Bewegung, so daß Jaimal mit dem Mirsa zusammenstieß. Beide mußten sich an den *howdah*-Sitzen festhalten, um nicht herunterzufallen.

»Entschuldigt bitte, Erhabener Mirsa«, sagte Jaimal und rückte seinen Turban wieder zurecht.

»Keine Ursache«, erwiderte Akbarshah mit einem kläglichen Lächeln. »Ich kann nicht begreifen, wie es den Maharadschas gelingt, es sich auf diesen Biestern bequem zu machen.«

»Vielleicht haben sie breitere Gesäße, Gebieter, vom Sitzen auf kissenbedeckten Thronen.«

»Vielleicht. Es ist warm heute morgen.«
»Am Nachmittag wird die Sonne heiß brennen«, pflichtete Jaimal bei.
»Ich hoffe, wir finden für unsere Mittagsgebete einen schattigen Platz.«
»Ja, wenn auch Bequemlichkeit in unseren Gedanken keinen Vorrang vor unserer Pflicht haben sollte.«
Der Mirsa zögerte. »Natürlich. Ihr habt recht, Jaimal. Das sollte sie nicht.« Der Mirsa war ein Sunni, Jaimal aber ein Shi'a. Jaimal hatte Akbarshah schon viele Jahre gut gedient, doch noch immer ließ der Mirsa Vorsicht walten, wenn er mit seinem Stellvertreter über Glaubensangelegenheiten sprach. »Dennoch ist der General, der nicht an die Bequemlichkeit seiner Männer denkt, töricht.«
»Es freut mich, das von Euch zu hören«, sagte Jaimal. Seine Stimme hatte einen seltsamen Unterton, den der Mirsa herauszuhören gelernt hatte.
»Aber Ihr fürchtet, ich hätte diese Wahrheit vielleicht vergessen?«
»Mein Gebieter, niemals könnte ich so schlecht von Euch denken.«
»Aber diese Frage macht Euch doch Sorge?«
»Sorge? Sorge, mein Gebieter, ist ein Dieb, der vor der Tür bettelt. Laßt ihn aus Mitleid ein, und er stiehlt Euch den Mut.«
Mirsa Akbarshah seufzte. »Dann gibt es in Sachen Bequemlichkeit nichts mehr zu sagen?«
Jaimal schien die Muster auf dem Teppich unter ihm zu betrachten. »Vielleicht doch, mein Gebieter.«

»So sprecht! Sind Euch meine Ohren jemals verschlossen gewesen?«

»Mir nicht, mein Gebieter. Aber einige der Männer … machen sich Sorgen.«

»Ich werde sie mir anhören, als wären es meine eigenen.«

»Also gut. Es blieb nicht unbemerkt, Erhabener Mirsa, daß wir Ahmadnagar mit abweisender Hast verlassen haben.«

»Abweisend?«

»Seine Leuchtende Hoheit Prinz Murad hatte Speisen und Frauen aus seinen Vorräten angeboten sowie die Hilfe seiner Männer, damit wir schneller finden, wonach wir suchen. Eure Krieger fragen sich, weshalb Ihr seine Großzügigkeit verschmäht habt.«

»Tun sie das? Ihr seid ein Narr, Jaimal. Seht Ihr denn nicht, welche Absicht hinter Prinz Murads ›Großzügigkeit‹ verborgen lag?«

Nach einer Weile erwiderte Jaimal: »Er hegte die Hoffnung, daß wir uns erkenntlich zeigen würden, indem wir seine Truppen verstärken und ihm helfen, in Ahmadnagar einen Aufstand anzuzetteln, die Provinz am Ende vielleicht sogar einzunehmen.«

»Und seinem Namen auf diese Weise den lange gewünschten Ruhm zu verleihen. Einfach so. Doch hätte das für unsere Expedition nicht eine unendliche Verzögerung bedeutet? Möglicherweise das Aus?«

Leise erwiderte Jaimal: »Manche ziehen einen schnellen Kampf um einen Preis, den sie vor Augen haben, einem langen Marsch zu etwas, von dem sie sich keine Vorstellung machen können, vielleicht vor.«

»Ah. Wissen sie denn nicht, daß im Falle unseres Erfolges

Ahmadnagar gegen die Macht, die wir für den Schahinschah gewinnen, banal und abgedroschen wirken wird?«
»Das habe ich ihnen gesagt, Erhabener Mirsa. Doch sie fürchten, daß wir Phantomen nachjagen.«
»Ich verstehe. Was würde sie Eurer Ansicht nach beruhigen?«
»Wenn mein Gebieter ihnen versprechen könnte, daß sie an unserem Bestimmungsort ein großer Schatz erwartet und jeder Mann seinen Anteil erhält …«
»Wollt Ihr, daß ich sie anlüge, Jaimal? Es gibt nur einen Schatz, den der Padscha mich geheißen hat zu finden, und der wird allein ihm gehören. Was würde aus uns werden, wenn die Männer den Eindruck gewönnen, wir hätten sie treulos ausgetrickst? In einem fernen Land kann es leicht vorkommen, daß Befehlshaber ›räuberischen Tigern‹ oder anderen unvorhergesehenen Katastrophen anheimfallen.«
Jaimal seufzte. »Ich verstehe, mein Gebieter.«
»Ich werde die Männer nicht mit Geschichten von großen Schätzen anspornen. Die Pflicht dem Schahinschah gegenüber und der künftige Ruhm sollten genügen.«
»Unseren Leuten vielleicht, aber den *harbis* …«
»Die Angst vor Strafe wird's tun.«
Ein erneuter Ruf kam von weiter vorn auf der Straße. Wieder kam der Elefant schwerfällig zum Stehen, und Reiter auf Pferden sprengten vorbei. Der Mirsa spähte dem *mahout* über die Schulter. »Was geht da vor?«
»Vor uns steht ein Mann auf der Straße, Sri Mirsa.« Der *mahout* deutete mit dem Stock in die Richtung.
Einige Meter entfernt stand eine einsame Gestalt mit

struppigem Bart in einer staubigen Robe aus weißer Wolle, die Arme erhoben. »Der Narr«, sagte Akbarshah. »Was kann er nur wollen?«
»Vielleicht ist es ein Trick, mein Gebieter«, sagte Jaimal. »In dieser Gegend wimmelt es von Banditen. Vielleicht hat er uns angehalten, um uns von einem Angriff abzulenken.«
Der Mirsa sah sich um. »Eine Armee von Räubern hätte Mühe, sich in diesem Gelände zu verstecken. Geht und seht nach, was er will. Und sagt den Männern, sie sollen auf der Hut sein, falls es doch ein Trick ist.«
»Sehr wohl, mein Gebieter.« Jaimal ließ sich seitlich vom *howdah* nach unten gleiten. Auf seinen Befehl hin wurde der Elefant rasch von Reitern umstellt, die ihre Schwerter gezückt hielten.
Einige Minuten später kehrte Jaimal zu dem Elefanten zurück, den seltsam aussehenden Mann bei sich. »Mein Gebieter. Dieser Mann möchte mit Euch sprechen.«
»Was ist er?«
»Ein Sufi, mein Gebieter. Er kommt aus Bijapur.«
»Aus Bijapur. Die Kunde von unserem Nahen verbreitet sich rasch. Ich habe gehört, Sufis könnten Wunder wirken. Schickt ihn herauf.« In Wahrheit war der mystische Weg der Sufis für den Mirsa verwirrend, und er konnte verstehen, weshalb manche Gläubige ihn als Ketzerei abtaten. Doch im Kaiserreich und darüber hinaus in der ganzen islamischen Welt suchten Prinzen den Rat der Sufi-*sheykhs*.
Akbarshah ließ eine Strickleiter herunter, und der alte Mann kletterte flink wie ein Affe hoch. Jaimal stieg

vorsichtig hintendrein. Der Sufi lächelte breit, als er das *howdah* betrat und auf dem Teppich niederkniete.

Er schien die Dreißig schon überschritten zu haben. Unter seinem Turban ragte langes, struppiges Haar hervor, und auf seiner Tunika aus weißer Wolle breitete sich ein langer, struppiger Bart aus. Doch den Augen des Mannes war eine wilde Intensität eigen, die zeigte, daß sein ungepflegtes Äußeres nicht der Armut entsprang, sondern daß seine Aufmerksamkeit auf etwas anderes gerichtet war.

»Der Erhabene Mirsa ist zu gütig, diesen bescheidenen Wanderer auf dem Pfad zu empfangen«, sagte der Sufi.

»Ihr erweist mir große Ehre, indem Ihr meine Einladung annehmt«, sagte der Mirsa. »Darf ich Euch einen Schluck Wasser anbieten?« Akbarshah schenkte etwas Wasser aus einem verstöpselten Krug in eine silberne Tasse. Diese reichte er dem Sufi.

Der Mystiker nahm die Tasse in beide Hände und trank sie in einem Zug leer. Dann hielt er ihm die Tasse wieder hin. »Wenn mein Gebieter die Güte hätte …«

Der Mirsa schenkte ihm nochmals ein, und abermals trank der Sufi alles auf einmal aus. Der Mirsa runzelte die Stirn. »Ihr seid sehr durstig. Möchtet Ihr etwas Dörrobst und einige Mandeln essen?« Er öffnete einen Stoffbeutel, um ihm davon zu geben.

»Der Erhabene Mirsa ist ausnehmend großzügig!« sagte der Sufi und griff mit der Hand in den Beutel. Er zog eine Handvoll heraus und würgte alles gierig hinunter.

Der Mirsa wechselte einen raschen Blick mit Jaimal, sagte jedoch nichts zu den schrecklichen Manieren ihres Gastes. »Ihr seid auch überaus hungrig, wie ich sehe. Habt Ihr seit

Eurem Aufbruch aus Bijapur überhaupt etwas zu Euch genommen?«

»Sehr wenig, Erhabener Mirsa«, sagte der Sufi, den Mund voller Datteln. »So groß war mein Wunsch, Euch zu finden.«

»Mich zu finden?«

Jaimal krauste die Stirn. »Wie ist Euer Name, Mann? Wer hat Euch geschickt?«

Der Sufi duckte sich in einer raschen Verbeugung. »Mein Name ist Masum al-Wadud. Ich komme vom Chisti-Anwesen auf der Feste Schahpur außerhalb von Bijapur. Mich schickt der Wille des Barmherzigen Der Alles Sieht. Es ist bei uns Sitte, dem Leib keine Beachtung zu schenken, wenn das den Weg zur Begegnung mit dem Göttlichen bereitet.«

»Von diesen Chisti-Sufis habe ich schon gehört. Es sind Poeten«, sagte Jaimal mißbilligend, »und Künstler. Wer ist Euer Lehrer, Euer *pir?*«

Masum lächelte milde und schüttelte den Kopf. »Das darf ich Euch nicht sagen. Mein *pir* hat es mir verboten.«

»Wie Ihr seht, mein Gebieter, entsprechen die Gerüchte über die Arroganz dieser Leute der Wahrheit«, sagte Jaimal. »Sie verachten die Gesellschaft von Edlen.«

»Nein, nein«, sagte Masum. »Das geschieht nicht aus Arroganz. Wir sind uns lediglich der Verlockungen des höfischen Lebens bewußt. Wenn ein *pir* sich der Gesellschaft von Prinzen überläßt, ist er der Kontemplation in Abgeschiedenheit, die Weisheit bringt, nicht mehr fähig. Mein *pir* möchte sich nur vor Verunreinigungen schützen ...«

»Da, seht Ihr?« sagte Jaimal. »Als gehörten wir der untersten Hindukaste an. Wird nicht gelehrt, daß im Angesicht des Barmherzigen alle Menschen gleich sind?«

»Jaimal, bitte«, meinte Akbarshah und hob die Hand. »Sagt uns, Masum, weshalb war es Euch so wichtig, uns zu finden?«

»Ich hatte Träume, Erhabener Mirsa.«

»Ah, Träume.«

»Mächtige Träume, Erhabener Mirsa. Mir träumte, daß ich einen großen General sehe, der auf der Suche nach dem Jungbrunnen von Norden nach Süden reist. In dem Traum fand er, wonach er suchte, doch der Brunnen war von Schlangen umgeben, und die Fontäne sprudelte kein Wasser in die Höhe, sondern Blut.«

Der Mirsa rieb sich den Bart. »Ein solcher Traum kann vielerlei bedeuten.«

»Mag sein. Doch ich hatte diesen Traum zahlreiche Nächte. Ich erzählte ihn meinem *pir*, und er sagte, er sei sicher eine Botschaft von den Engeln. Er sagte, ich muß dem Traum folgen, bis er mich dorthin führt, wo sich mir seine Bedeutung erschließt.«

»Und Ihr haltet mich für den General in Eurem Traum?«

»Ist das nicht offenkundig? Ich bin Euch hier auf einer Straße Richtung Süden begegnet.« Masum wandte sich an Jaimal. »Von Euch habe ich auch geträumt.«

»Von mir?«

»In der Tat, den General in meinem Traum begleitete ein Mann, der ähnlich wie Ihr aussah. In der einen Hand hielt er Gold, doch das wurde zu Staub. In der anderen Hand hielt er Staub, und der wurde zu Gold.«

Jaimal lachte. »Wenn dieser Traum wahr wäre, sollte ich meine Taschen mit dem Staub der Straße füllen.«

»Es brächte Euch gerade so viel, als wären sie mit Gold gefüllt.«

Jaimals Lächeln wurde zu einem verwirrten Stirnrunzeln.

»Also, Masum«, sagte der Mirsa, »nun, da Ihr uns Euren Traum erzählt habt, will ich Euch die Wahrheit sagen. Wir sind in der Tat auf einer Queste zu Ehren des Schahinschahkaisers Akbar. Wir suchen eine Königin, die in einer verborgenen Festung auf einem Berg lebt, vielleicht unsterblich ist und die Macht über Leben und Tod besitzt.«

Der Sufi hob den Blick zum Himmel und murmelte ein leises Gebet. »So wurde ich denn richtig geführt«, sagte er.

»Tja«, sagte der Mirsa, »da Ihr nun die Wahrheit hinter Eurem Traum gefunden habt, was werdet Ihr tun? Seid Ihr gekommen, um uns zu warnen? Wollt Ihr versuchen, uns von unserer Reise abzubringen?«

»Abbringen? Nein, Erhabener Mirsa. Ich glaube, ich bin hier … um Zeuge zu sein. Und um Rat zu erteilen, wann immer mir das möglich ist. Ich glaube, daß das, wonach Ihr sucht, von größter Wichtigkeit ist, größer als der Ehrgeiz von Sultanen oder Kaisern. Ich biete Euch an, meine geringe Weisheit nach Kräften in Euren Dienst zu stellen.«

»Mein Gebieter«, sagte Jaimal, »wir brauchen keinen Bettler, der unsere Vorräte noch weiter schmälert.«

»Doch ich werde nicht als ungebetener Gast bleiben«, sagte Masum. »Ich bin Soldat gewesen. Und auch wenn ich jetzt ein Mann des Friedens bin, so weiß ich noch immer, was in einer Armee not tut – die vielen niedrigen Aufgaben, das Versorgen der Pferde, das Wassertragen, das Polieren der Schwerter und so fort.«

»Und ein heiliger Mann wie Ihr«, sagte Jaimal, »ist bereit, sich zu solch ›niedrigen Aufgaben‹ herabzulassen?«

»Mein *pir* lehrt, daß, wenn man sich der täglichen Arbeit unterwirft, die das Leben abverlangt, man ein Gefühl für Pflicht und jene Standhaftigkeit erlernt, die einem den Pfad zum Göttlichen ebnen.«

»Dann werdet Ihr unter uns vieles finden, was Euch zur Erleuchtung führt«, sagte der Mirsa mit einem schrägen Lächeln. »Doch nun, da Ihr unser Ziel kennt, habt Ihr in der Gegend von Bijapur irgendwelche Geschichten über die große *rani* gehört, nach der wir suchen?«

»Ah, was Euer Ziel angeht. Ich kenne eine Geschichte, die sich darauf bezieht.«

Jaimal hob die Hand. »Mein Gebieter, er wird uns nur eine schreckliche Sufigeschichte erzählen.«

»Wenn sie zur Sache gehört, wie er sagt, Jaimal, dann will ich sie hören. Sprecht weiter, Masum.«

»Wie Ihr wünscht, Erhabener Mirsa. Eines Tages vor langer Zeit gingen einmal ein Gelehrter, ein Kaufmann und ein Bettler alle zum selben Lehrer, alle am selben Tag und zur selben Stunde, und ein jeder wollte, daß der *pir* ihm etwas Wunderbares zeigte. Der *pir* sagte allen, daß sie einen ganzen Tag lang von der Stadt aus nach Osten ziehen sollten, und sie würden wahrlich etwas Wunderbares entdecken.

Also gingen diese drei Männer am folgenden Tag gemeinsam von Sonnenaufgang bis Sonnenuntergang auf der Straße, die von der Stadt aus in östliche Richtung führte.

Als die Sonne hinter ihnen versank, gelangten sie an eine kleine, schattige Quelle. Der Hüter der Quelle reichte jedem der durstigen Reisenden einen Becher voll Wasser.

Der Gelehrte, der gehofft hatte, zu einer Schule von großer Gelehrsamkeit zu gelangen, stürzte das Wasser hinunter und schaute sich um. ›Ich sehe hier nichts Besonderes‹, beschwerte er sich. ›Du, mein Freund?‹

Der Kaufmann, der gehofft hatte, zu einem Schatz von größtem Wert zu gelangen, sagte: ›Nein, nicht im geringsten.‹ Nachdem er seinen Becher Wasser auf einen Schlag geleert hatte, fügte er hinzu: ›Ich glaube, man hat uns hereingelegt.‹

Doch der Bettler, der lediglich wußte, daß ihm heiß war und ihre lange Reise ihn erschöpft hatte, setzte sich in den Schatten und schlurfte das kühle, reine Wasser der Quelle und seufzte: ›Ah. Das ist wunderbar.‹« Masum verbeugte sich, um zu zeigen, daß seine Geschichte aus war.

»Ich hoffe«, knurrte Jaimal, »daß wir am Ende unserer Reise mehr vorfinden werden als einen Becher Wasser.«

Der Sufi sah ihn traurig an. »Ihr werdet vorfinden, was Eure Reise Euch vorzufinden gelehrt hat. Wenn Ihr die Lehren annehmt, die Euch erteilt werden, wird das, was Euch am Ende Eures Wegs erwartet, wahrlich wunderbar sein.«

»Ah-hmmm«, sagte der Mirsa. »Ich hatte auf eine Geschichte gehofft, die uns etwas über unsere Reise durch den Dekkan erzählt, nicht über die spirituelle Reise des Lebens.«

»Ich habe von beidem gesprochen«, sagte Masum.

Mirsa Akbarshah blieb eine Entgegnung erspart, weil in

diesem Augenblick zum Gebet gerufen wurde. »Nun, Masum, wie es scheint, habt Ihr unseren Gebetsort für uns ausgesucht. Jaimal, wenn die Gebete vorbei sind, dann seht zu, daß unserem neuen Diener angemessene Aufgaben übertragen werden. Ich werde mir alles, was Ihr über die Sorgen der Männer gesagt habt, zu Herzen nehmen.«

Jaimal nickte einmal und führte den Sufi vom *howdah* hinunter. Der Mirsa wollte gerade folgen, als seine Hand die silberne Tasse berührte, aus der der Sufi getrunken hatte. Er hob sie hoch und sah hinein. *Etwas Wunderbares …* sinnierte er. Doch er sah lediglich sein eigenes verzerrtes Spiegelbild auf dem Boden der Tasse.

5

RINGELBLUME:

Diese auch Calendula genannte Pflanze hat rauh behaarte Blätter und goldene Blüten, die den größten Teil des Jahres über blühen. Es heißt, die Heilige Jungfrau Maria habe diese Blume besonders geliebt und an ihrer Kleidung getragen. Ein Aufguß aus den Blättern lindert Herzbeschwerden, während eine Paste aus den Blütenblättern alle Arten von Wunden heilt. Manche sagen, sie bringt Visionen eines Diebs, der einen bestohlen hat. Die Blume wird verwendet, um festzustellen, ob man geliebt wird und ob es sich um wahre Liebe handelt. Manche behaupten aber auch, die Ringelblume bringe Pech in der Liebe, weil sie einer griechischen Maid entsproß, die vor sehnsüchtigem Verlangen nach dem Sonnengott Apollo verging …

E*mpura! Ho!*« rief Lockheart, und die *soldados* und Fuhrleute schoben gleichzeitig, während die Ochsen sich abmühten, den Karren wieder auf den zerfurchten Pfad zu ziehen.

Diesen grausigen Weg kann man wahrlich nicht »Straße« nennen, dachte Thomas und sah von seinem Muli aus zu. Obwohl sie den Dschungel jetzt hinter sich gelassen hatten, war der Pfad hinauf zu den Westghats eher noch schlimmer geworden; er war eng und von Bächen durchzogen, von Felsen blockiert, und manchmal verschwand er vollends unter Schlamm und Steinschlag. Es verbesserte die Lage nicht gerade, daß es auf einer Seite eine felsige Böschung zu dornigen Sträuchern und Gestrüpp hinabging. Er war schlimmer als jeder Pfad, den Thomas in England gesehen hatte.

»Ai! Cuidado! Cuidado!« Der Karren rollte, schlitterte jedoch bedenklich dicht an die steile Böschung heran. Felsen lösten sich, und der Karren glitt zur Seite weg, wobei sein rechtes Hinterrad über den Rand rutschte. Der Karren neigte sich, und Bündel lösten sich aus der Vertäuung und purzelten die Bergflanke hinunter. Zwei Fuhrleute kletterten hinterher, um sie zu bergen, während andere die Schräge hinabschlitterten, um den Karren abzustützen.

Großer Gott, wenn der Karren umfällt, reißt er Männer, Ochsen und alles mit sich. Thomas glitt von seinem Muli und rannte zu ihnen, um zu helfen. Er stemmte den Rücken gegen das rechte Hinterrad des Karrens und achtete nicht auf die Schmerzen, die seine Schultern durchrasten. Er drehte sich um und stemmte die Füße in den Boden, schrie auf, als das Gewicht des Karrens sich auf ihn legte. Der Ochse brüllte, als er sich gegen das Joch schob, während der Treiber verzweifelt seine Flanken peitschte.

Noch mehr Männer gesellten sich unter den Karren zu Thomas, sogar Padre Gonsção. Sie wuchteten ihn in einer gemeinsamen Kraftanstrengung hoch, und der Karren schlitterte weiter, alle vier Räder wieder sicher auf dem Pfad. Jubel brandete unter den *soldados* und Fuhrleuten auf, und Thomas seufzte erleichtert auf.

Er wollte sich gerade umdrehen und zu seinem Muli zurückkehren, als sein linker Fuß unter ihm wegknickte. Thomas' rechtes Knie gab nach, und auch das Bein rutschte seitlich weg. Thomas schrie auf und ruderte mit den Armen, doch der einzige Halt, den seine Hände finden konnten, bestand in weiteren Felsen und Steinen, die sich unter seinem Griff lösten. Unerbittlich schlitterte er auf dem Geröll weiter und weiter die Böschung hinab.

»Magister Chinnery!« Sofort war Padre Gonsção an seiner Seite und versuchte mit ihm am Abhang Halt zu finden. Gemeinsam rutschten sie in einen großen Busch. Vom Aufprall aufgestört, krähte ein Waldhuhn auf und stob in einem Wirrwarr von Federn davon.

»Seid Ihr unversehrt, Magister?«

»Scheint so«, keuchte Thomas, obwohl seine Schultern vor

Schmerz brannten. Er schaute die Böschung hinauf, von deren Rand besorgte Gesichter zu ihnen hinabspähten.
»Ho, Tom!« rief Lockheart. »Wie geht es Euch?«
»Ich lebe noch.«
»Und der Padre?«
»Desgleichen.«
»Habt Ihr ein Seil?« schrie Padre Gonsção zu ihnen hinauf.
»Ich glaube, ich kann eines besorgen.«
»Dann seid so gut und tut es.«
»Padre«, sagte Thomas, als er sich mit dem Rücken am Busch aufsetzte, »ein Seil wird mir nicht viel nützen. Ich habe mir die Arme noch mehr verletzt und kann nichts greifen.«
Als das eine Ende eines Hanfseils die Böschung hinuntergerollt kam, sagte der Padre: »Seid nicht töricht, mein Sohn. Ich werde Euch das Seil umbinden, und die da oben ziehen Euch hoch.«
»Und wie kommt *Ihr* hinauf?«
»Ich werde darum beten, daß Ihr das Seil nicht zerreißt, so daß man es erneut herabwerfen kann.«
Als der Padre ihm das Seil um die Brust band, sagte Thomas: »Ihr zeigt viel Wohlwollen gegenüber einem früheren Ketzer.«
»Wir müssen gut auf Euch achtgeben, mein Sohn. Ohne Euch sind wir schließlich alle verloren, nicht wahr?«
Mit mir bist du auch verloren, nur weißt du es noch nicht, dachte Thomas.
»Wie auch immer«, fuhr der Padre fort, »da Timóteo mich gerettet hat und ich nun helfe, Euch zu retten, ist es das nächste Mal wohl an Euch, jemanden zu retten, eh?«

Thomas' Erwiderung bestand lediglich in einem matten Lächeln, während die Männer oben ihn hochzogen.
»Ihr seid doch nicht verletzt, oder?« fragte Lockheart und half Thomas, sich aufzurichten.
»Nur meine Schultern und Arme, wie immer. Und mein Stolz.«
»Ah. Deshalb seid Ihr wohl überhaupt erst gestürzt, weil Euer Stolz Euch schon vorher verließ. Ruht Euch hier eine Weile aus.«
Thomas wurde gegen einen Karren gelehnt, während die *soldados* den Padre den Abhang hinaufzogen. Einen Moment lang fragte er sich: *Was, wenn der Padre umgekommen wäre, beim Sturz oder durch die Pranken des Tigers? Was würde dann aus unserer Expedition? Müßten wir aufgeben, und würde ich dadurch meine Freiheit zurückgewinnen?* Thomas schüttelte den Kopf und beschloß, daß diese Überlegungen seiner nicht würdig waren. *Die Freiheit wird kommen, aber hoffentlich nicht durch den Tod eines Menschen.*
Thomas blickte flüchtig den Pfad hinauf und sah weit voraus die wartenden Kameltreiber. Ihre trittsicheren Tiere waren für dieses unebene Gelände besser geeignet, und es bereitete ihnen keine Probleme, den Berg zu erklimmen. Doch keiner von Sri Agnihotras Kaufleuten war den Pfad wieder heruntergekommen, um den Goanern zu helfen.
»Weshalb stehen sie uns nicht bei?« fragte Thomas.
»Vielleicht solltet Ihr das den Padre fragen, mein Junge. Ah, da ist er ja schon. Ich überlasse Euch seiner Obhut, denn ich sehe, daß noch ein Karren in Gefahr ist, stolz in die Tiefe zu stürzen.«

Als Lockheart davonging, wandte Thomas sich um und entdeckte Padre Gonsção, der die ehemals weiße Robe vom gröbsten Schmutz befreite. »Es freut mich zu sehen, daß das Seil gehalten hat, Padre. Doch sagt mir, wißt Ihr, weshalb die Hindu-Kaufleute unsere Crux mit ansehen, ohne Anstalten zu machen, uns zu helfen?«

»Das ist ihr heidnischer Starrsinn«, knurrte der Padre mit einem düsteren Blick den Pfad hinauf.

Thomas fragte sich, ob wohl ein besonderes Ereignis den Padre dazu gebracht hatte, den Angehörigen der Karawane nicht zu trauen, oder ob Gonsção einfach nur keinem traute, der nicht Portugiese oder wenigstens Europäer war. »Vielleicht«, sagte er, »sollte jemand nach allen Regeln der Diplomatie vorschlagen, daß wir unser gemeinsames Ziel schneller erreichen, wenn sie ihre Kräfte mit den unseren verbinden.«

Der Padre musterte Thomas einige Augenblicke lang. »Ihr habt recht, Magister Chinnery. Jemand sollte zu ihnen gehen. Und da es scheint, als kämt Ihr hier zwischen den Karren eher zu Schaden, als daß Ihr Gutes tätet, seid Ihr zweifellos der passende Abgesandte.«

»Ich? Aber wäre Bruder Andrew nicht geeigneter, da er doch ihre Sprache spricht?«

»Zur Zeit sind die starken Arme des guten Bruders nützlicher als sein Wissen. Und Ihr wißt doch, daß Domina Agnihotra an Euch interessiert ist. Sie fragt beinahe jeden Tag nach Euch.«

Obwohl sein Herz raste, versuchte Thomas Ruhe auszustrahlen. »Tut sie das? Nun, sie findet mein gelbes Haar und meine hellblauen Augen ungewöhnlich. Sie hält mich für eine amüsante Mißgeburt.«

»Dann könnt Ihr vielleicht Euren Charme spielen lassen, auf daß sie uns Hilfe schickt. Nehmt Timóteo mit. Der Junge kann für Euch mit den Kameltreibern reden, und es hält ihn von den Problemen hier unten fern.«

»Wie Ihr wünscht, Padre.« *Er kann doch gewiß nicht vermuten, daß etwas zwischen der Lady und mir ist, wenn er mich an ihre Seite schickt. Obwohl die Gesellschaft des kleinen Bruders vielleicht darauf abzielt, mein Verhalten im Auge zu behalten. Was soll's. Wenigstens kann ich wieder mit der Frau sprechen, auf der alle meine Hoffnungen ruhen.*

»Gut. So laßt Euch denn aufs Muli helfen.«

Thomas zuckte zusammen, als er nach einem Schubs des Padre bäuchlings auf den Sattel plumpste und dabei das Bein herumschwang. »Meint Ihr, daß Joaquim mich begleiten sollte?« Der *soldado* war ihm schon einmal behilflich gewesen, Timóteo auf Abstand zu halten, und konnte es vielleicht wieder sein.

Der Padre sah Thomas mit einem leichten Lächeln an. »Seine Kraft brauchen wir hier auch. Magister Chinnery, ich glaube nicht, daß Ihr so töricht seid, uns hier mitten im Nirgendwo zu verlassen, erst recht nicht bei dem Zustand Eurer Arme. Ich habe festgestellt, daß man einen Mann lediglich so zu behandeln braucht, als könnte man seinem Wort vertrauen, und schon ist das häufig auch der Fall. Fort mit Euch.« Er schlug Thomas' Muli aufs Hinterteil, damit es sich in Bewegung setzte.

Thomas dirigierte das Tier vorsichtig um die Ochsenkarren

und sich schwer plagenden Männer herum und fragte sich, ob Joaquim seinen Schwur gebrochen hatte oder ob der Padre einfach nur ein scharfer Beobachter der menschlichen Natur war. Er hoffte, letzteres war der Fall.

Er fand Bruder Timóteo am Anfang der Karrenkarawane auf seinem Esel sitzend vor. »Padre Gonsção sagt, Ihr sollt mit mir kommen.«

Das ernste Gesicht des Knaben hellte sich auf, und er schnalzte dem Esel zu, damit er zu Thomas' Muli aufschloß. »Wohin reiten wir denn, Tomás?«

»Den Pfad hinauf zu Sri Agnihotras Leuten, um zu sehen, ob wir sie nicht überzeugen können, uns mit den Karren zu helfen.«

»Oh, ich glaube nicht, daß sie das tun werden.«

»Weshalb nicht?«

»Ich glaube, sie mögen uns nicht.« Dann verstummte Timóteo.

Thomas ließ das Gespräch versiegen und erlaubte seinem Muli, sich allein einen Weg den Pfad hinauf zu suchen, während er den Ausblick nach Westen genoß. Unten hing hauchdünner Nebel über dem Wald und den wogenden Bergrücken, und dahinter erstreckte sich die graublaue Weite der See. Im Südwesten konnte er gerade noch die höchsten Bauten von Goa ausmachen. Hier und da ragten exotische Kuppeln und Pyramidentempel über den Baldachin des Dschungels hinaus. Die Aussicht wäre herrlich gewesen, hätte sie ihm nicht gezeigt, wie weit er sich bereits von allem entfernt hatte, was ihm vertraut war, auch von der Ozeanroute nach Hause.

Thomas begann sich über Timóteos untypisches Schweigen Sorgen zu machen. »Stimmt etwas nicht, Timóteo? Habt Ihr Heimweh bekommen?«

»Hmm? O nein, Tomás. Nun ja, ein wenig. Aber ... also ... der ... Padre, er ist nicht glücklich mit mir. Er hat mir die Leviten gelesen, weil ich dem Tiger getrotzt habe. Und wegen meines Herumgelaufes und daß ich mir alles ansah, als wir für die Nacht angehalten hatten. Er sagte mir, es sei falsch, daß ich ihn dazu bringe, sich Sorgen um mich zu machen, wo er sich doch schon über so vieles Sorgen mache. Ich sei ihm wichtig, und auch für unsere Suche sei ich wichtig und müsse mehr auf meine eigene Sicherheit bedacht sein. Er hat recht. Ich bin töricht gewesen.«

Thomas lachte freundlich auf. »Das heißt nicht, daß Ihr gleich so hart gegen Euch sein müßt. Ihr seid noch jung, und dies ist Eure erste lange Reise. Selbstverständlich interessiert Euch alles. Sollte man gegen sich selbst nicht ebenso nachsichtig sein wie gegen andere?«

»Aber ich habe eine bedeutungsvolle Pflicht zu erfüllen«, sagte Timóteo. »Gott hat mich aus gutem Grund auf diese Reise geschickt. Das darf ich nicht vergessen.« Er spielte nervös mit der Schnur eines Jutebeutels, der von seinem Sattel hing.

Thomas wunderte sich über die seltsamen, stolzen Worte des Knaben. *Doch sieh, wie er besorgt die Stirn runzelt. Vielleicht ist Stolz gar nicht der Grund.*

Schließlich erreichten sie die höchste Stelle des in Serpentinen verlaufenden Pfads, an der er sich zu einem breiten Gesims erweiterte, das im Schatten einer Ansammlung immergrüner Bäume lag. Kamele knieten dort und erhoben ihre langen Hälse, um die Neuankömmlinge zu be-

gaffen. Lady Aditis goldenen und purpurnen Palankin hatte man im tiefsten Schatten abgestellt, und ihre Mägde umgaben sie, saßen herum und fächelten sich Luft zu.
Als Thomas und Timóteo sich näherten, deuteten die Mädchen auf sie und plapperten aufgeregt miteinander. Eine von ihnen sprang auf und sprach in die Vorhänge des Palankins.
Thomas war erstaunt über die warme Vorfreude, die er beim Anblick des Palankins empfand. Vor Goa waren seine zarteren Gedanken stets mit Anna Coulter beschäftigt gewesen, der Tochter seines Masters. Thomas hatte angenommen, daß er die sanfte und geduldige Anna, wenn er mit großem Reichtum und mehr Erfahrung aus dem Osten zurückkehrte, zur Frau nehmen würde. Doch seit ihm die exotische Aditi begegnet war, konnte er Annas Gesicht kaum noch vor seinem inneren Auge wachrufen, und ihr Name versetzte ihn nicht mehr in wohlige Aufregung.
Beiläufig sagte Thomas: »Sprecht Ihr Griechisch, Timóteo?«
»Nein, Tomás. Aber ich würde es sehr gern lernen.«
»Hm. Vielleicht bringe ich es Euch eines Tages bei.« *Aber wenigstens wirst du nicht verstehen, was ich Aditi jetzt sage.*
Als sie heranritten, kam das Mädchen, das in den Palankin gesprochen hatte, zu ihm gelaufen und ergriff die Zügel seines Mulis.
»Versteht Ihr, was sie sagt, Timóteo?«
»Sie sagt, Ihr sollt sofort mit ihrer Lady sprechen, Tomás.«
»Dann werde ich das wohl tun müssen. Es wäre ganz gut,

wenn Ihr einstweilen mit einigen der Kameltreiber redetet. Sagt ihnen, daß wir alle schneller vorankämen, wenn sie uns mit den Karren helfen würden. Seht, ob sie etwas brauchen oder uns Empfehlungen hinsichtlich der Strecke geben können, die noch vor uns liegt.«

Timóteo kniff den Mund zusammen, und sein Blick war furchtsam.

»Der Padre sagte, es sei wichtig, daß wir gute Beziehungen zu Ad … Agnihotras Leuten unterhalten. Ihr sprecht doch ihre Sprache, oder?«

»Vielleicht. Ich glaube schon. Es könnte sein, daß sie nicht mit mir reden, weil ich Christ bin.«

»Ah. Na gut. Wenn das ein Problem ist, werdet Ihr Euch eben einfach zu den Dienstmädchen setzen und mit ihnen schwatzen. Vielleicht könnt Ihr sie dazu bringen, die Kameltreiber zu überzeugen.«

Timóteo bekam große Augen. Das war eindeutig eine noch schrecklichere Aussicht. »Ich werde versuchen, mit den Kaufleuten zu reden, Tomás.«

»Gut. Der Padre wird erneut über Euren Mut entzückt sein, Timóteo. Gebt Euer Bestes.«

»Das werde ich, Tomás«, murmelte Timóteo und ritt schnurstracks zu den blinzelnden, graskauenden Kamelen davon.

Thomas ließ sich auf seinem Muli bis zum Palankin führen. Er zögerte, den Versuch zu unternehmen, abzusteigen, und dann wurde ihm klar, daß er sich so oder so zum Narren machen würde. Er biß die Zähne zusammen, stützte die Hände auf den Sattelknauf des Mulis und schwang sein Bein herum. Zu seiner Erleichterung rührte das Muli sich nicht, und er glitt hinunter, ohne zu stürzen. Einen Moment lang lehnte er sich gegen den Hals des Mulis, während der Schmerz in seinen Armen nachließ. Dann kniete er neben den purpurnen Vorhängen nieder.

Die Frau dahinter sagte auf griechisch: »Ah, Tamas. Wie schön, daß man Euch geschickt hat, um mir einen Besuch abzustatten. Es ist lange her, seit wir miteinander geplaudert haben.« Ihre Stimme war sanft und süß wie warmer Honig. Thomas war über soviel Verzauberung gleichermaßen erstaunt wie entsetzt.

Leise erwiderte er: »Und mir ist es eine Freude, wieder einmal mit Euch zu sprechen, Despoina Aditi. Ich nehme doch an, die Reise hat Euch bisher keine allzu großen Unannehmlichkeiten bereitet?«

»Ich bin in meinem Leben schon viel gereist, Tamas. Ich wurde in eine Familie hineingeboren, die allezeit mit einer Karawane unterwegs war. Ich bin daran gewöhnt. Und Ihr, Tamas, wie geht es Euch?«

»Ganz gut, Despoina, wenn auch mit Abstrichen. Meine Arme, fürchte ich, dienen mir nicht so recht, und der Padre sagt, meine Genesung wird nur langsam voranschreiten.«

»Armer Tamas! Setzt Euch der Priester des Orlem Gor immer noch zu?«

»Nein, Despoina, nein, der Padre behandelt mich mit größter Liebenswürdigkeit. Erst heute morgen hat er sein Leben aufs Spiel gesetzt, um mir beizustehen, als ich eine Böschung hinabstürzte. Man beobachtet und bewacht mich, hat mir jedoch kein Haar gekrümmt, seit wir Goa verließen.«

»Ein Priester des Orlem Gor hat Euch das Leben gerettet? Das kann ich kaum glauben.«
»Ich auch nicht. Doch Padre Gonsção stammt aus Portugal, nicht aus Goa. Vielleicht ist das ... Orlem Gor dort anders.«
»Nach allem, was Bernardo mir erzählte, nicht. Armer Bernardo. Wenigstens hat er diese Welt verlassen, bevor das Orlem Gor seine Klauen in ihn schlagen konnte.«
Thomas zögerte und beschloß, daß es ihr nur Schmerzen bereiten würde zu wissen, daß Bernardo tatsächlich in die Santa Casa gebracht worden war und sie seinen verwesenden Leichnam mit dem *Rasa Mahadevi* wiederbelebt hatten. Dennoch hatte der Zauberer seine Rache bekommen – seine wiedererweckte Leiche hatte die Foltern der Santa Casa nicht gespürt, und schon bald war er wieder gestorben, ohne seine Geheimnisse preisgegeben zu haben.
»Weshalb sagt Ihr nichts, Tamas?«
»Ich dachte gerade an Despos De Cartago. Ich habe noch immer Schuldgefühle wegen seines Todes.«
»Habt die nicht. Es war das Beste für ihn. Doch reden wir von erfreulicheren Dingen. Weshalb war Priester Gonsção so freundlich, Euch mit mir sprechen zu lassen?«
»Ich wurde gesandt, weil ich wenig tun kann, damit unsere Ochsenkarren schneller vorankommen, wo meine Arme doch ganz nutzlos sind. Der Padre hoffte, ich könnte Euch überreden, einige Eurer Kameltreiber den Pfad hinabzuschicken, um unseren Leuten zu helfen.«
Aditi schnalzte mit der Zunge. »Meine Leute hatten versucht, die Priester des Orlem Gor davon abzubringen, Ochsenkarren anzuheuern. Sie sagten ihnen, daß der Pfad

zu unwegsam sei, doch die Priester wollten nicht hören. Das Orlem Gor traut unseren Kaufleuten nicht und wollte nicht zulassen, daß ihre Waren auf unsere Kamele geladen werden. Es ist ihr eigener halsstarriger Stolz, der ihnen diesen Ärger eingebracht hat. Ich möchte meine Karawanenmitglieder nicht kränken, indem ich ihnen befehle, diesen Undankbaren zu helfen.«

Thomas lachte. »Wie seltsam, Despoina. Der Padre hält Eure Leute für übermäßig stolz. Soll ich dem Padre mitteilen, daß man Euch brüskiert hat?«

»Wenn Ihr meint, daß er Euch zuhört. Ihr sagt, man bewacht Euch. Wer hat jetzt ein Auge auf Euch?«

»Der junge Mönch Timóteo ist mit mir hergeritten. Doch ich habe ihn zu den Kameltreibern geschickt, um mit ihnen zu reden, er ist also nicht in der Nähe.«

»Dann sind wir allein?« Ein schlanker Arm mit einem silbernen Armreif in der Form einer Schlange, die sich in den Schwanz beißt, glitt zwischen den Vorhängen hervor. Die langen Finger strichen über die Haut seines Unterarms, so daß die sonnengebräunten Härchen sich aufstellten.

Thomas sog heftig den Atem ein und schauderte. »Bis auf Eure Dienerinnen, Despoina.«

»Sie sind meine Augen und Ohren, Tamas. Sie sind mir treu ergeben. Ah, könntet Ihr doch bloß in meinen Palankin schlüpfen und mit mir sprechen. Es ist schon so lange her, seit wir einander ins Gesicht sahen.«

Thomas' Augen weiteten sich, und sein Puls raste in Anbetracht dessen, was sie anscheinend vorschlug. »Despoina, das würde sich nicht … ziemen. Weder Eure noch meine Leute fänden das gut. Es wäre nicht klug.« *Auch haben meine Arme nicht die Kraft, mein Gewicht zu tragen oder Euch zu umfangen, so sehr ich mich auch danach sehne.*

»Klugheit weicht«, sagte sie sanft, »wenn die Schönheit lockt.«

»Als wir uns zuerst begegneten, Despoina, wart Ihr nicht so ... eingenommen von meiner Schönheit.«

»Als wir uns zuerst begegneten, Tamas, war ich eine Gefangene auf Eurem Schiff, und Ihr habt Eurem Captain geholfen, ein Lösegeld für mich zu erzielen.«

»Als ich Euch in Goa um Hilfe bat, sagtet Ihr, ich besäße weniger Würde als ein Hindu der untersten Kaste.«

»Also, Euch zu tarnen, indem Ihr Euch in Schlamm wälzt, Tamas, war wirklich sehr töricht. Doch seither habt Ihr Euch als tapfer und gescheit erwiesen. Nur wenigen ist wie Euch die Flucht aus dem Orlem Gor gelungen.«

»Noch steht nicht fest, ob sie mir gelungen ist.«

»Das wird sie, Tamas.«

»Ich ... werdet Ihr mir helfen?«

»Sagte ich nicht, daß ich mich aus eben diesem Grund der Karawane angeschlossen habe?«

Thomas lehnte seinen Hinterkopf an das Gestell des Palankin und seufzte erfreut auf. »Ich habe dem Padre lediglich erzählt, daß Bijapur unser nächstes Ziel ist und unsere Route dort neu bestimmt werden muß. Werdet Ihr beim Sultan von Bijapur ein gutes Wort für mich einlegen, damit er mir Zuflucht in seine Dienste gewährt?«

»Wenn das Euer Wunsch ist. Doch ich dachte, Ihr wolltet eher einem geistlichen Pfad folgen, die Mahadevi aufsuchen und von ihr lernen.«

Entsetzt stellte Thomas fest, daß er in einer Zwickmühle steckte. Aditi hatte ihm anfangs in Goa nur deshalb geholfen, weil er behauptete, der Zauberer Bernardo De Cartago habe ihn überzeugt, die rätselhafte Göttin aufzusuchen, sie, »deren Name Kraft ist«, und die Geheimnisse des *Rasa Mahadevi* zu erfahren, des »Bluts der Göttin«, wie das wundertätige Pulver genannt wurde.

»Ah«, sagte Thomas. »Nai, das habe ich auch vor. Doch erst müssen wir den Padre und seine Leute loswerden, nicht wahr? In Bijapur wird der Sultan die Macht haben, sie fortzuschicken. Wenn ich dann von ihnen befreit bin, werde ich meine geplante Reise fortsetzen können.« *Die, statt zur spirituellen Suche zu werden, aber eher in Richtung Heimat gehen soll.*

Hinter den Vorhängen des Palankins herrschte langes Schweigen. »Natürlich. Es wäre dem Priester nicht möglich, das *Rasa Mahadevi* ohne Euch zu finden, nai?«

»Ich glaube kaum.«

»Ihr hegt Zweifel?«

»Er ist im Besitz von De Cartagos Karte.«

»Er hat eine Karte?« Aditis Arm zuckte ins Innere des Palankins zurück, als habe sie sich verbrannt.

Verdammter Narr! Weshalb hast du ihr das gesagt? »Beruhigt Euch, Despoina. Es ist nur ein Papier mit Symbolen darauf. Auf Grund dessen hat man mich ja auf diese Expedition mitgenommen.«

»Wie ist er an diese Karte gelangt?«

Thomas seufzte und wunderte sich über die Wendung, die das Gespräch genommen hatte – es ging jetzt weniger um Liebe als vielmehr um Intrigen. »De Cartago hatte sie mir zur sicheren Aufbewahrung übergeben, während die arabischen Piraten uns gemeinsam als Gefangene festhielten. Als man mich aufgriff und in die Santa Casa brachte, wurde mir leider meine Kleidung abgenommen, und beim Durchstöbern fand man darin die Karte.«

»Ihr habt diese Karte gesehen und wißt deshalb, daß sie nicht entzifferbar ist?«

»Nein. Das hat mir De Cartago nur gesagt, der mir auch die Bedeutung einiger Symbole erklärte.«

Ein leise gemurmelter, fremdländischer Wortschwall ertönte, bei dem es sich anscheinend um heftiges Fluchen handelte.

»Vergebt mir. Habe ich Euch Kummer bereitet, Despoina?«

Auf einmal wurde Thomas abgelenkt, als er sah, daß Lockheart sich zu Pferde näherte.

»Mir Kummer bereitet? Tamas, es muß wohl so sein, daß Ihr noch immer nicht begreift.«

»Entschuldigt, Despoina. Da kommt jemand, der diese Sprache ebenfalls spricht. Wir sind vermutlich nicht länger unbehelligt.«

»Ah.«

»Ho, Thomas!« Der stämmige Schotte grinste Thomas wissend an. »Wenn Ihr vorhabt, mit unserer Lady in einen diplomatischen Austausch zu treten, mein Junge, so sputet Euch. Der Padre ist zur Vernunft gekommen und hat angeordnet, daß die Waren auf die Rücken der Pferde und Mulis umverteilt werden, damit wir schneller vorankommen. Was mich zum Grund meines Besuchs bringt. Ich wollte Euer Muli holen.«

»Es ist nicht mein Muli«, sagte Thomas. »Nehmt es, wenn

Ihr wollt. Den Esel von Timóteo könnt Ihr ebenfalls haben.«
»Mir steht der Sinn nicht nach jungen Knaben, Tom.«
Thomas spürte, wie er rot anlief, und blickte finster drein.
»Ihr wißt genau, was ich meine, Andrew. Ihr würdet beim Padre Anstoß erregen, wenn er Euch hörte. Welcher Mönch führt schon solche Reden?«
Lockheart seufzte und stieg ab. »Ich werde dieser Verkleidung mit jedem Tag überdrüssiger. Ein Mann ist darin nicht mehr ein Mann.«
»Was für komische Worte höre ich da?« erklang schrill und in seltsam gebrochenem Latein Aditis Stimme. »Ich verstehe komisches Gelbhaar nicht. Bin nicht amüsiert. Seid bloß nett zu alter Frau.«
Lockheart schmunzelte Thomas an und sagte: »Vergebt uns, Domina Agnihotra. Wir sprechen die Sprache unseres Heimatlandes. Sie muß für Euch zweifellos merkwürdig klingen.«
»Wie das Zischen rülpsender Schlangen klingt sie.«
»Eine sehr … bildhafte Beschreibung, Domina.«
Thomas hörte hastige Schritte, und Bruder Timóteo kam um den Palankin herumgerannt.
»Frater Andrew, kommen die Karren?«
»Noch nicht, kleiner Bruder. Erst brauchen wir Euren Esel und Thomas' Muli.«
»Laßt mich mit Euch gehen und Euch helfen. Hier kann ich nichts tun. Die Treiber scheuchen mich davon, und die Kamele bespucken mich.«
Lockheart kicherte. »Tut mir leid, Frater Timóteo, doch Padre Gonsção besteht darauf, daß Ihr bleibt. Er sagt, Ihr

solltet nicht zu häufig die Fürbitte der Engel anrufen, sonst haben sie Euch eines Tages satt und lassen das Unglück hereinbrechen. Achtet für uns auf Magister Chinnery, und wir sind bald zurück.«

Mit einem frustrierten Seufzen setzte Timóteo sich neben Thomas in den Schmutz. Lockheart ging zu der Stelle, an der Aditis Dienerinnen das Muli und den Esel angebunden hatten. Er nahm die Zügel zur Hand, bestieg sein eigenes Reittier und ritt unter heiterem Winken wieder den Hügel hinab.

»Wer ist da draußen?« fragte Aditi in ihrem seltsamen Latein.

»Nur ich und der junge Bruder Timóteo, Domina Agnihotra«, sagte Thomas.

»Hmpf. Verlaßt mich jetzt. Ich will ruhen.«

Thomas spürte, wie ihm der Mut sank. »Wie Ihr wollt, Domina. Nun, Timóteo, wohin sollen wir gehen? Sind Euch in der Nähe seltene Kräuter aufgefallen?«

»Nein, aber ich werde Euch suchen helfen, Tomás.«

»Also gehen wir.« Thomas ließ zu, daß Timóteo ihm aufhalf und ihn davonführte.

Aditi schlang ihre Arme um die Knie, und ihre Gedanken waren aufgewühlt, wie Wischnu die See aufgewühlt hatte, als er den Unsterblichkeitstrunk *amrita* brachte. *Alles ist viel komplizierter, als ich geplant hatte. Muß ich den Priester des Orlem Gor ebenfalls töten?* Sie nestelte an dem Messerknauf in ihrem Rocksaum herum. *Es ist schon traurig genug, daß ich so einen schönen Burschen wie Tamas töten muß.*

Es überraschte Aditi, wie sehr sie gehofft hatte, daß der Engländer wirklich von der Mahadevi lernen wollte. *Ist das Einsamkeit? Seit Bernardos Tod habe ich mich einsam gefühlt. Ich liebte ihn nicht, doch er war ein guter Gefährte. Ich glaube, er verstand mich. War es falsch, mein* dharma *einem Leben mit ihm vorzuziehen? Hätte ich es nicht getan, wäre er jetzt vielleicht noch am Leben. Doch hätte ich alles, was ich jemals gewußt habe, alles, was mir zu tun bestimmt war, für einen Mann aufgeben können, den ich nicht einmal liebe? Hätte sich das so sehr von der restlichen Welt unterschieden?*

Schließlich war sie als Nomadin geboren, damals in Rajasthan, und hatte ihr ganzes Leben in Karawanen zugebracht. Im Alter von sechs konnte sie schon auf einem Kamel reiten, sprach vier Sprachen und hatte mehr von Sind gesehen als so mancher Prinz oder Feldherr. Und als sie sieben war, führte ihre Familie eine Karawane in den Süden nach Kalkutta, quer durch den Dekkan. Sie wurden von Banditen angegriffen, die alle erschlugen, bis auf Aditi, die sich in einer Senke zwischen den Felsen versteckt hatte.

Am nächsten Tag war sie allein dem übriggebliebenen Kamel gefolgt, wie ihr Vater es ihr so häufig für den Fall geraten hatte, daß sie sich einmal verirren sollte. Es führte sie zu einem Dorf am Ufer eines breiten braunen Flusses. Die Dorfbewohner waren so erstaunt, ein junges Mädchen allein aus der Wildnis kommen zu sehen, ein Kind mit graublauen Augen (in Rajasthan nicht weiter ungewöhnlich, im Dekkan aber unbekannt), daß sie sie für ein Geschenk der Götter hielten. Sie nannten sie Aditi nach der Himmelsgöttin und brachten sie zu ihrem heiligen Berg Bhagavati, auf dem die Mahadevi lebt.

So wuchs Aditi als Mündel einer Göttin auf, einer Frau, die sie nur als Schatten hinter Trennwänden sah – denn der Mahadevi ins Antlitz zu schauen, brachte den Tod. Ihre *aya* waren zwei alte Frauen, die behaupteten, schon immer alt gewesen zu sein. Man brachte ihr ihre Sprache bei, hellenisch, und das Lesen und Schreiben und viele andere Dinge, die kein Hindumädchen jemals das Privileg hatte zu lernen. Und als sie alt genug war, schickte man Aditi wieder in die Welt hinaus, damit sie der Mahadevi als Augen und Ohren diente und Ihr Sendbote war.

Seit damals war Aditi durch das westliche Sind gereist, von manchen, die sie empfingen, geehrt und geachtet, von anderen gefürchtet und gemieden. Doch stets eine Fremde in einem Land, in dem alles durch Familienbande und über Kasten geregelt war.

Große Mutter, was soll ich tun? Wenn Tamas mir in Goa nur nicht gefolgt und mich um Hilfe gebeten hätte. Wenn ich ihn nur abgewiesen hätte. Wenn ich nur nicht das Gefühl gehabt hätte, daß sein Leben und meines irgendwie durch göttlichen Willen verbunden wären.

Doch er lügt mich an. Ich höre es an seiner Stimme. Er sei Kräuterkundler und Heiler, sagt er. Vielleicht sucht er nach dem Rasa Mahadevi, *um sein Wissen zu mehren. Wenn es nur um ihn ginge – ich könnte ihn zur Mahadevi bringen, und Sie würde ihn unterrichten, wenn seine Absichten ehrenhaft sind, und vernichten, wenn sie es nicht sind. Aber ich darf nicht zulassen, daß die Priester des Orlem Gor Sie finden – die Verheerungen, die Sie anrichtete, wenn Ihr Zorn geweckt würde, wären schrecklich.*

Vielleicht will Tamas ja nur aus Sind fliehen, nach Hause zurückkehren. Doch dann könnte er seiner Nation vielleicht von dem Rasa Mahadevi *erzählen, und es kämen Armeen, um danach zu suchen. Bernardo sagte mir, alle Engländer seien Barbaren, Lügner und Diebe. Vielleicht hatte er recht.*

6

KARNEOL:

Dieser klare rote Stein hat schon von alters her große Bedeutung, als man ihn für Siegel verwendete und ihn den Toten auf den Hals legte. Man glaubte, daß er Zauberwerk vertreibt und einem Nachtmahre und Gespenster vom Leib hält. Er schützt den Träger vor zusammenbrechenden Häusern. Es heißt, der Prophet der Mohammedaner habe einen Ring aus diesem Stein getragen und er bringe den Angehörigen seines Glaubens Frieden inmitten von Wirrnis, dämpfe die Wut, erhöhe die Würde und verleihe einem Tapferkeit in der Schlacht …

Mirsa Akbarshah starrte zum sternenübersäten Nachthimmel hinauf und suchte nach einem Zeichen des Himmels. *Ras al Ghul*, der Dämonenstern, funkelte rötlich auf ihn herab. *Barmherziger, mögen unsere Taten nicht unter seinem Einfluß stehen.*
Vor ihnen lag hinter einer felsigen Hügelkette ein Dorf. Kundschafter hatten nach ihrer Rückkehr berichtet, daß die Dorfbewohner sich weigerten, mit den Männern des Mirsa zu sprechen oder ihnen Gastfreundschaft anzubieten. *Nun ja, der Schahinschah wünscht, daß seine Macht im Dekkan bekannt wird. Und meine Männer hat Unruhe erfaßt, desgleichen die Pferde unter ihnen. Sei's drum. Es ist an der Zeit, ihnen ihren Willen zu lassen. Möge Allah, der Allvergebende, urteilen, ob ich recht getan habe.*
Der Mirsa zog seinen langen *talwar*-Säbel aus der Scheide und streckte ihn außerhalb seines *howdah* so hoch, daß jeder ihn sehen konnte. Fackelschein brach sich im Stahl und erhellte die Inschrift auf der Klinge: »Er, der die Warnungen des Barmherzigen in den Wind schlägt, soll den Teufel zum Kumpan bekommen.« Erwartungsvolle Stille ging von den Männern aus, die sich unten versammelt hatten.
»Allah Akbar!« rief der Mirsa und deutete mit dem Säbel nach vorn.
Ein unheimliches Geheul antwortete ihm, als wäre eine Horde von Dschinns aus der Gefangenschaft befreit wor-

den. Die Reiter preschten am Elefanten des Mirsa vorbei, als wäre er ein Fels im reißenden Strom, und Pferdemähnen wehten wie gischtendes Wasser. Der Mirsa seufzte und wünschte, er ritte mit ihnen.

Statt dessen zog der Elefant stampfend und trompetend in dem Dorf ein, hinter den Reitern her, als sie durch die kümmerliche Palisade brachen, eine Flutwelle aus Fleisch und Stahl. Kleine dunkelhäutige Dorfbewohner rannten kreischend aus ihren Hütten. Die Reiter sprengten zu den Behausungen und durchbohrten die Wände aus Schlamm und Stroh mit ihren Lanzen. »Komm raus, du wertloser *harbis*!« schrien sie. »Zeig dich und schau deinem Herrn ins Antlitz! Erfahre die Macht Allahs und erzittere!«

Fußsoldaten drangen in die Hütten ein und scheuchten jeden hinaus, der sich noch darin befand, gleichgültig, ob er sich verbarg oder schlief, und trieben alle in der Mitte des Dorfes zusammen. Einige der Soldaten errichteten dort einen Scheiterhaufen aus den zerbrochenen Zaunlatten und Teilen der Häuser. Die Dorfbewohner drängten sich ängstlich zusammen, ihre Haut und ihr Goldschmuck funkelten im Feuerschein. Sie starrten den Mirsa auf seinem Elefanten an, als er die Bestie auf sie zulenkte, die Augen groß und voller Mißtrauen.

Der Elefant blieb stehen, und der Mirsa betrachtete sie eine Weile, fragte sich, wie er ihnen wohl ihre Geheimnisse entlocken könnte. *Wäre ich ein Soldat des Glaubens, dann würde ich jeden Heiden am Genick packen, mein Schwert anlegen und schreien: »Nimm Allah als deinen Gott an oder stirb!«* Doch das hier war kein Dschihad, so sehr seine Männer sich das vielleicht auch wünschten. Von diesen

Leuten wurde anderes verlangt. Ihre Seelen würden noch warten müssen.

Er lehnte sich aus dem *howdah* und rief hinunter: »Im Namen Allahs, des Allsehenden und des Barmherzigen, und seines Dieners des Schahinschah Allahu Akbar des Erhabenen, Kalif und Herrscher über ganz Sind, wir entbieten euch Grüße.« Einer der Fußsoldaten übersetzte seine Worte in die barbarische Sprache der Dorfbewohner.

Auf diese Worte folgte Schweigen. Der Mirsa hörte nur noch das Knistern der Flammen und das erschöpfte Wimmern eines Kleinkinds.

»Unsere Ankunft scheint euch zu überraschen«, fuhr Akbarshah fort, »und dabei schickten wir doch Boten, um euch unser Nahen anzukündigen. Aber sie waren nicht willkommen. Wir bringen euch das Gesetz des Einen Reinen Glaubens und das Wort des Leuchtenden Propheten. Wir möchten von euch Aufschluß über eine große *rani*, die irgendwo in dieser Gegend lebt. Eine Königin, die vielleicht unsterblich ist und Macht über Leben und Tod hat.«

Die Dorfbewohner blickten einander an, doch noch immer sprach niemand. Jaimal trat vor und stieß mit seiner Lanze nach einem der Dorfbewohner. »Sprich! Unser Mirsa befiehlt es dir!«

Der Mirsa hob eine Hand und rief Jaimal zurück. »Jeder, der uns von dieser sagenhaften Königin erzählt, steht in unserer Gunst und wird die Großzügigkeit des Schahinschah Akbar erfahren. Jeder, der uns sagt, was wir zu wissen wünschen, erhält von uns zwanzig Barren Silber.«

Die Dorfbewohner begannen untereinander zu tuscheln.

Akbarshah fiel auf, daß sie sogar in der Not kleine Gruppen gebildet hatten, so daß die besser Gekleideten von denen in Lumpen entfernt standen. *Wie sie sich an ihre Kasten klammern, sich nicht bewußt, daß sie in den Augen des Einen alle gleich sind.* Einige der Ärmeren schienen geneigt zu sein, etwas zu sagen, doch ihre Nachbarn hielten sie zurück.

»Na schön. Ich habe euch von der Güte und Großzügigkeit Seiner Kaiserlichen Majestät Akbar erzählt. Nun warne ich euch vor seinem Zorn. Wenn ihr mir nichts sagt, wird euer Dorf niedergebrannt, und eure Leute werden in Ketten nach Norden in sein Reich gebracht. Jeder, der Widerstand leistet, wird sterben.«

Protestgeheul und Flehen um Gnade brachen aus den Dorfbewohnern hervor. Sie streckten die Arme nach ihm aus, und manche sanken händeringend auf die Knie.

»Schweigt!« dröhnte der Mirsa. »Niemand soll sprechen, es sei denn, er sagt mir, was ich wissen will.« Doch ihr Geheul endete nicht, und keiner trat vor.

»Mein Erhabener General«, erklang eine Stimme neben dem Elefanten. »Ich bitte ums Wort.«

Der Mirsa warf einen raschen Blick über den Rand des *howdah* und sah den Sufi Masum, der sich am Geschirr des Elefanten festhielt. »Was wollt Ihr? Faßt Euch kurz.«

»Mein Gebieter, quält diese Leute nicht mehr, ich bitte Euch. Ich habe jemanden gefunden, der über das, was Ihr wissen möchtet, sprechen will.«

»Gut gemacht, Masum. Bringt die Person zu uns.«

»Das kann ich nicht, Erhabener Mirsa.«

»Ihr könnt es nicht?«
»Nein, Erhabener Mirsa. Wir müssen sie aufsuchen.«
»Was soll dieser Unfug?«
»Sie ist nicht aus diesem Dorf, Gebieter, und sie gehört einer Kaste an, die es ihr verbietet, diesen Teil des Dorfes zu betreten. Wir müssen zu ihr gehen.«
Der Mirsa seufzte. *Ach, hätten meine tapferen Ahnen doch ein vernünftigeres Volk zum Erobern gefunden.* Er öffnete die Tür des *howdah* und warf eine Strickleiter hinunter. *Wenigstens habe ich einen Grund, von dieser unfeinen Bestie herunterzukommen.*
Als die Füße des Mirsa den Boden berührten, näherte sich Jaimal mit sorgenvoller Miene. »Mein Gebieter, weshalb seid Ihr abgestiegen?«
»Unser guter Sufi glaubt, einen dieser sturen Esel gefunden zu haben, die für uns schreien wollen. Doch wir müssen woandershin gehen, um sein Lied zu hören. Ihr und Fasim beginnt das Wort des Propheten unter diesen Leuten zu verbreiten. Vielleicht lassen sich dem Licht ein paar neue Seelen zuführen, während ich fort bin.«
Jaimal runzelte die Stirn. »Schickt mich, mein Gebieter, um mir dieses Langohr anzuhören.«
»Ich möchte die Geschichte selbst hören.«
»Dann erlaubt mir, Euch zu begleiten, mein Gebieter.«
»Fürchtet Ihr eine Falle? Wie Ihr wünscht. So wird Fasim denn für uns beide Gebete sprechen, und die anderen Männer sollen dafür sorgen, daß diese Leute bleiben, wo sie sind.« Der Mirsa rückte seinen Schwertgürtel zurecht, als Jaimal seine Befehle rief. Dann nahm Jaimal ein loderndes Scheit von dem Scheiterhaufen, um ihnen den

Weg zu beleuchten, und gesellte sich zu ihnen. Der Mirsa wies Masum an voranzugehen.
Der Sufi führte sie nicht auf der Hauptstraße durch das Dorf, sondern dirigierte den Mirsa und Jaimal statt dessen außen herum. Als sie so dahingingen, sagte Masum: »Mein Gebieter, ich möchte Euch für Eure Zurückhaltung loben. Frieden ist für einen Mann des Krieges ein würdiges, aber schwer zu erreichendes Ziel.«
»Mein Vater lehrte mich, daß man nicht sinnlos Leben vergeuden sollte. Selbst Ungläubige dienen vielleicht unwissentlich der Absicht des Großen Betrachters.«
»Ganz recht. Euer Vater war sehr weise. Ich habe heute abend für Euch die Knochen geworfen, und meine diesbezüglichen Meditationen haben folgendes ergeben: Auf der Suche nach dem Heiligtum der Freude wird man durch das Tor der Reflexion die Tür namens Demut finden.«
»Aha.« Der Mirsa wandte das Gesicht ab, um sein verärgertes Staunen nicht zu zeigen. »Worte, über die man wahrlich nachdenken sollte, Masum. Wo ist die Person, die anzuhören wir gekommen sind?«
Sie hatten den Dorfbrunnen erreicht. Eine Frau in einem zerlumpten Sari und einem *shal* saß daneben, eine Bettelschale aus Holz vor sich. »Das ist die, von der ich gesprochen habe, Gebieter.«
»Eine Bettlerin?« sagte der Mirsa.
»Eine Frau?« sagte Jaimal.
»Sie gehört der Erkala-Kaste an«, sagte Masum. »Ihre Männer sind Jäger. Ihre Frauen wandern umher, erzählen Geschichten und weissagen die Zukunft. Sie hat sich

schon an vielen Orten außerhalb des Dorfes aufgehalten, die jene, die hier leben, nie zu Gesicht bekamen.«

»Die Erkala züchten Schweine«, sagte Jaimal angewidert.

»Und flechten hervorragende Körbe«, sagte Masum.

»Haltet die Fackel höher, Jaimal«, sagte der Mirsa,»damit ich sie mir ansehen kann.«

Das Gesicht der Frau wirkte mürrisch wie das eines Kamels und war ebenso schön. Sie hob ihre dünnen Arme, um es vor dem Fackelschein zu schützen. Der Mirsa konnte gerade noch erkennen, daß ihre Augen farblos und blaß waren.

»Ist sie blind?«

»Ich sehe alles, was ich sehen muß«, sagte die Frau in stockendem Persisch.

»Wie kommt's, daß eine Bettlerin die Sprache des Adels spricht?«

»Ich spreche mit vielen Menschen von vielen Orten. Alle möchten Geschichten hören und ihr Schicksal erfahren. Auch du möchtest eine Geschichte, wie man mir sagte.«

»Sei gewarnt, Frau«, sagte Jaimal, »wir suchen nach wahren Geschichten, nicht nach Hirngespinsten.«

Die Erkala achtete nicht auf ihn. »Ihr seid mir in einer Vision erschienen, Prinz des Nordens.«

Der Mirsa kauerte sich vor sie und hielt eine Münze hoch, so daß sie im Licht funkelte. »Ich habe hier ein Stück Gold für deine Schale, wenn du mir von deiner Vision erzählst.«

»Ihr sucht eine *rani*, die Macht über Leben und Tod hat.« Sie streckte die Hand aus und berührte die Münze, ohne sie jedoch zu nehmen.

»Das ist kein Geheimnis«, sagte der Mirsa. »Erzähl mir mehr.«

»Ihre Stadt liegt verborgen auf einem Berg südwestlich von hier.«

»Aha. Das macht schon mehr Sinn.«

»Manche halten sie für einen Schutzgeist des Yoonan-Klans, manche für einen Abkömmling des großen Iskander. Einige verehren sie auch als irdischen Avatara von Saraswati oder Lakschmi.«

»Sprich weiter.«

»Wenn Ihr mehr erfahren wollt, sucht die Grabstätte des vergessenen *shahid* auf, in der Stadt, die ihren Namen verloren hat. Sie liegt an den Ufern des Flusses Sina.«

»Wie sollen wir eine Stadt ohne Namen finden?« schnaubte Jaimal. »Wie findet man eine vergessene Grabstätte?«

»Ein Schrein ruft solche, die reinen Herzens sind, stets zu sich«, sagte Masum.

»Sufis suchen nach Schreinen wie Affen nach Mangos«, bemerkte Jaimal.

»Ja!« Masum nickte mit leuchtenden Augen. »Beides ist Nahrung.«

Der Mirsa achtete nicht auf ihren Streit, sondern sagte zur Bettlerin: »Du gehörst nicht unserem Glauben an, und doch führst du uns zum Grab eines unserer Heiligen?«

»Weil der *shahid* Eurem Glauben angehörte«, sagte die Bettlerin, »versteht Ihr vielleicht besser, was Ihr dort sehen werdet. Doch bedenkt, o Prinz des Nordens, selbst fremdländischer Glaube läßt sich solchen, die Ohren haben, zu hören, lehren.«

»So sagt unser Kaiser Akbar.«

»Ich höre viel von der Weisheit des Großen Raja Akbar«, sagte die Frau. »Ich hoffe, er hat Euch etwas von dieser Weisheit mitgegeben. Denn hütet Euch, mächtiger Mirsa. Wenn Ihr die *rani* des Lebens und des Todes findet, werdet Ihr mehr und weniger von dem finden, wonach Ihr sucht.« Sie verschränkte die Finger und fuchtelte damit vor seinem Gesicht herum, als wären sie ein Nest kleiner brauner Schlangen. Dann legte sie die Hände wieder in den Schoß.

Die Münze in der Hand des Mirsa war fort. Er angelte eine weitere aus seiner Gürteltasche und ließ sie mit einem lauten Klacken in ihre Holzschale fallen. »Nun sag uns, woher du dieses Wissen hast.«

Die Frau legte den *shal* über ihr Gesicht und zog sich wieder in sich zurück wie eine Raupe, die man gestört hatte. »Ich habe Euch nichts mehr zu erzählen.«

»Wie sollen wir dir glauben?« fragte Jaimal, doch der Mirsa zog ihn sanft zur Seite.

»Es gibt Zeiten, in denen es klug ist, sich keine Feinde zu machen«, bemerkte er und wandte sich noch einmal an die Erkalafrau. »Möge Allah der Barmherzige, der Gnädige, dich segnen und auf deinen Wegen leiten.«

»Möge Ganescha der Weise Euch Verständnis und Erfolg verleihen, o Prinz des Nordens.«

Der Mirsa ging wieder in Richtung Dorf, wobei er sich nachdenklich den Bart strich.

»Mein Gebieter«, sagte Jaimal, »Ihr habt doch nicht vor, ihrem Rat zu folgen, oder?«

»Ich weiß nicht. Vielleicht. Was meint Ihr?«

»Was, wenn die Frau von *sheykh* Saddus Geist besessen ist, der versucht, Euch von Eurem Ziel abzubringen?«

Der Mirsa kicherte. »*Sheykh* Saddu ist lediglich ein Märchen, Jaimal, das die seltsamen Launen der Frauen und Kinder erklären soll.«

»Diese *rani*, nach der wir suchen, ist auch nur ein Märchen.«

»Nein, ich glaube, an dieser Königin ist etwas Wahres. Zu viele Menschen fürchten sich, wenn wir nach ihr fragen. Was gibt's, Masum?«

Der Mystiker hatte sich an die Fersen des Mirsa geheftet und bescheiden um seine Aufmerksamkeit gebuhlt. »Ich finde, wir sollten tun, was die Erkala sagt, mein Gebieter.«

»Und weshalb?«

»Weil sie uns riet, nach der Grabstätte eines *shahid* zu suchen. Für einen Sufi führt dieser Pfad stets zur Weisheit.«

»Die Frau war kein Sufi«, wandte Jaimal ein.

»Allah spricht manchmal in den unwahrscheinlichsten Sprachen.«

»Die Teufel auch.«

»Schluß jetzt!« sagte der Mirsa. »Da kommt jemand.«

Ein Soldat mit einer lodernden Fackel kam auf sie zugerannt. »Erhabener General, der Brahmin des Dorfes verweigert uns die Erlaubnis, zu den Bewohnern zu predigen. Er versammelt sie zum Gebet an ihre heidnischen Götter. Er behauptet, ihre Götter werden ein Wunder vollbringen und uns vernichten.«

Der Mirsa seufzte. »Sie rebellieren. Sei's drum. Bring mir

diesen störrischen Brahmin.« Der Mirsa ging auf den Scheiterhaufen zu.
Der Soldat verbeugte sich und lief vor ihm her.
»Sollen wir sie jetzt alle abschlachten, mein Gebieter?« fragte Jaimal.
»Großer Mirsa, seid weise«, sagte Masum.
»Sie haben das Wort des Propheten zurückgewiesen!«
»Wie der weise Mirsa selbst sagte, soll man nicht sinnlos Leben vergeuden. Wenn Ihr diese Menschen niedermetzelt, werden sie ohne Hoffnung zum Schaitan geschickt. Je länger sie auf dieser Erde wandeln, desto größer ist ihre Chance, daß ihre Herzen vielleicht doch noch den rechten Weg finden.«
Wieder achtete der Mirsa nicht auf ihren Streit, als er neben dem Feuer stand. Der Brahmin wurde gebracht und vor den Augen der anderen Dorfbewohner auf die Knie gezwungen.
Der Blick des Brahmin, als er zum Mirsa aufsah, war von stummem Trotz erfüllt.
»Du weigerst dich, den Einzig Wahren Glauben anzunehmen?«
Der Brahmin gab grollend seine lange Stellungnahme ab. Sie wurde dem Mirsa folgendermaßen übersetzt. »Wir glauben nicht, daß Ihr den Weg der Wahrheit beschreitet. Ihr seid *mlecch*, unrein. Wir nehmen von Euch nichts an. Wer seid Ihr, zu behaupten, daß der *Mahadeva* lediglich ein Gesicht habe und nur Ihr es sehen könntet? Euer Stolz wird noch *Devadurgas* Zorn auf uns herabrufen.«
Der Mirsa zog seinen *talwar* aus der Scheide und legte dem Brahmin die Klinge an den Hals. Er streckte die linke

Hand aus, die Innenfläche nach oben. »Masum, gib mir eine Handvoll Schmutz.«

Der Sufi bückte sich und scharrte eine Handvoll Sand zusammen, die er auf die Handfläche des Mirsa rieseln ließ.

Dann hob der Mirsa seine Hand höher und rief aus: »Erfahrt die Barmherzigkeit des Schahinschah Akbar und des Einzig Wahren Gottes, dem er dient. Es wäre mir ein leichtes, diesem Mann den Kopf von den Schultern zu trennen, und doch werde ich das nicht tun.« Er zog die Klinge fort. Hinter ihm erklang ein Seufzer der Enttäuschung.

»Jaimal, öffnet diesem *harbi* den Mund.«

Während zwei Soldaten den Brahmin festhielten, packte Jaimal seine Kiefer und zwang sie auseinander. Der Mirsa stopfte dem Brahmin die Handvoll Sand in den Mund.

»Ich gebe dir Erde zu essen, weil du schmutzig gesprochen hast, und in den Augen des Einzigen, des Barmherzigen und Gnädigen, bist du nichts weiter als Schmutz. Nach dem Gesetz Akbars sollen du und dein Volk fortan als *dhimmi* leben. Wir lassen euch weiter dem heidnischen Glauben anhängen, doch ihr werdet hohe Steuern zahlen müssen. Denn ihr habt euch der Anerkennung und Achtung der Gläubigen als unwürdig erwiesen. Jaimal, sorgt dafür, daß unsere Männer die Hälfte des Goldes dieser Leute einsammeln, und legt ihre Schreine in Schutt und Asche. Sie sollen sehen, daß kein Wunder sie rettet.«

Jaimal verbeugte sich lächelnd. »Wie Ihr wünscht, mein Gebieter.« Mit großer Freude gab er laut die Befehle des Mirsa weiter.

Als die Soldaten begannen, sich unter die Dorfbewohner zu mischen, um ihnen ihre Habseligkeiten abzunehmen, fügte der Mirsa hinzu: »Nehmt lediglich die Hälfte von dem, was sie haben. Doch sollte sich jemand weigern zu bezahlen, dann tötet ihn!« Dann trat der Mirsa vom Scheiterhaufen zurück und brachte einen gewissen Abstand zwischen sich und die Schreie der Frauen und Kinder.

7

RUBIN:

Diesem kostbaren Edelstein von hochroter Farbe schreibt man viele Heilkräfte zu. Pulverisiert und mit Wein vermischt, stoppt er Blutungen und reinigt das Blut, lindert aber auch aufkommendes Fieber. Die Hindu glauben, ihn zu tragen verleihe Mut und Stärke und erleichtere die Erlösung. Außerdem schützt er das Haus des Trägers vor Unwettern und erlaubt einem, inmitten von Feinden die Ruhe zu bewahren. Ein klarer Cabochonrubin verdunkelt und trübt sich als Warnung vor drohenden Gefahren …

Sultana Chand Bibi achtete nicht auf die Schmerzen in Hüften, Schenkeln und Rücken. Sie hatte kalte Genugtuung über das Erstaunen der Diener bei ihrem plötzlichen Eintreffen im *Anand Mahal*, Ibrahims Palast der Freuden, empfunden, als sie sich dem alten Palastverwalter präsentierte, der hier schon seine Dienste verrichtet hatte, als noch ihr Gatte über Bijapur herrschte, und sie von Angesicht her kannte. Sie hatte ihn barsch gegrüßt und dann verlangt, augenblicklich zu ihrem ehrwürdigen Neffen gebracht zu werden, ohne vorherige Ankündigung.

Nun stand sie hinter einer Gittertrennwand, die den Blick auf einen Balkon freigab, der luxuriös mit Kissen und Plüschteppichen ausgestattet war, auf denen Tabletts mit kandierten Früchten und Konfekt standen. Sultan Ibrahim 'Adilshah II. saß mit überkreuzten Beinen auf dem Boden, salopp in einen mit goldenen und silbernen Fäden durchwirkten blauen *jama* und eine *shalwar*-Hose aus purpurner Seide gekleidet. Er schlug auf eine kleine Tablatrommel, die Augen vor Entzücken geschlossen.

Neben ihm zupfte ein blinder Musiker auf einer *vina* einen *raga*, den Kürbis am einen Ende des Griffbretts im Schoß, den am anderen Ende über der Schulter.

Ukha blickte die Sultana an, als wollte sie sagen: ›So regiert der weise Ibrahim also sein Königreich?‹

»Fürwahr«, sagte Chand Bibi mit einem Lächeln, »anscheinend war er in seinem früheren Leben nicht, wie er behauptet, Wäscher, sondern Musiker.«

Der *raga* endete, und Ibrahim seufzte auf. »Das ist herrlich, Gandharva. Ihr müßt es mir unbedingt beibringen. Vielleicht nehme ich eine Beschreibung davon in mein nächstes Buch auf.«

»Ihr erweist mir zuviel der Ehre, Majestät«, sagte der Blinde und neigte den Kopf.

»Ja«, sagte Chand Bibi und trat hinter der Gittertrennwand hervor. »Das tut er wirklich.«

»Tante!« rief Ibrahim, und die Trommel purzelte von seinen Knien herunter. Obwohl er ein gutaussehender, fülliger Mann von siebenundzwanzig Jahren war, ähnelte der Sultan in diesem Moment eher einem Kleinkind, das man bei einem schlimmen Streich erwischt hatte.

»Mein Neffe«, sagte Chand Bibi und verbeugte sich, »es ist schön, Euch nach so langer Zeit wiederzusehen. Seid mir gegrüßt, Gandharva.«

Ibrahim brauchte nicht lange, um sich zu fassen. »Und ich bin entzückt, Euch wiederzusehen, obwohl ich Euch in dieser Kriegerkluft kaum erkannt hätte. Laßt mich raten: Eure Armee steht vor Bijapurs Toren, und Ihr seid hier, um das Königreich meines verstorbenen Onkels zurückzuverlangen.«

Chand Bibi lachte. »Nein, mein lieber Ibrahim, die Sorge um ein Sultanat reicht mir. Reicht mir vollauf.« Seufzend und stöhnend kniete sie sich vor ihn und bedeutete Ukha, desgleichen zu tun.

»Ich fühle mit Euch, Tante, wahrlich. Wißt Ihr, ich habe den ganzen gestrigen Tag damit verbracht, Hof zu halten und die erbärmlichsten Petitionen entgegenzunehmen; Kaufleute, die sich um freie Plätze auf dem Basar streiten, Soldaten, die beklagen, daß die Armen vor den Amtsstuben Häuser bauen, Arme, die darum ersuchen, weitere bauen zu dürfen, ein *alim*, der sich beschwert, daß eine gegnerische Schule mehr Studierende zuläßt. Der Himmel erbarme sich.«

»Mein armer Ibrahim«, sagte Chand Bibi mit sanfter Ironie, »welchen Unbilden du doch ausgesetzt bist.«

»Das macht mir die Abwechslung Eures unerwarteten Besuchs nur um so willkommener. Obwohl ich mich frage, ob Ihr einen besonderen Anlaß habt oder lediglich sicherzugehen wünscht, daß ich unsere Familie durch meine liederliche Lebensführung nicht entehre?«

»Ich fürchte, es gibt einen besonderen Anlaß, mein Neffe. Ich bringe Euch eine dringende Botschaft, von der ich den Eindruck hatte, ich allein sollte sie übermitteln.«

Ibrahim rieb sich den sauber gestutzten Bart. »Das muß wahrhaftig eine dringende Botschaft sein, daß Ihr riskiert, bei Eurer Rückkehr kein Königreich mehr zu haben, bloß um sie mir zu übermitteln.«

»Wenn meine Befürchtungen eintreffen, könnten wir beide unsere Königreiche verlieren. Und viele andere im Dekkan ebenfalls.«

Ibrahim wurde mit einem Schlag ernst. »Dann sprecht so klar zu mir, wie es das Wasser in dem Brunnen ist, der Euren Namen trägt. Gandharva, vielleicht solltet Ihr uns allein lassen.«

»Nein«, sagte Chand Bibi. »Er kann bleiben. Ich erinnere mich noch an die Zeiten, als Gandharva meinen Hof zierte.

Ich stehe der Weisheit und Begabung wegen, mit denen er mich reichlich beschenkte, in seiner Schuld. Und in der seiner Beschützerin.«

Gandharva richtete sich auf und war ganz Ohr.

»Und was ist mit Eurer Dienerin?« fragte Ibrahim mit einem Blick auf Ukha.

»Sie ist in alle Angelegenheiten eingeweiht und verdient unser Vertrauen.«

Ukha neigte den Kopf. »Ich diene Euren Majestäten in jeder Hinsicht.«

»Na schön«, sagte Ibrahim. »Dann erzählt mir die furchtbaren Neuigkeiten, liebe Tante.«

»Schahinschah Akbar hat eine Armee in den Dekkan entsandt. Diese Armee ist durch Ahmadnagar gekommen und jetzt hierher unterwegs, nach Bijapur. Sie sind lediglich Tage hinter mir.«

Ibrahim nickte ernst. »Das haben wir erwartet. Wie stark ist die Streitmacht?«

»Nicht sehr stark. Nur einhundert Pferde und fünfhundert Männer.«

»Mehr nicht? Wie töricht! Oder ist das ein Ablenkungsmanöver, das unsere Kräfte zusammenziehen soll, während der eigentliche Vorstoß von woanders erfolgt?«

»Wie ich sehe, hat Euer Onkel Euch etwas vom Kriegshandwerk beibringen können. Doch nein, diese kleine Streitmacht greift uns nicht an. Der Auftrag, den man ihrem General, dem Mirsa Ali Akbarshah, erteilt hat, ist friedlicher Natur, könnte jedoch gefährliche Folgen zeitigen.«

»Meine hochverehrte Tante, Ihr sprecht in Rätseln.«

»Hört mich zu Ende an. Dieser General ist hier, weil er Jagd auf Legenden macht.«

Ibrahim hob seine Brauen.

Chand Bibi fuhr fort: »Er ist auf der Suche nach einer unsterblichen *rani*, die in einer uneinnehmbaren, verborgenen Stadt lebt. Einer *rani*, die Macht über Leben und Tod hat.«

»Ich verstehe«, keuchte Ibrahim mit weit aufgerissenen Augen. Gandharva zog pfeifend den Atem zwischen den Zähnen ein.

»Er weiß, daß Sie sich irgendwo im Dekkan aufhält, und er fragt alles und jeden, der ihm über den Weg läuft, ob er Auskunft über Sie geben kann.«

»Ha!« bellte Ibrahim. »Soll er Sie doch finden. Sie wird kurzen Prozeß mit ihm und seinen Männern machen. Habe ich nicht recht, Gandharva?«

»Wenn Ihr erlaubt, Majestät«, sagte Gandharva, »den Zorn der Mahadevi herauszufordern, bringt das vielleicht nur noch größeres Unheil. Edle Sultana, könnt Ihr mir sagen, wie der Schahinschah von dieser … Legende erfuhr?«

»Wenn man dem Mirsa Glauben schenken darf«, antwortete Chand Bibi, »hatte Akbar eine Glaubenskrise, in deren Verlauf er mit vielen Mystikern sprach. Anscheinend kannte einer von ihnen Sie.«

»Oder hat aus zweiter oder dritter Hand Geschichten gehört«, warf Ibrahim ein.

»Mag sein«, sagte Chand Bibi. »Doch ich befürchte folgendes: Was, wenn der Mirsa Sie zu einem Bündnis mit dem Padschakaiser Akbar verführt, indem er Ihr mehr Einfluß verspricht, als unsere kleinen Königreiche bieten können?

Was, wenn Sie ihm Ihre Gabe anträgt? Könnt Ihr Euch einen unsterblichen Kaiser von Sind mit einer Armee von Untoten vorstellen?«

»Kein Königreich im Dekkan wäre mehr sicher«, wisperte Ibrahim. »Gandharva, wäre das möglich?«

Der blinde Musiker seufzte. »Ich kann nicht sagen, was der Wille der Mahadevi wäre. Doch ich glaube nicht, daß Sie jene, die Ihr treu ergeben sind, im Stich ließe.«

»Dies ist nicht der Zeitpunkt für Unklarheiten.«

»Vergebt mir, Majestäten.« Gandharva legte seine *vina* zur Seite und preßte die Stirn auf den Boden. »Es gibt da etwas, wovon ich weiß und was ich Euch jetzt kundtun muß.«

Ibrahim runzelte die Stirn. »Sprich!«

»Eine Karawane nähert sich aus Goa und bringt portugiesische Priester des Orlem Gor.«

»Was heißt das, Orlem Gor?« wollte Chand Bibi wissen.

»Nach allem, was ich hörte«, fuhr Gandharva fort, »handelt es sich um ein heiliges Haus, doch die Goaner fürchten es. Es ist wie ein Tempel der Kali – Menschen werden dorthin gebracht, die niemals zurückkommen oder verkrüppelt oder wahnsinnig entlassen werden und denen es verboten ist, darüber zu sprechen, was sie gesehen haben. Vielleicht bringen sie dort ihrem Gott Christos Menschenopfer dar – doch niemand will sagen, was dort geschieht, aus Angst, daß man ihn selbst ergreift und foltert. Wie es scheint, wurde ein Anbeter in das Orlem Gor gebracht und gefoltert, bis er Ihr Geheimnis preisgab.«

»Wirklich?« sagte Chand Bibi. »Ich habe schreckliche Geschichten über die Portugiesen gehört, aber das erstaunt mich.«

»Was habt Ihr erwartet?« fragte Ibrahim. »Ihr heiligstes Symbol ist ihr an zwei Stücke Holz genagelter Prophet, der Dornen auf dem Kopf trägt und eine Wunde an der Seite hat. Ihre Priester sprechen sogar von seinem ›Opfer‹. Ich habe immer geargwöhnt, daß sie barbarische Rituale durchführen, doch die paar Priester, mit denen ich sprach, haben das lauthals abgestritten.«

»Und diese Barbaren nähern sich jetzt Bijapur?« erkundigte sich Chand Bibi.

»Weshalb habt Ihr mir das nicht gesagt?« wollte Ibrahim wissen.

»Weil sie wahrscheinlich nie ankommen werden, und ich wollte Euch nicht unnötig beunruhigen.«

»Ihr meint, sie werden unterwegs Räubern in die Hände fallen.«

»Vielleicht. Und es begleitet sie jemand, der wie ich der Mahadevi dient. Ich glaube, Ihr seid Sri Aditi bereits begegnet.«

»Ah«, sagte Ibrahim und lächelte.

»Wer ist diese Aditi?« fragte Chand Bibi.

»Ich bin ihr nur einmal begegnet, vor vielen Jahren«, erzählte Ibrahim. »Sie hatte ganz hinreißende Augen. Seinerzeit war ich noch ein junger Prinz, und ihr Anblick vernebelte mir die Sinne. Wenn ich den Mut aufgebracht hätte, hätte ich sie gebeten, meinem Harem beizutreten. Entzückend wie ein Krait und vielleicht ebenso tödlich. Als sie hier war, gab es einen jungen Shi'a-Geistlichen, der mir Schwierigkeiten zu machen drohte, weil ich Saraswati, dem Avatara der Mahadevi, einen Tempel errichten wollte. Aditi lud ihn auf einen Besuch zu sich ein, angeblich, um sich bekehren zu lassen. Man hat nie wieder etwas von dem Geistlichen gesehen oder gehört. Seitdem habe ich mich manchmal gefragt, ob … doch das tut nichts zur Sache.«

»Und wir müssen hoffen, daß dieses Wesen die Goaner zersprengt?« fragte Chand Bibi. »Wenn sie scheitert, mein Neffe, werdet Ihr gegen Barbaren und Mogule gleichermaßen zu kämpfen haben.«

»Nur zu wahr. Auf diese Möglichkeit muß ich vorbereitet sein.« Ibrahim rieb sich das Kinn und starrte das Muster auf dem Teppich an. »Also hat mein früherer *alim* Schah Sigbat Allah mit seiner Warnung recht gehabt. Er sagte, ich werde mir durch meine Liebe für die heidnische Lebensweise noch einmal Probleme einhandeln. Vielleicht hätte ich ihn nicht aus Bijapur hinauswerfen sollen. Doch er hat unter den Shi'a diesen Aufstand angezettelt …«

»Mein Neffe«, bemerkte Chand Bibi kalt, »jetzt ist nicht der Augenblick für müßiges Lamentieren. Man nennt Euch in Eurem Königreich *Abale Bali*, den Verteidiger der Frauen. Ihr müßt Euch dieses Namens, als Verteidiger einer Göttin, nun wieder würdig erweisen.«

»Wahrlich.« Ibrahim erhob sich und faltete die Hände. »Das ist zweifellos ein Zeichen. Eine Prüfung. Die Zeit ist gekommen, Ihr Ihre Großzügigkeit zu vergelten.«

»Was werdet Ihr tun, Majestät?« wollte Gandharva wissen.

»Wenn sie kommen, werde ich sie natürlich empfangen. Ich werde herausfinden, was sie wissen, und sie möglichst entmutigen.« Er zögerte. »Vernichten, wenn es sein muß.«

»Ihr werdet die Priester aus Goa empfangen?« fragte Chand Bibi. »Ich dachte, Ihr mögt die Portugiesen nicht.«

»Tue ich auch nicht. Doch einige unserer Kaufleute führen einen regen Handel mit ihnen – insbesondere mit Pferden. Ich werde den Abgesandten nicht offen beleidigen, es sei denn, ich muß. Obwohl, das sage ich Euch, wenn sie mir wieder eines dieser edelsteinbesetzten heiligen Bücher zum Geschenk machen, werde ich sie in Stücke hauen und in alle Winde verstreuen lassen.«
»Eure Freundlichkeit gegenüber den Ketzern könnte den Mirsa beleidigen«, gab Chand Bibi zu bedenken.
»Ich habe viele Paläste. Eine Gruppe muß nicht unbedingt von der anderen erfahren. Allerdings«, er hielt inne und legte die Fingerspitzen vor dem Gesicht aneinander, »wenn sie voneinander erführen, könnte es recht vergnüglich werden.«
»Majestät, hütet Euch«, warnte Gandharva, »der Haß dieser Priester des Christos auf die Gläubigen des Islam und ihr Mißtrauen ihnen gegenüber können grenzenlos sein.«
»Genau«, sagte Ibrahim, »und desgleichen der Haß der Gläubigen auf die Christen. Und eben das«, ein verschlagenes Lächeln überzog sein Gesicht, »ist vielleicht der Untergang dieser Legendensucher. Tante, wollt Ihr als Beobachter bleiben und mir mit Eurem Rat zur Seite stehen? Eure Weisheit wäre mir höchst willkommen.«
Chand Bibi seufzte und erhob sich, was ihren schmerzenden Gelenken neues Leid brachte. »Zu meinem Bedauern, Ibrahim, kann ich das nicht. Vielleicht hat man mir gerade in diesem Moment, da wir miteinander reden, Ahmadnagar geraubt. Ich muß zurückkehren. Ich kann nur hoffen, daß keiner meiner habsüchtigen Söhne mein Verschwinden bemerkt hat und Prinz Murad noch im Säuferwahn-

sinn darniederliegt. Ihr müßt Euch dieser Situation allein stellen. Wenn Ihr dabei soviel Scharfsinn aufbringt wie bei Eurer Musik und Dichtung, könnt Ihr gewiß nicht fehlgehen.«

Thomas starrte von dem reich verzierten kleinen Pavillon auf die Wolkendecke unter sich hinab und stellte sich vor, eine Hindugottheit in ihrem eigenen Privatparadies zu sein. Er nippte aus einer kleinen Porzellantasse ein Getränk namens *char-bakhra;* mit Zucker und Limonensaft gemischter Palmwein. Der Alkohol war ein Labsal für Thomas' geschundene Seele, und der Schmerz in seinen Armen schien fast so weit weg zu sein wie sein Zuhause. Hier auf dem Gipfel des Ramghat-Passes hatten einige besinnliche, wohlhabende Hindu eine Touristenherberge gebaut. Die Karawane aus Goa hatte für ein paar Tage haltgemacht, um die Ochsenkarren zu reparieren und sich selbst und ihren Tieren eine wohlverdiente Ruhepause von den Anstrengungen der Reise zu gönnen.
Neben ihm saß mit trübem Blick und blassem Gesicht in eine Decke eingemummelt Padre Gonsção. Am gestrigen Tag hatte ihn ein Fieber befallen. Er nippte keinen Wein, sondern *conjee*, eine Brühe aus Reis und Wasser. Etwas anderes konnte er nicht bei sich behalten. Thomas hoffte, daß die kühle, trockene Bergluft, so erfrischend nach der drückenden Schwüle des Dschungels unten, das Leiden des Padre lindern würde. Bisher war das nicht geschehen.
»Gemeines Trugbild«, murmelte der Padre auf lateinisch.
»Hinfort, du falsche Versuchung.«
»Padre?«

Gonsção blinzelte und sah zu Thomas auf. »Vergebt mir. Ich dachte, ich sähe ein Wesen mit weißen Flügeln, das mich auf die Wolken herabwinkt, als hieße es mich im Himmel willkommen.«

»Das ist lediglich ein Fiebertraum, Padre.«

»Oder ein Omen.«

»Das dürft Ihr nicht denken. Hat Timóteo Kräuter für Euch finden können? Er weiß mehr über jene, die hier wachsen, als ich.«

Der Padre winkte geringschätzig ab. »Ich werde keine Kräuter, die nur krank machen oder den Geist umnebeln, zu mir nehmen, Magister Chinnery. Das Gebet allein muß mir Heilung bringen. Wenn es nicht hilft, dann … ist das Gottes Wille.«

»Gott hat dem Menschen das Wissen um Mittel gegeben, seine Gesundheit zu erhalten. Wollt Ihr von Sterblichen keine Hilfe annehmen? Bedenkt, wie wichtig Eure Mission ist, Padre. Unser Herr wird doch sicher wollen, daß Ihr jede vernünftige Anstrengung unternehmt, um möglichst schnell wieder gesund zu werden.«

»Mhmm.« Padre Gonsção zog die Decke enger um sich. Vielleicht ein Aderlaß, wenn es sein muß. Könnt Ihr mit der Lanzette umgehen, Magister Chinnery?«

Thomas seufzte. »Ich habe sie schon verwendet. Doch ich halte sie nicht für sehr wirkungsvoll.« Während der letzten Tage an Bord des *Welpen*, nach dem Tod des Schiffschirurgen, hatte Thomas auf Wunsch Aderlässe durchgeführt. Auch wenn sie in ein oder zwei Fällen Linderung gebracht hatten, schienen sie bei den übrigen das Sterben nur zu beschleunigen.

Der Blick des Padre nahm einen entrückten Ausdruck an. »Da ist noch etwas, worum ich Euch bitten muß, Magister Chinnery. Wie ich schon sagte, wenn man einen Mann so behandelt, als könnte man seinem Wort vertrauen, ist das häufig auch der Fall. Mir ist aufgefallen, daß Bruder Timóteo Euch sehr vertraut. Er ist einfühlsam, aber so grauenhaft unschuldig.«

Thomas wußte nicht, was er dazu sagen sollte, also wartete er ab.

»Sollte ich ... nicht in der Lage sein, unsere Queste fortzusetzen«, fuhr der Padre fort, »wird Timóteo sich natürlich an Euch wenden, damit Ihr ihn anleitet. Bei Bruder Andrew, der einem anderen Orden entstammt und weltlicher ist, fühlt er sich weniger behaglich. Deshalb, Magister, bitte ich Euch, dem Knaben ein Vormund zu sein. Beschützt ihn vor der ungeschlachten Art der Soldaten. Führt ihn durch Euren edlen Sinn, wie Ihr seine Reinheit des Geistes Euch führen lassen solltet.«

»So dürft Ihr nicht reden, Padre. Gott wird sicher dafür sorgen, daß Ihr wieder genest.«

Der Padre hörte seine Worte nicht, oder er ignorierte sie. »Und unter meinen Habseligkeiten ist ein Geschenk für den Sultan von Bijapur. Ihr müßt dafür sorgen, daß er es erhält, daß es nicht gestohlen wird. Es ist eine herrliche Bibel – der Einband ist das Werk des besten Silberschmieds in Lissabon, die Edelsteine wurden von König Philipps eigenem Juwelier ausgewählt. Die Illuminationen sind das Werk der fähigsten Schreiber der Dominikaner. Ihr müßt sicherstellen, daß der Sultan sie bekommt.«

»Ich bin sicher, er wird sie mit großer Freude annehmen,

Padre, wenn er sie aus Euren eigenen Händen empfängt. Sprecht nicht mehr vom Tod, ich bitte Euch, sonst fühlt er sich noch aufgefordert, an Eure Tür zu klopfen. Und was ich an ärztlicher Fürsorge leisten kann, will ich gern erbringen.« Thomas drehte sich wieder um und starrte über die Wolken in die Ferne.

Was schert's mich, ob der Inquisitor lebt oder stirbt? Könnte es mir nicht sogar zum Vorteil gereichen, wenn das Fieber ihn dahinrafft? Nein, nicht hier, nicht jetzt. Ich habe noch immer die Soldaten zu fürchten und hege nicht den Wunsch, für Timóteo das Kindermädchen zu spielen oder Anführer dieser verhängnisvollen Expedition zu werden. Besser, der Padre lebt noch bis Bijapur, wo ich eine größere Chance zur Flucht habe. Und er ist ein Mensch, was immer er auch getan hat. Und so abgestumpft ist meine Seele noch nicht, daß ich einem Menschen den Tod wünsche.

Thomas spürte, daß ihn jemand am Ärmel zupfte, und wandte sich zum Padre um, der ihn mit einer Eindringlichkeit anstarrte, die beunruhigend war.

»Da ist noch etwas, mein Sohn. Ich gestehe, daß ich nicht weiß, welche Absichten Ihr mit unserer Suche verbindet – doch ich spüre, daß Ihr ungeachtet alles anderen ein Mensch mit einem guten Herzen seid. Deshalb sage ich Euch dies. Sollte Gott mich zu sich in den Himmel rufen, so bitte ich Euch, setzt die Suche nach der Herkunft des *pulvis mirificus*, dieses *Rasa Mahadevi*, fort. Findet es. Und wenn Ihr es findet, so flehe ich Euch um unser aller Seelen willen an, vernichtet es. Es darf nicht seinen Weg zurück in die Hände der Santa Casa finden.«

»Padre?« Thomas blinzelte ihn mit offenem Mund an.
»Ah«, der Padre brachte den Anflug eines sardonischen Lächelns zustande. »Wie ich sehe, überrascht es Euch, daß ich die Institution, der ich mein Leben gewidmet habe, verrate. Doch in Wahrheit ist es kein Verrat. Die Inquisition ist eine mächtige Waffe, die man zum Guten wie zum Schlechten verwenden kann. Im Guten vereint sie Menschen unter einem Glauben und vernichtet abwegiges Ketzertum, wie ein guter Gärtner jenes Unkraut ausreißen muß, das sonst den Garten überwuchert. Doch in den Händen habsüchtiger Menschen kann die Santa Casa zu etwas fürchterlich Bösem werden.
Domine Sadrinho, der Inquisitor maior in Goa, ist solch ein habsüchtiger Mensch. Er träumt davon, mit Hilfe des Pulvers seinen Ruf zu vergrößern, die Tiefen des Wissens um das Nachleben auszuloten, die Gott selbst dem lebenden Menschen vorenthält. Ihr habt das Grauen gesehen, als Senhor De Cartago wiedererweckt wurde.«
Thomas nickte. Er konnte den Anblick der grauen, aufgedunsenen, drei Tage alten Leiche des Zauberers nicht vergessen, die sich in ihrem Sarg aufsetzte, unfähig zu sprechen wegen der Fäulnis in ihrem Mund.
»Es gäbe noch viel mehr von diesem Grauen«, fuhr der Padre fort, »wenn Sadrinho das Pulver bekäme. Ihr müßt dafür sorgen, daß dies nicht geschieht! Werdet Ihr das?«
»Wenn ich kann, Padre«, hörte Thomas sich sagen.
Padre Gonsção klopfte ihm auf die Schulter, und Thomas versuchte, nicht vor Schmerz zusammenzuzucken. »Hört auf Timóteo. Der Junge hat die Schuldbekenntnisse jener gelesen, die in die Intrige des Zauberers verstrickt waren.

Er sagt, daß die Göttin, nach der wir suchen, in Wahrheit ein Ungeheuer ist.«

Schritte näherten sich, und Thomas blickte auf. »Padre, es kommt jemand.«

Ein stämmiger Mann mit schwarzem Bart und einer langen, hochgeschlossenen hellgrünen Jacke und lockerer Seidenhose kam auf den Pavillon zugegangen. An seinem Turban prangte ein großes Juwel mit einer Pfauenfeder, und ein Dolchgriff funkelte aus dem scharlachroten Kummerbund um seine Taille hervor. Erst als dieser Mann die Terrasse des Pavillons betrat, erkannte Thomas, daß es Andrew Lockheart war. »Andrew, Ihr seht ja prächtig aus! Wie Tamerlan persönlich. Woher habt Ihr diese Kleidung?«

»Meinen Dank. Ich habe sie Agnihotras Leuten abgefeilscht, mein Junge.«

»Wo ist Eure Soutane, Frater?« knurrte Padre Gonsção, der möglicherweise noch blasser geworden war als zuvor.

»Gut versteckt«, erwiderte Lockheart auf lateinisch, »was Ihr mit Eurer ebenfalls tun solltet, Padre, wenn Ihr klug seid. Goa ist weit weg, und wir haben nur ein Dutzend Soldaten zu unserem Schutz. Es gibt in den Ländern vor uns so manchen Heiden und Ketzer, der den Portugiesen oder der Kirche nicht gerade wohlgesonnen ist. Die Kameltreiber rieten uns zu dieser Verkleidung, um ihnen auf dem weiteren Weg Ärger zu ersparen.«

»Derjenige hat wenig Glauben«, keuchte der Padre, »der ihn um irgendwelcher Ketzer und Heiden willen verleugnet. Ich würde niemals verbergen, was ich bin oder woran

ich glaube. Doch mir ist schon aufgefallen, daß Ihr, Magister Lockheart, sehr viel von Euch verbergt.«
»Ich habe festgestellt, daß mir das Vorteile bringt. Es ist offensichtlich, daß Ihr noch nicht viel gereist seid, Padre.«
»Ich reise nur dann, wenn die Pflicht es von mir fordert.«
»Darin gleichen wir uns, Padre. Doch ich glaube, meine Pflichten sind fordernder gewesen als Eure.«
Der Padre riß die Augen auf und schien wütend widersprechen zu wollen, als ein Hustenanfall ihn packte.
Thomas beugte sich vor und legte ihm die Hand auf die Schläfe. »Seine Haut brennt wie Feuer. Wir müssen ihm Bettruhe verschaffen, Andrew.«
»Meine Schuld«, murmelte Lockheart. »Ich hätte seinen Zorn nicht entfachen sollen.«
Thomas fragte sich, ob Lockheart lediglich mit Worten spielte oder ob er Galens medizinische Theorien kannte. Ihnen zufolge wurde ein Fieber wie das des Padre durch ein Übermaß an heißem, trockenem Gemüt hervorgerufen: gelber Galle. Zur Behandlung benötigte man Kräuter, die abkühlende Wirkung hatten. Doch jene, die Thomas kannte – Beinwell, Gurkenkraut oder Gerste –, wuchsen hier in der Gegend nicht. Und Timóteo unterschied die ansässigen Kräuter nicht nach solchen Gesichtspunkten. *Es ist schon ein Wunder, wie soviel Weisheit von so geringem Nutzen sein kann.* »Ihr müßt dem Padre beim Gehen helfen, Andrew«, sagte Thomas. »Ich kann es nicht.«
Mit einem zustimmenden Grunzen half Lockheart dem Padre, sich aufzurichten, und führte ihn zurück zum Hauptgästehaus. Thomas folgte beunruhigt, seine Gedanken schwirrten wie Bienen um einen zerstörten Stock.

8

SESAM:

Man nennt diese Pflanze auch Gingilly oder Türkische Hirse. Sie hat lange, schmale Blätter und trägt weiße bis blaßrosa Blüten. Aus den Samen läßt sich ein Öl gewinnen, das gut für den Darm ist, und eine Ptisane aus gemahlenem Sesam in Wein bringt Linderung bei Magenbeschwerden. Im Osten hat die Pflanze die Macht, einem verborgene Plätze zu eröffnen, an denen sich vielleicht Schätze finden lassen. Die Hindu opfern sie ihrer Göttin der Weisheit und bringen sie den Toten dar, weil sie glauben, daß aus einem Brei aus Sesam und Reis ein neuer Körper entstehen könnte …

Mirsa Ali Akbarshah begab sich in den Schatten eines welkenden Tamarakbaums. Die Mittagsgebete waren vorbei, und seine Männer hatten sich in einem kleinen, ausgetrockneten Flußtal des Sina verteilt, um wenigstens ein bißchen Erleichterung von der heißen Sonne zu finden. In der Luft lag die Ruhe vor dem Sturm, und doch hing keine Wolke am Himmel. *Wenn das ein Omen ist,* dachte der Mirsa, *so kann ich es nicht deuten.*

Er bemerkte den Sufi Masum, der im Schatten einiger naher Büsche den Arm eines dunkelhäutigen Infanteristen versorgte, und der Mirsa ging zu ihnen hinüber.

Der Soldat nickte ihm respektvoll zu und sagte: »Mögen der Prophet und die Engel Euch beschützen, Erhabener Mirsa.«

»Und dich auch«, sagte der Mirsa. »Was für eine Verletzung plagt diesen Mann, Masum? Ist er von einem Pferd gefallen?«

»Er stand zu dicht an einem Tempel, den man im Dorf in Brand setzte«, sagte der Sufi. »Ich habe mich die letzten zwei Tage um seine Verbrennungen gekümmert.«

»Ich war Zeuge der Macht Allahs, des Großen und Barmherzigen«, sagte der Soldat zwischen zusammengebissenen Zähnen hindurch. »Nun folge ich nur noch dem Wort und dem Gesetz des Propheten.«

»Er stammt aus einer Hindufamilie«, erklärte Masum, »hat

nach dem Angriff aber den Glauben gewechselt. So erging es mehreren *harbi*-Soldaten.«

»Das scheint Euch nicht zu freuen.«

Der Sufi wickelte den Verband am Arm des Soldaten ab. »Es bereitet mir große Freude, daß er den Weg zum Einzig Wahren Pfad gefunden hat. Doch meiner Erfahrung nach hängt es vom Anlaß des Glaubenswechsels ab, wie weit und wie lange der rechte Pfad ihn führt.«

Was macht das schon, dachte der Mirsa, *solange er nur das Wort ehrt und das Gesetz hochhält?* Doch da er mit dem Sufi nicht philosophieren wollte, sagte der Mirsa: »Ich wußte nicht, daß Ihr Euch auch mit den Heilkünsten auskennt, Masum.«

»Ich habe gelernt, daß die körperliche Heilung eines Mannes seinen Verstand zu höheren Gedanken beflügelt. Ich habe Ibn Sinas Werk studiert und *Unani Tibb*, die griechische Medizin. Ich habe die Verbrennungen dieses Mannes mit einer *surma* aus Honig und Asche bestrichen. Das lindert die Schmerzen, bis sein Seelenleben sich wieder im Gleichgewicht befindet.«

»Hm.« Der Mirsa mißtraute Ärzten und Kräuterkundlern. Er hatte zu viele von ihnen sich an Akbars Hof über Unsinn streiten sehen. Ein Krieger sollte sich damit zufriedengeben, daß seine Wunde gereinigt und verbunden wurde, und darauf vertrauen, daß Gott alles übrige tat. »Weshalb wird um das Wissen der Griechen soviel Aufhebens gemacht, Masum? Ihre ganze Größe ruht in der Vergangenheit. Iskander ist schon lange tot.«

»Seit Iskanders Zeiten ist vieles verlorengegangen«, sagte Masum, setzte Deckelchen auf kleine Töpfe und verstaute sie in einem Lederbeutel. »So viele Geheimnisse und Wunder. Ich gestehe, ich hoffe, daß diese *rani*, nach der wir suchen, etwas von dem alten Wissen besitzt.«

»Ich dachte, der Weg der Sufis bestehe darin, allen irdischen Dingen abzuschwören«, meinte der Mirsa.

Masum lächelte verlegen. »Ihr habt meinen Dschinn der Versuchung entdeckt. Mein *pir* hat gesagt, daß meine Neugier das größte Hindernis für den Fortschritt meiner Seele sei.«

Ein Soldat, dem Schweiß unter dem Turban hervorlief, kam zu ihnen. »Mein Erhabener Mirsa, die Kundschafter sind mit Neuigkeiten über den vor uns liegenden Weg zurück.«

»Sehr gut. Ich will sie sofort sprechen.«

Der Soldat winkte zwei Reitern, die in einiger Entfernung warteten. Als sie heranritten, beneidete der Mirsa sie wieder um ihre edlen Rösser und die Gelegenheit zu reiten. Die Männer stiegen ab und verbeugten sich vor dem Mirsa.

»Also, welche Neuigkeiten bringt Ihr mir?«

»Großer Gebieter, ungefähr fünf *kos* von hier liegt eine Stadt, die fast völlig verlassen ist. Vor drei Jahren herrschte in dieser Gegend eine große Hungersnot, und die Bewohner starben oder flohen. Die wenigen, die jetzt dort wohnen, sind unerlaubte Siedler von woanders. Sie wissen nicht einmal, wie diese Stadt genannt wurde.«

»Eine Stadt ohne Namen«, sagte Masum leise.

Der Mirsa warf dem Sufi einen kurzen Blick zu, ehe er den Kundschafter fragte: »Stellen diese Siedler eine Gefahr für uns dar?«

»Ich glaube nicht, Großer Gebieter. Sie fürchteten uns, und es kostete uns viel Überredungskunst und einige Münzen, um sie überhaupt zum Sprechen zu bringen.«
»Gab es in der Nähe eine Grabstätte?« fragte Masum.
»In der Tat, einer der Siedler erwähnte eine Grabstätte südlich der Stadt. Natürlich wußte niemand, wer dort begraben liegt, und es kümmerte auch keinen.«
»Mein Gebieter«, sagte Masum, »das muß der Ort sein, den die Erkalafrau meinte!«
Der Mirsa lächelte geduldig. »Tja, dann nehme ich an, daß wir ihn uns wohl einmal ansehen müssen. Darf ich mir Euer Pferd leihen, braver Kundschafter?«
Zwei Stunden später ritten der Mirsa, Masum und Jaimal in die Ruinen der Stadt ohne Namen ein. Die Luft flirrte in der Hitze, die von der staubigen Straße aufstieg. Die fernen roten Sandsteinklippen waberten, als sähe man sie unter Wasser. Mageres Vieh mit einer Haut, so blaß wie gebleichte Knochen, trottete über die Straße. Schmutzige Kinder und Frauen mit einfachen, zerschlissenen *shals* beobachteten sie aus dunklen Türeingängen.
Wir dürften schon einen imposanten Anblick bieten. Ich frage mich, wofür sie uns halten.
Masum ging zu einem der Häuser und brachte die Bewohner dazu, mit ihm zu reden. Als er wiederkam, sagte er: »Der *ziarat*, den wir suchen, liegt nicht weit hinter der Stadt, jenseits dieser zerbrochenen Mauer hinter dem nächsten Hügel.«
Sie folgten seinen Anweisungen, umrundeten die abgeschliffene Felserhebung und stießen auf ein kleines, viereckiges Gebäude aus getünchten Ziegelsteinen, das von

einer niedrigen Kuppel gekrönt wurde. Daneben stand ein einzelner karger Baum. Unter dem Baum saß ein alter Mann, der Flöte spielte.

Als die drei zu ihm hinritten, blickte der Alte auf, Mund und Augen weit geöffnet vor Erstaunen. Langsam erhob er sich und stützte sich auf einen Holzstab, der vom langen Gebrauch schon ganz blank war. Der weiße Turban und sein langer Kaftan waren abgenutzt und an vielen Stellen geflickt, aber sauber.

»Ist es wahr«, sagte der Alte. »Seid Ihr endlich gekommen. Allah sei gepriesen!«

Der Mirsa stieg ab und erwiderte: »Du wußtest, daß wir kommen würden? Hat dich jemand vor unserer Ankunft gewarnt?«

Der Alte sank auf die Knie und verbeugte sich. »Nur die Engel in den Träumen eines alten Mannes. Willkommen, o mächtiger Mirsa.«

Der Mirsa langte zu ihm hinunter und redete freundlich auf den Alten ein, sich wieder zu erheben. »Nicht doch, solche Ehre kommt nur dem Kaiser oder Allah zu, lange mögen Seine vielen Namen gepriesen sein. Bist du der Hüter dieses *ziarat*?«

»Das ist Generation für Generation die frohe Pflicht meiner Familie gewesen, Großer Gebieter.«

»In diesem Fall nimm bitte gütigst unser Angebot an. Wir sind einen langen Weg gekommen, um die Geschichte deines *shahid* zu hören.«

Jaimal drückte dem Alten einen Beutel mit fünfzig *tuman* Gold in die Hand. Tränen quollen dem alten Hüter aus den Augen, als er sie entgegennahm. »Es ist so lange her, daß jemand kam, um etwas über unseren Heiligen zu erfahren. Pilger, die hier haltmachten, verwechselten seinen Schrein gewöhnlich mit einem anderen, und manchmal wollten sie auch nur pausieren. Doch tretet ein, erhabene Herren, und ich berichte Euch von jenem, dessen sterbliche Überreste hier ruhen.«

Der Hüter führte sie auf die andere Seite der Grabstätte zu einem Holztor, das vor einem Spitzbogen angebracht war. Er zog einen großen Holzschlüssel an einer Lederschnur hervor, die er um den Hals getragen hatte. Mit zitternden Händen steckte er den Schlüssel ins Schloß, streifte seine Sandalen ab und trat ein. Gleich hinter dem Eingang hing ein Kübel an einem Haken von der Wand. Der Alte nahm den Kübel herunter, der eine Schöpfkelle und eine kleine Menge Wasser enthielt.

Der Mirsa trat vor, die Hände zur Schale geformt, und der Alte schöpfte etwas Wasser hinein. Der Mirsa reinigte in vorgeschriebener Weise seine Hände und sein Gesicht mit dem Wasser, zog anschließend seine Schuhe aus und betrat den Schrein.

Der Alte goß auch Jaimal und Masum Wasser ein und dann sich selbst, bevor er den Kübel wieder an den Haken hängte und das Tor hinter ihnen schloß.

Das Innere des Schreins war ein angenehm kühler Kuppelraum, gerade groß genug, um fünfzehn Personen Platz zu bieten. Wände und Decke waren getüncht und mit erlesener *Taliq*-Kalligraphie in Schwarz und Zinnoberrot bedeckt. Wo die Farbe gesprungen oder abgeblättert war, hatte man sie sorgfältig wieder restauriert.

»Wie alt ist dieser *ziarat*?« fragte der Mirsa.

»Meine Familie kümmert sich jetzt seit zwölf Generationen um ihn, Großer Gebieter.«

Auf der Ostseite des Raums befand sich eine Treppenflucht, die in ein kleines, dunkles Gelaß hinabführte. »Wenn die Herren mir bitte folgen möchten«, sagte der Alte, als er nach unten stieg. Der Mirsa, Jaimal und Masum drängten sich hinter ihm auf der Treppe.

Mit einem Feuerstein entzündete der Alte eine Öllampe und hielt sie hoch. Ihr schwaches Licht enthüllte einen massiven schwarzen Basaltblock, der den größten Teil des Gelasses ausfüllte. Auf dem Stein lag eine einfache Holzkiste, die von Höhe und Breite her dem Unterarm des Mirsa entsprach.

Der alte Hüter räusperte sich und begann: »Vor Euch seht Ihr, mächtiger Mirsa, das Gefäß der sterblichen Überreste eines namenlosen Märtyrers des Glaubens. Seine Geschichte ist folgende: Es heißt, er sei ein Schüler des großen Saiy'd Muhammad Gesudaraz gewesen, der vor drei Jahrhunderten aus Persien in dieses Land kam, um das Wort des Propheten zu verbreiten. Unser *shahid* lernte viel von seinem Herrn, wanderte weit umher und bekehrte so manchen zu seinem Glauben. Viele *rajahs* folgten seinen Lehren und unterwarfen sich dem Einzigen, wie auch viele von den Armen.

Und dann, eines Tages, erfuhr unser *shahid* von einer mächtigen Königin, die den Wahren Glauben verachtete. Sie behauptete von sich, eine Göttin zu sein, unsterblich, und sagte, sie habe keine Verwendung für das Wort des Propheten. Unser *shahid* reiste zu ihrer verborgenen Stadt hoch auf einem Berggipfel und versuchte, sie dort zu

unterrichten, wie er es mit so vielen anderen getan hatte. Aber sie verlachte ihn und versuchte, ihn vom rechten Pfad abzubringen, wobei sie Schliche und Magie gebrauchte. Unser *shahid* schwankte jedoch nicht. Schließlich zwang die Macht des Glaubens unseres *shahid* die böse, stolze Königin, sich zu offenbaren. Es stellte sich heraus, daß sie ein Dämon war, Awan, Weib des dritten Sohnes von Schaitan, die Gefährtin der Könige, möge der Huldvolle mir vergeben, daß ich ihren unreinen Namen ausspreche. Darauf versuchte die böse Königin, unseren *shahid* mit sich in die Hölle hinabzuziehen. Doch er betete laut, und Allah, der Allbarmherzige, hörte ihn und verwandelte unseren *shahid* in Stein, so daß er die süßen Worte der Königin nicht länger hören konnte, noch ihre verderbte Schönheit sah. Und so ging die Seele unseres *shahid* in das Paradies ein, und lediglich seine steinerne Hülle blieb als Beispiel für die Gläubigen zurück.« Der Alte lächelte und neigte den Kopf.
»Wahrlich«, sagte der Mirsa, »das Leben eures *shahid* war von Wundern erfüllt. Wie lange ist das her?«
»Mehr als zweihundert Jahre, Großer Mirsa.«
»Und diese Geschichte wurde von deiner Familie all die Generationen hindurch weitergereicht?«
»Vom Vater an den Sohn, Großer Mirsa, so wie mein Sohn die Geschichte weiterreichen wird, wenn ich aus dieser Welt gegangen bin.«
»Wie kam es, daß man deiner Familie diese ehrenvolle Aufgabe übertrug?«
»Es heißt, mein Vorfahr Ali Ahmad habe als Kaufmann in dieser Gegend gelebt und hier Land besessen. Er bewirtete

den *shahid*, bevor er zur bösen Königin aufbrach. Zwei Schüler des *shahid* blieben bei Ahmad zurück. Dann, eines Nachts, kam eine hochgewachsene, schlanke Frau an die Tür meines Vorfahren, in Begleitung des einen Schülers, der mit dem *shahid* gezogen war. Der Schüler hatte sich geblendet, um der furchtbaren Magie der bösen Königin zu entrinnen, und erzählte Ahmad die Geschichte, die ich gerade Euch erzählt habe. Die alte Frau hatte als Magd im Palast der bösen Königin gedient und den Schüler in sichere Gefilde zurückgeführt, und sie brachte einen sterblichen Teil des *shahid* mit. Zu Ehren des Opfergangs dieses Märtyrers errichtete mein Vorfahr den *ziarat*. Er spürte, daß er vom Himmel dazu auserkoren war. Seit jener Zeit sorgt die Familie des Ali Ahmad treuen Angedenkens für die Grabstätte.«

»Aber die Schüler«, sagte der Mirsa, »wollten doch sicher, daß der Name ihres *sheykh* in der Erinnerung fortlebt. Weshalb ist euer *shahid* namenlos geblieben?«

»Es heißt, die alte Magd der Königin habe uns das geraten, weil die böse Königin und die Bewohner der Hölle sonst vielleicht vom *ziarat* erführen und kämen, um ihn zu schänden.«

»Sagt mir«, meinte Jaimal, »wie haben du und deine Familie es fertiggebracht, die Dürre zu überstehen, die diese Region vor noch gar nicht langer Zeit verheerte?«

»Allah hat in seiner großen Gnade für uns gesorgt«, erklärte der Alte, »denn hinter unserem Haus entspringt eine kleine Quelle. Obwohl es sich nur um ein Rinnsal handelt, ist sie nie versiegt.«

»Ich habe eine Frage, die dir vielleicht seltsam vorkommen

wird«, sagte der Mirsa, »– aber hast du seit dem Tod eures *shahid* Geschichten gehört, die darauf hindeuten, daß es diese unsterbliche Königin noch gibt?«

Der Alte legte den Kopf schräg und krauste die Stirn. »Die Söhne Schaitans sind stets bei uns, wie auch ihre Frauen und Lakaien, Dämonen und Dschinns. Doch die Geschichten sprechen immer davon, daß man sie meiden soll, damit sie einen nicht in Versuchung führen.«

Der Mirsa lächelte höflich. »Ja, natürlich. Doch aus deiner Geschichte geht hervor, daß diese Schwiegertochter Schaitans nicht weit weg von hier lebt. Wurde in den Geschichten eurer Familie jemals der Name eines bestimmten Berges genannt, auf dem sie wohnt?«

Der Hüter seufzte. »Mein Vater sagte einmal, der Berg liege irgendwo südöstlich von Bijapur, an einem Ort namens Schlangennest. Doch wenn der Himmel gerecht ist, gibt es keinen solchen Ort, oder er hat aufgehört zu existieren.«

»Wie sollen wir dann wissen, ob deine Geschichte der Wahrheit entspricht?« fragte Jaimal.

Die Miene des Alten hellte sich auf. »Wenn Ihr erlaubt, erhabene Herren, werde ich Euch eine Ehre angedeihen lassen, die nur wenigen zuteil wird. Ich möchte Euch den sterblichen Überrest unseres *shahid* zeigen.«

»Du erweist uns zuviel der Ehre«, sagte der Mirsa.

»Nein, nein«, sprach der Alte und winkte ab. »Das Wenige, was ich für Euch tun kann, ist unzureichend. Aber trotzdem …« Er nahm den Deckel vom Holzkasten und legte ihn daneben auf den Basaltblock. Er griff hinein und holte ein weiteres Kästchen hervor, das aus Silber gefertigt und mit Cabochons aus schwarzem Stein besetzt war. Kalligraphische Gebete waren in schwarzem Lack darin eingelassen. »Ich bewahre ihn in dem einfachen Kasten auf«, sagte der Alte wissend, »um Diebe zu entmutigen.« Mit aller nur erdenklichen Vorsicht setzte er das Kästchen ab.

»Hat dein Vorfahr, der Kaufmann, diese herrliche Reliquie anfertigen lassen?« fragte Jaimal mit großen Augen. »Ist deine Familie jetzt deshalb so arm?«

»Niemand, der einem Märtyrer des Glaubens dient, ist arm«, antwortete der alte Hüter. »Doch die Geschichte des Kästchens ist folgende: Erinnert Ihr Euch, daß ich Euch von der alten Frau erzählte, die einen sterblichen Teil unseres *shahid* vom Palast der bösen Königin zurückbrachte? Die Familiengeschichten sagen, daß sie Heidin war, doch mit der blasseren Haut derer aus dem Norden. Man ist allerdings der Ansicht, daß sie das böse Treiben der Königin, der sie diente, nicht billigte. Zusammen mit dem sterblichen Überrest machte sie Ali Ahmad auch ein in weiße Wolle eingeschlagenes Bündel zum Geschenk.«

»Ah«, sagte Masum, als hätte das etwas zu bedeuten.

»Nachdem die seltsame Frau fort war, öffnete Ali Ahmad das Bündel und sah, daß es sieben Barren Silber enthielt. Drei davon ließ er einschmelzen, um dieses Kästchen anzufertigen. Zwei davon ermöglichten den Bau dieses *ziarat*. Der Rest hat meine Familie die vielen Jahre über ernährt. Nun …« Der Alte nahm eine Schnur von seinem Hals, an der ein kleiner Schlüssel hing. Damit öffnete er die silberne Reliquie und trat einen Schritt zurück. »Wenn Ihr so gütig sein wollt, erhabene Herren, seht selbst.«

Der Mirsa blickte in das Kästchen hinein. Auf einem Bett aus weißer Seide lag eine Hand, die eine Papierrolle umklammert hielt. Die braune Hand schien erstklassig erhalten zu sein, jede Pore, Falte, Narbe und Ader war genauso, wie sie im Leben gewesen sein mußte. Die Schnittstelle am Handgelenk war mit einer Silberkappe versehen. Bei dem aufgerollten Stück Papier handelte es sich offenbar um eine Seite aus dem Koran, die am oberen Rand ein wenig zerfranst wirkte. Ganz behutsam strich der Mirsa mit dem Finger über das Papier, vom Rand bis dorthin, wo die Hand es umklammert hielt. In der Nähe der Hand glich die Seite fein geschnitzter Jade. Auf halber Höhe wurde das Material jedoch sichtlich zu Papier. Der Übergang erfolgte so allmählich, daß der Mirsa nicht sagen konnte, an welcher Stelle genau das Papier zu Stein wurde. »Es ist, als wäre er tatsächlich verwandelt worden«, murmelte er.

Auch Jaimal sah sich den sterblichen Überrest an, runzelte aber die Stirn und sagte kein Wort. Masum summte Gebete und wiegte sich dabei hin und her.

»Das ist wahrlich ein großes Mysterium«, sagte der Mirsa. »Ich weiß von keinem Bildhauer, der so etwas fertigbrächte.«

»Keinem außer Allah«, erklärte der Alte nickend.

Als sie den *ziarat* verließen und wieder ihre Pferde bestiegen, sagte der Mirsa: »Es scheint, als hätte die Erkalafrau, die Ihr aufgetrieben habt, Masum, uns die richtige Richtung gewiesen. Es gab in dieser Gegend wirklich einmal eine Königin wie die, nach der wir suchen, auch wenn es Jahrhunderte her ist. Wenn wir es mit einer Dynastie zu tun haben oder jemandem, der fürwahr unsterblich ist, finden wir eine solche Königin vielleicht doch noch vor.

Jaimal, Ihr wart recht schweigsam. Was haltet Ihr von dem, was wir gerade gesehen haben?«
Mit finsterer Miene erwiderte der Leutnant: »Ich glaube, Gebieter, wir sollten auf Schliche und Verrat gefaßt sein. Das ist es wohl, was diese Wallfahrt uns lehren soll.«
»Ihr glaubt die Geschichten des Hüters nicht?«
Jaimals Augen blitzten vor unterdrückter Wut auf. »Welcher gute Anhänger des Glaubens würde seinen Schrein schon dem Götzentum weihen? Er verehrt das Stück einer Statue und behauptet, es sei die Hand eines alten *sheykh*. Im besten Fall sind der Alte und seine ganze Familie Narren, daß sie diese Geschichten glauben. Im schlimmsten Fall ist er ein Dieb und Feind des Glaubens, der Pilgern das Geld aus der Tasche zieht und sie mit Lügen um den Verstand bringt.«
Der Mirsa fühlte sich von Jaimals Heftigkeit abgestoßen. »Den schlimmsten Fall halte ich für unwahrscheinlich, Jaimal. Der Alte hat offensichtlich geglaubt, was er uns erzählte. Meint Ihr nicht auch, Masum?«
Masum blickte zu Jaimal. »Ich meine, dieser Schrein soll uns lehren, daß die Welt nach wie vor Unerklärliches und große Wunder bereithält. Finsternis ist lediglich das vom Licht geschaffene Mysterium. Doch wenn ein Mann nur die Finsternis sieht, wird er das Licht nicht bemerken, das sie durchdringt.«
»Wenn ein Mann vom Licht geblendet wird, dann ist das, als stolpere er in die Finsternis. Seid Ihr schon so weit vom rechten Pfad abgekommen«, fragte Jaimal, »daß Ihr bereit seid, eine Steinhand zu verehren?«
»Ich verehre die Hand des Schöpfers«, sagte Masum sanft,

»in dessen Macht es vielleicht steht, lebendiges Fleisch in Stein zu verwandeln.«

»Schluß jetzt!« befahl der Mirsa. »Ich werde über den klugen Rat von Euch beiden nachdenken. Mit einem Auge werde ich nach Wundern Ausschau halten und mit dem anderen nach Verrat.« *Und laßt uns beten, daß ich dabei nicht anfange zu schielen.*

9

BASILIKUM:

Diese aromatische Pflanze hat gezähnte Blätter von purpurner Tönung und Blüten, die weiß oder rot sein können. Eine Tinktur aus Basilikum ist gesund für den Magen und lindert Hustenreiz und Kopfschmerzen. Sie ist den Hindu heilig und wächst dort in jedem Haus, um Gesundheit und Wohlstand zu erhalten. Die alten Griechen hielten sie hingegen für giftig, und es hieß, daß sie auf Totenäckern wachse. Manche sagen, es sei ein Kraut für die Liebenden, andere, es bringe Feindschaft. Reicht ein Mädchen einem vorbeikommenden Jüngling eine Handvoll der Blüten, so soll er sich angeblich in sie verlieben …

Aditi bürstete sich das lange schwarze Haar aus, das sie mit Rosenwasser parfümiert hatte, und ließ es über ihre Schultern und Brüste herabwallen. Sie trug lediglich ein durchscheinendes *peshwaz*-Gewand aus dem leichtesten Seidenstoff und darunter einen scharlachfarbenen Unterrock. Sie schaute durch den Eingang zu ihrem Zelt aufs Mondlicht hinaus, das sich auf dem Fluß Nesri kräuselte. Die Dschungel der abfallenden Ostghats hatten sie hinter sich gelassen, waren an der Stadt Chandgala vorbeigezogen, und jetzt war die Luft wärmer und trockener, und eine leichte Brise schmeichelte ihrer Haut. Tagsüber war diese Gegend eine trostlose Wildnis aus kargen Hügeln und schlammigen braunen Strömen. Doch in einer warmen Nacht, in der einzig der Mond und die Sterne ihr silbernes Licht spendeten, strahlte sie einen atemberaubenden Zauber aus.

»Also, Saschi«, sagte Aditi unbeschwert zum Häschen im Mond, »leih mir deine Gabe der Gastfreundschaft, auf daß ich meinen Gast betöre, der bald eintrifft.«

Sie erhob sich und schwang sich einen mit Silberfäden geränderten Seidenmantel über Kopf und Schultern. Ungeduldig ging Aditi zum Flußufer und starrte dorthin, wo ihre Mägde mit erhobenen Lampen am Eingang ihrer Lagerstätte standen.

Ah, ich bin pünktlich. Drei Männer näherten sich; zwei goanische Soldaten mit Tamas in der Mitte, der ihrem Ruf folgte. Die Mägde taten ihre Pflicht, gingen den Soldaten um den Bart und lockten sie, so daß sie zuließen, daß Tamas die Lagerstätte allein betrat.

Aditi legte den Kopf schräg, gestattete dem Mondlicht, ihr Gesicht voll zur Geltung zu bringen, und beobachtete Tamas, wie er auf sie zuging. Sein helles Haar glitzerte, und seine Augen, von einem noch blasseren Blau als ihre, schienen beinahe zu glühen. *Wie wundervoll fremdartig er ist, fast wie ein Dämon oder ein göttliches Avatara. Schade, daß er nur ein Mensch ist. Würde die Mahadevi mir vergeben, wenn ich ihn ihr zum Geschenk machte? Vielleicht könnte ich ihn als mein Spielzeug behalten. Ai, ich muß von diesen unklugen Gedanken lassen.*

»Sri Aditi«, sagte Tamas und verbeugte sich nach Art der Hindu.

»Ah, Tamas, wie ich sehe, erlernt Ihr unsere Bräuche.«

»Es gibt bei uns im Westen eine Redewendung, Despoina. Wenn du in Rom bist, verhalte dich wie ein Römer.«

Aditi lachte. Die Mahadevi hatte ihr von Rom erzählt. »Aber das hier ist Sind, Tamas, und vielleicht sind unsere Verhaltensweisen schwieriger anzunehmen.«

»Damit könntet Ihr recht haben, Despoina. Darf ich fragen, weshalb Ihr mich zu Euch gerufen habt?«

An der Art, wie er sie anstarrte, erkannte Aditi, daß sie bereits erfolgreich sein Interesse geweckt hatte. »Ich habe mich lediglich nach Eurer Gesellschaft gesehnt, Tamas. Kommt, laßt uns gemeinsam die Sterne betrachten und miteinander plaudern.« Sie ging zu ihm und ergriff sanft seinen Arm, wobei sie ihre Brust an ihn drängte.

Er blinzelte und schien wie vom Donner gerührt zu sein,

doch seine Augen funkelten vor Freude. »Ehm. Hier draußen im Freien, wo jeder uns sehen kann? Ist das klug, Despoina?«

»Man sagte mir, der Priester des Orlem Gor sei erkrankt und sehe und höre nichts mehr. Und seine Leute«, Aditi blickte dorthin zurück, wo die Mägde die Soldaten in ihr Zelt mitgenommen hatten, »scheinen andere Interessen zu verfolgen. Wen sollte kümmern, was wir tun?«

Tamas lächelte. »Ihr habt schon wieder recht. Also gut. Führt mich, und ich werde nicht anders können, als Euch zu folgen.«

Aditi erwiderte sein Lächeln und spürte, wie ein warmes Glühen in ihr aufstieg.

Als sie am Flußufer entlangspazierten und die Nachtvögel beobachteten, die im Schilf umherflogen, sagte Tamas: »Ich habe über Eure Mahadevi nachgedacht und darüber, wie ich ihre Existenz mit allem, was man mir beibrachte, in Einklang bringen kann. Unseren englischen Philosophen zufolge sind Eure Götter lediglich gefallene Engel, von Beelzebub beherrscht, die unschuldige Seelen verwirren und in die Irre führen sollen.«

»Was ist ein Engel?« fragte Aditi.

»Ein ehrfurchtgebietendes Wesen aus Licht und Schönheit, das ein Diener Gottes ist. Ein Bote oder Hüter, der Seinen Willen verkündet.« Seine Hand legte sich um ihre. »Vielleicht seid Ihr ja ein solcher Engel, weil Ihr Eurer Gottheit dient, und seid mir eine Hüterin gewesen, nai?«

Aditi lachte und erlaubte es sich zu erröten. »Ihr schmeichelt mir, doch das glaube ich nicht. Vielleicht seid Ihr ja einer, weil Euer Haar aus Licht ist, nai?«

Tamas kicherte. »Das glaube ich auch nicht, Despoina. Doch wie habt Ihr eigentlich von der Mahadevi erfahren, oder hat Eure Familie Sie schon immer verehrt?«
Aditi zuckte mit einer Schulter. »Ich erfuhr erst von Ihr, als Sie mich bereits aufgenommen hatte. Man brachte mich in Ihren Palast, nachdem Räuber meine Familie umgebracht hatten. Sie und Ihre zwei alten *aya* zogen mich auf.«
Tamas blieb stehen und starrte sie an. »Ihr meint, Sie ist eine Frau aus Fleisch und Blut?«
»Ich weiß nicht, woraus Sie besteht, Tamas, doch eine gewöhnliche Frau ist Sie nicht. Man hat mir nie erlaubt, Sie anzublicken, weil das den Tod bringt. Ich weiß, daß es stimmt, denn ich habe gesehen, was aus jenen wurde, die so töricht waren, zu Ihr aufzuschauen. Ich habe nur Ihren Schemen auf einer Leinwand gesehen und Ihre Stimme in der Finsternis gehört, doch Sie brachte mir viel bei.«
Tamas wandte seinen Blick dem Fluß zu und blieb stumm. Aditi fuhr fort. »Ihr denkt, daß man mich vielleicht arglistig getäuscht hat. Doch Ihr habt nicht gesehen, was ich gesehen habe, und nicht erfahren, was ich weiß. Ich erwarte nicht von Euch, daß Ihr versteht. Das kann niemand, der Ihre Macht nicht erfahren hat. Vielleicht werdet Ihr dieser Macht eines Tages teilhaftig werden.«
Unmerklich hatte Aditi ihn zu einer Stelle am Flußufer geführt, an der ein Teppich und Kissen ausgebreitet waren. »Also. Setzen wir uns, und machen wir es uns bequem.« Sie kniete anmutig auf dem Teppich nieder.
Tamas setzte sich tolpatschig neben sie und zuckte zusam-

men, als er mit seinen Armen das Gleichgewicht zu halten versuchte.
»Armer Tamas. Ich habe hier etwas Duftöl, das ich für Euch erwärmen ließ. Ich werde Euch die Schultern damit einreiben.« Sie rutschte um ihn herum, bis sie hinter seinem Rücken kniete, und schob ihm das Hemd bis zum Hals hoch. Sie zog das Töpfchen mit Öl unter einem Kissen hervor, gab etwas davon auf ihre Hände und verteilte es auf seinem blassen Rücken, knetete es in seine Muskeln ein. Sein leises Stöhnen war ermutigend.
Aditi rückte näher, das Kinn schon fast auf seiner rechten Schulter. »Seht dort, Tamas. *Rohihi* strahlt heute nacht sehr hell, nicht wahr?«
»Mhmm? Oh. Dieser Stern, den ich als Aldebaran kenne. Man hat Euch Astronomie gelehrt?«
»Mein Vater lehrte mich die Sterne und die Bewegungen des Mondes, als ich noch ein kleines Mädchen war. Er sagte, daß wir auf diese Weise, sollten wir uns einmal nachts in der Wildnis verirren, unsere Richtung wiederfinden könnten. Dort im Osten, an der dunklen Stelle zwischen den Hügeln, das ist der Kopf von Rahu, dem Mondesser.«
Tamas lachte. »Ich kann nichts sehen.«
»Natürlich nicht. Man weiß nur, daß er da ist, wenn der Mond verschwindet, und manchmal auch die Sonne. Rahu, müßt Ihr wissen, war ein Dämon, der es wagte, sich mit den Göttern zu vermischen und ihr *soma* zu trinken, den Wein der Unsterblichkeit. Doch er wurde gefangen, und man schlug ihm den Kopf ab und schleuderte ihn zum Himmel hinauf. Vielleicht lehrt Euch das

etwas, Tamas. Es ist nicht gesund, ein Geschenk der Götter zu rauben.«
»Ich habe nicht die Absicht, etwas zu rauben.«
»Ah. Ich wußte ja, daß Ihr klüger seid als die anderen.« Aditi küßte sein Ohr und dann seinen Hals. »Das hier ist im Weg«, sagte sie und zupfte an seinem Hemd. Sie krabbelte hinter ihm hervor und zog ihm das Hemd über den Kopf, schnell, damit es seinen Armen nicht weh tat. Dann legte sie ihm eine Hand auf die Brust und drückte ihn auf die Kissen zurück. Sie strich mit den Fingern über seine warme Haut und spürte, wie sein Herz schneller schlug.
»Aditi«, keuchte er, »ich kann nicht, ich meine, mit diesen Armen kann ich Euch nicht halten ...«
Aditi lachte. »Ihr aus dem Westen habt so seltsame Vorstellungen über das Liebesspiel, als könnte man es nur auf eine Weise tun. Arme sind nett, aber nicht erforderlich.« Als sie seine Brust küßte, glitt sie mit einem Bein über ihn und setzte sich rittlings auf sein Gemächt. Sie fragte sich flüchtig, wie sie ihn wohl am besten töten konnte. Am leichtesten wäre es gewesen, wenn sie noch etwas *Rasa Mahadevi* gehabt hätte, doch sie hatte alles dem Schotten Lakart gegeben, als Entgelt für ihre Rückreise nach Goa. Es wäre auch einfach gewesen, eine wichtige Ader zu durchtrennen, doch wie sollte sie das Blut erklären? Vielleicht durch den Angriff eines Löwen? Es gab Gifte, die sie sich in der Gegend beschaffen konnte, aber wie hätte sie es anstellen sollen, daß er davon trank?
Als er zwischen ihren Schenkeln wuchs und ihr Verlangen zunahm, dachte sie: *Es sind noch viele Meilen bis Bija-*

pur. Ich muß mich jetzt nicht entscheiden. Yama kann noch eine Weile auf den hier warten. Er muß noch nicht sterben.

Timóteo fuhr zusammen und schaute von seinen Gebeten auf, als es an der Tür des Bauernhauses klopfte.

»Was geht da vor, Timóteo?« stöhnte Padre Gonsção von seinem Lager auf dem Boden aus.

»Ich weiß nicht, Padre. Ich werde gleich einmal nachsehen.« Er stand auf und rannte über den schmutzigen Boden zum vorderen Raum, in dem der Bauer aus der Kummari-Kaste sich tief vor dem Mann im Eingang verbeugte. Timóteo erkannte in dem langbärtigen Besucher mit Turban einen von Sri Agnihotras Kaufleuten.

»Master Timóteo«, sagte der Kummari-Bauer mit starkem Kannada-Akzent, »dieser Ehrwürdige verlangt, mit Eurem Gebieter Gonsown zu sprechen.«

»Bitte verzeiht«, sagte Timóteo in seinem besten Marathi zu dem Kaufmann, »doch mein Meister ist sehr krank und sollte mit niemandem sprechen.«

»Dann werdet Ihr für ihn sprechen müssen«, sagte der Kaufmann. »Kommt mit mir.«

»Aber … aber ich kann ihn nicht allein lassen. Worum geht es denn?«

»Wir sind in das Herrschaftsgebiet eines neuen Gouverneurs gekommen und müssen für die Durchreise Zoll entrichten. Der Steuereinnehmer verlangt einen *tuman* Silber pro Tier und zwei *tuman* pro Karren. Dies ist die Expedition Eures Meisters, also muß er auch bezahlen.«

Timóteo zählte den Gesamtbetrag an seinen Fingern ab. »Aber das ist nicht möglich, mein Herr! Soviel Silber haben wir nicht; eigentlich haben wir kaum welches. Man hat uns nicht gesagt, daß wir auf dieser Reise welches brauchten.«

»Dann werdet Ihr das dem Steuereinnehmer erzählen müssen. Sputet Euch, denn er behauptet, daß eine Armee in den Bergen wartet, die uns den Zoll gewaltsam entreißen wird, wenn wir ihn nicht aus freien Stücken entrichten.« Der Kaufmann packte Timóteo an der Schulter und zerrte ihn nach draußen, dann stieß er ihn vor sich her, bis sie die Straße erreichten.

Ein hochgewachsener Mann stand dort, mit Narben auf beiden Wangen und einem Schwert an jeder Hüfte. Er starrte auf Timóteo herab. »Habt Ihr das Geld dabei?«

»B-bitte, Herr Steuereinnehmer«, sagte Timóteo. »Mein Meister ist nur ein reisender heiliger Mann. Er führt kein Geld bei sich und ich auch nicht. Wir können Euren Zoll nicht entrichten.«

Der Steuereinnehmer schaute erst den Kaufmann, dann Timóteo finster an. »Nun, jemand muß es tun, sonst kommt Ihr auf dieser Straße keinen Schritt weiter.«

Zitternd sagte Timóteo: »Ich werde sehen, was sich machen läßt, mein Herr.« Er drehte sich um und rannte davon, auf der Suche nach jemandem, der ihm helfen konnte. Er sauste in das Lager der *soldados* und stolperte über einen am Boden liegenden Körper.

»Ai! Kleiner Bruder, müßt Ihr mich so grob wecken?«

»Senhor Alvalanca«, jammerte Timóteo, »Ihr müßt mir helfen. Wo ist Tomás?«

»Er hat sich zu einem Spaziergang mit Senhora Agnihotra aufgemacht. Ich glaube nicht, daß er gestört werden will. Was stimmt denn nicht?«

»Ein Steuereinnehmer ist gekommen und verlangt, daß wir dreiundzwanzig *tuman* Silber bezahlen, um diese Straße benutzen zu dürfen!«

Der *soldado* blinzelte und brach dann in Gelächter aus.

»Senhor, das ist eine ernste Angelegenheit!«

»Kleiner Bruder, begreift Ihr denn nicht? Dieser Steuereinnehmer ist ein Dieb, der uns zu berauben hofft. In Goa hören wir ständig solche Geschichten. Wußtet Ihr das nicht?«

»In der Santa Casa habe ich noch nie solche Geschichten gehört.«

»Nein, das glaube ich Euch gern.« Der *soldado* strampelte sich aus seinem Bettzeug und stand auf, und Timóteo hätte Stein und Bein geschworen, daß er betrunken war. »Werfen wir einmal einen Blick auf diesen Steuereinnehmer, kleiner Bruder«, sagte er und schnallte sich behäbig das Schwert um. »Ich und meine Kameraden, wir werden uns schon um ihn kümmern, he?« Er nickte zwei anderen *soldados* zu, die am Lagerfeuer saßen und verstehend grinsten.

»Ihr müßt vorsichtig sein, Senhor. Er sagt, daß er in den Bergen eine Armee hat, die nur darauf wartet, uns anzugreifen, wenn wir nicht bezahlen.«

»Das sagen sie immer. Manchmal stimmt es und manchmal nicht.«

Doch als sie auf die Straße zugingen, wurden sie von dem langbärtigen Kaufmann und drei anderen abgefangen.

»Wohin wollt Ihr?« fragte der Kaufmann. »Habt Ihr das Silber?«
Timóteo übersetzte das Senhor Alvalanca, der torkelnd erwiderte: »Sag ihm, wir werden den Dieb in Streifen schneiden. Er sieht nicht so aus, als wäre er von hier.«
Timóteo übersetzte das eifrig, und der Kaufmann explodierte. »Ihr Narren! Wollt Ihr die Armee des Gouverneurs über uns bringen, damit sie uns alle massakriert? Das werden wir nicht zulassen. Ihr müßt bezahlen!«
»Sagt den kameldungfressenden Heuchlern, daß sie, wenn sie schon so sehr um ihr Leben bangen, doch einige ihrer Waren als Steuern abtreten sollen.«
»Undenkbar! Wir werden doch unser Auskommen nicht drangeben, wenn Goaner etwas zu bezahlen haben. Sagt diesem schmutzfressenden Westmann, daß sie dem Steuereinnehmer ihre Pferde als Bezahlung überlassen müssen.«
»Unsere Pferde! Niemals!« Die Hände der *soldados* fuhren zu ihren Schwertgriffen, und die Kaufleute griffen nach ihren Messern in ihren *kammerbands*.
»Bitte hört auf! Kämpft nicht!« Timóteo stellte sich zwischen die beiden Gruppen.
»Aus dem Weg, kleiner Bruder«, knurrte Senhor Alvalanca. »Wir werden diesen arroganten Wieseln eine Lektion in Respekt erteilen.«
Da bemerkte Timóteo, daß Bruder Andrew in seiner Hindukluft hinter den Kaufleuten auftauchte. »Frater Andrew, Ihr müßt uns helfen! Haltet sie auf!«
»Pare! Basta!« rief Bruder Andrew den *soldados* zu. Er kauerte sich hin und sagte zu Timóteo: »Womöglich gibt

es eine Lösung, Bruder. Ich habe aufgeschnappt, wie der Padre Thomas gegenüber eine in Silber eingebundene Bibel erwähnte. Vielleicht wird der Steuereinnehmer oder Dieb das als hinlängliche Bestechung ansehen und verschwinden.«

Timóteo wich vor Bruder Andrew zurück. »Nein! Sie ist ein Geschenk für den Sultan.«

»Er wird nicht allzuviel davon haben«, sagte Bruder Andrew, »wenn wir nicht lange genug leben, um sie bei ihm abzuliefern.«

»Nein! Das dürfen wir nicht!« Unter dem Eindruck, in einem Alptraum gefangen zu sein, machte Timóteo kehrt und rannte auf Sri Agnihotras Lager zu. Er erreichte das äußerste Zelt und rief auf lateinisch: »Tomás! Tomás! Schnell! Helft uns!«

Zwei Mägde stürzten aus dem Zelt hervor und rafften hastig die dünnen Gewänder um sich zusammen. Timóteo wandte den Blick ab.

»Was ist los, was geht vor, was habt Ihr?« schnatterten die Mädchen auf marathi.

»Ich muß mit Sri Tamas Chinri sprechen«, sagte Timóteo. »Wir schweben in Gefahr. Es ist äußerst wichtig.«

»Tamas schläft«, sagte eine Frau hinter dem Zelt mit leiser und fester Stimme. »Ich will ihn nicht stören. Sagt mir, was Ihr wünscht.«

»Sri Agnihotra?« Ihre Stimme klang für Timóteo gar nicht so alt, doch er wußte, daß sie alt sein mußte. »Ich bitte Euch, ein Steuereinnehmer, oder vielleicht auch ein Dieb, ist gekommen und verlangt Geld. Eure Kaufleute sagen, wir Goaner müßten es entrichten, doch wir haben keines.

Der Steuereinnehmer sagt, seine Armee werde uns alle töten, wenn wir nicht bezahlen. Die Kaufleute und die Soldaten streiten sich deswegen. Ich weiß nicht mehr, was ich noch tun soll.« Hinter dem Zelt herrschte langes Schweigen.

»Sri Agnihotra?«

Eine leise Schimpftirade auf Urdu erklang. Dann hörte Timóteo, daß sie nach ihren Trägern und dem Palankin rief. Binnen einer Minute erschien der purpurne Palankin und wurde im Laufschritt um die Ecke des Zelts getragen.

Timóteo folgte ihm, bis der Palankin auf der Straße vor dem Steuereinnehmer zum Stehen kam. Hinter dem purpurnen Vorhang hervor erscholl eine lange, gräßliche Abfolge von Drohungen und Flüchen, die mit so hoher und schriller Stimme ausgestoßen wurden, daß man eine Gänsehaut bekam und sich einem die Haare aufstellten. Sie sprach in einem Kannada-Dialekt, den Timóteo nur vage verstand, und nach dem wenigen zu schließen, was er mitbekam, war er froh darüber. Sri Agnihotra verwies in hohem brahminischem Tonfall auf ihre guten Verbindungen zum Sultan von Bijapur und zu Gouverneur soundso und anderen einflußreichen Brahmins, Marathis und mächtigen Klans und führte detailliert auf, was für schreckliche Dinge sie dem armen Steuereinnehmer und seiner Familie antun könnten. Und daß die eine oder andere Göttin mit gewaltigen und schauerlichen Kräften die Frucht seiner Lenden auf Generationen hinaus verdorren lassen werde.

Der Steuereinnehmer erbleichte sichtlich im Schein der

Fackeln und begann mit immer größer werdenden Augen einen Schritt zurückzuweichen.
Eine schlanke Hand tauchte hinter den Vorhängen hervor auf und warf einen kleinen Beutel nach draußen, der klimperte, als er dem Steuereinnehmer vor die Füße fiel.
»Gebt Euch damit zufrieden«, sagte Sri Agnihotra deutlich, »sonst geht es auch anders.«
Der sichtlich erschütterte Steuereinnehmer oder Dieb bückte sich und hob den Beutel auf. Er sah kurz nach links und rechts, fuhr herum und lief, so schnell ihn seine Füße trugen, wieder die Straße hinunter.
Die *soldados* lachten und pfiffen dem Dieb grob nach. »Ay, was für ein rückgratloser Bandit«, sagte Senhor Alvalanca, »vertrieben durch die spitze Zunge einer Frau! Hoffentlich blickt sein Weib ihn heute abend nicht finster an, sonst verschrumpelt er zu nichts!«
Die schlanke Hand tauchte erneut auf und winkte die drei Kaufleute herbei. Timóteo konnte nicht hören, was sie zu ihnen sagte, als sie sich näherten, doch ihr wütender Tonfall und das Stirnrunzeln auf ihren Gesichtern zeigten, daß sie über sie ebenfalls ungehalten war.
Die Kaufleute verbeugten sich vor dem Palankin und kehrten zu ihren Zelten und Kamelen zurück, wobei sie miteinander murmelten. Bruder Andrew ging mit ihnen, wandte sich hin und wieder um und warf dem Palankin einen nachdenklichen Blick zu.
Als die Träger die Stangen wieder anhoben und den Palankin auf Timóteo zutrugen, rannte er zu ihm hin und ging neben ihm her. »Vielen Dank, Sri Agnihotra. Ihr habt uns gerettet. Tut mir leid, daß ich Euch gestört habe, doch

da der Padre krank ist, blieb mir nichts anderes übrig. Die Heilige Mutter Gottes und alle Engel mögen Euch segnen. Nochmals, vielen Dank.«

»Dankt mir nicht«, knurrte die Frau im Inneren. »Dankt Tamas, wenn Ihr ihn das nächste Mal seht. Fort, Kind, und belästigt mich nicht mehr.«

»Ja, Sri Agnihotra. Wie Ihr wünscht.« Timóteo blieb stehen und kehrte zu dem Bauernhaus zurück, in dem der Padre lag. *Doch was, wenn es wieder zu einem Kampf kommt?* dachte er, vor Sorge den Tränen nahe. *Ich kann diese Expedition nicht leiten, das steht fest. Sie werden nicht auf mich hören. Und wie soll ich Bruder Andrew vertrauen können, wenn er von mir verlangt, unser kostbares Geschenk an den Sultan herzugeben? Und Tomás ... ich nehme an, auf ihn würden sie auch nicht hören.*

Timóteo stieß die Tür des Bauernhauses auf und ging schnurstracks zu dem Lager, auf dem der Padre ruhte.

»Bruder Timóteo?« stöhnte Padre Gonsção. »Was geht hier vor? Ich habe wütende Stimmen gehört.«

»Es gab Hader zwischen den Kaufleuten und den *soldados*. Doch jetzt ist alles wieder in Ordnung. Sorgt Euch nicht. Ihr müßt Euch ausruhen und erholen.«

Der Padre tätschelte schwach Timóteos Arm. »Ihr seid ein guter Junge, mein Sohn. Ich wußte, Ihr würdet Euch darum ...« Seine Stimme verebbte zu einem Murmeln, und sein Kopf sackte seitlich weg, als er einschlief.

Timóteo kniete sich neben sein Lager. *Bitte, werdet gesund. Lieber Gott, laß ihn wieder gesund werden! Kein anderer kann uns anführen. Ohne ihn wird unsere heilige Suche bestimmt scheitern.*

10

LORBEER:

Dieser Baum ist immergrün und hat schmale, aromatische Blätter. Im Frühling bringt er weiße Blüten hervor, die im Sommer zu schwarzen Beeren werden. Aus den Blättern gepreßtes Öl ergibt zusammen mit den Beeren eine gute Salbe für Rheumatiker. Ein mit Honig verrührter Sud aus dem Beerensaft hilft gegen Schwindsucht und Pestilenz. Trägt man einen in ein Lorbeerblatt gewickelten Wolfszahn, so hält das zornige Worte fern, und Lorbeerzweige gelten als Schutz gegen Blitzschlag und Hexenwerk. Wenn ein Lorbeer eingeht, ist das ein Zeichen des Todes, doch er wächst aus der Wurzel nach und ist deshalb auch ein Symbol der Auferstehung …

Thomas saß im Schatten unter einer Kolonnade am Rand der Dorfstraße und war dankbar, aus der Sonne heraus zu sein. Nur wenige Einheimische oder Reisende wagten sich auf die staubige Straße vor ihm hinaus. Nicht einmal die Hunde und das Vieh bewegten sich, wenn es sich irgendwie vermeiden ließ.

Das Dorf hieß Hukeri, und es war der erste einigermaßen angenehme Ort, an den die Karawane gekommen war, seit sie vor zwei Tagen Chandgala verlassen hatte. Die Straße hatte sie durch eine Wüstenei aus roten Felsen und Sand geführt, lediglich von Hügeln unterbrochen, die große Felserhebungen zu sein schienen, auf denen manchmal alte, verfallene Festungen standen. Das Tal, in dem Hukeri lag, war besser bewässert und enthielt ausgedehnte Haine mit Obstbäumen. Das bißchen Grün war ein solch willkommener Anblick nach der zweitägigen Reise durch die Wüste, daß die Karawane eine Rast eingelegt hatte, obwohl die Sonne noch hoch am Himmel stand.

Thomas versuchte nach wie vor die verschiedenen Geschichten über den Zwischenfall mit dem Dieb, der sich als Zollbeamter ausgegeben hatte, unter einen Hut zu bekommen. Wenn er Timóteo glauben sollte, hatte Aditi einen Zauber in Form von Flüchen eingesetzt, der den Dieb vertrieben hatte. Joaquim hatte behauptet, die Angst vor den tapferen *soldados* habe den Möchtegernzollbeamten in die Flucht geschlagen. Lockheart sagte, daß »Sri

Agnihotra« den Mann nach einer lautstarken Schimpftirade einfach bezahlt hatte. Aditi selbst wollte Thomas nichts sagen und zeigte sich sehr irritiert, als er sich auch nur danach erkundigte.

Und niemand konnte ihm befriedigend erklären, weshalb sich eine solch düstere Stimmung über die Karawane als Ganzes gelegt hatte. *Kann es sein, daß das Fieber des Padre diese Wolke über uns gehängt hat?* Padre Gonsção war so schwer erkrankt, daß sie ihn jetzt auf einer Trage befördern mußten. *Nur gut, daß er seine Umgebung nicht mehr wahrnimmt, das erspart ihm Schande.*

Von der Kolonnade, unter der Thomas saß, gingen tiefe, zimmerähnliche Alkoven aus, in denen sich Reisende ausruhen konnten. Dem kranken Inquisitor hatte man den Alkoven neben ihm überlassen, den größten in der Reihe. Thomas stand auf und ging langsam in den Alkoven hinein. Der Padre lag an der hinteren Wand auf dem Boden. Thomas hatte gehofft, daß die Kühle des Steins dem fiebernden Mann Linderung bringen würde. Viel mehr konnte er nicht tun. Aditi hatte eines ihrer Kissen geschickt, damit man es ihm unter den Kopf legte. Bruder Timóteo hielt wie immer Krankenwache und kniete in stummem Gebet neben dem Padre.

Thomas kauerte sich neben Timóteo. »Wie geht es ihm?«

Timóteo sah erschreckt auf, als wären seine Gedanken in weiter Ferne gewesen. »Ah? Das kann ich nicht sagen, Tomás. Er lebt noch, aber …« Der Knabe beendete den Satz mit einem schweren Seufzer.

Thomas legte dem Padre seine Hand auf die Stirn. *Nicht mehr so heiß wie vorhin, aber feucht.* Der Padre war noch immer sehr blaß, und sein Atem ging schwach und flach. Die Fieberopfer, die Thomas mit solchen Symptomen gesehen hatte, hatten sich bald auf dem Weg der Besserung befunden, oder sie waren gestorben. »Hat er gegessen?«

Timóteo schüttelte den Kopf. »Wollt Ihr ihn zur Ader lassen, Tomás?«

»Nein. Das halte ich nicht für klug.«

»Nun«, sagte Joaquim beiläufig hinter ihnen, »wandelt unser Padre schon unter den Engeln?«

Thomas stockte der Atem, und er verfluchte die Gefühllosigkeit des *soldado*. Er klopfte dem Knaben auf die Schulter und sagte: »Fahrt mit Euren Gebeten fort, Timóteo. Mehr können wir jetzt nicht für ihn tun.«

Timóteo nickte und senkte wieder den Kopf.

Thomas stand auf und bedeutete Joaquim, ihm aus dem Alkoven nach draußen zu folgen.

»Ihr antwortet nicht, Tomás«, sagte Joaquim, als er sich unter der Kolonnade zu ihm gesellte. »Ist das ein gutes Omen oder ein schlechtes?«

»Wenn ich bitten darf, Joaquim, nehmt ein wenig Rücksicht auf den Jungen. Der Padre lebt noch, und so Gott will, bleibt es auch dabei.«

»Oh. Ein Jammer.«

»Was sagt Ihr da, Mann? Ihr wünscht ihm doch wohl nicht den Tod?«

»O nein, Madre Maria bewahre mich, den Tod wünsche ich ihm nicht, Tomás. Ein solcher Fluch würde sicher auf mein Haupt zurückfallen. Aber ich sehe einen Mann auch nicht gern leiden. Doch ich wollte Euch etwas mitteilen, Tomás.

Unser *sargento* sagt, daß wir alle nach Goa zurückkehren, wenn der Padre stirbt. Das ist doch etwas, was man sich wünschen sollte, oder?«

Thomas starrte den Soldaten an. »Wenn der Padre stirbt, geht die Leitung dieser Expedition an Bruder Timóteo über. So wünscht es der Padre.«

Joaquim lachte. »Meint Ihr, wir werden dem Jungen noch tiefer in dieses Land der Diebe und der Pestilenz folgen? Ihr hättet ihn sehen sollen, als die Kaufleute sich mit uns schlagen wollten. ›Oh, nicht kämpfen, Madre Maria, seid friedlich!‹« ahmte der Soldat spöttisch Timóteos piepsende Stimme nach. In ernsterem Ton fuhr er fort: »Sein Glaube bringt den Padre vielleicht dazu, um Narreteien zu bitten, doch wir sind vernünftige Männer. Vier meiner Kameraden sind schon am Fieber erkrankt. Und wenn er stirbt, muß der Leichnam des Padre zurückgebracht werden, um in geweihter Erde bestattet zu werden, oder? Das wird natürlich ein Unglück für Euch sein, weil es bedeutet, daß wir Euch wieder den sanften Händen der Santa Casa übergeben müssen. Ich nehme an, der Inquisitor maior wird über Euer Versagen nicht erfreut sein.«

Thomas ballte die Hände zu Fäusten und knurrte: »Ich gehe nicht in die Santa Casa zurück. Wenn Ihr umkehren müßt, verlaßt mich und sagt ihnen, ich sei tot.«

Joaquim schüttelte den Kopf. »Sie werden Eure Leiche als Beweis verlangen, Tomás. Aber ich nehme an, es würde auch reichen, Euch ein Gliedmaß abzuhacken, wenn Ihr meint, daß Ihr eines erübrigen könnt.«

Die Hitze, Angst und Wut machten Thomas ganz benommen. Er trat auf Joaquim zu, so daß der drahtige kleine

Mann an die Mauer gedrängt wurde. »Ich – werde – *niemals* – in die Santa Casa – zurückkehren! Versteht Ihr das? Egal, was geschieht, ich kehre nicht nach Goa zurück!«

Die Augen des *soldado* weiteten sich vor Erstaunen. »Natürlich verstehe ich, *amigo meu*, daß Ihr nicht zurückkehren wollt. Ich teile Euch lediglich mit, was mein *sargento* gesagt hat.«

»Senhores?«

Thomas wandte den Kopf und sah, daß Timóteo sie anstarrte. Thomas trat einen Schritt von Joaquim zurück. »Vergebt uns, Timóteo. Wir hatten eine ... Meinungsverschiedenheit.«

»Bittet streitet Euch nicht hier. Ihr könntet den Padre stören.«

»Natürlich«, sagte Joaquim. »Wir müssen sichergehen, daß der gute Padre in Frieden ruhen kann.« Zu Thomas meinte er leise: »Es tut mir leid um Euch, mein Freund. Doch Ihr werdet uns nicht davon abbringen umzukehren. Es sei denn, Ihr könnt Wunder wirken.« Er zupfte an den zerknitterten Ärmeln seines Hemds und spazierte davon, als wäre nichts Verkehrtes geschehen.

Thomas lehnte sich an eine Säule und stöhnte leise über seine mißliche Lage, wünschte zum hundertsten Mal, daß seine Arme nicht so schwach und nutzlos wären.

Timóteo kam zu ihm. »Tomás? Worüber habt Ihr Euch gestritten? Ich hörte, daß Senhor Alvalanca sich über mich lustig machte. Und ich hörte Euch sagen, daß Ihr niemals umkehren werdet.«

Es hat keinen Sinn, dem Jungen etwas vorzumachen.

»Joaquim teilte mir mit, daß er und die anderen Soldaten wieder nach Goa gehen wollen, wenn der Padre stirbt.«
Timóteo klappte der Mund auf. »Sie wollen uns im Stich lassen?«
»Nein. Sie nehmen an, daß wir sie begleiten. Doch ich sagte ihm, daß ich das nicht täte.«
Timóteo lächelte. »Natürlich nicht, Tomás. Ihr seid schließlich kein Feigling wie sie. Ihr wißt, wie wichtig das ist, was wir tun. Der Padre hat das gesagt. Ihr werdet die heilige Suche nicht aufgeben.«
Thomas erwiderte das Lächeln beklommen. »Keine Angst. Ich werde nicht mit ihnen nach Goa zurückkehren. Und mit etwas Glück erholt der Padre sich wieder, und diese Eventualität braucht uns nicht weiter zu beunruhigen.«
Timóteo warf einen Blick nach hinten in den Alkoven. »Er ist in Gottes Hand.«
»Wahrlich.« *Und wir benötigen dringend ein Wunder. Wenn ich doch bloß etwas* Rasa Mahadevi *hätte – dann könnte ich das Wunder aus der Flasche schütten.* Und plötzlich wurde Thomas klar, daß es in ihrer Gruppe einen oder zwei gab, die das Pulver vielleicht bei sich hatten.
Aditi ganz sicher, dachte Thomas. *Doch wenn ich sie frage, könnte sie glauben, ich frage aus Habgier. So zärtlich sie auch sein mag, mir scheint, sie mißtraut mir noch immer. Und ich bin auf ihr Wohlwollen angewiesen, damit sie zu meinen Gunsten mit dem Sultan spricht. Der gute »Bruder« Andrew hat vielleicht auch noch welches. Er behauptet, alles der Santa Casa gegeben zu haben, doch ich weiß, daß er ein Schurke ist, und er könnte gelogen haben.*

Thomas schaute sich um, ob auch niemand in der Nähe war, der lauschte. »Timóteo, habt Ihr etwas von der Droge namens *datura* bei Euch?«
Timóteo legte den Kopf schräg. »Nein, Tomás.«
»Könnt Ihr die Pflanze finden und präparieren oder hier in Hukeri vielleicht welches auftreiben?«
»Das ist eine weitverbreitete Droge. Wahrscheinlich gibt es im Dorf einen Kräuterkundler, bei dem ich etwas bekommen kann. Doch wozu? Der Padre schläft bereits, und *datura* könnte ihm schaden.«
»Es ist nicht für den Padre.«
»Nein? Für wen dann? Seid vorsichtig, Tomás. Es gibt welche, die sagen, daß der Gebrauch von *datura* andere böse Taten nach sich zieht.«
»Keine Angst, Timóteo. Ich will es zum Guten verwenden. Könnt Ihr ein Geheimnis für Euch behalten?«
Stunden später saß Thomas an eine Wand gelehnt neben dem bewußtlosen Padre. Er versuchte sich in der kühleren Abendluft zu entspannen. Während er vorsichtig den Becher mit dem *datura* verbarg, das Timóteo ihm besorgt hatte, sprach er sich für das, was er tun mußte, Ruhe zu.
Timóteo erschien im Eingang zum Alkoven, Andrew Lockheart neben sich.
»Ihr habt nach mir geschickt, mein Junge?«
»Aye, Andrew. Es ist lange her, seit wir das letzte Mal miteinander gesprochen haben, und ich habe wichtige Neuigkeiten.«
»Dann muß ich sie hören.« Lockheart ließ sich mit seinem massigen Körper neben Thomas nieder.
Thomas sah Timóteo an und sagte auf lateinisch: »Danke.

Ich werde jetzt auf den Padre aufpassen. Ihr solltet Euch etwas Ruhe gönnen.«
Timóteo warf Lockheart einen argwöhnischen Blick zu, dann verbeugte er sich und ging davon.
Lockheart nickte in Richtung des liegenden Gonsção. »Kann er uns hören, was meint Ihr?«
»Wenn ja, werden wir nur ein Teil seines Fiebertraums sein. Und ich bezweifle, daß er in seinen Träumen Englisch versteht.«
Lockheart lächelte. »Der Punkt geht an Euch, doch es ist keine Sünde, auf der Hut zu sein. Dem Tonfall läßt sich viel entnehmen. Wird er leben?«
»Ich weiß es wirklich nicht.«
»Mhm. Er wirkt reglos wie eine Leiche, schon jetzt. Aber das könnte uns durchaus noch zum Vorteil gereichen.«
»Ich glaube nicht«, sagte Thomas. »Joaquim teilte mir mit, daß die Soldaten vorhaben, unverzüglich wieder nach Goa aufzubrechen, wenn der Padre stirbt.«
»Ah. Dachte ich mir doch, daß da etwas im Busch ist. Aber ich bringe Euch gute Neuigkeiten, mein Junge. Ich habe mit Dame Agnihotras Kaufleuten gesprochen. Sie haben nicht viel für die Portugiesen übrig und würden sie liebend gern ziehen lassen. Für den Preis einiger Gefälligkeiten wollen sie Euch und mich mit nach Bijapur nehmen. Wie es scheint, habt Ihr Dame Agnihotra bezaubert.«
»Ihr Blick ruht voller Wohlgefallen auf mir, das ist wahr. Doch hört mich zu Ende an, Andrew, denn es ist noch mehr an meinen Neuigkeiten. Wenn die Soldaten beschließen, nach Goa zurückzukehren, werden sie darauf bestehen, daß ich sie begleite.«

»Hm. Es sind nur noch acht Soldaten gesund. Wir könnten uns nachts davonstehlen.«
»Ich glaube, ihre Pferde sind schneller als Kamele. Sie würden uns einholen.«
»Viele der Kaufleute sind bewaffnet, Tom. Und wir wissen, daß die goanischen Soldaten trotz all ihrer Prahlerei nicht besonders gern kämpfen. Wir könnten uns die Soldaten mit den Waffen der Kaufleute vom Leib halten, vielleicht gut genug, um sie davon zu überzeugen, daß wir die Schlacht nicht wert sind.«
»Weshalb sollten die Kaufleute für uns ihr Leben aufs Spiel setzen?«
»Weil ihre Lady es von ihnen verlangt? Weil sie nach einer Gelegenheit gieren, einige Portugiesen niederzumetzeln? Es lassen sich sicher genug Gründe finden.«
Die Vorstellung, mitzuerleben, wie Joaquim, als was für ein armseliger Freund er sich auch herausgestellt haben mochte, vor seinen Augen niedergemetzelt wurde, behagte Thomas nicht sonderlich. »Hoffen wir, daß es nicht dazu kommt«, sagte er leise. In draufgängerischem Ton fügte er hinzu: »Wollt Ihr mit mir trinken, Andrew? Ich habe diesen *arrak* schon richtig ins Herz geschlossen.« Vorsichtig goß Thomas auf der Lockheart abgewandten Seite etwas davon aus einem Tontopf in zwei Holzbecher. Er achtete darauf, Lockheart den Becher zu reichen, der auch das *datura* enthielt.
Lockheart grinste ihn wissend an, als er den Becher entgegennahm. »Seht Euch vor, mein Junge. Die verlockenden Früchte des Ostens können einem ahnungslosen Mann leicht zum Verhängnis werden.«

»Ich werde es mir merken«, sagte Thomas mit so unschuldiger Miene, wie es ihm möglich war. Er stieß mit Lockheart an. »Auf unseren letztendlichen Erfolg.«

»Auf das Ende unserer Reise«, sagte Lockheart. Er prostete Thomas zu und stürzte dann den ganzen Inhalt des Bechers auf einmal hinunter. Gleich darauf runzelte er die Stirn und betrachtete den Becher eingehender. »Seltsam. Das schmeckt nicht wie der *arrak*, den ich bisher gekostet habe.«

»Ah. Nun ja, sicher hat jedes Dorf sein eigenes Rezept, das die Kräuterkundler eifersüchtig hüten. Jedenfalls hat Timóteo mir das gesagt.«

»Und wir wissen schließlich, daß der gute kleine Bruder niemals lügt, he?« Lockheart nickte in Richtung Padre. »Habt Ihr daran gedacht, ihm die Karte abzunehmen?«

»Wie meint Ihr?«

»Offenbar hat der *arrak* Euren Geist benebelt, mein Junge. Der Padre ist leblos, und es ist niemand hier, der uns sehen könnte. Durchsucht seine Kleidung nach der Karte des Zauberers, dann sind wir, ob er nun lebt oder stirbt, besser auf das vorbereitet, was kommt.«

»Daran hatte ich noch nicht gedacht.«

Lockheart schüttelte den Kopf. »Ihr seid ein tapferer Kerl, doch es mangelt Euch an der Raffinesse eines Schlitzohrs. Euer Meister hat Euch für das Leben eines Kaufmanns schlecht ausgestattet.«

»Da mögt Ihr recht haben«, sagte Thomas und fragte sich, ob er das *datura* vielleicht falsch dosiert und somit seine Chance vertan hatte.

»Nun macht schon«, sagte Lockheart und deutete auf den

Padre. »Schaut ihn Euch an. Ich werde Euch warnen, wenn uns jemand ausspionieren will.«
»Also gut.« Mit einem letzten flüchtigen Blick auf Lockhearts Gesicht rutschte Thomas auf den Knien zum Padre und beugte sich über ihn. Vorsichtig, als könnte er den Inquisitor wecken, zog Thomas den Kragen seiner Robe zur Seite. Der Padre trug nichts um den Hals. Thomas begann mit wachsendem Ekel, weil er sich vorkam, als beraubte er einen Toten, den Saum der Ärmel abzuklopfen. Dann fiel ihm ein kleiner Beutel auf, der an der Schnur um die Taille des Padre herum befestigt war. Er betastete den Beutel und fühlte zwischen einigen Münzen einen kleinen, zylindrischen Gegenstand. Er zog den Beutel auf und holte die aufgerollte Karte heraus. »Ich glaube, ich habe sie gefunden, Andrew.«
Thomas wandte sich um und sah, daß der Schotte an der Mauer in sich zusammengesunken war und mit hängendem Unterkiefer auf seinen Schoß starrte. »Andrew?«
Es kam keine Antwort, und Thomas wedelte mit den Händen vor Lockhearts Augen umher. Sie blinzelten nicht einmal. Thomas steckte die Karte in das mit einem Zugband versehene Futter seiner Hose und riß schnell den Kragen von Lockhearts Hindutunika auf. Er fand eine Kette, an der ein silberner Anhänger baumelte. Er fand aber auch ein Lederband, an dem ein Lederbeutelchen hing. Er zerrte es auf und stellte fest, daß es mit braunem Pulver gefüllt war. *Aha. Bist du also wirklich der Schurke, für den ich dich hielt.*
Thomas schloß das Beutelchen wieder und nahm das Band von Lockhearts Hals. Er ließ den Beutel einen Moment

lang vor sich baumeln und dachte an die Macht, die er in Händen hielt. *O göttlicher Lebenssaft, was für eine unangenehme Versuchung du doch darstellst.*

Er drehte sich um und überprüfte rasch Atem und Puls des Padre. Sie waren kaum wahrnehmbar, aber vorhanden. *Er lebt noch, also muß ich dich jetzt nicht benutzen. Doch was soll ich mit dir anfangen, bis du gebraucht wirst?* Thomas dachte daran, den Beutel an seinem Körper zu tragen, doch wenn Lockheart aufwachte, bevor er das Pulver benutzte, entriß der Schotte es ihm vielleicht wieder.

Thomas sah aus den Augenwinkeln heraus eine Bewegung und wandte den Kopf, um Timóteo hereinspähen zu sehen.

»Ich dachte, ich hätte gesagt, Ihr solltet Euch Ruhe gönnen.«

Verzagt kam Timóteo in den kleinen Raum geschlichen. »Ich konnte nicht schlafen. Ich mache mir zu viele Sorgen um den Padre.«

»Na schön. Ihr könnt mir einen Dienst erweisen. Kommt her.«

Timóteo gesellte sich zu ihm und bekam große Augen, als er den Lederbeutel sah, den Thomas hielt. »Ist … ist das das *pulvis mirificus?*«

»Ja. Doch wir brauchen es noch nicht. Ich will, daß Ihr es bei Euch tragt, weil Ihr am häufigsten in der Nähe des Padre seid.«

»I-ich?«

»Es muß an einem sicheren Ort verwahrt werden, Timóteo. Ihr seid vertrauenswürdig, und keiner wird Euch verdächtigen.«

Mit vor Ehrfurcht weit aufgerissenen Augen bekreuzigte sich Timóteo und neigte den Kopf, um das Lederband entgegenzunehmen.

Als Thomas es dem Knaben über den Kopf streifte, dachte er: *Der Junge nimmt es wie einen geweihten Gegenstand an. Gonsção sagte, daß Timóteo die Gerichtsprotokolle der Santa Casa gelesen hat und etwas über das Pulver weiß.*

»Ihr scheint Euch zu fürchten, Timóteo. Was habt Ihr?«

»Nein, ich fürchte mich nicht, Tomás. Doch der Padre hält das Pulver für böse. Ich weiß nicht, ob er es gutheißen wird, wenn wir es an ihm verwenden.«

»Wenn es ihn beunruhigt, dann sagen wir ihm nicht, was wir getan haben. Der einzige Mensch, den ich mit dieser Substanz bisher wiederbelebte, glaubte nur, daß er aus einem tiefen Schlaf erwache, und das werden wir auch dem Padre erzählen.« Thomas ließ die Lederschlaufe über Timóteos Kopf fallen und verstaute das Beutelchen unter seiner Robe. »So. Timóteo, der Padre hat einmal erwähnt, Ihr hättet etwas gelesen, was …«

»Ist er schon tot?« fragte Joaquim, als er in den Alkoven geschlendert kam.

Thomas schloß die Augen und seufzte. »Ihr seid wie ein Rabe, der über einem Schlachtfeld kreist, Joaquim. Ihr kommt in der Hoffnung, daß ein Unglücklicher gefallen ist, damit Ihr Euch an ihm laben könnt.«

»Wie könnt Ihr so etwas sagen, Tomás, wo ich mir um unseren armen Padre doch nur Sorgen mache. Hmm, er sieht nicht besonders appetitlich aus. Wir müssen sichergehen, daß wir ihn von den Krähen fernhalten, sonst vergiften wir die armen Vögel noch, he?«

»Senhor!« sagte Timóteo.
»Oh, schaut nicht so entsetzt drein, kleiner Bruder«, sagte Joaquim. »Seine Reise in den Himmel erkauft uns unsere Reise nach Hause. Ihr wäret auch darauf versessen, wenn Ihr nur einen Funken Verstand hättet.«
Timóteo schob das Kinn vor. »Ich werde nicht mit Euch nach Goa zurückkehren. Ich gebe unsere Suche nicht auf.«
»Fein! Bleibt und seht, wie weit Ihr mit Eurer Suche kommt. Bleibt und laßt Euch von Tigern fressen oder von Räubern töten. Ich bezweifle, daß die Santa Casa einen Gehilfen vermissen wird. Was ist mit Frater Andrew hier los? Er sieht auch nicht besonders gut aus.«
»Er ist betrunken«, sagte Thomas. »Nichts Ungewöhnliches.«
»Ah, zweifellos feiert auch er die Vorstellung, in die Zivilisation heimzukehren. Übrigens, Tomás, Domina Agnihotra fragt nach Euch. Sie wünscht Euch sofort zu sprechen. Ihr solltet die Gelegenheit, sie jetzt zu sehen, lieber wahrnehmen, denn es könnte Eure letzte sein.«
»Ja«, sagte Thomas düster, »ich sollte mit ihr sprechen.« Er drehte sich wieder zu Timóteo um und legte dem Knaben eine Hand auf die Schulter. »Da Ihr nicht schlafen könnt, könnt Ihr ebensogut hier Wache halten. Kommt und sagt mir Bescheid, falls sein Zustand sich ändert.«
»Das werde ich, Tomás.«
Mit einem letzten Blick auf Joaquim stand Thomas auf und verließ den Alkoven.
Aditi war mit ihrem Gesinde in ein großes Haus gezogen, das etwas zurückgesetzt von der Straße lag. Thomas war sich recht sicher, daß einer der goanischen Soldaten

beobachtete, wohin er ging, doch es störte ihn nicht mehr. Wenn er Aditi dazu bewegen konnte, Geduld zu haben, rettete das vielleicht einige Leben. Wenn nicht, dann garantierte er wenigstens ihre Sicherheit.

Die Magd ließ ihn unverzüglich ein und führte Thomas in ein Zimmer, dessen Eingang mit einem Stoffvorhang bedeckt war. Das Mädchen zog den Vorhang beiseite und verbeugte sich, wobei sie ihm bedeutete einzutreten. Als der Stoff hinter ihm wieder an seinen alten Platz fiel, stellte Thomas fest, daß er sich in einem Zimmer befand, das mit breiten Bahnen Kaliko und Seide verhängt war, so daß es einem Karawanenzelt ähnelte. Das Licht kam aus Öllampen, die von der Decke hingen. Die Außenwelt schien weit weg zu sein – eine Wirkung, die Thomas angenehm fand.

Aditi saß auf einem Haufen Kissen und trug eine lange Jacke aus reiner Seide. Der schwarze Haarzopf hing ihr über die linke Schulter. »Tamas! Ich bin froh, daß Ihr gekommen seid, um mich zu sehen.« Ihr Lächeln war strahlend, aber flüchtig. »Ich habe Gerüchte vernommen. Vielleicht könnt Ihr mir sagen, ob sie der Wahrheit entsprechen.«

Thomas ging zu einem Kissen neben ihr. »Was habt Ihr denn vernommen, Aditi? Vielleicht kann ich Euch die Befürchtungen nehmen.«

»Oder mir vielleicht Hoffnung spenden, Tamas. Ich habe vernommen, daß der Priester des Orlem Gor dem Tod nahe ist.«

»Es stimmt, daß er noch immer sehr krank ist, doch ich erwarte, daß er sich wieder erholt.«

Aditi runzelte die Stirn. »Meine Dienerinnen sagen, er sei sehr blaß und atme kaum noch.«

Lieber Gott, will sie den Padre ebenfalls tot sehen? Doch es ist nur natürlich, daß sie ein Feind von jedem ist, der von der Santa Casa kommt. Ich sollte ihr nicht erzählen, daß ich etwas Wiedererweckungspulver an mich gebracht habe, und auch nicht, was ich damit vorhabe. »Ja, aber ich habe derartige Fieber früher schon behandelt und kenne die Anzeichen wiederkehrender Gesundheit.«

»Ihr helft ihm, gesund zu werden, diesem Mann, dessen Gefangener Ihr wart?«

Thomas seufzte. »Mein Meister brachte mir die Kunst zu heilen bei, nicht die zu töten. Ich hege nicht den Wunsch, jemandes Tod zu beschleunigen. Doch hört. Es wird mir nicht besser ergehen, wenn er stirbt, weil seine Soldaten dann nach Goa zurückkehren wollen, und sie haben vor, mich mitzunehmen.«

»Ah.« Aditi starrte ihn sinnend an.

Verblüfft durch ihre karge Reaktion fügte Thomas hinzu: »Sie werden mich wieder den Inquisitoren des Orlem Gor übergeben, wenn ich mit zurückgehe.«

»Tamas, habe ich nicht gesagt, daß ich diese Karawane lediglich Euretwegen begleite? Ihr werdet das Orlem Gor nicht wiedersehen. Das verspreche ich Euch.« Sie streckte eine Hand aus und strich ihm sanft über den Unterarm.

»Ich bin sehr froh, das zu hören. Doch wenn ich den Versuch unternähme, mit Eurer Karawane zu fliehen, kämen die Soldaten vielleicht nach und fügten Euch und Euren Kaufleuten Schaden zu.«

»Ich verstehe. Sie würden kämpfen, um Euch zurückzubringen.«
»Möglicherweise. Und ich möchte nicht, daß jemand meinetwegen stirbt. Ihr seht also, es wäre besser, wenn es dem Padre bald wieder gutginge.«
»Ah. Wollt Ihr, daß das Orlem Gor das *Rasa Mahadevi* findet, Tamas?« Ein stählernes Blitzen schlich sich in ihre blaugrauen Augen.
»Was? Nein, Aditi, natürlich nicht.«
»Weshalb freundet Ihr Euch dann mit diesem jungen Mönch an, der ihnen dient?«
»Weshalb nicht? Er interessiert sich sehr für Kräuter und Arzneien, so wie ich. Was kann es schon schaden, wenn ich freundlich zu ihm bin?«
Aditi zögerte, dann lächelte sie langsam: »Ach, Tamas, wir denken nicht gleich, Ihr und ich. Ich finde Eure Philosophie seltsam. Ich habe nur so lange leben können, wie ich lebe, weil ich eindeutig weiß, wer meine Feinde sind.«
»Der Junge ist nicht mein Feind, Aditi. Er ist ebenso ein Gefangener dieser Expedition wie ich. Und der Padre ist auch nicht das, wofür Ihr ihn haltet. Doch das tut nichts zur Sache. Wenn ich erst in Bijapur bin, kann ich mich von ihnen losmachen und brauche ihnen nicht länger zu dienen. Das ist sicher besser, als die Expedition hier draußen aufzulösen, wo die Gefahr für alle größer ist.«
»Stimmt«, murmelte Aditi und betrachtete ihn kokett. »In Bijapur wird vieles möglich.«
»Genau. Wenn Ihr Euch noch immer beim Sultan für mich verwenden wollt und er mich in seine Dienste

nimmt, verdiene ich mit der Zeit vielleicht genug, um die Wallfahrt zur Stadt Eurer Mahadevi antreten zu können.«

Aditi schüttelte den Kopf. »Ihr versteht so wenig. Man benötigt keinen Reichtum, um Pilger zu sein. Hier in Indien tragen und essen die heiligen Sucher so gut wie nichts. Ihr werdet Übung brauchen.« Mit einer anmutigen Bewegung ließ sie sich neben ihn gleiten und begann, ihm das Hemd aus der weiten Hose zu ziehen.

»Aditi, jetzt ist nicht der richtige Zeitpunkt für das Liebesspiel.«

»Schscht. Wir müssen die Gelegenheit ergreifen, wann immer sie sich bietet, Tamas. Wer weiß, wann wir wieder ein paar Stunden privat miteinander verbringen können. Nun, da Licht ist, werde ich sehen, ob Eure Locken da unten ebenso golden sind wie jene oben, nai?« Sie zog am Zugband seiner Hose, und die aufgerollte Karte, die er dort versteckt hatte, fiel heraus.

Thomas wollte danach greifen, doch Aditi war schneller und hob die Pergamentrolle auf.

»Was ist das, Tamas?« Sie entrollte die Karte und starrte lange darauf.

Thomas ließ sich auf die Kissen zurückfallen und seufzte. »Es ist De Cartagos Karte.«

»Ich dachte, der Priester des Orlem Gor hätte sie.«

»Hatte er auch. Aber er ist bewußtlos, und da habe ich sie ihm gestohlen.«

»Cleverer Tamas. Doch Ihr braucht sie nicht, da ich Euch hinführen kann, wohin Ihr wollt. Und wir wollen doch nicht, daß jemand anders sie in die Finger bekommt, nai?«

Sie stand auf, ging zur nächsten Öllampe und hielt die kleine Rolle in die Flamme.
Thomas wäre fast aufgesprungen, um sie davon abzuhalten, hielt sich aber im Zaum. *Weshalb sollte sie die Karte nicht verbrennen? Ich werde ja doch nicht nach dem Wiedererweckungspulver suchen, und es ist mir gleich, ob andere es tun. Sie hat recht – am wichtigsten ist, daß der Padre sie nicht mehr hat.*
Hinter dem Stoffvorhang erklang das Geräusch sich hastig nähernder Schritte. »Tomás!« rief Timóteo. »Tomás! Wo seid Ihr? Kommt schnell! Tomás?«
»Ich bin hier, Timóteo.« Thomas schnürte seine Hose wieder zusammen und erhob sich.
»Es ist der Padre, Tomás. Es wird Zeit. Bitte beeilt Euch.«
Aditi packte ihn am Ärmel, als Thomas in Richtung Vorhang laufen wollte. »Weshalb habt Ihr ihm erzählt, daß Ihr hier seid?«
»Er wäre nicht gekommen, wenn es nicht dringend wäre.«
»Doch weshalb geht Ihr? Wenn der Priester im Sterben liegt, solltet Ihr dann nicht bleiben, damit wir Euch vor den Soldaten verstecken können?«
»Weil es noch etwas gibt, was ich tun kann, um ihn zu retten. Fürchtet Euch nicht. Wenn alles fehlschlägt, komme ich wieder.« Thomas zog ihre Hand von seinem Ärmel und drückte einen Kuß darauf, dann wandte er sich um und verschwand durch den Vorhang.

Aditi hörte, wie ihre hastigen Schritte durch das Haus widerhallten. *Es gibt noch etwas, was er tun kann? Was kann er für einen Toten denn schon tun, außer … Er hat noch mehr* Rasa Mahadevi*! Oh, ich war eine Närrin! Eine schwache Närrin!* Aditi legte ihre linke Hand an die Stirn und spürte ein Brennen in der rechten. Sie blickte auf, sah den schwelenden Pergamentfetzen noch zwischen ihren Fingern und ließ ihn auf den Teppich fallen. Leise fluchend zertrat sie die glühenden Reste mit ihrem sandalenbewehrten Fuß und steckte sich die verbrannten Fingerspitzen in den Mund.

Ein schlechtes Omen. Ich darf nicht so unachtsam sein. Nun ist klar, daß er mich anlügt. Er hatte die Karte, und es gefiel ihm nicht, daß ich sie verbrannte. Er besitzt das Blut. Was für Lügen hat er mir noch aufgetischt? Wie viele mehr werden jetzt Ihr Geheimnis erfahren? Ai, weshalb habe ich ihn nicht getötet, als sich die Gelegenheit dazu bot?

Im düsteren Fackelschein der Straße rannten Thomas und Timóteo zu dem Alkoven, in dem der Padre lag. Joaquim war schon vor ihnen da und wartete im Eingang. Andere *soldados* gingen hinter ihm ein und aus und brachten die Habseligkeiten des Padre weg.

»Ihr kommt zu spät, Kräuterkundler«, sagte Joaquim. »Der Padre ist tot, möge Gott seiner Seele gnädig sein. Ihr solltet besser schnell packen. Der *sargento* wünscht, vor Sonnenaufgang aufzubrechen.«

»Mit Eurer Erlaubnis, Joaquim, möchten Timóteo und ich noch einmal an der Bettstatt des Padre beten, bevor Ihr ihn fortbringen laßt.«

»Ihr könnt beim Packen beten, soviel es Euch beliebt.«

»Nein! Das wäre … unziemlich. Wir möchten ihn sehen. Ich sollte ihn auch noch ein letztes Mal untersuchen. Es gibt Erstarrungen, die Ähnlichkeit mit dem Tod haben, und Padre Gonsção könnte ...«

»Was seht Ihr nur in dem Padre«, schnaubte Joaquim verächtlich, »daß Ihr Euch dermaßen um ihn kümmert? In ihm, der Euch in der Santa Casa folterte und Euch zu dieser Reise ins Nichts zwang?«

»Er hat mir niemals ein Leid angetan und auch nie ein wütendes Wort gegen mich gebraucht. Er hat sein Leben aufs Spiel gesetzt, um mir zu helfen, als ich die Bergschräge hinabfiel. Einzig seinetwegen konnte ich hoffen, wieder aus der Santa Casa entlassen zu werden. Einzig durch seinen Beistand bekannte ich und wurde ein wahrer Katholik. Ein Angehöriger der Mutter Kirche wie Ihr wird doch sicher erkennen, was ich diesem Mann schulde.«

Joaquim verdrehte die Augen zum Himmel. »Ay, die *convertados* sind immer die schlimmsten. Geht schon, geht, aber macht schnell.«

Noch bevor der *soldado* ausgesprochen hatte, rannten Thomas und Timóteo schon in den Alkoven. Sie knieten sich neben den Padre, und Thomas fühlte an seinem Hals nach dem Puls. Es gab keinen. Thomas wartete, bis keine Soldaten mehr im Alkoven waren, dann flüsterte er: »Gebt mir den Beutel.«

Timóteo drückte ihn Thomas in die Hand, sichtlich froh, ihn los zu sein.

»Habt Dank. Nun betet, aber bitte laut.«

Timóteo begann, und Thomas schaute über die Schulter nach hinten. Joaquim stritt sich am Eingang mit einem anderen *soldado*. Thomas riß den Beutel auf, kniff dem Padre in die Wangen, damit der Mund aufklappte, und schüttete das braune Pulver zwischen seine Lippen. Etwas von dem Pulver rieselte auch auf Gonsçãos Kinn und Soutane, doch Thomas hatte nicht die Zeit, behutsam vorzugehen.

Als der Beutel leer war, verstaute Thomas ihn unter dem Lager und fiel in Timóteos Gebet ein.

Er hatte nicht gewußt, was er erwarten sollte. Der Lehrbursche an Bord des *Welpen* schien lediglich aus einem Schlaf zu erwachen, während der Zauberer de Cartago Krämpfe und Zuckungen gehabt hatte, als wären seine Glieder von Dämonen besessen. Lange Sekunden verstrichen, in denen Thomas und Timóteo beteten, und Thomas begann schon zu fürchten, daß der Himmel beschlossen hatte, Gonsçãos Seele nicht in seinen Leib zurückkehren zu lassen.

Der Padre keuchte auf, als wäre er ein Ertrinkender, der ans Ufer geschwemmt wurde, und öffnete die Augen.

»Gott sei's gedankt«, hauchte Thomas.

Timóteo starrte die Szene mit aschgrauem Gesicht an, und seine Gebete wurden leiser und verstummten.

Padre Gonsção wandte den Kopf und blickte Thomas erstaunt an. »Magister Chinnery?« krächzte er.

»Wir hatten schon das Schlimmste befürchtet, Padre«, sagte Thomas, »doch Gott ist barmherzig gewesen und Euer Fieber ist vorbei.«

Gonsção ergriff den Rand seines Lagers, und es gelang ihm, sich aufzurichten. »Timóteo«, sagte er beim Anblick des Knaben.

Timóteo bekreuzigte sich und sagte: »Mater Maria. Ein Wunder.«

»Wie fühlt Ihr Euch jetzt, Padre?« fragte Thomas.
Gonsção runzelte die Stirn und blinzelte. »Ich ... ich glaube, es geht mir gut.«
»Freut mich, das zu hören. Ihr habt sehr tief geschlafen. Die *soldados* hielten Euch schon für tot. Könnt Ihr stehen? Kommt, ich helfe Euch.« Ohne auf den Schmerz in seinen Schultern zu achten, nahm Thomas den Padre am Arm und versuchte, ihm vom Lager aufzuhelfen.
Anfangs war Gonsção etwas wackelig auf den Beinen, wie ein Mann, der doppelt so alt war. Doch als er erst einmal stand und einen Schritt nach vorn gemacht hatte, schien er wieder an Kraft zu gewinnen.
Thomas führte ihn nach draußen, wo Joaquim sich noch immer mit einem anderen Soldaten stritt. Thomas räusperte sich.
Joaquim blickte ihn an. Dann den Padre. *»Madre do Deus«*, keuchte er.
Der andere Soldat, vermutlich der Sergeant, erbleichte, als er sie sah. Er stieß eine lange Reihe von Flüchen aus, die nicht gerade ehrerbietig waren.
»Deus lhe dê boa manha tambem«, sagte der Padre mit einem schiefen Lächeln.
»Sim, Padre. Obrigado«, erwiderte der Sergeant und sah finster drein. Er spuckte auf den Boden und ging davon.
Joaquim begann zu lachen. Doch sein Gelächter war von Verzweiflung durchsetzt, und es war kein angenehmes Geräusch. »Ay, Padre, wahrhaftig, die Engel beschützen Euch und Eure Queste. Wir hatten Euch schon für tot gehalten und trafen bereits Vorbereitungen, Euren armen Leichnam nach Goa zurückzubringen.«

»Wie mir scheint«, sagte der Padre mit einem kurzen Blick auf Thomas, »will diese Welt noch nicht auf mich verzichten.«
»Wahrlich, Ihr habt mächtige Freunde, die über Euch wachen, Padre.« Joaquim nahm seinen Helm ab und verbeugte sich auf goanische Weise tief vor Thomas, machte dann kehrt und ging langsam die Straße hinab davon.
»Also, Padre«, sagte Thomas, »was wünscht Ihr? Es ist noch Nacht, und Ihr könnt Euch noch eine Weile ausruhen, bevor wir wieder aufbrechen müssen.«
Padre Gonsção rieb sich das Kinn, betrachtete für einen Moment seine Hand und wischte sich dann geistesabwesend die staubigen Finger an der Robe ab. Er starrte zu den Sternen am Himmel hinauf, als bedauerte er, nicht unter ihnen zu sein. »Eine kleine Mahlzeit, denke ich. Und dann sollten wir uns wieder auf den Weg machen, bevor unsere Eskorte noch den Mut verliert und uns im Stich läßt. Nachts zu reisen wird weniger unangenehm sein, weil dann die Luft kühler ist.«
»Fühlt Ihr Euch denn gut genug zum Reisen?« fragte Thomas. »Auch wenn Ihr auf wundersame Weise genesen seid, braucht der Körper doch Zeit, um …«
Der Padre hob eine Hand. »Sprechen wir nicht mehr davon, Magister Chinnery. Ich werde Euch ein andermal den Dank abstatten, den Ihr verdient. Geht jetzt und bereitet Euer Muli vor.«
»Sehr wohl, Padre.« Thomas drehte sich um und ging mit nun leichterem Herzen die Straße hinunter davon. *Der Dank gebührt Gott oder der Göttin Mahadevi – oder welche Macht dieses Wunder auch sonst vollbracht hat.*

Ich brauche Goa und die Santa Casa nie mehr wiederzusehen, und es wird auch keinen Kampf um mich geben. Weiter hinten auf der Straße tauchte aus einem anderen Alkoven Lockheart auf und kratzte sich am Kopf. Der Blick des Schotten fiel auf Thomas, und einen Moment lang stand Lockheart nur da und starrte ihn an. Dann breitete sich ein gewaltiges Grinsen auf seinem Gesicht aus. Er schritt zu Thomas hinüber und herzte ihn in einer bärenhaften Umarmung. »Schaut an, schaut an, wie mir scheint, habe ich Euch falsch eingeschätzt, Tom. Ihr seid ein besserer Schurke, als ich je gedacht hätte.« Lockheart brachte sein Gesicht dicht an seines und knurrte leise: »Habt Ihr alles aufgebraucht?«

Er weiß es also. Ach, auch gut. »Ich fürchte schon.«

»Tchch. Na ja, was fort ist, ist fort.«

»Vergebt mir. Ich habe nur das Richtige getan«, sagte Thomas. »Niemand darf um meiner Rettung willen sterben, und kein Mensch darf über seine Zeit hinaus leben.«

»Und ich habe den passenden Brummschädel zu Euren Schmerzen. Mir scheint, Ihr habt eine unfehlbare Hand, was die Führung unserer Expedition angeht, mein Junge. Ihr steuert uns zielsicher und unbeirrt, und trotzen Euch auch Götter und Menschen. Ein wahrer Odysseus.«

»Ich nehme an, unsere Reise wird weniger gefährlich werden als die aus Homers Geschichte.«

»Meint Ihr? Seid Ihr nicht schon unserer Circe begegnet?« Lockheart warf einen kurzen Blick zu dem Haus, in dem Aditi untergebracht war, und legte einen Finger an die Nase. »Hütet Euch, Tom. Mir scheint, sie ist bereits drauf und dran, Euch in ein Schwein zu verwandeln.«

11

MYRRHE:

Dabei handelt es sich um ein kostbares aromatisches Gummiharz, das aus Sträuchern gewonnen wird, die im Osten wachsen. Man benutzt es seit uralten Zeiten, um Priester zu salben und Tempel zu weihen. Als Gewürz hat es einen sehr bitteren Geschmack. Ein Tee aus Myrrhe hilft bei Verletzungen und Entzündungen des Mundes. Eine Myrrhetinktur lindert Husten und Lungenkrankheiten. Die alten Griechen glaubten, daß die Harztropfen die Tränen einer Frau seien, die man zur Strafe dafür, daß sie einer Göttin ungehorsam gewesen war, in einen Baum verwandelt hatte …

Mirsa Ali Akbarshah schaukelte in seinem *howdah* hoch oben auf dem Elefanten hin und her, hatte sich aber schon fast an die rollende Gangart gewöhnt. Die Landschaft ringsum wurde allmählich grüner und üppiger, als sie sich der Stadt Bijapur näherten, die nur noch einen Tagesritt entfernt war. Er verstand jetzt, weshalb Akbar und seine Söhne danach trachteten, das Reich nach Süden hin zu erweitern. Man konnte hier viele Reichtümer finden.

Hinter sich hörte der Mirsa seine Männer beim Marschieren und Reiten singen. Jaimal hatte anscheinend dafür gesorgt, daß die Geschichte von der silbernen Reliquie des namenlosen *shahid* die Runde machte, und nun waren die Gedanken der Männer von der Vision eines gewaltigen Schatzes erfüllt. Der Mirsa war froh, daß sie endlich wieder Begeisterung zeigten, war aber beunruhigt wegen der Folgen.

Der Derwisch Masum saß neben dem Mirsa und unterhielt ihn gelegentlich mit Sufigeschichten oder zitierte unergründliche Poesie. Seit der Mirsa die Steinhand im *ziarat* gesehen hatte, war ihm unbehaglich zumute, und er wollte den Mystiker in der Nähe haben. *Den Legenden nach haben Sufiratgeber Anführern stets gute Dienste geleistet. Vielleicht hilft Masum mir dabei, die Mysterien zu verstehen, denen ich noch begegnen könnte.*

Wenn die Hand lediglich eine raffinierte Plastik war und

der Mirsa nur Geschichten nachjagte, die auf falschen Hinweisen beruhten, dann war es um ihn geschehen. Ein enttäuschter Kaiser würde seinem Ehrgeiz ein rasches Ende bereiten, und enttäuschte Soldaten würden sein Leben vielleicht ebenso schnell beenden.

Doch wenn die Hand wirklich einmal aus Fleisch bestanden hatte … Der Mirsa war ein treuer Anhänger des Glaubens, eine Stütze des Gesetzes, und er zollte den Fünf Säulen Respekt. Dennoch befiel ihn bei der Vorstellung, einen konkreten Beweis des Göttlichen vor Augen gehabt zu haben, ein inneres Beben. Es hieß, daß einzig die Propheten *mujizat* vollbringen könnten, Wunder, und die Propheten entstammten einer anderen Zeit. Doch manche Heiligen hatten *karamat*, charismatische Gaben, und vielleicht war die Steinhand ja auf diese Weise entstanden.

»Ihr seid schon seit einer ganzen Weile recht schweigsam, mein Gebieter«, sagte Masum. »Möchtet Ihr noch eine Geschichte hören?«

»Nein, Masum.« Der Mirsa zwickte sich in die Nasenwurzel und seufzte. *Wer auch immer behauptet hat, die Gesellschaft eines Sufi bringe Glück, versäumte zu erwähnen, wieviel Geduld man in solcher Gesellschaft aufbringen muß.* »Ich hätte jedoch eine Frage an Euch. Was wißt Ihr über diesen Ibrahim 'Adilshah, Sultan von Bijapur?«

»Er ist ein kluger und gelehrter Monarch, Erhabener Mirsa. Er hat Flüchtlinge von nah und fern willkommen geheißen, damit sie in seinem Land siedeln. Mein eigener *pir* kam aus Persien, und viele Künstler kamen aus dem Süden, als Vijayanagar fiel. Es war zwar sein Onkel, der die großen Schlachten ausfocht, die Bijapur den Frieden brachten, aber es ist Ibrahim gewesen, der diesem Frieden erst zum Ruhm verhalf. Seine Stadt ist die schönste im ganzen Dekkan.«

»Seid Ihr dem Sultan schon einmal begegnet?«

»O nein, Erhabener Mirsa. Ich habe ihn lediglich in einer Prozession vorbeiziehen sehen. Er ist eine ausnehmend prächtige Erscheinung.«

»Ich verstehe. Stimmt es, daß Ibrahim vom Wahren Glauben abgefallen ist, wie man es sich auch von Schahinschah Akbar erzählt?«

»Über diese Frage wird unter den *ulama* und den *sheykhs* heftig gestritten. Es heißt, der Sultan befolge nicht immer auf gebührende Weise die Vorschriften, aber er ließ herrliche neue Moscheen errichten. Er hat nicht, wie Euer Kaiser, einen eigenen Glauben verkündet, doch den Gerüchten nach sind Ibrahims Huldigungen … ungewöhnlich. Weil der Sultan Musik und Poesie zugetan ist, erweist er der Hindugöttin Saraswati mehr als nur ein wenig Ehre. Es heißt, er halte ein Götzenbild von ihr im Palast versteckt.«

»Musik. Poesie«, murmelte der Mirsa. An diesem Morgen war ein *pattamar* mit einer Botschaft des Sultans bei ihnen eingetroffen, die den Mirsa und seine Männer im Königreich Bijapur willkommen hieß und ihnen das beste Lager nahe der Stadt sowie eine Karawanserei nannte, die für den Mirsa und seine Offiziere wohl am besten geeignet sei. Die Botschaft hatte die Form eines Gedichts gehabt. Mit dem kriegerischen Ibrahim I., der Bijapur den Frieden gebracht hatte, wäre der Mirsa jederzeit fertig geworden. Aber mit einem Monarchen, der Gedichte schrieb?

»Poesie ist die Sprache, deren sich die Seele bedient«, sagte Masum. »Auch mein *pir* schätzt diese Kunst.«

»Verstehe. Und was sagt Euer *pir* über Träume?«

»Ein Traum ist eine Reise, mein Gebieter, in ein inneres Land, das lediglich unser eigenes widerspiegelt. In diesem Land wird man von den Engeln der Philosophen geführt. Träume weisen uns den Weg zum Paradies und zu Gott.«

»Aha. Also, ich hatte einen Traum … jede Nacht so ziemlich denselben Traum, seit wir die Grabstätte besuchten. Vielleicht könnt Ihr ihn mir deuten.«

»Ich bin nur ein *murid*, Großer Mirsa, und habe noch nicht die Weisheit eines *pir*. Doch mein *pir* würde sagen, daß Ihr selbst über Euren Traum meditieren solltet, bis Eure Seele ihn begreift. Allerdings«, er neigte mit einem leichten Grinsen den Kopf, »gestehe ich, daß ich neugierig bin. Ich würde diesen Traum gern hören.«

»Also gut. Mir träumte von einem gewaltigen Becher, der mit fünf Strömen gefüllt war. Der Becher hatte fünf Seiten und wurde von den Händen einer bezaubernden Frau gehalten. Sie sagte, wenn ich von einer Seite tränke, würde ich vergiftet. Tränke ich von einer anderen Seite, würde ich süßen Wein schmecken, der mich ebenfalls vergiftet. Von der dritten Seite trinkend, würde ich klares Wasser empfangen, das erfrischt und reinigt. Und tränke ich von der vierten Seite, würde ich Blut schmecken. Von der fünften und letzten Seite aber würde ich nichts als Asche und Staub empfangen.«

»Ah«, seufzte Masum mit strahlenden Augen.

»Nun?«

»Habt Ihr schon über seine Bedeutung nachgedacht, Großer Gebieter?«

»Das habe ich. Einiges davon scheint eine Warnung zu sein. Doch der Becher ist ein Sufisymbol, nicht wahr? Die vielen Seiten könnten für die Lehre stehen, daß man das Göttliche in all seinen Formen erfahren muß.«

Masum schien darüber entzückt zu sein, als wäre der Mirsa ein Kind, das die ersten deutlichen Worte spricht. »Eine würdige Deutung, mein Gebieter. Und für uns ist die Frau ein Symbol der göttlichen Offenbarung. Der Umstand, daß man Euch bittet, aus dem Becher zu trinken ... nun ja, das Göttliche tritt durch den Mund ein und erfüllt uns von innen heraus.«

»Aha.« Der Mirsa fühlte sich nicht sehr erleuchtet, doch allmählich begriff er.

»Ich muß Euch abermals darauf hinweisen, daß ich noch nicht den ganzen Weg der Sufis zurückgelegt habe, und auch soll dieses *howdah* nicht mein *khanagh* werden. Doch man sollte noch eine mögliche Deutung des Traums in Betracht ziehen.«

»Und die wäre, Masum?«

»Ich glaube, daß man Euch, vielleicht uns alle, vor eine Wahl stellen wird. Wie Ihr Euch entscheidet, wird ernste Folgen haben.«

»Das ist eine sehr sichere Deutung. Diese Armee anzuführen macht es fast täglich erforderlich, solche Entscheidungen zu treffen.«

»Ihr mißversteht mich, Großer Mirsa. Ich meine nicht die belanglosen Handlungen eines sterblichen Lebens. Alle Menschen sind wie der Staub in dem Becher, der Odem

Gottes kann uns weithin wehen. Ein Weg könnte uns Nahrung für die Seele bringen, und ein anderer süße Demut.«
Masum formte seine Hände zu einer Schale, streckte sie aus und öffnete den Mund, als wollte er noch etwas sagen. Dann seufzte er mit traurigem Lächeln und wandte den Blick ab.
»Was habt Ihr?«
Masum schüttelte den Kopf. »Vergebt mir. Ich bin ein armseliger Lehrer. Es kommt mir nicht zu, von diesen Dingen zu sprechen.«
Es war klar, daß er sich nicht zu weiteren Erklärungen würde überreden lassen.
Der Mirsa schaute wieder auf die Felder und Obsthaine hinaus. Eine Schar Tauben flatterte von einem der Bäume auf, umkreiste seinen Elefanten und flog in südöstlicher Richtung davon, und das Sonnenlicht glitzerte auf ihren Flügeln.
Gibt es Vorstellungen, die mein Verstand nicht fassen kann, die so groß sind, daß Worte dafür nicht ausreichen? Ist Masum deshalb verstummt? Und doch meint er, ich sollte mich damit vertraut machen. Weshalb? Genügt es nicht, dem Gesetz Folge zu leisten? Ist die Verantwortung, die ich gegenüber meiner Familie, meinen Männern und meinem Herrscher trage, nicht schon genug? Schulde ich Allah noch mehr? Oder bietet Gott mir etwas an, was ich nur nicht sehen kann?
Auf eine Weise beunruhigt, die er nicht begriff, ließ es der Mirsa zu, daß das Schweigen wie ein Vorhang zwischen den Sufimystiker und ihn herabfiel.

Heißer, trockener Wind zerzauste Bruder Timóteo das Haar, und roter Staub erfüllte den Himmel, so daß er kaum etwas sehen konnte. Gelegentlich erhaschte er einen undeutlichen Blick auf hohe Steinmauern und schimmernde Kuppeln in der Ferne. Er versuchte, die Kapuze seiner braunen Robe nach vorn zu schlagen, doch schon verfing sich darin eine Sturmbö, und Sand stob ihm in die Augen.

»Woher ist nur dieser Wind gekommen, Frater Andrew?« schrie Timóteo. »Als wir heute morgen hier einritten, war das noch ein nettes, ruhiges grünes Tal.«

»Es ist die Jahreszeit der Dürre«, meinte Bruder Andrew. »Die Kameltreiber sagten mir, daß der Dschinn der Dekkanwüsten in diesem Monat auf Bijapurs Fruchtbarkeit neidisch werde und das Land zu erobern versuche.«

»Der Padre meint, solche Geschichten seien heidnischer Unsinn«, sagte Timóteo. Die Enden der Lederzügel, die er hielt, flatterten im Wind und schlugen ihm plötzlich ins Gesicht. »Ai! Mater Maria!« schrie er auf, und dann bekreuzigte er sich. *Ich hätte nicht so vorlaut sein sollen. Vielleicht treiben hier doch Dämonen ihr Spiel.*

Nachdem er Padre Gonsçãos Wiederauferstehung miterlebt hatte, konnte Timóteo diese wundersamen Geschichten nicht länger leugnen. Wenn man einen Menschen durch das pulverisierte Blut eines sagenumwobenen Wesens wieder ins Leben zurückrufen konnte, wer mochte wissen, welche Geschichten dann noch der Wahrheit entsprachen?

Timóteo wandte sich im Sattel um und schaute zum Padre, der hinter ihm ritt. Der Padre hatte sich über sein Pferd gekauert und die Kapuze seines schwarzen Umhangs tief

ins Gesicht gezogen, so daß die Enden des Umhangs wie große schwarze Schwingen hinter ihm dreinflatterten.
Als folgte mir ein Dämon des Todes. Timóteo schauderte und drehte sich im Sattel wieder um. *Das bilde ich mir nur ein.* Seit seiner Wiederbelebung verhielt der Padre sich anders. Er war stiller und abweisender geworden, obwohl er sich anscheinend bester Gesundheit erfreute. *Madre Maria, hoffentlich ist er nicht besessen.*
Timóteos Esel blieb abrupt stehen, und eine von Sri Agnihotras Mägden tauchte neben ihm auf, den *shal* eng um Kopf und Schultern geschlungen.
»Du! Kleines Monster aus dem Orlem Gor. Sri Agnihotra will dich sprechen.«
»Mich?«
»Sie braucht dich, um irgendwas zu übersetzen. Sie ist hier drüben am Straßenrand. Komm.«
Timóteo blickte sich um, doch Bruder Andrew und der Padre befanden sich außer Rufweite. Tomás konnte er überhaupt nicht entdecken.
»Mach schon!« Das Mädchen zerrte an seinem Ärmel.
»Also gut! Ich komme.« Timóteo rutschte von seinem Esel herunter und führte ihn am Zaumzeug; er folgte dem Mädchen, so gut es ging, durch den wirbelnden Staub.
Der Palankin war nicht weit entfernt, und Timóteo kauerte sich daneben. Die purpurnen Vorhänge waren durch dicken Wollfilz ersetzt worden, und Timóteo neidete der Lady den Schutz vor Wind und Staub. Er wünschte, er könnte sich im Palankin verkriechen, nur um für eine Weile an einem ruhigen und sicheren Ort zu sein. Doch die Lady gehörte anscheinend nicht gerade zur großzügi-

gen Sorte, und der Padre wäre darüber fuchsteufelswild, also verbannte Timóteo den Gedanken wieder aus seinem Kopf.

»Sri Agnihotra!« sagte das Mädchen, dem er gefolgt war. »Ich bringe Euch den kleinen Mönch.«

»Gut. Warte bei den anderen, und schick den Abgesandten zu mir.« Die Stimme klang noch immer nicht wie die einer alten Frau, doch Timóteo wußte, daß er nicht genug Frauen unterschiedlichen Alters kennengelernt hatte, um das genau beurteilen zu können. »Kleiner Mönch, seid Ihr da?«

»Ja, Sri Agnihotra.«

»Gut. Ich habe Euch holen lassen, weil ich marathi sprechen und deutlich verstanden werden will.«

»Ja, Sri Agnihotra.« Ein schlanker, dunkelhäutiger Mann, der nur mit einem *dhoti* bekleidet war, bog um die andere Ecke des Palankins.

Er verbeugte sich vor Timóteo und sagte: »Ich stehe zu Diensten, Lady.«

»Gut. Kleiner Mönch, hier trennen sich die Wege unserer Karawane. Ich muß in die Stadt gehen, wo ich mit dem Sultan sprechen und ein Treffen für Euren Priester vereinbaren werde. Meine Kaufleute müssen ihren Geschäften nachgehen. Dieser Abgesandte wird Eure Leute zu einer nahegelegenen Karawanserei führen, wo Ihr Obdach finden und Euch auf den Ruf des Sultans vorbereiten könnt.«

»Ja, Große Lady. Der Padre, wäre er hier, würde Euch für all Eure Hilfe danken.«

»Dank ist unnötig. Ich habe nur getan, was mein *dharma*

von mir verlangt. Nun geht und sucht Schutz vor dem Wind.«

»Habt Dank, Sri Agnihotra.« Timóteo erhob sich.

»Ach, kleiner Mönch? Eines noch.«

»Ja, Lady?«

»Sagt Tamaschinri ... sagt ihm, daß ich ihn bald wiederzusehen hoffe.«

Timóteo konnte sich ein Lächeln nicht verkneifen, obwohl er wußte, daß er das nicht gutheißen sollte. »Ich werde es ihm sagen, Sri Agnihotra.«

»Gut. Geht.«

Thomas stand an der mit Zinnen versehenen Brustwehr der Karawanserei und starrte auf die großen schwarzen Basaltmauern von Bijapur. Bei Einbruch der Dunkelheit war der Sturm zum Erliegen gekommen, und der Staub hatte sich gelegt, obwohl der verbliebene Dunstschleier noch immer für einen atemberaubenden Sonnenuntergang reichte.

Die Herberge lag ungefähr eine Meile westlich der Stadt. Das wenige, was von Bijapur über den Mauern zu erkennen war, das Schimmern der goldenen Kuppeln und die anmutigen Turmspitzen, peinigte Thomas wie das Wabern eines Wüstentrugbilds oder der erste Anblick von Land bei jemandem, der zu lange auf See gewesen ist.

Irgendwo dort hinten befand sich Aditi, auf der seine ganzen Hoffnungen ruhten. *Vielleicht sitzt sie ja gerade in diesem Moment zu Füßen des Sultans und spricht zu meinen Gunsten, ebnet mir, ohne es zu wissen, den Weg für meine Reise nach Hause.*

Thomas konnte es kaum erwarten, daß die Expedition endlich zu Ende ging. Seit seiner Wiederauferstehung vor zwei Tagen war Padre Gonsção sehr zurückhaltend gewesen und hatte nur Bruder Timóteo erlaubt, sich um ihn zu kümmern. Joaquim und die anderen *soldados* waren mürrisch und aufbrausend geworden, tranken und spielten jeden Abend, stets bereit, einen Streit vom Zaun zu brechen. Sie schenkten Thomas kaum noch Beachtung, außer daß sie ihn hin und wieder haßerfüllt anstarrten. *Vielleicht hatten Joaquim und seine Gefährten gehofft, daß ich zu fliehen versuchen und ihnen so einen Vorwand liefern würde, mich zu töten. Dann hätten sie den Padre überzeugen können, die Suche aufzugeben. Doch das ist einerlei. Wir sind jetzt hier und werden diese törichte Reise alle bald hinter uns haben.*
»Herrlich, nicht wahr?« sagte Lockheart, als er hinter ihm auftauchte. »Ein Juwel von Stadt, eingefaßt in das Kupfer der Wüste. Seid stolz, mein Junge. Dieser Anblick war bisher nur wenigen aus unserem Land vergönnt.«
Thomas nickte. »Eine Geschichte, die es wert ist, jenen daheim erzählt zu werden.« *Zu denen ich hoffentlich schon in Kürze aufbrechen werde.* »Doch wo seid Ihr die letzten paar Tage gewesen, Andrew? Ich habe Euch ja gar nicht zu Gesicht bekommen. Das ist wohl kaum das angemessene Verhalten für ein gedungenes Kindermädchen.«
»Nach Eurem durchtriebenen Komplott mit dem Padre, mein Junge, glaube ich, daß Ihr wenig Bedarf dafür habt. Ich habe die Gesellschaft von Sri Agnihotras Kaufleuten gesucht. Sie kennen dieses Land und seine Leute. Wenn

man ihnen zuhört, kann man viel lernen. Zum Beispiel ist Euch doch sicher aufgefallen, daß diese Herberge leer stand und lediglich auf unsere Ankunft zu warten schien?«

»Ein Glücksfall.«

Lockheart schüttelte seine dunklen Locken. »Das glauben die Kameltreiber nicht. Wir haben die Jahreszeit der Karawanen, und eigentlich sollte nicht ein Zimmer mehr frei sein. Sie vermuten, der Sultan könnte angeordnet haben, daß man diese Herberge für uns offenhält.«

»Um so besser. Seine Majestät ist uns also gewogen.«

»Täuscht Euch nicht. Für Karawanenreisende ist es niemals ein gutes Zeichen, wenn ein Potentat sich zu sehr für ihre Geschäfte interessiert.«

»Vielleicht sind sie es nicht gewohnt, eine fremdländische Delegation in ihrer Mitte zu haben.«

»Oder sie beabsichtigen etwas. Euch wird aufgefallen sein, daß wir nur ein Viertel dieser Herberge beanspruchen, und doch hat man keine andere Karawane eingelassen.«

»Wenn schon. So sind wir ungestört.«

»Und von jeder Hilfe von außerhalb abgeschnitten. Vielleicht sparen sie sich das Extrazimmer ja auch für jemand anderen auf.«

Thomas lachte. »Bedarf unsere Reise denn so sehr der Aufregungen, daß Ihr schon überall Intrigen wittert? Könnt Ihr Euch nicht mit einfacheren Vergnügungen die Zeit vertreiben?«

Lockheart schnalzte mit der Zunge. »Vergeßt Eure Lektionen in Scheinheiligkeit nicht, mein Junge. Und ich hatte Euch für einen so vielversprechenden Schüler gehalten.

Wir sind hier Fremde und bei der Bevölkerung nicht sonderlich gut gelitten. Ein scharfer Verstand und ein schnelles Auge sind fürs Überleben unabdingbar.«

»Das habe ich gelernt, Andrew.«

»Habt Ihr das? Wo Ihr so wenig Interesse an Eurer Unterkunft zeigt?«

»Weil ich nicht erwarte, mich hier lange aufzuhalten. Vielleicht ist ja in eben diesem Moment, da wir miteinander sprechen, jemand im Palast des Sultans, der meine Interessen vertritt und mir dort eine Stellung sichern will, um mich so aus den Fängen dieser Expedition und der gütigen Obhut des Padre zu befreien.«

Lockheart lupfte die Brauen. »Wahrhaftig? Wie könnt Ihr schon jemanden innerhalb dieser Mauern kennen, wenn es nicht … Domina Agnihotra ist?« Seine Verblüffung wich einem Lächeln. »Ihr habt Euren Charme eingesetzt, um Euch ihrer Gunst zu versichern. Ich muß zurücknehmen, was ich sagte, Tom. Ihr seid wahrlich ein Spitzbube, daß Ihr eine alte Frau dermaßen mißbraucht.«

Thomas schaute kurz in die Runde, um zu sehen, ob auch sonst niemand in der Nähe war. »So ein Spitzbube nun auch wieder nicht, Andrew. Sie ist kein altes Weib. In Wahrheit, wenn Ihr ein Geheimnis für Euch behalten könnt, ist sie keine andere als die hinreißende Aditi, der Ihr schon einmal begegnet seid.«

»Etwa jene, die wir von De Cartagos Schiff übernahmen? Kein Wunder! Als sie den Dieb ausschimpfte, glaubte ich, ihre Stimme zu kennen, hielt es jedoch für Zufall. Wie ist das möglich?«

»Ich weiß nicht, wie sie von unserer Expedition erfuhr, doch sie beteiligte sich daran, um mir bei meiner Flucht behilflich zu sein.«
»Weshalb habt Ihr mir das nicht erzählt?«
»Die Santa Casa sucht noch nach ihr. Ich wagte es nicht, es jemandem zu erzählen, aus Furcht, was der Padre vielleicht täte, wenn er davon erführe.«
»Aber wir sind viele Meilen von Goa entfernt.«
»Soweit ich weiß, könnte sie so wertvoll für die Santa Casa sein, daß der Padre vielleicht unverzüglich umkehren würde, um sie bei den Inquisitoren abzuliefern. Oder veranlassen könnte, daß die Soldaten sie gefangennehmen und unterwegs die Geheimnisse aus ihr herauspressen.«
»Ich glaube kaum, daß er ein solcher Narr wäre. Dennoch«, sinnierte Lockheart und strich sich den Bart, »wenn überhaupt jemand den Herkunftsort unseres Wiedererwekkungspulvers kennt, dann sie. Ah, doch inzwischen habt Ihr ihn ihr sicher abgeschmeichelt. Vergebt mir, mein Junge, daß ich jemals an Eurem Verstand gezweifelt habe. Ihr wart die ganze Zeit hinter dem größeren Preis her. Kein Wunder, daß Ihr nicht daran gedacht habt, dem Padre die Karte zu stehlen. Ihr brauchtet sie ja gar nicht!«
»Ganz recht«, pflichtete Thomas wahrheitsgemäß bei.
»In diesem Fall«, sagte Lockheart und streckte seine Hand aus, »wollt Ihr mir etwas davon geben?«
Thomas starrte ihn an. *Du willst das Pulver für dich.* »Verzeiht, Andrew, doch ich habe es nicht mehr. Lady Aditi hat es mir abgenommen. Aus Gründen der Sicherheit.«

Lockhearts Hand ballte sich zur Faust. Er drehte sich um und starrte wieder die Stadtmauern an. »Ihr habt Euer Vertrauen in einen löchrigen Korb gesetzt, mein Junge. Vergeßt nicht, daß dieselbe Aditi jene adamantharte Kreatur war, die Master Thatch abschlachtete und De Cartago verriet, trotz seiner Vernarrtheit in sie. Woher wollt Ihr wissen, daß sie Euch gegenüber loyaler ist?«
»Solche Gedanken plagen mich nicht«, sagte Thomas. »Wenn sie mir Böses wollte, dann hätte sie schon jede erdenkliche Möglichkeit gehabt, mir Schaden zuzufügen, aber sie hat es nicht getan.« *Und mir bleibt keine andere Wahl. Solange sie sich beim Sultan für mich verwendet, stehen meine Pläne fest, und ich bin schon halb unterwegs nach Hause.*

Aditi verneigte sich, bis ihre Stirn den Teppich berührte, auf dem sie kniete. Gewöhnlich erwies sie solche Huldigungen nur der Mahadevi, doch es gab vieles, was sie von Ibrahim 'Adilshah wollte. Sie wünschte, den allerbesten Eindruck auf ihn zu machen.
Obwohl ihre Gedanken wirbelten und rasselten wie die Armreife einer Tänzerin, bewegte sie sich ganz ruhig und sah ihn offen an. Sie hatte keine Angst vor dem 'Adilshah, denn er war nur ein sterblicher Potentat. Doch sie spürte mehr und mehr, wie sie von ihrer Pflicht gegenüber der Mahadevi abwich. Wenn ihre göttliche Adoptivmutter von Aditis Versagen erfuhr, wer vermochte zu sagen, welche Strafe Sie ihr dann auferlegte?
»Also, Sri Aditi«, sagte der Sultan und lehnte sich, eine *asoka*-Blüte in der Hand, auf die Kissen zurück. »Es ist

lange her, seit Ihr unseren *durbar* durch die Anmut Eurer Gegenwart geschmückt habt.«

Seine Worte waren ironisch gemeint, denn nur wenige seines Hofes würden jemals erfahren, daß sie hiergewesen war. Sie trafen sich in einem kleinen, dunklen Raum der fürstlichen Residenz, dem *Gagan Mahal*, der lediglich von einem schmalen Fenster hoch oben in der Wand erhellt wurde. Der blinde Musiker Gandharva spielte in einem anderen Winkel des Zimmers leise auf seiner *vina*. Aditi gab vor, ihn nicht zu kennen, und er hatte sie nicht erkannt.

»Ich gehe dorthin, wo mein *dharma* mich hinführt, Majestät.«

»Wie wir alle. Doch Eure Schönheit und Eure Talente wurden schmerzlich vermißt. Ich nehme doch an, daß mit Ihr, der Ihr dient, alles zum Besten steht?«

»Ihre Kraft und Gesundheit wanken nie, Majestät.«

»Natürlich, natürlich. Wenn ich richtig verstanden habe, bringt Ihr mir ein äußerst ungewöhnliches Geschenk. Fremde aus Goa und von weiter westlich.«

»Ihr seid gut informiert, Majestät.«

»Der wäre ein armseliger *raja*, der nicht die Ohren eines Elefanten hätte. Doch angesichts der Gefahren auf der Straße können diese Fremden sich glücklich preisen, Euch als Führer gehabt zu haben, der ihnen half, sicher anzukommen.«

Tadelt er mich? Was hat Gandharva ihm erzählt?

»Der Mahadevi ist alles möglich. Ich bin nur Ihre Dienerin.«

Ibrahim starrte sie einen Moment lang an. »Ja, ja, doch

was erwartet Ihr … was erwartet Sie, daß ich mit diesen Männern aus dem Westen anfangen soll? Sie bitten mich um eine Audienz, sagt Ihr. Was wollen sie?«

»Sie werden Euch nach dem Wohnsitz der Mahadevi fragen. Da Ihr ihn nicht kennt, werdet Ihr sie um keinen Deut klüger wieder fortschicken.«

Der Sultan betrachtete die *asoka*-Blüte in seiner Hand. »Ich dachte, es wäre der Wunsch der Mahadevi, lediglich denjenigen bekannt zu sein, die für ein solches Wissen bereit sind. Nicht einmal mir ist es erlaubt, zu Ihrer geheiligten Stadt zu reisen, wo auch immer sie liegen mag, und zu Ihren Füßen zu sitzen und Ihre Weisheit zu empfangen. Wie kommt es, daß diese Goaner überhaupt von der Mahadevi wissen?«

Aditi zögerte. »Ihr habt doch von dem furchtbaren Orlem Gor der Portugiesen gehört, nicht wahr? Einige Anhänger der Mahadevi wurden gefangengenommen und an diesem schrecklichen Ort gefoltert. So haben sie es erfahren.«

»Die Mahadevi hatte nicht die Macht, die Zungen Ihrer Anhänger zum Schweigen zu bringen?«

Aditi ballte ihre Hände zu Fäusten, verbarg sie jedoch unter ihren Röcken. »Ihre Zungen wurden zum Schweigen gebracht, Majestät.«

»Doch nicht schnell genug, wie es scheint. Und hier seid Ihr nun und helft diesen Priestern des Orlem Gor. Vielleicht wünscht Eure Göttin ja, bekannter zu werden. Vielleicht ist deshalb ein Mirsa des Kaisers Akbar mit einer kleinen Armee aus Lahore hierher unterwegs, ebenfalls auf der Suche nach der Mahadevi.«

Aditi verhielt sich ruhig. *Eine Mogularmee kommt auch? Ibrahim darf nicht wissen, daß mich das erstaunt. Doch, ai, Mutter von Allem, was tut Ihr mir an?*

»Ah«, sagte der Sultan lächelnd, »ist es möglich, daß ich etwas weiß, was Ihr nicht wißt?«

Aditi lächelte ihr kältestes wissendes Lächeln. »Täuscht Euch nicht, Majestät. Laßt Euch nicht von Stolz blenden. Alles ist so, wie die Mahadevi es wünscht.«

»Wieso?« schrie Ibrahim. Er sprang von seinem Diwan auf und ging auf der Empore auf und ab. »Wieso erlaubt Sie diesen Leuten hierherzukommen? Wieso jetzt? Will Sie damit meine Loyalität prüfen? Will Sie herausfinden, ob ich Ihre Unterstützung noch wert bin? Habt Ihr auch nur die geringste Vorstellung davon, was die Muslimgeistlichen daraus machen werden? Wieviel Ärger mir das einbringen wird?«

Ah, gut. Seine Furcht macht ihn redselig, und er nimmt mir die Arbeit ab. Aditi neigte den Kopf. »Es freut mich zu sehen, daß Eure Weisheit mit den Jahren nicht nachgelassen hat, Majestät. Ihr habt nach wie vor die Augen eines Adlers und seht die Dinge klar.«

»Tue ich das?« Ibrahim setzte sich schwerfällig nieder, die Arme verschränkt. »War der Bau eines Tempels für Sie mitten im Herzen der Stadt nicht genug?«

»Jeder König kann Tempel bauen, Majestät.«

»Ich vollziehe jeden Tag vor dem Abbild Ihres Avatara das *puja!*«

»Huldigung ist wichtig. Doch es ist einfach, einem Bildnis Opfer darzubringen und davor Gebete zu sprechen.«

»Nicht, wenn *ulama* mir nachspionieren und mich verurteilen und mit Aufständen drohen! *Das* solltet Ihr Eurer Mahadevi einmal sagen.«

»Ich bin sicher, Sie weiß es.«

Nervös riß Ibrahim die *asoka*-Blüte in Fetzen und warf sie auf den Boden. »Muß ich denn ewig dafür bezahlen«, murmelte er, »daß Sie mir einmal vor langer Zeit einen Gefallen erwies?«

»Es stimmt, daß die Mahadevi Euch vor Jahren etwas überaus Kostbares zurückgab«, sagte Aditi. »Doch bedenkt, was Sie sonst noch alles für Euch tat. Wurde nicht Vijayanagar zerstört, um Bijapur mehr Größe zu verleihen?«

»Das war während der Herrschaft meines Onkels.«

»Der Mahadevi sind Vergangenheit und Zukunft eins. Sie wußte, was kommen würde. Wäre Vijayanagar nicht gefallen, würdet Ihr dann jetzt nicht in einer Rüstung zu Pferde sitzen, statt Euch an Musik und Poesie zu erfreuen?«

Ibrahim seufzte. »Ihr habt Euren Standpunkt klargemacht. Also. Ich habe einen Plan, wie ich mit diesen beiden Expeditionen verfahren werde. Doch ich bin nur ein Sterblicher und könnte scheitern. Wenn das Ergebnis darin besteht, daß Kaiser Akbar seine Hauptstreitmacht gen Süden schickt oder daß portugiesische Armeen vom Westen hierherziehen, werde ich von der Mahadevi erwarten, daß Sie mir Schutz gewährt.«

Aditi legte den Kopf schräg und lächelte. »Wollt Ihr mit der Mahadevi verhandeln? Fürchtet Euch nicht, Ihr werdet jegliche Unterstützung erhalten, die Ihr verdient.«

Ibrahim trommelte mit den Fingern auf seinem Knie

herum. »Das, meine Liebe, ist genau das, was ich befürchte.«
»Zweifelt nicht an Euch, Majestät. Ich habe allen Grund zu der Annahme, daß Ihr erfolgreich sein werdet.«
»Ich danke Euch für Euer Vertrauen in mich.«
»Eines wäre da noch.«
Ibrahim verdrehte die Augen und seufzte heftig. »Was?«
»Unter den Goanern ist einer, auf den Ihr Euer besonderes Augenmerk richten solltet. Sein Name ist Tamaschinri, aus einem Land, das er Ingeland nennt. Ihr werdet ihn an seinem gelben Haar und seiner hellen Haut erkennen. Seine Augen haben die Farbe von meinen. Er wird in Eure Dienste treten wollen, und das solltet Ihr erwägen.«
»Sollte ich das? Und was kann dieser Tamaschinri?«
»Er ist Kräuterkundler und Heiler.«
»Pff. Wir brauchen keine Kräuterkundler in Bijapur. Das meiste von dem, was sie Arznei nennen, ist Gift oder Schwindel. Es sei denn ... besitzt dieser Mann die heilende Gabe der Mahadevi?«
»Er hat Ihre Gabe benutzt. Doch Ihr dürft nicht von ihm erwarten, daß er das wieder tut.«
»Seltsam. Nun ja, ist er Soldat? Kann er kämpfen?«
»Nein. Seine Arme wurden vom Orlem Gor beschädigt. Es dauert noch eine Weile, bis sie geheilt sind.«
»Ha. Er muß schon ein erbärmlicher Heiler sein, wenn er sich nicht einmal selbst heilen kann. Ist er Musiker?«
»Nein.«
»Poet oder Philosoph?«
»Nein.«
»Ein Bildhauer von großem Geschick?«

»Nein.«
»Also Stratege. Kriegshandwerker? Waffenschmied?«
»Er ist ein Mann des Friedens und weiß nichts von diesen Dingen.«
»Was soll ich dann mit diesem Mann anfangen?«
»Das ist nicht wichtig. Meine Bitte verfolgt eine Absicht. Vergeßt eines nicht – er besitzt Wissen aus einem Land, von dem Ihr noch nie gehört habt. Eines Tages kommen vielleicht andere seines Volkes nach Indien, erst um Handel zu treiben, später vielleicht um zu erobern. Ich habe diese Engländer als wild und durchtrieben erlebt, wenn es um etwas geht, was sie unbedingt haben wollen. Es könnte Euch und Euren Nachkommen dienlich sein, von ihm soviel wie irgend möglich zu erfahren.« In Wahrheit wußte Aditi nicht, ob jemals ein anderer als Tamas Indien betreten würde, doch Ibrahim konnte es auch nicht wissen, und vielleicht überzeugte ihn das Argument.
Der Sultan musterte Aditi geraume Zeit, das Kinn auf die Hand gestützt. »Also. Ich werde dieses Gelbhaar im Auge behalten, egal, aus welchen rätselhaften Gründen Ihr und Eure Mahadevi das wünschen.«
Aditi verbeugte sich. »Ihr zeigt abermals große Weisheit, Majestät.«
»Ha. Werdet Ihr noch eine Weile in Bijapur bleiben, Sri Aditi, oder ruft Euer *dharma* Euch anderswo hin?«
»Eure Gastfreundschaft wird in ganz Sind gepriesen«, sagte Aditi. »Ich möchte einen so selbstlosen Gastgeber nicht dadurch kränken, daß ich rasch wieder abreise.«
Ibrahim schürzte die Lippen. »Ihr erweist mir zuviel der Ehre. Nun denn. Ich werde kein so selbstsüchtiger Gast-

geber sein, Eure Abreise zu beschleunigen. Bitte betrachtet Euch als Gast meines Hauses. Doch Ihr müßt verstehen, daß mein Hof nur so von mißtrauischen Geistlichen und Edelleuten wimmelt, die nichts anderes im Sinn haben, als mich in Verruf zu bringen. Daher möchte ich Euch bitten, in jenen Bereichen zu bleiben, die sich für eine Frau ziemen, und Euch nicht auf ungehörige Weise zu benehmen. Ich werde Euch mit Mägden versehen, die sich um alle Eure Bedürfnisse kümmern, so daß Ihr nicht umherzustreifen braucht. Ich lasse verbreiten, daß Ihr ...«, er fuchtelte beiläufig mit einer Hand, »eine entfernte Base oder so etwas seid.«

Aditi erhob sich in einer einzigen anmutigen Bewegung und verbeugte sich. *Sieh an. Solange ich hier bin, soll ich also teils Gast, teils Gefangene und teils Verwandte sein. Es stellen sich mir jede Minute neue Herausforderungen.* »Euer Majestät brauchen nicht zu befürchten, daß ich ein indiskreter Gast sein werde. Hat die Mahadevi mich nicht gesandt, damit ich Euch zu Diensten stehe? Ich freue mich schon auf den Genuß Eurer Gastfreundschaft und auf die Gelegenheit, mit einem so gebildeten Herrscher weitere Gespräche zu führen. Und Eurem *vina*-Spieler möchte ich sagen, daß er ausnehmend gut ist und dem Ohr höchst angenehm. Ich frage mich, ob er das Lied von der Weißen Taube kennt. Es ist lange her, daß ich derart göttliche Musik hörte. Ich sehne mich danach, sie wieder zu hören.«

Ibrahim hob eine Braue und wandte sich an den blinden Musiker. »Kennt Ihr ein solches Lied, Gandharva?«

Gandharva legte den Kopf schräg und hielt nachdenklich inne, bevor er antwortete. »Ich glaube, ich kannte einmal

eine solche Melodie. Ich will versuchen, sie wieder in mir wachzurufen, und Sie Euch dann vorspielen, Lady, sobald ich mir der Noten sicher bin.«
»Das wäre äußerst gütig von Euch«, meinte Aditi.
»Wenn es sonst nichts mehr gibt«, sagte der Sultan. Er klatschte zweimal in die Hände, und eine Dienerin kam lautlos hinter einer vergoldeten Gittertrennwand hervor. »Bring meinen Gast zu einer geeigneten Unterkunft innerhalb des *zenana*, und laß die Begum Shah wissen, daß sie hier ist.«
Das Mädchen verbeugte sich tief und bedeutete Aditi, ihr zu folgen. Aditi schritt anmutig und erhobenen Hauptes aus dem Raum, als brauchte sie sich um nichts auf der Welt Sorgen zu machen. *Große Mutter, prüft Ihr mich ebenso wie Ibrahim? Wer bin ich, daß ich eine Armee des Nordreiches aufhalten soll, wo ich noch nicht einmal eine Schar Barbaren aus dem Westen vertreiben konnte? Ist es Euer Wille, daß sie sich begegnen? Ai, ich hoffe, daß Gandharva seine Botschaft abschicken kann. Gebt mir Kunde, Große Mutter. Laßt mich Euren Willen erfahren.*

Als sie fort war, wandte Ibrahim sich an Gandharva. »Sie hat sich verändert, seit wir sie zuletzt gesehen haben, findet Ihr nicht auch?«
»Das vermag ich nicht zu sagen, Majestät.«
»Oh. Entschuldigt bitte. Eure Augen. Doch ich bin sicher, daß sie vorsichtiger geworden und nicht mehr so hitzköpfig ist, wie ich sie in Erinnerung habe. Sie scheint großes Vertrauen in ihre Mahadevi zu haben. Sagtet Ihr nicht,

daß Ihr sie gut kennt, Gandharva? Sie schien Euch nicht zu kennen, jedenfalls tat sie so.«
»Die Mahadevi, heißt es, habe tausend Augen, und das eine muß nicht unbedingt viel vom anderen schauen. Ich habe ein- oder zweimal mit ihr gesprochen, doch es würde mich nicht überraschen, wenn sie sich nicht mehr an mich erinnern könnte.«
»Wie viele blinde *vina*-Spieler gibt es auf der Welt? Und was meinte sie mit dem ›Lied der Weißen Taube‹?«
Gandharva lächelte. »Die Musik derer von Bhagavati ist ohnegleichen, Majestät. Die Lady hat zweifellos Heimweh, weil sie in Goa unter Fremden lebte. Sie wünscht, wieder einmal die vertrauten Klänge ihrer Heimat zu hören.«
»Verstehe. Wenn Euch dieses Lied wieder einfällt, möchte ich es auch gern hören.«
»Es wäre mir eine Ehre, es Euch vorspielen zu dürfen, Majestät.«
Ibrahim legte sich wieder auf dem Diwan zurück, konnte aber keine angenehme Lage finden. »Wollt Ihr mir einen Rat hinsichtlich ihrer Worte geben? Ihre Geheimniskrämerei beunruhigt mich. Glaubt Ihr, sie spricht die Wahrheit?«
»Ich glaube, es wäre klug, ihren Worten Beachtung zu schenken, Majestät.«
»Meint Ihr? Was, wenn Eure Mahadevi beschlossen hat, Ihr Reich auszudehnen? Bijapur ist in den letzten Jahren aufgebläht. Vielleicht betrachtet Sie es als kultiviertes Land, das nun reif für die Ernte ist.«
»Die einzigen Gefilde, welche die Mahadevi erobern will, sind jene des Herzens und der Seele. Sie braucht kein Land

und auch keine Krieger, um es für sich zu gewinnen und zu halten.«

»Wirklich nicht? Weshalb läßt Sie dann in solcher Nähe zu Ihrem Reich die Portugiesen und die Macht Akbars zu? Will Sie uns alle gegeneinander ausspielen und schwächen? Oder treibt Aditi ein falsches Spiel, das sie selbst vor der Mahadevi geheimhält? Es gibt hier etliche marathische *sardar* – Aditi könnte von ihnen reichlich Unterstützung erfahren. Will sie sich zur Königin machen, indem sie mit den Fremden verhandelt? Ich wünschte, Chand Bibi wäre geblieben – ich könnte ihre Weisheit so sehr brauchen wie einen Teil ihrer Armee. Ich bin kein Mann des Krieges, Gandharva. Mich schmerzt der Gedanke, vielleicht das Poltern von Schiwas Streitwagen zu hören.«

»Wenn Ihr erlaubt, Majestät«, sagte Gandharva, »ich fürchte, Ihr seid wie ein Kind in einem dunklen Haus; von jedem Schatten verängstigt, stellt Ihr Euch überall Ungeheuer vor, die dort lauern. Ich schlage mit allem Respekt vor, daß Ihr mehr Lampen anzündet, bevor Ihr in finstere Winkel schaut. Das wenige, was ich von Sri Aditi weiß, läßt keinen Zweifel daran, daß sie der Mahadevi ergeben ist und Sie niemals verraten würde.«

Ibrahim seufzte. »Vielleicht habt Ihr recht. Doch was ist mit diesem Gelbhaar, von dem sie will, daß ich ihn in meine Dienste nehme? Das ist doch ein seltsames Anliegen, oder nicht? Weshalb sollte ich einen fremden Kräuterkundler an meinem Hof haben?«

»Vielleicht geht es ihr bei dieser Bitte nicht um Euch, sondern um ihn.«

»Ah.« Ibrahim starrte für einen Moment zum Fenster hinauf. »Eine interessante Überlegung, Gandharva. Sie will ihn vom Rest der Expedition trennen. Damit sie keinen Vorteil aus seinem Wissen ziehen können? Ihr nehmt doch nicht an … daß sie sich in ihn vernarrt hat?«

»Ich schlage Eurer Majestät abermals vor, sich nicht von Trugbildern leiten zu lassen. Ihr könnt erst wissen, was es mit diesem Mann auf sich hat, wenn Ihr ihn selbst kennengelernt habt.«

»Ihr habt recht, mein Freund. Ohne mehr zu wissen, kann ich keine guten Pläne machen. Ich werde versuchen, mich in Geduld zu üben. Wenn Ihr das nächste Mal zu Eurer Göttin betet, ersucht Sie doch freundlichst darum, mir die Gnade Ihrer Führung zu erweisen.«

»Das werde ich gewiß tun, Majestät. Ihr müßt wissen, daß die Mahadevi jenen, die Ihr dienen, Beistand leistet und sie stets im Auge behält.«

»Es ist sicher beruhigend, wenn jemand sich so um einen kümmert«, sagte Ibrahim und blickte den mit Blindheit geschlagenen Gandharva spöttisch an. *Und ich muß Ihre Diener genauso im Auge behalten.*

12

JASMIN:

Diese Pflanze wächst im Osten und ist einer Rebe sehr ähnlich. Man findet sie dort häufig in Gärten, denn sie bringt weiße Blüten hervor, die einen süßen Duft absondern. Eine Tinktur aus den Blüten lindert Ängste und Sorgen, doch es heißt, daß das Öl aus dieser Pflanze die Sinne berauscht. Eine Tinktur aus den Blättern hilft bei Augenbeschwerden. Da sie als Blume der Schönheit und des weiblichen Liebreizes gilt, steht sie unter dem Schutz der Jungfrau Maria. Von Jasmin zu träumen verheißt angeblich großes Glück …

Thomas stand auf dem Balkon seines zweistöckigen Zimmers und schaute im Morgenlicht blinzelnd auf den Hof der Karawanserei herunter. Er hatte nicht gut geschlafen. Die *soldados* im Zimmer nebenan hatten bis spät in die Nacht hinein getrunken und gelärmt. Und eine neue Gruppe war in die Herberge gekommen, so daß wilde Rufe erschollen und die Kamele zu brüllen anfingen und etwas zu tröten begann, das wie eine schlecht gespielte Trompete klang.

Jetzt hatte er den Ursprung des Geräuschs vor Augen: einen großen grauen Behemoth mit riesigen Ohren und einer aberwitzigen Nase. Auf dem Rücken trug er einen kleinen, vergoldeten, in leuchtenden Farben gestrichenen Aufbau, der mit Teppichen und Kissen ausgestattet war.

Das ist also ein Elefant. Die Zeichnungen, die ich von solchen Tieren gesehen habe, werden ihm nicht gerecht. Kein Wunder, daß Hannibal mit einer Armee davon Rom in Panik versetzen konnte. Ich frage mich, wem dieses Wesen gehört und welche bedeutende Person heute nacht eingetroffen ist. Andrew wird es mir sicher sagen.

Thomas hörte schwere Schritte auf dem Balkon, und als er sich umdrehte, sah er Timóteo auf sich zurennen. »*Boa manha*, kleiner Bruder. Ich habe Euch schon eine ganze Weile nicht mehr gesehen. Hat der Sultan von sich hören lassen?«

»Nein, Tomás«, sagte Timóteo und kam abgehetzt zum

Stehen. »Mit keinem Wort. Der Padre wünscht Euch zu sprechen ...« Der Knabe keuchte auf, und seine Augen weiteten sich, als er in den Hof hinabblickte. *»Elefante!«*
»Ein herrliches Tier, nicht wahr? Habt Ihr noch keinen zu Gesicht bekommen?«
»Nur aus der Ferne. Wem gehört er? Meint Ihr, ich dürfte einmal auf ihm reiten?«
»Ich hoffe, Bruder Andrew kann uns das sagen. Habt Ihr ihn schon gesehen?«
»Nein, Tomás. Aber ich bin dem Padre bisher kaum von der Seite gewichen.«
»Aha. Geht es dem Padre gut? Ich habe ihn überhaupt nicht sein Zimmer verlassen sehen.«
Timóteo blickte mit reumütiger Miene auf. »Ich weiß nicht. Sein Leib scheint gesund zu sein, doch sein Geist ... ich glaube, ihm gefällt nicht, was wir getan haben, Tomás.«
Thomas runzelte die Stirn. »Ich frage mich, was er wohl erlebt hat, nachdem er am Fieber gestorben war. Wenn wir ihn aus dem Himmel zurückgeholt haben, könnte ich verstehen, daß er nicht glücklich darüber ist.« *Andererseits, wenn ein Inquisitor die Pforte zum Paradies durchschreitet, wird mir um das Wesen Gottes angst und bang.*
»Ich fragte ihn, was er nach dem Tod gesehen habe, doch er wollte es mir nicht sagen. Er meinte, es sei nicht Gottes Wille, daß die Lebenden das wissen.«
»Ich habe erwartet, daß er so etwas sagt. Als ich das Pulver das erste Mal verwendete, erweckte ich damit den Lehrburschen eines Schiffszimmermannes wieder zum Leben ... einen Jungen, nicht viel älter als Ihr. Er sagte, er habe einen weißen Tempel voller Schlangen oder etwas

in dieser Art gesehen. Die Vision schien ihn nicht erschreckt zu haben.«
Timóteo blinzelte. »Wo waren die Schlangen?« wollte er wissen.
Thomas war ein wenig verblüfft. »In einem Tempel, wie ich schon sagte.«
»Aber wo im Tempel?«
»Ich ... ich weiß es nicht. Das hat er nicht gesagt.«
Timóteo seufzte und starrte wieder den Elefanten an. »Senhor De Cartago wollte mir davon erzählen. Doch ich habe die Ohren davor verschlossen.«
»Ihr habt nach seiner Wiederbelebung mit Senhor De Cartago gesprochen?«
Timóteo nickte. »Ich war sein *avocato*. Doch ich habe versagt, und er ist reuelos gestorben.«
»Daran dürft Ihr Euch nicht die Schuld geben. Hat er denn nichts über die Jenseitswelt gesagt?«
»Nur, daß alles, was man mich gelehrt habe, Lug und Trug sei. Doch er wollte mir angst machen. Ich glaube, sein Geist war von einem Dämon besessen.«
»Denkt Ihr, der Padre sei auch irgendwie besessen.«
»Das glaube ich nicht, Tomás, doch er hat sich verändert. Bitte geht und redet mit ihm.«
»Ja, das muß ich wohl. Wenn er bloß schwermütig ist, kann ich ihn vielleicht auf irgendeine Weise aufheitern.«
»Herein«, rief der Padre, als Thomas an seine Tür klopfte, und Thomas betrat den halbdunklen Raum. Es war ein großes Gästezimmer, eines der besten, das die Karawanserei zu bieten hatte: geräumig und mit einer guten Aussicht auf die Stadt. Doch Gonsção hatte lediglich eine

einfache Pritsche und einen niedrigen Tisch aufgestellt, auf dem sich nur eine Kerze und eine Bibel befanden. Ansonsten war seine Unterkunft leer.

Der Padre saß in einer Ecke und murmelte über dem Rosenkranz in seinen Händen. Er hatte sich schon eine Weile nicht mehr gekämmt und ließ zu, daß ihm ein Bart wuchs. Sein Gesicht wirkte älter, seine Haut bläßlich.

Thomas durchquerte das Zimmer und setzte sich vor ihn. »Ihr habt nach mir geschickt, Padre?«

Gonsção hörte zu beten auf und schaute hoch. In seinem Blick lag eine gewisse Entrücktheit, die Thomas Unbehagen bereitete.

»Das habe ich, Magister Chinnery. Es ist schon zu lange her, seit wir das letzte Mal miteinander sprachen, und mir scheint, da ich nun einmal in diese Welt zurückgekehrt bin, muß ich auch mit ihr in Verbindung bleiben.«

Thomas wußte nicht, was er anderes sagen sollte, also murmelte er: »Es freut mich zu sehen, daß Ihr Euch wohl befindet.«

Gonsção legte den Kopf schräg. »Da ist vieles, was ich an Euch nicht mehr verstehe, Senhor. Anscheinend habt Ihr die ganze Zeit etwas *pulvis mirificus* bei Euch gehabt, oder Ihr kanntet eine andere Quelle. Ihr seid mit seinem Gebrauch vertraut und habt mir mein Leben zurückgegeben, obwohl Ihr wißt, daß ich geschworen habe, den Herkunftsort des Pulvers zu vernichten. Ich weiß nicht länger, welche Absichten Ihr mit dieser Expedition verfolgt. Ihr seid mir ein Rätsel geworden.«

Thomas öffnete den Mund, wußte aber keine Antwort.

»Dachtet Ihr, ich würde Euren Lügen glauben, daß ich auf

natürliche Weise vom Fieber geheilt worden sei? Dachtet Ihr, ich würde die Wahrheit nicht erkennen? Ihr habt fürwahr wenig Erfahrung als Zauberer.«

»Ich bin kein Zauberer«, sagte Thomas. »Sicher, ich habe etwas Wiedererweckungspulver aufgetrieben ...«

»Wo?«

Weshalb sollte ich es ihm nicht sagen? Soll Andrew ihm doch Rede und Antwort stehen. »Bruder Andrew hatte welches.«

Gonsção kicherte düster. »Natürlich. Und Sadrinho dachte, wir hätten ihm in der Santa Casa alles abgenommen. Wie töricht wir waren. Sprecht weiter.«

»Ich habe es einzig zum Wohl der Expedition eingesetzt. Wenn Ihr gestorben wärt, hätten die Soldaten die Suche aufgegeben und wären nach Goa zurückgekehrt, und mich hätten sie mitgenommen.«

»Das sagte mir Timóteo. Ich verstehe, Magister, daß Ihr den Wunsch hegt, die Santa Casa nicht mehr wiederzusehen. Sadrinho hätte Euer Scheitern nicht gut aufgenommen, und er ist kein gerechter Mann. Doch ich bin nun zwiegespalten. Ihr wolltet, daß die Expedition fortgesetzt wird, und sei's um den Preis meiner Seele.«

»Es hätte ein Blutbad gegeben, Padre. Die Kaufleute und Eure Soldaten hätten einander bekämpft und sich vielleicht gegenseitig getötet. Das wollte ich verhindern!«

Gonsção schüttelte den Kopf. »Es ist klar, daß sich Euch einige Fragen des Glaubens noch immer entziehen. Das Fleisch ist lediglich ein vorübergehendes Gefäß für die Seele, die ewig ist. Und doch scheint Euch das Fleisch schützenswerter zu sein.«

Thomas seufzte und wandte den Blick ab, unfähig, ihm in die Augen zu sehen. »Ich bin nur ein einfacher Apotheker, kein Gottesmann, Padre. Ich habe mein Leben dem Studium von Substanzen gewidmet, die der körperlichen Form des Menschen zustatten kommen. Ihr habt ein besseres Verständnis der geistlichen Belange als ich. Was ich tat, habe ich nach bestem Wissen und Gewissen getan. Wenn Eure weitere Existenz Euch ein Greuel ist, könnt Ihr sie nach Belieben wieder aufgeben.«

»Und dadurch die Sünde der Selbstentleibung begehen. Ihr müßt mich wahrlich verabscheuen, wenn man sieht, wie sehr Ihr es darauf abgesehen habt, daß ich Euch ins Höllenfeuer vorangehe.«

»Nein! Das war nie und nimmer meine Absicht!« Thomas schlug mit der Hand energisch auf den Boden.

»Verzeiht, Magister, doch woher soll ich Eure Absichten kennen, wenn ich Euren einfachsten Worten nicht mehr trauen kann? Dachtet Ihr, ich hätte nicht bemerkt, wie Ihr mir die Karte fortnahmt? Das Fieber hatte mich zwar unbeweglich gemacht, aber ich war mir meiner Umgebung durchaus noch bewußt.«

Thomas gab sich alle Mühe, nicht überrascht zu wirken.

»Ich habe die Karte nicht, Padre. Was Ihr gespürt habt, war sicher Teil eines Fiebertraums.«

»Mag sein. Jedenfalls besitze ich die Karte nicht mehr. Und mit Ausnahme von Timóteo seid einzig Ihr in meiner Nähe gewesen. Was soll ich da denken?«

»Bitte glaubt mir, Padre. Ich wollte niemandem ein Leid zufügen. Es ging mir lediglich darum, uns alle sicher nach Bijapur zu bringen.«

»Also. Wir sind da. Was habt Ihr nun vor?«

»Ich habe vor, den Sultan um Rat zu fragen, welche Richtung unser Weg von hier aus nehmen soll.«

»Und werden wir dieser Richtung auch folgen?«

»Weshalb nicht?«

»Wie ich schon sagte, ich kenne Eure Beweggründe und Absichten nicht mehr, obwohl mein Tod allem Anschein nach dazugehört. Denkt Ihr vielleicht daran, den Rest von uns hier zurückzulassen?«

»Ich werde nicht auf eigene Faust nach dem Pulver suchen, wenn es das ist, was Ihr meint.«

»Danach habe ich nicht gefragt. Doch wie ich sehe, seid Ihr nicht bereit, mir Eure Überlegungen mitzuteilen. Also muß ich die Geschehnisse für sich sprechen lassen. Aber eines sollt Ihr wissen. Da man mir eine unnatürliche Verlängerung meines Lebens gewährt hat, werde ich sie der Fortsetzung unserer Suche widmen, ob Ihr mir dabei helft oder nicht. Und wenn ich die Herkunft des *pulvis mirificus* herausfinde, wird meine Absicht noch immer dieselbe sein, Magister, ob Ihr wollt oder nicht. Daß Ihr es dazu verwendet habt, mich wieder zum Leben zu erwecken, hat daran nichts geändert. Wenn überhaupt etwas, so hat es mich in meiner Entscheidung eher bestärkt.«

»Ich verstehe, Padre.«

Ein unbehagliches Schweigen senkte sich herab, das der Padre schließlich mit den Worten brach: »Da Ihr mir nichts mehr zu sagen habt, verlaßt mich jetzt bitte. Ich möchte meine Meditationen fortsetzen.«

Thomas erhob sich. »Sehr wohl, Padre. Soll ich Timóteo schicken, damit er Euch Gesellschaft leistet?«

»Nein. Ich ziehe die Einsamkeit vor.«
Thomas verbeugte sich vor ihm nach Art der Hindu, was ihm allmählich zur Gewohnheit wurde. Als er hinausging, blendete ihn das grelle Sonnenlicht einen Moment lang.
Etwas zerrte an seinem Ärmel. »Tomás, kommt und seht!«
»Timóteo? Was gibt's denn?«
»Ich habe herausgefunden, wer den Elefanten gebracht hat. Es ist ein Mogulprinz aus dem Norden, wo Kaiser Akbar herrscht.«
»Ein Prinz? Also teilen wir unsere Räumlichkeiten mit einem Fürsten.«
»Kommt, ich will Euch zeigen, wo man sie untergebracht hat.«
Thomas ließ zu, daß der Knabe ihn über den inneren Balkon bis zur anderen Seite der Herberge führte.
»Da, Tomás, die letzte Tür.«
Zwei turbantragende Männer, die mit großen geschwungenen Schwertern bewaffnet waren, standen vor der Tür am anderen Ende des Korridors.
»Aha. Da ist aber nicht viel zu sehen, Timóteo.«
»Er stand draußen, es ist noch gar nicht lange her. Er ist groß und schlank und einfach phantastisch.«
»Also, ich glaube kaum, daß es ihnen gefällt, wenn wir hier warten und auf ihre Tür starren, in der Hoffnung, daß er wieder auftauchen wird.«
»Es gibt noch einen Neuankömmling, Tomás. Da unten. Aber ich glaube nicht, daß er ein Mogul ist.«
»Woher willst du das wissen?« Thomas schaute hinunter und sah in einem Winkel des Hofs, abseits der Tiere und

Ställe, einen Mann in einer Tunika aus weißer Wolle, dem das Haar unter dem Turban hervorquoll und dessen Bart reichlich ungepflegt wirkte.

»Wegen des Turbans und der Art, wie er seinen *jama* trägt. Oh, jetzt weiß ich. Er ist ein Sufi.«

»Was ist ein Sufi?«

»Eine Art *muçulmano*, nur seltsamer. Ab und zu kommen sie auch nach Goa. Manchmal spielen sie Tambur und singen, manchmal tanzen sie und drehen sich wie wild im Kreis.«

»Weiß der Padre, daß Ihr mit einem Ketzerglauben so vertraut seid?« spottete Thomas.

»Bin ich nicht! Oh, seht doch, er packt Sachen aus.«

Der Sufi setzte sich mit überkreuzten Beinen neben eine kleine Kupferpfanne. Er zog aus einem Beutel an seiner Seite mehrere Blätter, Zweige und kleine Platten einer goldenen Substanz. Er zerbröselte eines der Blätter über der Pfanne, und grauer Rauch stieg daraus auf. Dann faltete der Sufi die Hände im Schoß und wiegte sich summend hin und her.

»Er ist auch ein Kräuterkundler, Tomás! Laßt uns mit ihm sprechen und sehen, was er weiß.«

»Ehm, ich finde, wir sollten ihn lieber nicht stör… – Timóteo?«

Doch der Knabe war schon zur nächsten Holztreppe gesaust und lief polternd hinunter.

Ich halte den Jungen besser auf, bevor er den Mann noch allzusehr stört. Widerstrebend rannte Thomas ihm die Treppe hinunter nach. Als er Timóteo eingeholt hatte, öffnete der Sufi die Augen und blickte auf. Er lächelte, legte die Handflächen aneinander und verneigte sich im Sitzen.

»Er spricht dahkni«, sagte Timóteo. »Er sagt, er habe um eine Vision gebeten, und hier seid Ihr.«

»Ich nehme an, ich bin schon ein toller Anblick«, murmelte Thomas und fuhr sich mit den Händen durchs Haar.

»Er fragt nach unseren Namen.« Timóteo verbeugte sich vor dem Sufi und stellte sich vor. Er deutete auf Thomas und sagte: »Sri Tamaschinri.«

»Tamas«, wiederholte der Sufi, berührte sein eigenes braunes Haar und lachte dann.

Thomas kicherte ebenfalls. »Man sagte mir einmal, mein Name bedeute Dunkelheit. Bei meinem hellen Haar ist das wohl ziemlich ironisch.«

Der seltsame Mann schwatzte weiter, und Timóteo übersetzte. »Er sagt etwas über seine Philosophie. Er sagt, die Seele sei die Dunkelheit, in die das Licht des Herzens scheinen müsse. Er sagt, daß man der Einheit der Welt als Fremder gegenüberstehe, wenn man die Welt dunkel sieht. Doch im Dunkeln zu sein bedeute, sich auf das Licht zuzubewegen. Ich verstehe nicht, was er meint, Tomás.«

»Er macht aus meinem Namen eine philosophische Fuge. Der Mann ist eindeutig klug.«

»Was ist eine Fuge?«

»Eine komplizierte Musikform. Doch wie heißt er?«

»Er sagt, sein Name sei Masum al-Wadud, und er sei von der Feste Schapur, nicht weit weg von hier.«

»Ist er mit dem Prinz eingetroffen, der jetzt in dieser Herberge wohnt?«

»Ja, er sagt, er diene Mirsa Ali Akbarshah, einem Abgesandten des Padschakaisers Akbar, als Ratgeber.«
»Sag ihm, daß wir uns geehrt fühlen, mit einer so wichtigen Persönlichkeit unser Obdach zu teilen. Und wenn wir schon einmal hier sind, frag ihn auch gleich nach seinen Kräuterkenntnissen.«
»Ach ja.« Timóteo plauderte mit dem Sufi, der auf einmal sehr munter wurde. Wild gestikulierend sprach er von den Gegenständen vor ihm.
Als das eine Weile so gegangen war, räusperte Thomas sich und sagte: »Wenn Ihr jetzt bitte übersetzen möchtet, Timóteo.«
»Oh. Ich bitte um Vergebung. Er sagt, er kenne sich in der griechischen Heilkunde aus, die Ali Ibn Sina lehrte.«
»Ibn Sina«, wiederholte Thomas und fand den Klang vertraut. »Ah! Er muß Avicenna meinen, den alten persischen Arzt.«
Der Sufi nickte hektisch. »Avicenna. Acha!«
»Er sagt, er sortiere die Substanzen, die er neulich gesammelt habe, nach ihren Geschmacksgruppen. So ordne er sie ein, nach ayurvedischer Art. Das Stück dort sei eine Rauhwolfwurzel. Sie sei bitter. Bei dieser dunklen Rinde handele es sich um eine Süßholzwurzel, die sowohl süß als auch bitter sei. Dieses gelbe Zeug da sei Myrrhe, wie das Gift, das man unserem Herrn verabreichte, nicht wahr? Es sei bitter und scharf zugleich.«
Thomas lachte. »Macht langsamer, Timóteo. So schnell kann man sich das ja gar nicht merken. Habt Ihr ihm gesagt, wie wir im Westen unsere Kräuter einordnen, nach solchen, die kühlen, und solchen, die erwärmen?«

»Habe ich. Er hat von dieser Methode gehört, versteht sie aber nicht.«

Der Sufi stöberte in einer großen Ledertasche herum, die an seinem Stoffgürtel hing. Er brachte ein dreieckiges Stück weißen Materials zum Vorschein. Der Mystiker reichte es Thomas mit leisen Worten und einer Verneigung.

»Das macht er Euch zum Geschenk«, sagte Timóteo. »Er sagt, es sei Kuttelfischknochen, das man so weit weg vom Meer nur schwer findet. Er sagt, es sei gut gegen Magendrücken.«

Thomas nahm das weiße Knochenstück bedächtig entgegen und verbeugte sich ebenfalls. »Leider habe ich nichts, was ich ihm meinerseits schenken könnte.«

»Vielleicht habe ich etwas.« Timóteo zog seinen Stoffbeutel vom Gürtel und holte ein verschrumpeltes Blatt heraus. »Hier ist ein Weinblatt aus den Gärten von Goa. Ich bin sicher, daß es in dieser Gegend selten ist.« An dem Blatt war noch ein kleiner Zweig, der sich in dem Beutel verhakt hatte. Timóteo riß heftiger, und ein Ledersäckchen flog heraus … jenes, in dem sich das *Rasa Mahadevi* befunden hatte. Es fiel vor dem Sufi auf den Boden.

Thomas starrte es einen Moment lang entsetzt an, dann fuhr er zu Timóteo herum. »Was macht Ihr damit?«

Timóteo schrak zurück. »Ich wollte nicht, daß die *soldados* es finden. Da habe ich es, als sie das Lager des Padre aufräumten, an mich genommen.«

Der Sufi hatte das Säckchen unterdessen aufgehoben und betrachtete es eingehend. Er berührte das braune

Pulver am Rand des Beutels mit dem Finger und roch daran. Dann führte er die mit Pulver bedeckte Fingerspitze zum Mund.

»Nein!« schrie Thomas und ergriff gerade noch rechtzeitig das Handgelenk des Sufi. »Timóteo, warne ihn! Sag ihm, es sei ein todbringendes Gift, schnell!« Mit großen Augen redete Timóteo heftig auf den Sufi ein. Der Mystiker sagte: »Ah« und ließ die Hand mit einem Seufzer sinken.

Thomas ließ sein Handgelenk los. Behutsam strich der Sufi seinen Finger an einem Leinentuch, das er aus seiner Tasche gezogen hatte, ab. Dann legte er das Säckchen auf das Tuch und wickelte es mit flinken Fingern ein.

»Er dankt Euch für Euer Geschenk und Eure Warnung und fragt, welchen medizinischen Nutzen es habe. Tomás, was sollen wir ihm sagen?«

Thomas seufzte. *Ah, die Wechselfälle des Schicksals. Doch es wäre zu unhöflich, es zurückzufordern, und es ist ja nur noch eine winzige Prise übrig.* »Sag ihm, man verwendet es erst dann, wenn es keine Hoffnung mehr gibt.«

»Er versteht und will wissen, wie man es nennt.«

»Ach, zum Henker mit dem Lug und Trug. Man nennt es *Rasa Mahadevi.«*

»Seid Ihr sicher, daß wir ihm ...«

»Sagt es ihm einfach!«

»Rasa Mahadevi«, wiederholte der Sufi und kniff nur merkwürdig die Brauen zusammen.

Wenigstens hat es für ihn keine mystische Bedeutung. Vielleicht vergißt er es ja einfach.

Ein Mogul näherte sich ihnen und rief dem Sufi etwas zu. Masum stand auf und raffte hastig seine Habe zusammen, wobei er unablässig plapperte und sich vor Thomas und Timóteo verbeugte.

»Er bittet Euch um Verzeihung, doch man ruft ihn fort, damit er sich um einen Besucher am Tor kümmert. Er sagt, er werde mit dem Mirsa über uns sprechen und vielleicht ein Treffen vereinbaren, so daß wir miteinander essen und unser Wissen austauschen könnten.«

Thomas verbeugte sich seinerseits nach Hinduart. »Sag ihm, es wäre uns eine Ehre, seinem Prinzen zu begegnen. Es sei … erhellend gewesen, mit ihm zu sprechen, und ich freute mich schon darauf, nähere Bekanntschaft mit ihm zu schließen.« *Lieber Gott, hoffentlich haben wir nicht doch einen Fehler begangen.*

Aditi schlenderte im Palast der Freuden ziellos durch die Wassergärten des *zenana* und spürte, daß sie der Gastfreundschaft des 'Adilshah überdrüssig war. Wahrlich, wie viele Stunden konnte man schon damit verbringen, Geschichten zu lauschen, die Anmut der Blumen zu bewundern, *shatranj* zu spielen, Tänzerinnen zuzusehen, Süßigkeiten zu essen, Eunuchen zu verhöhnen, an einer qualmenden *hookah* zu ziehen, mit Affen zu spielen und Babys auf den Knien zu wiegen, bevor eine Frau dem Wahnsinn verfiel?

Nicht alles war langweilig gewesen. Die 'Adilshah Begum, Taz Sultan, war eine interessante Person, in Fragen der Politik durchaus bewandert und in der Poesie hochbegabt. Und ihre Tochter Malika Jahan war lebhaft und munter, zeichnete Entwürfe von Palästen und Moscheen, weil ihr Vater ihr versprochen hatte, ihr einen zu bauen, sobald sie sich für einen Entwurf, der ihr besonders gefiel, entschieden hatte. Doch was den Rest anging …

Aditi saß auf einer Steintreppe neben einer Gittertrennwand und schaute auf die Gärten hinaus. Es gab Hunderte von Frauen im *zenana*, von denen die meisten sich glücklich schätzen konnten, wenn sie Ibrahim einmal im Jahr sahen. *Dennoch*, dachte Aditi, *ihr Leben hier ist weitaus besser als jenes, das sie vielleicht in ihren Dörfern geführt hätten. Es gibt schlimmere Schicksale als Langeweile. Wer wagt es zu behaupten, daß ein Vogel im goldenen Käfig nicht ein besseres Leben hat als einer, der die Freiheit besitzt, durch den Dschungel zu fliegen und sich den Fängen eines Tigers auszusetzen?*

Was sie selbst anging, so zog Aditi die Tiger den goldenen Käfigen vor.

Das Schwirren von *vina*-Saiten dicht neben ihr riß sie aus ihren Gedanken. Es war von der anderen Seite der Gittertrennwand gekommen.

»Wer wagt da, den Zorn des Sultans auf sich zu ziehen?« ahmte Aditi den Ruf der Haremswache nach.

»Ich bin es nur, Gandharva, Sri Aditi. Die Eunuchen haben mich passieren lassen, in der Annahme, meine Blindheit mache mich harmlos.«

»Gut, daß sie Euch so schlecht kennen.«

»Bitte befreit sie nicht von ihren törichten Vorstellungen. Ich bringe frohe Kunde. Die Goaner sind in Bijapur eingetroffen und wohnen nun in einer Karawanserei unmittelbar vor den Stadtmauern. Ich habe gehört, daß der Sultan beabsichtigt, sie morgen einzuladen und ins Gagan Mahal zu bringen«

»Ah. Ich will sehen, ob ich mein Obdach nicht auch dorthin verlegen kann. Vielleicht kann die Begum Shah mir helfen. Gibt es schon irgendwelche Hinweise auf den General aus dem Norden?«

»Akbars Mirsa ist in der Nacht eingetroffen, doch seine Armee lagert im Norden der Stadt. Auch seine Schar wohnt jetzt in der Karawanserei.«

»Zusammen mit den Goanern? Weshalb?«

»Wer kann das sagen? Der 'Adilshah ist ängstlich und fängt an, überall Verschwörungen zu wittern. Ich nehme an, er will alle auf einmal im Auge behalten.«

»Ich weiß nicht, ob das unserem Vorhaben dienlich ist. Habt Ihr schon eine Antwort auf meine Bitte vorhin? Habt Ihr eine Botentaube abgeschickt?«

»Ich unternahm den Versuch. Doch dann hörte ich, daß man mich überwacht hatte und ein geschickter Bogenschütze sie nicht weit vom Palast vom Himmel holte.«

Aditi fluchte mit angehaltenem Atem, dann sagte sie: »Also hält Ibrahim die Botschaft jetzt in Händen. Meint Ihr, er wird sie verstehen?«

»Nur wenn er hellenisch lesen kann«, sagte Gandharva. »Und wenn man bedenkt, daß unser guter Sultan kaum des Persischen mächtig ist und überhaupt keine westlichen Sprachen beherrscht, halte ich das für sehr unwahrscheinlich.«

»Wir können von Glück reden. Wäre sie ihm bekannt, würde das sein Mißtrauen nur noch steigern. Ai, wie sehr ich doch die Führung der Mahadevi brauche, und nun muß ich noch wer weiß wie lange auf mich selbst vertrauen.«

»Aditi, habe ich Euch nicht immer gesagt, wie gescheit Ihr

seid? Ohne solche Gaben hättet Ihr nicht so lange überleben können, wie es der Fall ist. Habt Vertrauen in Euch, wie die Mahadevi es zweifellos auch hat.«

»Ich kann lediglich hoffen, Gandharva, daß Ihr Vertrauen gerechtfertigt ist.«

13

HANF:

Diese Pflanze wächst im Osten, wo man sie als *ganja* kennt. Sie hat lange, gezähnte Blätter und bringt im Spätsommer kleine Blüten hervor. Das Harz dieses Krauts lindert Krämpfe und alle Arten von Schmerzen. Es hilft bei Husten und Kopfweh und regt den Appetit an. Es unterstützt die Verdauung, und eine Paste aus dem Öl hält die Haut geschmeidig. Allerdings muß man bei ihrer Verwendung Sorgfalt walten lassen, weil Hanf Visionen herbeiführt und die Illusion, daß die eigene Umgebung entweder viel erfreulicher oder viel entsetzlicher ist, als es eigentlich der Fall ist …

Mirsa Ali Akbarshah wandte sich um, als die Tür seiner Unterkunft in der Karawanserei sich öffnete. Masum kam herein, gefolgt von einem ernsten Mann in langem Kaftan und mit einfachem Turban.
»Erhabener Mirsa«, sagte Masum, »ich bringe Euch einen gelehrten *alim*, der Euch sprechen will. Es ist Abu'l Hassan, ein Qadiri-Sufi, und er hat Euch etwas Wichtiges mitzuteilen.«
Der Mirsa verbeugte sich vor dem *alim*. »Seid mir in meinen Räumen herzlich willkommen, *sheykh* Hassan. Macht es Euch doch bequem und trinkt einen Tee mit uns.«
Der *alim* durchquerte rasch das Zimmer und ließ sich mit einer knappen Verbeugung an dem niedrigen Tisch gegenüber dem Mirsa nieder. »Zu meinem Bedauern kann ich nicht lange bleiben und bin gezwungen, mein Anliegen in unhöflicher Hast vorzubringen«, sagte der *alim* in geschliffenem Persisch, das seine vielen Studienjahre verriet, »doch ich möchte nicht, daß der Sultan erfährt, daß ich hier bin, und argwöhnt, was mich zu Euch geführt hat.«
Der Mirsa nickte Jaimal und seinen acht Männern zu, der gesamten Eskorte, die er, abgesehen von Masum, zur Herberge mitgebracht hatte. Die Männer bezogen vor den Fenstern und zu beiden Seiten der Tür Stellung. »Ihr braucht keine Lauscher zu befürchten, *sheykh*. Bitte sprecht frei heraus, ich höre Euch zu.«

»Ich danke Euch, weiser Mirsa. Im Palast heißt es, Ihr wäret zu uns gekommen, weil Ihr auf der Suche nach Geschichten über eine heidnische Göttin seid, die Macht über Leben und Tod hat.«

»Das ist richtig.«

»Gehört Ihr selbst zu den Gläubigen?«

»Ich bin ein Anhänger des wahren Gesetzes. Und dieser hier«, er wies auf Masum, »führt mich auf den rechten Weg.«

Der *alim* nickte und beugte sich vor, einen Ellenbogen aufs Knie gestützt. »Was ich Euch mitzuteilen habe, Erhabener Mirsa, spreche ich nicht aus Zorn oder Mißgunst aus. Auch bin ich kein Verräter am Königreich Bijapur. Ich bringe Euch diese Informationen nur, um die Situation zu verbessern und vielleicht den spirituellen Niedergang meines Königs und unzähliger anderer aufzuhalten.«

»Ich verstehe«, sagte der Mirsa. »Über einen so gelehrten Mann wie Euch würde ich auch nie Schlechtes denken. Bitte fahrt fort.«

»Ich habe nun schon seit vielen Jahren das Privileg, Sultan Ibrahim 'Adilshah zu dienen und ihm als Ratgeber zur Seite zu stehen, um ihn vor heidnischen Einflüssen zu bewahren. Leider hat er in den letzten Jahren meinem Rat wenig Beachtung geschenkt, und zwar aus folgendem Grund: Vor einigen Jahren war die Tochter des Sultans, Malik Jahan, im Begriff, am Fieber zu sterben. Ibrahim machte das ganz rasend, weil er sehr an ihr hängt, obwohl sie ein Mädchen ist. Er ließ von überall in Bijapur und darüber hinaus Heiler und Ärzte kommen, damit sie versuchten, das Kind zu retten. Keiner von ihnen hatte

Erfolg. Wir alle beteten um ihre Genesung, Tag und Nacht. Leider war Allah der Barmherzige entschlossen, sie zu sich zu nehmen, und sie starb.«

»Welch ein Jammer«, sagte der Mirsa, doch der *alim* hob die Hand.

»Die Geschichte ist noch nicht zu Ende. Am Tage ihres Todes kam ein blinder Brahmin in den Palast und bot seine Hilfe an. Man sagte ihm, er käme zu spät, doch er ließ sich nicht entmutigen. Er behauptete, ein *shushena* zu sein, einer mit der Gabe, die Toten wiederzuerwecken, und sagte dem Sultan, daß das Kind vielleicht wieder leben könnte. Er gab Ibrahim den Rat, ein Götzenbild der heidnischen Göttin Saraswati in seinen Palast bringen zu lassen und den Leichnam des Mädchens davor abzulegen. Ich und meine Brüder sprachen uns gegen eine so heidnische Handlung aus, doch der Sultan liebte sein Kind und war entschlossen, nichts unversucht zu lassen, um sie zu retten.

Also legte der Sultan das Kind noch in derselben Nacht vor ein Abbild der Saraswati, und der blinde Brahmin betete über ihrem Leichnam. Am folgenden Morgen präsentierte der Brahmin das Mädchen dem Sultan lebendig und froh, als hätte sie nur einen Tag geschlafen.«

»Ah, ein Wunder«, meinte Masum.

»Zauberei«, erklärte der *alim* mit finsterer Miene. »Einzig aus diesem Grund blüht und gedeiht der heidnische Einfluß in Bijapur, wie Ihr sehen werdet. Einzig dieser verderbten Magie wegen hat Ibrahim Tempel der heidnischen Göttin errichten lassen und widmet seine Mußestunden der Musik, statt den Koran zu studieren. Obwohl er be-

hauptet, dem Wahren Glauben anzugehören, ist Ibrahim gefährlich weit vom Pfad der Tugend abgekommen.«
»Höchst bedauerlich«, sagte der Mirsa.
»Fürwahr. Deshalb habe ich Euch aufgesucht, um mit Euch zu sprechen. Man sagte mir, daß Ihr auf der Suche nach der bösen *rani* seid, die den Brahmin schickte, um unseren Sultan zu verderben. Wir nehmen an, daß sich in eben diesem Augenblick einer ihrer Dschinns im Palast aufhält und dem Sultan ins Ohr flüstert.«
»Befindet sich dieser Brahmin, der das Kind heilte«, fragte der Mirsa, »zufällig noch in Bijapur?«
»Nein. Er floh kurz nach der Wiedererweckung, um sich unseren Fragen nicht stellen zu müssen.«
»Verstehe. Schade, denn wir hätten diesen Zauberer vielleicht dazu bringen können, uns mehr über diejenige zu verraten, die ihn schickte.«
»Sie kann nichts anderes als ein Dämon sein, den ein Sohn Schaitans zeugte, um Ibrahim vom wahren Glauben abzubringen. Findet diese Hexenkönigin, Erhabener Mirsa. Findet und vernichtet sie. Doch laßt nicht zu, daß sie weiter die Seele unseres Sultans vergiftet. Im Namen Allahs des Allmächtigen, der alles vernimmt und richtet, erlege ich Euch diese heilige Pflicht auf. Wenn Ihr Erfolg habt, habt Ihr und Eure Männer Euch über jeden Zweifel hinaus einen Platz im Paradies verdient.« Der *alim* erhob sich und verbeugte sich wieder, als wollte er gehen.
»Bitte, *sheykh* Hassan«, sagte der Mirsa und stand ebenfalls auf, »es wäre mir eine Ehre, wenn Ihr noch bleiben und an den Mittagsgebeten teilnehmen könntet.«
»Normalerweise wäre mir nichts lieber, Hoheit, doch heute

kann ich nicht. Wie ich schon sagte, ich muß ins *Gagan Mahal* zurück, bevor bekannt wird, wo ich gewesen bin. Möge der Allsehende Euch leiten.« Der *alim* drehte sich um und verließ rasch das Zimmer.

»Schau an«, meinte Jaimal, der hinter dem Mirsa stand, »also geht es doch um einen *jihad.*«

»Vielleicht«, sagte der Mirsa, »wenn man seiner Geschichte Glauben schenken darf.«

»Ich bin mir nicht sicher, ob der *sheykh* die Begebenheiten klar erfaßt hat«, warf Masum ein. »Er sah etwas, was ihn beunruhigte, und ist jetzt schnell damit bei der Hand, dem Bösen die Schuld an allem zu geben, was er nicht gutheißen kann.«

Der Mirsa starrte auf den Mystiker hinab. »Bisher war keine Geschichte, die wir gehört haben, besonders klar, Masum. Alle sind Schatten ein und desselben Gegenstands, auf den aus unterschiedlichen Richtungen Licht fiel. Wir werden erst dann die Wahrheit kennen, wenn wir selbst Licht auf den Gegenstand werfen können. Doch eines will ich Euch sagen. Ganz gleich, welche Zweifel ich hinsichtlich unserer Reise auch gehabt habe, sie sind zerstreut.«

Timóteo klopfte an die Tür der *soldados*-Unterkünfte.

»Was gibt's?« nuschelte jemand in schwer verständlichem Portugiesisch.

»Senhores, wir haben Nachricht bekommen! Der Sultan hat uns in seinen Palast gerufen.«

»Was sagt Ihr da?«

Ungeduldig stieß Timóteo die Tür auf und stürmte hinein.

Die meisten der zwölf Soldaten lagen in der einen oder anderen Haltung auf dem Boden. *Sargento* Cateloso hatte sich über einen gebeugt, fuhr jetzt herum und starrte Timóteo mit wütendem Blick an.

»Was fällt Euch ein, so hereinzuplatzen?«

»Senhores, die *sardar* sind da. Sie sind gekommen, um uns nach Bijapur zu bringen. Wir müssen schnell unsere Sachen packen und mit ihnen gehen.«

Der *sargento* richtete sich grimmig auf. »Schnell? Der Sultan befiehlt, und wir sollen springen, was? Kleiner Bruder, ich habe hier vier Männer, die am gleichen Fieber erkrankt sind, an dem der gute Padre litt. Wie soll ich die in Marsch setzen, he? Wenn Ihr und Euer *inglês* nicht wieder ein Wunder bewirkt, gehen diese Männer nirgendwo mehr hin.«

»Ich ... ich will gern für sie beten«, sagte Timóteo. »Doch der Padre ist aufbruchbereit und hat schon unsere Mulis und Pferde satteln lassen. Er kann nicht schutzlos nach Bijapur gehen. Was soll aus unserer Suche werden?«

»Schöne Suche!« schimpfte der *sargento*. »Die Santa Casa stellt aus einer Laune heraus eine Expedition zusammen und wirbt Verbrecher an, die ihren Gesandten bewachen sollen.« Er beugte sich dicht zu Timóteos Ohr hinunter, und sein Atem stank nach Palmwein. »Ich sage Euch, kleiner Bruder, Euer Padre ist ohne uns vielleicht besser dran als mit uns. Wir mögen diesen Dekkan nicht, mit seinen Dieben und Tigern und häßlichen Menschen. Wir wollen nicht ...«

»Ich werde gehen«, verkündete Joaquim Alvalanca, der auf etwas wackeligen Beinen stand.

Die anderen *soldados* blickten ihn an, als habe er den Verstand verloren.
»Wieso nicht?« fuhr er fort. »In dieser Herberge bleibt uns doch nur, zu saufen und mit den Kamelen zu pinkeln. In der Stadt gibt es vielleicht Frauen. Und eine größere Vielfalt an Getränken. Wer kommt mit?«
Der *sargento* sagte: »Du – Estevo, Gonsalo, Carlos, Salvador. Geht mit ihm. Ihr übrigen bleibt.«
»Nur fünf?« protestierte Timóteo.
»Seid froh, kleiner Bruder, daß *überhaupt* jemand mitkommt. Nun verschwindet! Wenn sie soweit sind, werden sie am vorderen Tor zu Euch stoßen.«
Wütend über das Verhalten des *sargento* sagte Timóteo lediglich: »Möge Gott Euch vergeben, Senhor«, und rannte zur Tür hinaus.
Zwei Stunden später saß Timóteo auf seinem Esel und wartete ungeduldig auf die *soldados*. Tomás und Frater Andrew saßen schon auf ihren Mulis am Tor, sie hatten wenig zu packen gehabt. Auch Padre Gonsção war dort, auf einem graugescheckten Hengst, den der Sultan ihm zum Geschenk gemacht hatte. Die *sardar*-Eskorte, vier prächtig gekleidete Hindu auf herrlichen schwarzen Pferden, wartete mit verdutzten Mienen unmittelbar vor dem Tor.
Weshalb beschämen sie uns so? dachte Timóteo über die *soldados. Wo bleiben die Ehrbarkeit und der Stolz, von denen sie ständig reden? Madre Maria, vergib mir, aber ich wünschte, sie wären nie mit uns gekommen.*
Timóteo seufzte und schaute sich nach einem Hinweis auf die Soldaten um, doch vergebens. Sein Blick schweifte

nach oben, und er sah wieder den Mogulprinz, der auf der Brüstung vor seinen Räumen lehnte und sie beobachtete. Neben dem Mirsa stand der Masum. Der lächelte und winkte Timóteo zu. Timóteo lächelte ebenfalls und winkte zurück. Der hochgewachsene Mirsa neigte leicht den Kopf. Timóteo verbeugte sich seinerseits. *Ein Jammer, daß wir nicht länger bleiben können. Ich wünschte, ich hätte den Prinz darum gebeten, auf seinem Elefanten reiten zu dürfen. Ich glaube, er hätte es mir erlaubt.*

Auf dem Pflaster im Hof erklang Hufgetrappel, und die fünf säumigen *soldados* kamen herbeigeritten, angeführt von Joaquim. Timóteo war froh, daß sie nicht im Sattel hin und her schwankten.

Dann bildeten sie rasch eine Kolonne. Die vier Diener des Sultans ritten vorn. Hinter ihnen ritt der Padre, neben ihm Timóteo. Thomas, Joaquim, Bruder Andrew und ein weiterer *soldado* ritten hinter dem Padre. Die übrigen goanischen Soldaten folgten. Mit einem Ruf auf marathi lenkten die vier *sardar* ihre Pferde herum und führten die Gruppe durch das Tor der Herberge auf die Hauptstraße nach Bijapur.

Auf der Straße wimmelte es von Fußreisenden, Palankinen, Ochsenkarren und Kamelen. Und geradewegs auf sie zu kamen zwei Elefanten, die zwei vergoldete *howdah* gleich jenen in der Karawanserei trugen.

»Beweist das nicht, daß Gott Sinn für Humor hat?« sagte Joaquim hinter ihm. »Seht euch nur diese Ohren an, die er den Biestern verliehen hat! Und diese Nase!«

Als die Behemothe vorbeizogen, war Timóteo verblüfft über ihre lautlose und anmutige Gehweise. Der *mahout* auf dem zweiten Elefanten schwenkte seinen krummen Stock, um Timóteo zu grüßen. Timóteo grinste. Unfähig, den Blick von den Tieren zu nehmen, blickte er fast die ganze Strecke lang über die Schulter nach hinten und bewunderte sie.

Dann bemerkte er, daß Padre Gonsção ihn mißbilligend ansah, und sofort drehte er sich im Sattel wieder nach vorn um und richtete sich kerzengerade auf.

Die *sardar* vor ihm lachten über ihn, doch nicht unfreundlich. »Wenn du ein Wunder sehen willst, Junge«, sagte einer von ihnen auf dakhni, »schau einfach nach vorn.«

Das widerhallende *Tock* der Eselshufe auf Holz brachte Timóteo dazu, sich wieder seiner unmittelbaren Umgebung zuzuwenden. Sie ritten über eine mächtige Brücke, unter der ein breiter Stadtgraben verlief und die zu einem Tor in einer Mauer führte. Einer der *sardar* drehte sich um und sagte: »Das ist das Makka-Tor. Es ist nur eines von fünf, die in die Stadt hineinführen.«

Das Tor hatte gewaltige Ausmaße, um den Mauern zu entsprechen; mehr als doppelt mannshoch, aus sechs Zoll dicken Balken hergestellt, die von Eisenklammern gehalten wurden und mit dreißig Zentimeter langen Eisennägeln beschlagen waren. Zu beiden Seiten des Tors erhoben sich Türme mit Schlitzen zum Abschießen von Pfeilen und kleinen Kanonen obendrauf. Männer mit spitzen Helmen, in farbenprächtig gepolsterten Rüstungen und mit Krummschwertern an der Seite standen rechts und links neben dem Tor und musterten alle, die ein- und ausgingen, mit schmalen Augen.

»Ah«, wisperte Timóteo. »Es *ist* ein Wunder.«

»Was starrt er so? Ai!« meinte Joaquim, als sein Blick auf das Tor fiel. »Bei solchen Mauern braucht ein König keine Armee mehr.«
»Seid bitte still«, sagte der Padre zu dem *soldado.* »Timóteo mag sich von mir aus wie ein Kind benehmen, doch für Euch ziemt sich das nicht.«
»Aber ich bin sicher, daß unsere Führer kein Portugiesisch können, Padre.«
»Gewisse Narrheiten teilen sich einem in jeder Sprache mit, Senhor Alvalanca.«
Im Tor ging es nur langsam voran, weil der Durchgang mit Menschen und Tieren verstopft war, die zur Stadt hineinströmten und wieder heraus.
Der Anführer der *sardar* rief den Torwächtern im Namen von Sultan Ibrahim 'Adilshah etwas zu, und die Wächter fingen an, Männer und Ochsen, Frauen und Kamele zur Seite zu schieben, bis ein Weg gebahnt war, durch den die goanische Gruppe ungehindert einreiten konnte.
Als sie an der Hauptverkehrsader der Stadt wieder herauskamen, staunte Thomas darüber, wie breit und sauber die Straße war, besser als jede Promenade in London. Im Rinnstein lag zum Beispiel kein Abfall, und viele Händler fegten mit Besen ihre Türschwellen und besprengten sie mit Wasser. Vor jedem Laden stand ein schattenspendender Baum, der mit Bedacht gepflanzt worden war. Ein breiter Streifen Gartenerde, auf dem hohe Palmen wuchsen, teilte die Straße. Unter den Palmen saßen zwanglos ärmere Händler hinter ihren Waren, die sie in sauberen Reihen auf Tüchern ausgelegt hatten.
Und die Gebäude! Manche bestanden aus schwarzem oder

rubinrotem Stein, und die Fenster waren mit ziselierten Gittern ausgefüllt. Auf den Palästen und Moscheen erhoben sich Kuppeln in blendendem Weiß oder schimmerndem Gold. In Stürze und Säulen waren Abbildungen von Reben, Bäumen oder Lotosblüten eingeschnitzt. Wenn man in Torbögen hineinschaute, konnte man manchmal einen Garten mit Springbrunnen in der Mitte sehen, um den sich Frauen in leuchtend bunten *shals* kümmerten. Die Mauern waren von farbenprächtigen Schindeln gekrönt, deren Muster zarte Arabesken zierten.

»Diese Mohammedaner sind unglaublich kunstfertig«, flüsterte Lockheart ihm ins Ohr. »Was wie ein Schmetterling aussieht, wie ein Segelschiff oder eine springende Gazelle, ist in Wahrheit eine Zeile aus ihrer heiligen Schrift, die kalligraphisch so wunderbar umgesetzt ist, daß sie jede vom Künstler gewünschte Form annehmen kann.«

»Eine sehr phantasievolle Auslegung der Religion, scheint mir«, sagte Thomas.

»Die Sinne zu erfreuen ist für sie keine Sünde, mein Junge. Eine Philosophie, die ich sehr wohltuend finde.«

»Sie hat etwas für sich.«

Die Bürger von Bijapur selbst wirkten schicklich und waren dem Auge angenehm. Kaufleute fächerten sich lässig zu, während sie miteinander schwatzten. Reiche Leute in edelsteinbesetzten Jacken und Turbanen ritten auf wohlgenährten Pferden vorbei. Arme Leute in sauberen, schlichten Tuniken promenierten träge auf den Wegen. Frauen, manche verschleiert, manche nicht, die durchscheinende Röcke und kurze Oberteile trugen, die ihre Bäuche freiließen, schritten anmutig mit Töpfen auf dem Kopf oder an der Hüfte oder Kindern an ihrer Seite dahin. Hindu, die nur einen Lendenschurz und einen Fetzen um die Schultern anhatten, saßen in stummer Meditation an den Straßenecken.

Thomas starrte das alles baß erstaunt an, zunehmend von dem bangen Gedanken erfüllt, in ein Land gekommen zu sein, das zivilisierter war als jenes, das er seine Heimat nannte.

Sie wandten sich nach Süden, fort von der Hauptverkehrsader, und ritten über einen weiteren Graben und durch einen weiteren Ring dicker Steinmauern. Nach der Pracht der Gebäude und Gärten im Inneren der Befestigungsanlage zu schließen, handelte es sich dabei eindeutig um die Domäne des Adelsstandes von Bijapur. Noch eine Biegung, und sie standen vor einer Halle mit gewaltigem Torbogen, der den Blick auf ein enormes Atrium mit langen, rechteckigen Becken und Blumenbeeten freigab, die eine erhöht aufgebaute Plattform in der Mitte umgaben.

Lockheart sprach kurz mit den Edelleuten, die sie führten, dann kehrte er zurück und sagte: »Das ist das *Gagan Mahal*. Hier werden wir untergebracht, und hier sollen wir auch den Sultan treffen. Sie sagen, es sei eine große Ehre, hier einquartiert zu werden.«

Sie stiegen vor dem *Gagan Mahal* von ihren Reittieren und wurden unter dem gewaltigen Bogen hindurchgeführt. Der Hofgarten und die Wege darin waren ebenso sauber und ordentlich wie die Promenaden draußen. »Wie wunderbar gepflegt hier alles ist«, murmelte Thomas Joaquim zu, der neben ihm herging.

Joaquim hustete und spuckte auf den Boden. »Sie sind mäkelig, diese Muslime und Hindu, was? Es ist wie ein Land voll kleinlicher Hausfrauen. Wer könnte in so etwas schon leben?«

Thomas antwortete nicht, aber ihm kam der Gedanke, daß es einen Menschen verändern mochte, in so herrlicher Umgebung zu leben. *Wenn Aditis Fürsprache erfolgreich war, bekomme ich vielleicht Gelegenheit, das herauszufinden.* Er fragte sich, wie es wohl wäre, einem dieser hohen Herren mit Seidenturban zu dienen. Ein edles Pferd zu reiten, in der Marmorausführung eines Palastes zu leben, vielleicht eine fremdländische Frau zum Weib oder zur Geliebten zu haben. Ob es so segensreich wäre, daß man darüber ganz und gar sein Zuhause vergessen konnte.

Wahrlich, wie Odysseus' Reisen. Ist Bijapur vielleicht mein Land der Lotosesser, das mir süßes Vergessen verheißt? Werde ich die Kraft haben, seiner Schönheit zu widerstehen? Oder werde ich hoffen, daß mir das versagt bleibt?

ALRAUNE:

Man nennt diese mächtige Pflanze auch Mandragora oder Satansapfel. Sie hat große Blätter, die auf dem Boden aufliegen, purpurne Blüten in Glockenform und bringt gelbe Beeren hervor. Der mächtigste Teil ist ihre braune Wurzel, die manchmal die Form eines Menschen annimmt. Die Mohammedaner nennen sie Teufelskerze, weil sie nachts angeblich leuchtet. Manche sagen, sie schreie, wenn man sie aus dem Boden reißt, oder wachse an Stellen, an denen Menschen erhängt wurden. Andere sagen, sie weissage die Zukunft und offenbare Geheimnisse. Man verwendet den Wurzelstock, um Lungenleiden zu lindern, Schlaf herbeizuführen, Schwermut zu heilen und als Abführmittel, doch muß man mit großer Sorgfalt vorgehen, weil sie auch ein tödliches Gift ist. Es heißt, daß Hexen bei ihren mächtigsten Bannsprüchen Alraune verwenden. Eine Tinktur aus der Wurzel in Wein soll Lust entfachen und das Verlangen steigern …

Mirsa Ali Akbarshah bewunderte die näherkommenden Mauern von Bijapur von der Höhe seines schwankenden Elefanten aus. *Ibrahim der Erste war ein großartiger Bauherr des Kriegswesens. Um diese Mauern zu durchbrechen, bräuchte man viele Männer und viele gewaltige Waffen. Wenn ich sonst nichts mit zurückbringe, so doch diese Information, die dem Kaiser durchaus von Nutzen sein könnte.*

Die Einladung in den Palast des Sultans war am Nachmittag erfolgt, nicht lange, nachdem die Männer aus dem Westen die Karawanserei verlassen hatten. Der Mirsa kam nicht umhin, sich zu fragen, ob das wirklich reiner Zufall war. »Masum«, sagte er zu dem Sufi, der neben ihm saß, »hat der goanische Junge Euch auch verraten, in welcher Absicht seine Gruppe nach Bijapur kam?«

»Uns blieb nicht viel Zeit, miteinander zu sprechen, Erhabener Mirsa, deshalb hat er das leider nicht getan. Sein Gefährte Tamas versteht sich aber wie ich auf die Kräuterkunde und das Heilen, so daß sie vielleicht hier sind, um Handel zu treiben.«

Der Mirsa schüttelte den Kopf. »Das kann nicht alles sein. Der Junge war wie manche christlichen Mönche gekleidet, und ich hörte, daß ein christlicher Priester zu ihrer Gruppe gehört, obwohl ich ihn nicht gesehen habe.«

»Dann hat der Sultan sie vielleicht eingeladen, ihm ihre

Philosophie darzulegen. Wie ich hörte, macht Euer Kaiser Akbar so etwas häufiger.«

Der Mirsa erlaubte sich ein leises Lachen. »Fürwahr, Gruppen von Jesuiten sind nach Agra und Lahore gekommen. Doch als Akbar ihnen Fragen nach ihrem Glauben stellte, führte das zu großem Zwist unter den Christen, als könnten sie sich nicht entscheiden, was wahr ist. Wie ich hörte, haben sie ihre Sache nicht sehr gut gemacht.«

»Dann hat Ibrahim sie vielleicht zu seinem Vergnügen zu sich gerufen, wenngleich ich hoffe, daß er nicht so unfreundlich gewesen ist.«

»Solange sie nicht auch unserem Vergnügen dienen sollen, kann mir das gleichgültig sein.«

»Ah. Unsere Führer bringen uns zum Schapur-Tor, Erhabener Mirsa.«

»Meint Ihr, sie bringen uns absichtlich zu einem weiter entfernten Tor? Wollen sie, daß wir möglichst lange ihre machtvollen Mauern bestaunen?«

»Das kann ich nicht sagen, Erhabener Mirsa. Mag sein, daß dieser Eingang dem Palast des Sultans näher ist. Vielleicht ist der direkte Weg versperrt. Vielleicht hat dieser die geeignete Größe für Elefanten.«

Der Mirsa konnte sehen, daß der Elefant und das *howdah* mit Leichtigkeit unter dem Schahpur-Tor hindurchpaßten. Und der Weg schien auffällig frei von Reisenden zu sein, so daß ihre *sardar*-Eskorte den Wachen vor den Tortürmen lediglich zuzunicken brauchte, als die Eskorte, sein Elefant, Jaimal und die acht eigens ausgewählten Mogulreiter vorbeizogen.

Der Sultan hatte bei seiner Einladung klargestellt, daß er

nur zehn Mann mitbringen solle, weil er viel mehr im Palast nicht unterbringen und bewirten könne. Der Mirsa vermutete, daß der eigentliche Grund Angst war, maß dem jedoch keine größere Bedeutung zu. Er hatte nicht vor, den Sultan durch Einschüchterung dazu zu bringen, ihnen bei ihrer Suche zu helfen. *Und Ibrahim würde es nicht wagen, an einem Abgesandten des Padschahkaisers Verrat zu üben, erst recht nicht, da ich eine Armee in der Nähe habe, die groß genug ist, um den umliegenden Gehöften beträchtlichen Schaden zuzufügen und den Handel in einem Umkreis von vielen Meilen zum Erliegen zu bringen.*
Der Mirsa spürte, wie seine Schultermuskeln sich entspannten, als sie in die Stadt gelangten, denn sie war Lahore nicht unähnlich. Die Promenaden waren schmaler und die Menschen vielleicht weniger wohlhabend, doch in manch anderer Hinsicht gab es tröstliche Übereinstimmungen.
Nicht weit vom Tor entfernt konnte der Mirsa einen hohen Wachturm sehen.
»Das ist der Upli Buruj«, sagte Masum. »Ich habe gehört, er soll Kanonen enthalten, die doppelt so lang sind wie ein Mann hoch, und viele Pulverkammern, um sie zu bedienen.«
Zweifellos wissen Akbars Dekkangeneräle schon davon, doch es wäre klug, sich das zu merken.
Als sie auf eine Zitadelle in der Mitte der Stadt zustrebten, breitete sich Unbehagen in Mirsa aus, obwohl ihm der Grund dafür nicht ganz klar war. Und dann begriff er. Unter dem Gitterwerk und den kalligraphischen Schindeln und der polierten Steinmetzarbeit der Gebäude um ihn

herum befanden sich Säulen, an denen Kletterpflanzen aus Stein zu haften schienen und deren Säulenköpfe Steinlotosse in voller Blüte waren. Selbst bei den Moscheen waren, wenn man genauer hinsah, Pflanzenmotive in das Material eingehauen, als wäre das Gebäude ein organisches Lebewesen, das aus der Erde herausgewachsen war. Irgendwie erschien ihm das anstößig. *Es ist, als wäre hier derselbe* karamat *am Werk gewesen, der auch die Steinhand des namenlosen shahid erschuf.*

»Wie ich sehe, bewundert der Erhabene Mirsa die große Kunstfertigkeit unserer Handwerker«, sagte Masum stolz. »Sagte ich Euch nicht, daß von überall her nur die Besten gekommen sind, um Bijapur Schönheit zu verleihen?«

»Eh, ich muß gestehen, daß der Stil sich von dem, was ich gewöhnt bin, unterscheidet, Masum. Ich nehme an, Jaimal wird er nicht gefallen.« Der Mirsa schaute von seinem *howdah* kurz zu Jaimal hinunter, der neben dem Elefanten ritt. Wie er sich gedacht hatte, runzelte sein Stellvertreter beim Anblick der Gebäude die Stirn.

Der Reichtum dieses Ortes läßt sich nicht leugnen, dachte der Mirsa, *trotz seiner Seltsamkeit. Wenn ihm das Schicksal gewogen ist, wird Akbar diese Frucht nicht lange ungepflückt lassen. Doch das soll nicht meine Sorge sein, und ich werde Ibrahims Ängste auch nicht durch den geringsten Hinweis schüren. Ich darf nicht zulassen, daß der Dschinn der Ablenkung, wie Masum sagen würde, mich von meinem Ziel abbringt.*

Aditi wanderte die obere Galerie des *Gagan Mahal* entlang und spähte durch das mit goldenen Intarsien versehene

Gitterwerk aus Stein auf den großen Innenhof hinunter. Es war ärgerlich, in den oberen Stockwerken untergebracht zu sein, dem einzigen Bereich des Palastes, in dem Frauen erlaubt waren. Doch die Begum Shah hatte betont, daß sie in Anbetracht der vielen Gäste, die noch eintreffen würden, nicht mehr für sie tun konnte. *Wahrscheinlicher ist, daß Ibrahim mich und mein Tun im Auge behalten will.*

Aditi konnte nur ab und zu einen kurzen Blick auf Tamas und den Rest der goanischen Gruppe erhaschen, wenn sie den Palast betraten. Sie wünschte, sie hätte ein oder zwei der Marathimädchen bei sich behalten, die auf dem Weg von Goa hierher ihren Palankin begleitet hatten. Sie hätte mit ihrer Hilfe Nachrichten verschicken oder Informationen sammeln können. Doch sie wollte die Marathimädchen nicht in Gefahr bringen, indem sie sie der Palastpolitik aussetzte. Aditi hatte sie der Obhut hiesiger *sardar*-Familien überlassen, die sie anständig behandelten.

Nun diente Aditi eine der Mägde der Begum Shah – eine Person mit schmalen Augen namens Krodha, die nie lächelte. Aditi war sich sicher, daß die Frau eine Spionin war, danach zu urteilen, wie aufmerksam sie über sie wachte. *Ibrahim vertraut mir also nicht. Nun, er tut gut daran. Doch es ist ärgerlich. Ich muß etwas unternehmen, um ihrer lästigen Gesellschaft zu entrinnen.*

Aditi seufzte und setzte sich neben dem Gitterfenster auf den Boden. *In Bhagavati konnte ich mich überall frei bewegen, mit jedermann sprechen und tun, was mir beliebte, solange ich die Mahadevi nicht störte. Wie lange ist es her, seit ich mich solcher Freiheit erfreute? Und dabei*

ist die Heimat so nahe. Nur Tage entfernt. Große Mutter, mach, daß meine Arbeit hier rasch zu Ende geht, damit ich bald wieder nach Hause zurückkehren kann.
Sie bemerkte, daß Tamas mit Lakart zu den Bädern ging. Sie wünschte, es wäre ihr möglich, sie miteinander sprechen zu hören. *Was hat er bloß an sich? Nach allen Reqeln der Vernunft hätte ich ihn töten sollen. Welcher Gott oder Dämon hat mich davon abgehalten? Spielt Krischna mit mir, daß ich mich nach einem Mann verzehre, der mein Feind sein sollte?* In so vielen Geschichten, die sie seit ihrer Kindheit gehört hatte, war die Liebe dem Mann eine Zierde, wurde der Frau jedoch zum Verhängnis. Sie begann zu spüren, wieviel Wahrheit daraus sprach.
Rufe und das Plärren von Trompeten rissen sie aus ihren Gedanken; es kam vom großen Torbogen des *Gagan Mahal.*
»Was ist das?« sagte Aditi zu Krodha.
»Ah, das muß die Ankunft des Abgesandten von Kaiser Akbar sein, edle Lady. Das sind gute Nachrichten. Heute abend wird Musik erklingen, und es wird Tanz und Feuerwerk geben. Wir werden den Lustbarkeiten hier oben von den Balkonen aus zusehen können.«
Nach Lustbarkeiten stand Aditi jetzt gewiß nicht der Sinn. *Wie viele Männer hat dieser Mirsa bei sich? Wieviel weiß er über die Mahadevi und wie hat er es erfahren? Wieviel wird Ibrahim ihm noch erzählen? Wird es überhaupt in meiner Macht stehen, ihn aufzuhalten?* Die Gedanken überwältigten sie, bis sie an den Gitterstäben ihres Käfigs rütteln und brüllen wollte wie eine Löwin.
»Lady, was habt Ihr? Interessiert Euch das nicht?«

Ruhig, ganz ruhig. Zügellose Gefühle bringen uns auch nicht weiter. Wo ist die Klugheit, für die Gandharva uns gepriesen hat? Ah. Doch wenn Musik erklingen soll, wird Gandharva unter den Musikern sein. Er kann vieles herausfinden, was mir verwehrt bleibt. Welche Ironie, daß ich daran denke, ihn, den Blinden, zu bitten, daß er für mich sehen soll.

Aditi drehte sich zu Krodha um und versuchte, bescheidener zu wirken. »Vergebt mir. Ihr müßt glauben, daß ich mich Euch gegenüber furchtbar verhalte. Es ist nur so, daß ich … abgelenkt war. Wißt Ihr, und bitte erzählt keinem, daß ich Euch das anvertraut habe, ich kam in der Hoffnung nach Bijapur, die Zuneigung des Sultans zu gewinnen.«

Krodha hob ihre Brauen. »Ha! Ihr seid viel zu alt.«

»Ich weiß, doch die Wahrheit hat der Hoffnung noch nie im Wege gestanden, nicht wahr?«

»Wie ist es möglich, daß Ihr in Eurem Alter noch nicht verheiratet seid? Wie konnte Eure Familie ihre Pflicht Euch gegenüber derart vernachlässigen, oder Ihr Eure Pflicht ihr gegenüber?«

»Das ist eine lange Geschichte. Meine wahren Eltern starben, als ich noch ein Kind war. Und meine Stiefmutter … war mit anderen Dingen beschäftigt.«

Krodha nickte, als verstünde sie das alles. »Stiefmütter stellen Kinder, die nicht ihre eigenen sind, hintan. Sie wollte wohl keine angemessene Mitgift für Euch entrichten?«

Aditi starrte mit einer entsprechend traurigen Miene zu Boden. »Nein.«

»Das Schicksal war Euch nicht gewogen, Sri Aditi. Ich

hingegen wurde mit zwölf verheiratet! An den Sohn eines wohlhabenden Seidenhändlers.«

»Wie wunderbar für Euch«, murmelte Aditi und versuchte, jeden Anflug von Hohn zu vermeiden. *Und wie sehr du es liebst, über mir zu stehen.* »Wohnt Euer Gatte hier im *Gagan Mahal*?«

»Oh, du meine Güte, nein. Er wohnt über unserem Laden und ist häufig mit unserem Sohn auf Reisen, um Waren für den Verkauf zu finden.«

»Ah, ein Sohn«, sagte Aditi in entsprechend sehnsüchtigem Tonfall. »Ihr müßt ihn vermissen.«

»Nein, nein, mein Gatte ist ein Rohling, und der Junge schlägt ganz nach ihm. Wißt Ihr, ich bin dreimal gesegnet, Sri Aditi. Verheiratet zu sein, einen Sohn zu haben und selten ihre Gesellschaft ertragen zu müssen.«

»Fürwahr, Lakschmi war Euch hold.« *Und jetzt weiß ich auch, weshalb du so verbittert bist.* Aditi starrte wieder durch das Gitterwerk hinaus und seufzte. »Meint Ihr, Krodha, daß wir einen Musikanten kommen lassen könnten, damit er uns heute nachmittag unterhält? Musik wirkt Wunder, wenn man traurig ist, und mein Gemüt bedarf solcher Labsal. Es gibt da einen blinden *vina*-Spieler, den Ibrahim mir empfahl, einen Burschen namens Gandharva. Ich liebe den Klang der *vina*. Könnten wir ihn nicht für uns spielen lassen?«

»Nun ja, heute wird große Nachfrage nach Musikern bestehen, wegen der ganzen Besucher. Doch ich will sehen, was sich machen läßt.«

»Und etwas Wein, um uns zu erfrischen?«

Krodha legte leicht mißbilligend den Kopf schräg. »Also,

da dies ein festlicher Abend ist, wird man uns ein bißchen Wein wohl nicht verübeln.«
»Ihr seid zu gütig.«

Von einem Balkon des Palastes der Freuden aus, nicht weit weg vom *Gagan Mahal*, hörte auch Sultan Ibrahim die Rufe und Trompeten. »Was wißt Ihr über diesen Mirsa Ali Akbarshah?« fragte er Haidar Khan, einen seiner vertrautesten Generäle.
»Ich habe nicht viel über ihn gehört, Majestät. Das wenige, was ich hörte, läßt darauf schließen, daß er sein Handwerk recht gut versteht. Doch ich kann mir nicht vorstellen, daß Kaiser Akbar einen hochrangigen General mit einer so kleinen Streitmacht aussendet, um eine Legende zu erobern. Das legt den Gedanken nahe, daß der Mirsa vielleicht ein Unruhestifter ist. Jemand, den der Kaiser für eine Weile aus dem Weg haben wollte.«
Ibrahim nickte und nippte Kardamomtee aus einer Porzellantasse. »Das ist eine vernünftige Annahme. Obwohl wir gehört haben, daß der mächtige Akbar der Vernunft bisweilen nicht folgt. Anders betrachtet, wenn dieser Mirsa Akbarshah wirklich ein hochrangiger General ist, braucht er auch nur eine kleine Streitmacht. Und wenn seine wahre Absicht darin besteht zu spionieren, dann ist es besser für ihn, wenn er eine Absicht vorgibt, die ihn wie einen Trottel erscheinen läßt, oder nicht?«
»Ist seine Absicht denn so töricht?« fragte der General und fuhr sich mit der Hand durch den ergrauenden Bart. »Ich kenne Euch schon recht lange, Ibrahim. Fürchtet Ihr wirklich, er könnte ein Spion sein? Oder fürchtet Ihr nicht

vielmehr, daß er mit der Absicht, aus der er seinen eigenen Worten nach gekommen ist, Erfolg haben könnte?«

Ibrahim lächelte verkniffen. »Bringt mich nicht auf den Gedanken, daß Ihr zu gescheit sein, Haidar. Ihr wißt, wie wütend es mich macht, wenn ich mich als Narr fühle. Doch einen mittelmäßigen General mit einer kleinen Streitmacht zu schicken, um eine mythische Göttin gefangenzunehmen? Wahrlich, das ist einfach zu lächerlich, um es glauben zu können. Er muß es also auf etwas anderes abgesehen haben. Ich will, daß Ihr seinen Truppen einen Höflichkeitsbesuch abstattet und seht, was Ihr dort erfahren könnt. Ihr versteht es, den Zustand einer Armee zu deuten. Tut es heute abend, während ich den Mirsa unterhalte.«

Haidar Khan verbeugte sich. »Wie Ihr wünscht, Majestät. Wann erwartet Ihr ihn zur offiziellen Audienz?«

»Morgen. Vormittags. In aller Frühe.«

Der General hob seine buschigen grauen Augenbrauen. »So bald schon?«

»Das wird ihn aus dem Gleichgewicht bringen. Und wenn er ein Spion ist, wollen wir nicht, daß er sich zu lange bei uns aufhält. Ich habe vor, ihn so bald wie möglich auf den Weg zu schicken.«

»Eure Taktik hat etwas für sich, Majestät. Wenn er wirklich ein Spion ist.«

»Wenn nicht, Haidar, dann muß sein Schicksal in den Händen einer größeren Macht als der meinen liegen.« *Je länger der Mirsa bei uns bleibt, desto weitere Kreise wird seine Geschichte ziehen, desto mehr werden gewisse Gruppierungen in Bijapur mich zu Recht eines seltsamen*

Bündnisses mit der Mahadevi verdächtigen. Die ulama *denken, ich sei ganz einfach fehlgeleitet. Oh, die Aufstände, die es hervorriefe, wenn sie eines anderen belehrt würden.*

Aditi blickte auf, als die mit Schnitzereien verzierten Holztüren entriegelt wurden und Krodha Gandharva, der die *vina* über den Rücken geschlungen hatte, auf den Balkon hinausführte. »Lady haben um meine Anwesenheit gebeten?« sagte er in neutralem Tonfall.
Aditi sprang auf und nahm seine Hände in ihre. »Ah, endlich! Ich habe schon soviel von Euch gehört, daß die Begegnung mit Euch für mich ist, als fände ich einen lange gesuchten Schatz. Ich fühle mich geehrt, daß Ihr Euch bereit erklärt habt, für mich zu spielen. Kommt, macht es Euch bequem.« Sie nahm ihn am Ellenbogen und führte ihn zu einem Teppich, auf dem sich reichlich Kissen türmten.
»Die Lady sind zu gütig«, sagte Gandharva mit einem Anflug von Ironie. »Ich fürchte, ich kann nicht lange bleiben – alle Musikanten im Palast müssen heute abend arbeiten. Doch in der wenigen Zeit, die mir bleibt, hoffe ich, Euch Freude bereiten zu können.«
»Allein, Euch hier zu haben, steigert schon meinen Frohsinn«, sagte Aditi. Sie setzte sich dicht neben ihn.
Wieder klopfte es leise an der Tür. »Ah«, sagte Gandharva. »Das werden die Erfrischungen sein, die der Sultan uns schickt.«
»Wie freundlich von ihm, zu dieser geschäftigen Stunde an mich zu denken.«

»Er wünscht, daß Ihr Euch in Euren Räumlichkeiten wohl fühlt und zufrieden seid.«

»Und daß ich keinen Ärger mache?« murmelte Aditi leise, als Krodha damit beschäftigt war, das große Messingtablett vom Diener an den Türen entgegenzunehmen.

»Ganz recht.«

Krodha kehrte mit den Erfrischungen zurück, unter denen sich ein Krug *sendi*-Palmwein befand, ein Topf Nelkentee, ein Teller mit gefüllten Datteln, eine Schale mit zerteilten Mangos und Bananen und silbern eingewickeltes Konfekt aus Karotten, Pistazien und Rosenblättern.

»Ai, was werden wir schlemmen!« sagte Aditi. »Vielleicht ist Ibrahim mir ja doch wohlgesonnen. Ihr müßt natürlich auch etwas nehmen, Krodha. Also, braver Musikus, ich habe mich hier schrecklich einsam gefühlt. Bitte spielt mir ein Liebeslied.«

»Wie die Lady wünschen«, sagte Gandharva. »Soll ich von Krischna und den Milchmädchen singen?«

Aditi kicherte, denn sie wollte wie eine Närrin erscheinen. »Ich zöge es vor, von Euren Namensvettern zu hören, den Gandharvas, jenen Gottheiten, die so sehr in Wein und Liebestränken bewandert sind und so gut aussehen, daß die Frauen ihnen nicht widerstehen können. Kennt Ihr irgendwelche Lieder über sie?«

Der blinde Musiker lächelte. »Ich wäre ein erbärmlicher Gandharva, wenn ich keine wüßte, Lady.«

»Haltet Ihr das für angemessen, Sri Aditi?« fragte Krodha mit gerunzelter Stirn.

»Es sind doch nur wir hier, ganz für uns. Alle anderen gehen ihren eigenen Angelegenheiten nach. Wen sollte es stören, wenn wir uns die Vergnügungen gönnen, nach denen es uns verlangt?«

Krodha hob eine Schulter und gab sich geschlagen, dann goß sie etwas *sendi* in zwei Becher.

Gandharva stimmte ein munteres Lied an, das beschrieb, wie die Gottheiten am Ufer des großen Meeres die Apsaras, die wollüstigen Wassernymphen, trafen. Ihre folgenden Umarmungen und das Liebesspiel (freudig in mehreren Versen beschrieben) wühlten so sehr die Wasser des Ozeans auf, daß die Meeresgischt zu einem mächtigen Aphrodisiakum wurde, von dem ein Tropfen genügte, um einen Mann oder eine Frau vor Lust in den Wahnsinn zu treiben.

Als er fertig war, sagte Krodha, die Arme vor der Brust verschränkt: »Dieses Lied war schändlich! Empörend!«

»Oh, nein, nein«, sagte Aditi. »Es war wundervoll! Ach, hätte ich doch jetzt etwas von dieser Meeresgischt. Was könnte ich damit nicht anfangen.« Sie rutschte zu Gandharva hinüber und schlang ihm die Arme um den Hals. »Euer Lied erweckt in mir den Wunsch, Euch nahe zu sein. Ich brauche etwas von Euch.«

Gandharva legte die *vina* zur Seite, einen amüsierten Ausdruck auf dem Gesicht. »Ich stehe der Lady zur Verfügung.«

»Sri Aditi?« sagte Krodha, und ihre Miene drückte wachsendes Entsetzen aus.

Ohne auf sie zu achten, schlang Aditi eines ihrer langen Beine um Gandharvas Taille und flüsterte ihm ins Ohr: »Wo wir gerade von Zaubertränken sprechen, habt Ihr etwas *Rasa Mahadevi* bei Euch?«

»Wie immer, Lady«, flüsterte er zurück. »Weshalb?«
»Ich brauche welches.« Sie strich ihm mit den Händen über den Rücken. »Wo habt Ihr es?«
»In einer Phiole, in einem Beutel in meinem *shalwar.*« Er lächelte. »Doch Ihr werdet es Euch schon selber holen müssen.«
»Sri Aditi, was tut Ihr da?« schrie Krodha.
»Ich glaube, sie verlangt nach etwas in meiner Hose«, sagte Gandharva.
Aditi kämpfte das Bedürfnis nieder, ihn aufs Ohr zu boxen, und begann die Schnüre seiner Tunika zu lösen. »Schraubt Eure Hoffnungen nicht zu hoch, mein Freund«, wisperte sie. Sie ließ ihre Hand in seine Tunika gleiten, seine Brust hinab, und sie fühlte die Wärme seiner Haut. Sie tastete den Bund seiner *shalwar*-Hose ab, bis sie den Beutel gefunden hatte. Dann rückte Aditi mit den Hüften näher, so daß ihr Körper Krodhas Blick auf ihre Hände versperrte, und zog die Phiole heraus, verstaute sie hastig in ihrem eigenen Rockbund, als sie die Gürtelschärpe löste.
»Es sind nicht meine Hoffnungen, die steigen, wie Ihr sicher schon bemerkt habt«, sagte Gandharva. Er legte die Hände auf ihre Hüften und drehte seinen Schenkel zwischen ihren Beinen. »Seid Ihr sicher, daß Ihr nicht mehr von mir wünscht? Es ist lange her, seit wir uns so nahe waren. Die Mahadevi hat mir meinen Namen nicht ohne Grund gegeben, wie Ihr wißt. Die Palastmädchen hier haben sich meiner erbarmt und mich viele erfreuliche Dinge gelehrt.«
Aditi empfand eine gewisse Sehnsucht, die Gandharvas Angebot reizvoll erscheinen ließ ...

»Sri Aditi!«

Nachdem sie Gandharva leidenschaftlich auf den Hals geküßt hatte, flüsterte sie: »Nicht für mich. Nicht jetzt. Aber könnt Ihr nicht etwas für diese arme Vettel tun, damit sie still ist?«

»Ai, was muß ich nicht alles für die Frauen in meinem Leben tun. Ich kann ihr Freude schenken, doch nur, wenn sie aus freien Stücken zu mir kommt, um beschenkt zu werden.«

Aditi beugte sich von ihm weg und wandte sich Krodha zu. »Kein Grund, eifersüchtig zu sein, Krodha! Gandharva sagt mir, daß er leicht zwei Frauen auf einmal beglücken kann.«

»Ich bin eine verheiratete Frau, Sri Aditi!«

Aditi löste sich aus Gandharvas Umarmung und setzte sich neben die Dienstmagd. »Ja, und Euer Gatte ist weit weg und behandelt Euch schäbig.« Aditi fuhr mit der Hand über Krodhas Haar, die Schultern hinab. »Das ist so ungerecht. Ihr seid noch immer sehr reizvoll, doch kein Mann darf das zu würdigen wissen.« Aditi strich rasch mit den Händen über Krodhas Brüste und bemerkte mit einigem Vergnügen, daß ihre Brustwarzen steif waren.

Krodha kaute an ihrem Daumennagel und starrte Gandharva an, der ihr seinen einladenden, lockenden Arm entgegenstreckte. »Aber ... aber das ist ungehörig!«

»Sind die Götter, die die Freuden der Liebe kennen, ungehörig, Krodha? Nur sie werden zusehen und richten, denn kein anderer wird es jemals erfahren. Ich würde Euch gewiß nicht verraten. Gandharva kann einer Frau Freude spenden, ohne daß sie ein Kind bekommt. Ihr werdet keine

Schande erleiden. Macht schon. Ihr dürft ihn zuerst haben. Ihr habt doch so schwer gearbeitet. Nehmt dieses Geschenk an, das er Euch darreicht. Ihr habt es verdient.«
Aditi nahm Krodha am Arm und führte sie zu Gandharvas Schoß hinüber. Dann kehrte Aditi zum Messingtablett mit den Erfrischungen zurück. Als Gandharva mit seinem sanften Werk begann, erwärmte Aditi den Nelkentee auf einem kleinen Stövchen. Sie versuchte nicht zu lachen, als er sich leise und poetisch über Krodhas weiche Haut und biegsame Gestalt ausließ. Als Krodha in wachsender Freude und Überraschung aufschrie, rührte Aditi auf dem Grund des Topfes die Teeblätter um. Als Krodha sich in den letzten Zuckungen der Ekstase aufbäumte, gab Aditi eine Prise *Rasa Mahadevi* in einen Becher und goß den Nelkentee darüber.
Als Krodha keuchend und seufzend in Gandharvas Armen lag, nahm Aditi den Becher und ging zu ihr. »Da, seht Ihr, ist das nicht besser? Hier, dieser Tee wird die Hitze in Eurem Blut abkühlen und Euch Ruhe geben.«
»Wahrhaftig«, keuchte Krodha mit wirrem Haar und ramponierter Kleidung, »ich bin durstig.« Sie nahm den Becher gierig in beide Hände und trank ihn auf einen Schlag leer.
Aditi nahm den leeren Becher wieder entgegen, als Krodha auch schon die Augen schloß. Die Dienstmagd lehnte sich gegen Gandharva, und allmählich verlangsamte sich ihr Atem, bis er gänzlich aufhörte.
»Ihr habt sie umgebracht?« fragte Gandharva, und in seiner Stimme lag Fassungslosigkeit.
»Ich habe nicht das ganze Pulver benutzt. Keine Angst,

ich werde sie später mit dem Rest wiedererwecken. Doch ich mußte mit Euch sprechen, ohne ihr Wissen und ohne daß sie uns stört. Ich bin hier gefangen, Gandharva. Ich brauche Eure Hilfe, um alles Menschenmögliche über Tamas und den Mirsa zu erfahren und darüber, was Ibrahim mit ihnen vorhat. Ich kann nicht so frei umherschweifen wie Ihr.«

Gandharva kicherte. »Ihr seid gefangen und sucht ›Dunkelheit‹«, sagte er, wobei er mit der Bedeutung von *tamas* spielte, »während ich in der Dunkelheit gefangen bin. Was für zwei erbärmliche Spione wir doch abgeben.«

Vorsichtig glitt er unter der toten Krodha hervor und ließ ihren Kopf sanft auf den Teppich sinken. »Ich will für Euch tun, was ich kann, Aditi. Für eine Gegenleistung.«

»Was für eine Gegenleistung?«

Er langte hinüber und legte seine Arme um ihre Taille. »Krodha hat vielleicht Erlösung gefunden, ich jedoch nicht. Habt Erbarmen mit Eurem armen blinden Freund und helft ihm. Wollt Ihr das für ihn tun?«

»Erlösung? Das Pulver reicht nicht mehr für euch beide«, höhnte Aditi.

»Ihr wißt, daß das nicht das Vergessen ist, das ich meine«, sagte Gandharva und legte seine Hand auf eine ihrer Brüste.

»Nun ja, Ihr habt mir einen Dienst erwiesen.«

»Ich würde Euch noch einen erweisen.«

Aditi gestand sich ein, daß ihr Verlangen geweckt war, und sie mochte Gandharva, außerdem war er sehr kundig. Wer wußte schon, wann sich für sie das nächste Mal eine Gelegenheit ergäbe, Freude zu erfahren? »Also gut, mein

Freund, doch Ihr müßt mir etwas sagen.« Sie legte sich neben die tote Frau und zog ihn auf sich herunter.
»Alles, was die Lady wünscht«, sagte Gandharva zwischen seinen Küssen. »Wünscht Ihr Poesie? Schmeicheleien? Lügen?«
Aditi lachte und keuchte auf, als seine Hände ihre Beine hinauffuhren und seine Finger tief in sie eindrangen. »Informationen! Wo sind die Männer des Mirsa untergebracht? Werden sie von Tänzerinnen unterhalten? Wann? Wo werden die Tänzerinnen hingehen? Werden die Mönche des Orlem Gor sie ebenfalls sehen?«
Gandharva preßte sein warmes, steifes Glied in sie und erzählte ihr unter Seufzern, Stößen und Stöhnen alles, was er über die Vorbereitungen zur abendlichen Unterhaltung des Mirsa und der Goaner wußte.
Aditi genoß die Situation und bewunderte Gandharvas Geschicklichkeit. Doch zu ihrem Verdruß stellte sie fest, daß sie die ganze Zeit wünschte, er wäre ein anderer.

15

SCHWARZER SENF:

Dieses Gemüse bringt im Sommer gelbweiße Blüten hervor und hat lange Blätter, die nach Pfeffer schmecken. Im Herbst trägt es Schoten mit kleinen gelben Samen. Man kennt diese Pflanze schon seit uralter Zeit, und die Blätter zu essen hilft bei Verdauungsbeschwerden und ist heilsam bei Skrofulose. Die Blüte sondert nachts einen süßen Duft ab, tagsüber jedoch keinen, und deshalb gilt Schwarzer Senf als Pflanze der Täuschung …

Thomas lehnte sich zurück, trieb in dem großen, dampfenden Badebecken, und die Schmerzen in seinen Schultern und Beinen schwanden im heißen, nach Rosen duftenden Wasser dahin. Das wirbelnde Muster auf den blaugoldenen Kacheln der Decke lenkte seine Gedanken von den Problemen der Welt ab und bewirkte eine angenehme Benommenheit. Das Gelächter der goanischen Soldaten, die die dunkeläugigen Dienerinnen, die ihnen mit Schwämmen die Rücken abrieben, veralberten und abküßten, war weit entfernt, unwichtig. Nebelschwaden tanzten um ihn herum auf der Wasseroberfläche wie Geister, die heiter und unbeschwert feierten.

Vor dem Bad hatte man Thomas und den anderen einen Festschmaus aus Brathuhn, Fisch und Reis, Früchten und Fladenbrot gereicht. Er hatte gegessen, bis sein Bauch nichts mehr aufnehmen konnte. Nun hatte Thomas das Gefühl, nichts anderes mehr zu wollen, als für immer in diesem warmen, sorglosen Dämmer zu treiben. Sein einziger Wunsch bestand darin, daß Aditi bei ihm wäre, um diesen Segen mit ihm zu teilen. *So himmlisch muß es im Paradies sein. Die Linderung aller Schmerzen, gedankenloses Sein. Wenn der Tod dermaßen sanft ist, wundert es mich nicht, daß der Padre es mir übelnimmt, ihn zurückgeholt zu haben.*

Eine Hand berührte seine Schulter. »Ho, mein Junge.«

Thomas peitschte erschreckt das Wasser. Seine Beine

sanken ein, traten nutzlos umher, sein Atem gurgelte im heißen Wasser. Als er die Hand ausstreckte, fand er Halt am Beckenrand und zog sich prustend hoch.

»Ich bitte um Vergebung, Tom. Ich wollte Euch nicht ersäufen. Mir scheint, dies ist der rechte Augenblick für ein Gespräch, nun, da wir uns von der Reise erfrischt haben.«

»Wenn Ihr es wünscht, Andrew«, grummelte Thomas.

»Ich frage mich, woran Ihr heute abend denkt.«

»Wenn Ihr es unbedingt wissen müßt, ich dachte an den Tod.«

»Ein düsteres Thema für einen so jungen und rüstigen Menschen.«

»Kein bißchen düster. Ich fand die Aussicht beinahe erfreulich.«

»Tatsächlich? Du meine Güte, Junge, hat unsere Reise Euch so sehr entmutigt, daß Ihr Euer Leben wegwerfen wollt?«

»Nein, keine Angst, Andrew. Ich wollte lediglich meine Sorgen loswerden. Was mir auch gelang, bis Ihr aufgetaucht seid.«

»Vergebt mir, wenn ich das Gewicht der Welt wieder auf Eure Schultern geladen habe, Tom, doch es gilt, wichtige Angelegenheiten zu besprechen. Da unsere goanischen Freunde abgelenkt sind und sich weder der Padre noch der kleine Bruder in der Nähe befinden, bietet sich uns jetzt vielleicht die beste Gelegenheit.«

»Oh, na schön.« In Wahrheit fürchtete Thomas sich vor den Fragen, die Lockheart ihm stellen mochte. *Ist es an der Zeit, die Wahrheit zu sagen und meine Absicht kund-*

zutun, nach Hause zu fliehen? Oder muß ich sie weiter verhehlen, bis ich unter dem Schutz des Sultans stehe und dadurch in Sicherheit bin?

»Wir sind nun also in Bijapur und haben die erste Etappe unserer Queste hinter uns gebracht. Ich frage mich, was als nächstes geschehen soll?«

Thomas seufzte und lehnte sich an den Beckenrand zurück. »Was meint Ihr wohl, Andrew? Wie sieht Euer Ratschlag aus?«

Lockheart rieb sich den durchnäßten Bart. »Es wäre natürlich verlockend, sich abzusetzen und zu hoffen, daß man von hier aus einen Weg nach Hause findet.«

Thomas legte den Kopf schräg und hob eine Braue. *Könnte er ähnliche Absichten verfolgen wie ich?*

»Doch ich habe darüber nachgedacht und viele beunruhigende Seiten gefunden. Der einzige zurückkehrende Überlebende unserer Expedition zu sein und nichts vorweisen zu können ... Man würde Fragen stellen, aye, das würde man, nach dem Schicksal der Gesandten der Königin, und wenn die Antwort der Krone mißfiele, würde uns eine gemütliche kleine Gefängniszelle erwarten.«

Thomas lächelte in sich hinein. »Wahrhaftig, Andrew. Ihr müßtet für vieles Rede und Antwort stehen.«

»Ah, doch für Euch stünden die Aussichten auch nicht sonderlich gut. Meint Ihr, daß Master Coulter Euer Scheitern freundlich aufnähme, nach allem, was er in diese Reise investiert hat?«

»Ich will hoffen, daß er verstehen würde. Unglück auf See ist nicht unbekannt. Und ich könnte ihm wertvolle Kunde über Land und Leute bringen, die ich gesehen habe.«

»Der Holländer Linschouten hat dieselben Gebiete bereist, mein Junge. Würde Euer Wissen etwas Neues bieten?«

»Was das angeht, so weiß ich es nicht.«

»Natürlich nicht. Und was hielte Euer braver protestantischer Master Coulter wohl von Eurer Geschichte, daß Ihr ein Schuldbekenntnis abgelegt und Euch zum Katholizismus habt bekehren lassen?«

Thomas zuckte zusammen. »Das ist nicht gerecht.«

»Mag sein. Doch nun laßt Eure Gedanken einmal in eine andere Richtung schweifen. Wie wäre es, wenn wir weiterreisen, auf der Suche nach dem Wiedererweckungspulver. Stellt Euch vor, wie man Euch zu Hause aufnehmen wird, wenn Ihr das größte Geschenk mitbringt, das ein Apotheker sich wünschen kann. Die Macht, alles zu heilen, und den Reichtum und Ruhm, den Euch das beschert. Ganz zu schweigen von der Unsterblichkeit für Euch und Eure Familie.«

»Ich hatte solche Gedanken, als ich Nathan wiedererweckte und sah, was das Pulver vermochte. Doch nachdem ich den wiederauferstandenen De Cartago und den elenden Padre erlebt habe, muß ich feststellen, daß sie mir abhanden gekommen sind.«

»Wenn gemeine Habgier Euch nicht überzeugt, wie steht's dann mit Pflichtgefühl? Bedenkt, welches Unheil daraus erwachsen würde, wenn die Santa Casa den Herkunftsort fände. Spanien hat über alle Maßen deutlich gemacht, daß es unsere kleine Insel gern erobern will. Glaubt Ihr, England könnte gegen unsterbliche Armeen, die mit dem Pulver ausgestattet sind, die Oberhand behalten?«

»Der Padre wünscht den Herkunftsort zu zerstören; er will das Pulver nicht.«

»Behauptet er.«

»Und ich glaube ihm.«

»Es erstaunt mich, Tom, daß Ihr, der Ihr den Wahnsinn der Inquisition erlitten habt, so vertrauensselig seid.«

»Denkt, was Ihr wollt, doch ich würde mein Leben darauf verwetten. Ich würde Euch allerdings nicht aufhalten, auf eigene Faust nach diesem Pulver zu suchen, wenn Ihr das wünscht.«

»Nein, nein. Unsere Schicksale sind eins, Tom. Wohin Ihr auch geht, ich muß notgedrungen folgen.«

Wieder seufzte Thomas, schwerer diesmal, denn Lockhearts Anwesenheit machte ihn allmählich nervös. Er wandte sich um, schwang ein Bein auf den Beckenrand hinauf und zog sich tropfend aus dem Wasser. »Ich werde darüber nachdenken, Andrew. Doch gewährt mir einstweilen etwas Ruhe. Wir werden das Ganze in Bälde noch einmal besprechen.« Er stapfte auf der Suche nach einem Handtuch davon.

Padre Gonsção fand einen Winkel in dem stattlichen Raum, den man der goanischen Gruppe als Unterkunft zugewiesen hatte, in einer Nische hinter einer Säule, wo er ein grobes Kruzifix aus zwei Tamarindenzweigen ablegen konnte. In diesem Winkel würde ihn der heidnische Prunk des Palastes um ihn herum weniger ablenken.

»Padre«, sagte Timóteo hinter ihm, »ich möchte auch gern die Bäder aufsuchen.«

»Nein«, sagte Gonsção. »Die öffentlichen Bäder sind eine

Versuchung für die Sinne. Wenn Ihr Euch säubern wollt, könnt Ihr das hier mit einem feuchten Tuch tun.«

»Oh. Padre, eine der Dienerinnen, die uns zu essen brachten, sagte, daß später am Abend musiziert und getanzt werde. Darf ich …«

»Nein!« Gonsção seufzte und erhob sich, ohne auf das Knirschen in seinen Knien zu achten. »Tut mir leid, mein Sohn. Ich muß Euch wohl wie ein gräßliches altes Scheusal erscheinen, doch ich habe meine Gründe. Ihr seid Euch nicht bewußt, welche Gefahren dieser Ort für Leib und Seele bereithält. Ich habe gesehen, wie die Wunder dieses Landes Euch den Kopf verdrehen, doch hütet Euch, Timóteo. Diese Menschen mögen herzlich und gastfreundlich wirken, aber der Zustand unserer Seelen schert sie nicht. Darum müssen wir uns selbst kümmern.«

Er legte dem Knaben beide Hände auf die Schultern. »Ihr müßt mein unerschütterlicher Verbündeter sein, Timóteo. Mag sein, daß es sonst niemandem gibt, auf den wir noch zählen können, wenn es darum geht, die Suche fortzusetzen. Die Hälfte unserer goanischen Soldaten hat uns bereits im Stich gelassen und befindet sich vielleicht in eben diesem Moment auf dem Rückweg nach Goa. Ich weiß nicht, wie treu die wenigen, die geblieben sind, zu uns stehen. Bruder Andrew hat seine Eide offenbar vergessen, wenn er denn jemals welche ablegte, und die Bräuche der Einheimischen angenommen. Er wird uns nur so lange helfen, wie es seinen Absichten dienlich ist, welche das auch immer sein mögen.«

»Tomás wird uns nicht im Stich lassen, Padre. Auf ihn könnt Ihr ebenfalls zählen.«

Gonsção schüttelte den Kopf. »Ich würde gern glauben, daß Euer Vertrauen in ihn gerechtfertigt ist, doch ich hege tiefe Zweifel.«

»Er hätte nach Goa zurückgehen können, als Ihr krank wart, Padre. Er hätte Euch sterben lassen können!«

»Ihr seid noch jung, daher vergebe ich Euch diesen Gefühlsausbruch. Doch Senhor Chinnery wollte sich nicht dem Zorn des Inquisitor maior aussetzen, was man ihm kaum vorwerfen kann. Bruder Andrew hatte einen gewissen Einfluß auf ihn und könnte ihn gegen uns aufbringen. Wir dürfen nicht erwarten, daß er die Reise mit uns fortsetzt.«

»Aber das muß er!« sagte Timóteo. »Wenn nicht, wie sollen wir dann den Herkunftsort finden?«

»Vielleicht habt Ihr es vergessen, Timóteo, doch es gab eine Karte, die man Senhor Chinnery abnahm, als er sich in der Santa Casa aufhielt. Eine Karte, die der Zauberer De Cartago gezeichnet hatte. Senhor Chinnery hat mir diese Karte weggenommen, als ich krank war, aus Gründen, die mir unklar sind. Doch das tut nichts zur Sache, weil ich die Karte vorher gelesen und sie mir eingeprägt hatte. Es waren drei Punkte auf ihr eingetragen. Wenn der erste Punkt wahrhaftig Goa war und der zweite Bijapur, dann muß der dritte unser Bestimmungsort sein. Und die Entfernung dorthin ist, wenn die Karte stimmt, lediglich halb so groß wie die Strecke zwischen Goa und hier, also höchstens eine Sechstagereise. Wenn ich mich auf der Karte richtig orientiert habe, liegt er südöstlich. Deshalb brauchen wir Senhor Chinnery als Führer nicht.«

»Doch was ist mit den Fallen, die uns seinen Worten nach erwarten?«

»Ich vermute, mein Sohn, daß Senhor Chinnery sie erfand, um sich einen Platz in der Expedition zu sichern. Doch wenn nicht, werden wir uns ihnen von Mal zu Mal stellen und um Gottes Beistand beten.«

»Wenn es denn sein muß, Padre, aber ich bin sicher, daß Tomás uns begleitet. Ihr werdet ja sehen.«

Gonsção seufzte. »Das hoffe ich, mein Sohn. Nun geht Euch waschen. In dem Becken dort ist kühles Wasser.«

Nickend schlurfte der Knabe tieftraurig davon.

Gonsção wandte sich wieder der Nische zu und kniete nieder. Er sann darüber nach, daß sein Glaube vor seiner Krankheit eher pragmatisch gewesen war, ein Teil seines Lebens, wie die Luft, die er atmete, und ein zentraler Bestandteil seiner Arbeit. Doch nun hatte er gesehen, was hinter der Pforte des Todes lag, und der Glaube war dringlicher geworden. Gonsção erinnerte sich, ein weißes Licht erblickt zu haben, das ihn durch einen dunklen Korridor führte. Am anderen Ende fand er sich auf einem Hügel wieder, der Ausblick auf eine herrliche blaue See gewährte. Er war sich eines weißen Gebäudes hinter sich bewußt geworden. Doch als er sich umwandte, um es anzuschauen, sah er … *Nein, ich darf nicht daran denken. Darf nie darüber sprechen. Niemand darf je erfahren, was ich gesehen habe.*

Thomas saß mit dem Rücken an eine schmale Säule aus braunem Basalt gelehnt und betrachtete den Sonnenuntergang. Er trug jetzt eine saubere Seidentunika und eine jener lockeren Hosen, die man *shalwar* nannte. Er bemühte sich nach Kräften, sich mit einem Getränk namens *charas*, dem Saft eines *ganja* genannten Krauts, und *boja*-Bier zu betrinken. Er hoffte, den segensreichen Zustand wieder herbeizuführen, in dem er sich vorhin in den Bädern befunden hatte. Er war nicht sonderlich erfolgreich dabei.

Das Problem bestand darin, daß Lockheart einige wichtige Punkte angeführt hatte. Mit nichts als einer erzwungenen Bekehrung nach England zurückzukommen, würde ihm weder das Wohlwollen der Königin noch das seines Meisters einbringen. *Master Coulter könnte mir sogar die Hand seiner Tochter Anna verweigern.* Nicht daß das eine große Tragödie gewesen wäre, denn Thomas hatte nur noch wenig für sie übrig, doch die Vorstellung verletzte seinen Stolz. *Ich könnte die Bekehrung verheimlichen, aber sie würden sich fragen, wie ich einfach so der Inquisition entkommen konnte. Schlimmer noch, wenn meine Lüge bekannt würde, müßten sie mich dann nicht verbannen? Oder hinrichten? Man könnte mich neuerlich bekehren ...* Der Gedanke, welchen Schaden das seiner unsterblichen Seele zufügen konnte, war verwirrend, und Thomas versuchte, nicht daran zu denken.

Er ließ seinen Blick durch den Garten des Palastflügels schweifen, den man ihnen zur Verfügung gestellt hatte, und musterte seine Mitreisenden. Joaquim und zwei anderen goanischen Soldaten war gelungen, was ihm verwehrt geblieben war, und nun versuchten sie im Zustand der Trunkenheit miteinander zu singen, zu schwatzen, zu würfeln, und nichts davon wollte so recht klappen. Zwei *soldados* fehlten, hatten sich zweifellos zu einem Stelldichein mit willigen Hindumädchen aus dem Staub gemacht.

Mehrere Musikanten waren eingetroffen, als Thomas nicht auf seine Umgebung geachtet hatte, und Lockheart führte ein hitziges Gespräch mit einem Blinden, der ein knolliges Instrument in Händen hielt, das wie ein zwischen zwei Kürbissen aufgespanntes Griffbrett aussah, das mit Saiten bezogen war. Weitere Musikanten trafen ein, säuberten ihre Flöten, strafften ihre Trommeln und bereiteten sich auf andere Weise aufs Spielen vor.

Armer Timóteo. Das hätte ihm gefallen. Und der Padre – man sollte meinen, daß er mit einem Lautenmacher als Vater etwas mehr Interesse bekundete. Doch in einem Fenster ihrer Unterkunft flackerte Kerzenlicht, und Thomas hörte von dort die gemurmelten Gebete des Padre.

Er empfand leichte Gewissensbisse. Aber *weshalb sollte ich mir Sorgen machen? Weil ich mir nach einer anstrengenden Reise eine Ruhepause gönne? Weil ich den Padre zu einem Leben wiedererweckt habe, an dem er sich nicht erfreuen kann?* Thomas nahm noch einen Schluck *charas* und lachte über sich selbst. *Ich erbärmlicher Narr. Ich bin der schrecklichen Inquisition entronnen und habe die Zuflucht gefunden, nach der ich suchte. Hier können meine Arme heilen, und ich kann von Schönheit umgeben leben, bis ich mich entscheide, was werden soll. Ohne mich kann der Padre seine Reise sicher nicht fortsetzen. Weshalb sollte ich an einem so herrlichen Abend schwermütig sein?*

Von irgendwo rechts über ihm erklang das Klingeln von

Armreifen und kleinen Glocken und das Rauschen von Seidengewändern. *Ah! Die Tänzerinnen.* Thomas setzte sich auf, und die goanischen Soldaten stießen einander an und gaben erwartungsvolle Geräusche von sich. Der blinde Musiker legte sich das seltsame Instrument auf den Schoß und stimmte einen dröhnenden Akkord an. Die Trommler auf den Balkonen über ihnen fielen ein, die Flötisten ebenso. Die Luft schien von Musik erfüllt zu sein, und Thomas merkte, wie sein Blut bei den Klängen zu rauschen begann.

Die Tänzerinnen kamen eine nahe Marmortreppe herunter. Jede trug ein Jäckchen aus feinster Seide über einer kurzen Bluse, die den Bauch freiließ. Sie trugen farbenprächtige enge Hosen, die sich um die Beine schmiegten und nichts von ihrer Figur verbargen. Alle waren barfuß, bis auf goldene Kettchen mit Glöcklein an den Knöcheln. Jedes Mädchen trug eine Halskette aus schwarzen Steinen und Perlen und Kupferarmreife an Oberarmen und Handgelenken. Jede war mit kunstvollen Ohrringen und juwelenbesetzten Umhängen aus der gleichen feinen Seide wie ihre Jacken geschmückt. Als sie die Treppe herabtanzten und schlangengleich wogten und wallten, fand Thomas jede bezaubernder als ihre Vorgängerin.

»Betörend wie Sirenen, nicht wahr, Tom?« flüsterte Lockheart ihm ins Ohr. »Ihr müßt wissen, daß ihre Bewegungen, jede Pose und Geste, demjenigen, der sie zu deuten versteht, eine Geschichte erzählen.«

»Die Geschichte, die sie mir erzählen, Andrew, lautet, daß ich schon viel zu lange weiblicher Gesellschaft entbehre.«

Lockheart lachte und schlug Thomas auf den Rücken. »Ha.

Seht dort! Ihr Liebreiz ist sogar groß genug, um den Drachen aus seiner Höhle zu locken.«

Thomas blickte in die Richtung, in die Lockheart nickte, und sah Padre Gonsção im Eingang zu ihrer Unterkunft stehen; mit gerunzelter Stirn hielt er Timóteo zurück, der die Augen weit aufgerissen hatte. Er konnte nicht anders, als in Lockhearts Gelächter einzustimmen, und es platzte nur so aus ihm heraus, bis nichts mehr ging.

Und dann schaute er kurz zur letzten Frau in der Reihe der Tänzerinnen hoch. Sie schien sich von den anderen zu unterscheiden, tanzte nicht so wie diese, und ihr Blick ruhte eine ganze Weile auf Thomas. Er betrachtete sie, ihren Umhang, die Augen der Tänzerin, und dann erkannte Thomas sie mit plötzlicher Freude.

»Aditi!« rief er aus. »Aditi, Ihr seid gekommen, um für mich zu tanzen!«

Ihre Augen hoben sich bestürzt, und rasch huschte sie zu ihm herunter. »Schscht. Sprecht meinen Namen nicht aus, Tamas. Die anderen dürfen nicht wissen, daß ich hier bin.«

»Oh. Vergebt mir. Aber ich bin so froh, Euch zu sehen.«

»Vielleicht sollte ich Euch Turteltäubchen allein lassen«, sagte Lockheart mit einem Zwinkern und entfernte sich diskret.

»Und ich bin froh, Euch zu sehen, Tamas«, flüsterte Aditi über das Getrommel. »Ich bin hier, um zu erfahren, ob es Euch gutgeht. Ich habe mich beim Sultan für Euch verwendet, wie es Euer Wunsch war. Er sagte, er will sehen, was er für Euch tun kann.«

»Allersüßeste Aditi«, sagte Thomas, irgendwie nicht fähig,

die Lautstärke seiner Stimme zu kontrollieren. »Ihr seid wahrhaftig ein Engel!«
»Ihr seid ja betrunken.«
»Bin ich das? Hussa, so war ich erfolgreich! Ich bitte Euch, gewährt mir weiteres süßes Vergessen in Euren Armen, denn es gibt vieles, woran ich nicht denken mag.«
Thomas schlang seine Arme um ihre Taille und achtete nicht auf den empörten Schmerz in seinen Schultern.
»Ihr solltet vorsichtiger sein, Liebster«, sagte Aditi und nahm sanft seine Arme von ihr. »In der Nähe lauert noch immer Gefahr.« Sie neigte den Kopf in Richtung des Padre.
Thomas schaute zu ihm hinüber. Der Padre starrte sie an, blaß vor Erstaunen und Wut. »Oh, seht es ihm nach. Er ist nur neidisch auf die weltlichen Genüsse, die er sich selbst verwehrt. Wir sind weit weg von Goa. Welchen Schaden könnte er Euch hier schon zufügen? Bleibt bei mir, Aditi! Haben wir nicht eine himmlische Zuflucht gefunden, wo wir unsere Gefühle nicht länger verbergen müssen?«
Die Reihe der tanzenden Mädchen verschwand durch einen Torbogen gegenüber vom Pavillon. Aditi schmiegte sich an ihn und küßte Thomas' Nacken. »Ich muß gehen. Wenn das Glück uns hold ist, werden wir uns bald wieder sprechen.« Sie entzog sich geschmeidig seiner Umarmung und lief davon, um sich zu den anderen Tänzerinnen zu gesellen.
Thomas lehnte sich mit einem enttäuschten Seufzer wieder an die Säule zurück.
»So«, sagte Padre Gonsçãos Stimme hinter ihm, »das ist also die rätselhafte Aditi.«
»Was plappert Ihr da, Ihr selbsternannter Eunuch?«

»Ich will annehmen, der Dämon des Trinkens spricht mit Eurer Zunge, und es Euch deshalb nicht verübeln. Doch wenn Ihr erlaubt, habe ich Euch etwas zu sagen.« Der Padre setzte sich neben ihn. Thomas konnte, deutlich wie nie zuvor, den Körpergeruch des Inquisitors wahrnehmen.

»Ihr braucht ein Bad.«

»Hört mich an. Normalerweise würde ich das niemandem außerhalb der Santa Casa erzählen. Doch als wir nach den Mitgliedern der Verschwörung des Zauberers De Cartago suchten, gab es da jemanden, von dem wir hörten, den wir aber nie fanden. Sie war nur als Aditi bekannt, und es hieß, sie sei die Anstifterin des Kults ... jemand, der einen Gouverneur und einen Vizeregenten von Goa tief in den heidnischen Sündenpfuhl hinabzog. Es hat den Anschein, als habe sie ein weiteres Opfer gefunden.«

»Aditi könnte ein weitverbreiteter Hinduname sein. Wiesteht's damit?« Thomas legte den Kopf in den Nacken und schloß die Augen; er wünschte, der lästige Padre würde verschwinden.

»Mir war es schon recht seltsam vorgekommen, daß die Frau im Palankin, die unsere Karawane anführt, dermaßen an Euch interessiert war. Doch nun begreife ich. Ich gestehe, Ihr habt mich zum Narren gehalten. Ihr seid sehr raffiniert, Magister Chinnery.«

»Heh.«

»Doch nun frage ich mich, hat Aditi Euch und mich hierhergeführt, um uns von unserem Ziel abzubringen oder um uns darauf zuzuführen? Sie kann gewiß nicht den Wunsch haben, daß die Santa Casa ihre geliebte

Göttin findet. Vielleicht führt sie uns beide an der Nase herum.«
Thomas kicherte. »Ihr wollt mich dazu bringen, daß ich ihr mißtraue.«
Der Padre zuckte mit den Achseln. »Woher soll ich wissen, ob Ihr ihr trauen könnt? Ich weiß nicht, was sie Euch versprochen hat – oder Ihr Aditi.«
»Was sie mir versprach«, sagte Thomas mit schwerer Zunge, »hat sie bereits getan. Und Ihr schätzt mich falsch ein, Padre. Nur um Goa zu verlassen, erzählte ich ihr, daß ich ein Schüler der Mahedevi werden wolle, damit sie mir hilft. Doch ich habe nicht vor, zum Heiden zu werden, dessen versichere ich Euch.«
»Ah. Ihr führt sie also hinters Licht. Durchtriebener Kerl.«
»Es war nur eine kleine Schwindelei. Ich hatte keine bösen Absichten.«
»Nein, nein, ich verstehe vollkommen«, sagte der Padre.
»Da unsere Beweggründe edel und heilig sind, haltet Ihr es da für eine Sünde, sie so zu täuschen?«
Ein bitteres Lachen platzte aus dem Padre hervor. »Das soll nicht Eure Sorge sein, mein Sohn. Ich verzweifle nun schon geraume Zeit an Eurer Erlösung. Also. Ihr habt den Herkunftsort des *pulvis mirificus* doch eigentlich nie finden wollen, habe ich recht?«
Thomas zögerte. »Ich möchte lieber nicht mehr darüber sprechen. Morgen, wenn wir dem Sultan begegnet sind, werdet Ihr genau wissen, was ich denke. Aber glaubt mir, ich wollte weder Euch noch Bruder Timóteo jemals ein Leid zufügen, und das will ich auch jetzt noch nicht.«
Gonsção setzte ein breites Grinsen auf und erhob sich.

»Wie mich das beruhigt, Magister Chinnery. Ihr habt mir eine wertvolle Lektion beigebracht. Indessen habt Ihr Euch diesen Aufschub von allen Problemen sicher verdient. Genießt Eure weltlichen Freuden, solange Ihr das noch könnt.« Der Padre schlug Thomas derb auf die Schulter.
»Au!« Thomas zuckte zusammen und rieb sich verwirrt die Schulter, als der Padre mit weit ausgreifenden Schritten in seine Gästeräume zurückging.

Mirsa Ali Akbarshah lehnte sich in einem Pavillon an der Nordseite des *Gagan Mahal* auf einen Stapel Kissen zurück und betrachtete die Sterne. Er und seine Männer hatten die Gastfreundschaft des 'Adilshah erduldet, gebadet und gegessen und höflich die Gärten bestaunt. Nach den vielen Tagen auf der Straße war das eine angenehme Abwechslung gewesen, hatte jedoch lediglich den Wunsch in ihm geweckt, wieder in Lahore zu sein statt in diesem rückständigen Sultanat.
Er schlurfte seinen Nelkentee und beobachtete eine Weile seine Gefährten. Er hatte die Männer, die ihn begleiteten, ihrer Vernunft und Besonnenheit wegen ausgewählt und war nicht enttäuscht worden. Seine Männer rührten den Alkohol nicht an, den man ihnen reichte. Sie sprachen nur über Belanglosigkeiten miteinander, über nichts, was für einen möglichen Lauscher von Interesse wäre. Der Mirsa hatte bereits vermutet, daß Ibrahim sie zum Morgengebet zu sich rufen oder ihnen in aller Frühe eine Audienz gewähren könnte, entsprechend einer verbreiteten Praktik – der Mirsa hatte sich ihrer selbst schon das eine oder andere Mal bedient.

Aus irgendeinem Bereich des Palastes war eine Gruppe von Musikanten eingetroffen und stellte sich auf. Masum führte sie an und sprach eifrig mit einem blinden Mann, der eine *vina* trug. Der Mirsa fühlte sich geradezu erleichtert, daß der geschwätzige Sufi jemand anderen gefunden hatte, dem er seine Geschichten aufdrängen konnte.
Jaimal kam herbei und setzte sich neben den Mirsa.
»Weshalb schicken wir sie nicht fort?«
»Also wirklich, Jaimal, eine so offensichtliche Kränkung des Sultans ist wahrlich nicht nötig. Dazu besteht keine Veranlassung. Noch nicht.«
»Aber es sind Tänzerinnen unterwegs. Glaubt dieser Ibrahim, er kann uns mit den Schönen des Königreichs umgarnen? Das ist ungehörig. Wenigstens die sollten wir wieder fortschicken.«
»Ach, Jaimal, wäre es nicht die Mühe wert festzustellen, daß unsere Mädchen aus Sind besser tanzen als diese Dekkan-Frauen? Außerdem könnte der Sultan sich fragen, was für eine Art Männer wir sind, wenn wir eine Truppe tanzender Mädchen fürchten.«
Er entlockte Jaimal ein widerwilliges Lächeln. »Ihr habt recht, mein Gebieter. Also gut, sollen sie kommen.«
Nicht lange danach erklang das Klimpern von Juwelen, und die Musikanten begannen zu spielen – es war eine schwere Trommelmusik, die dem Mirsa nicht vertraut war. Die Mädchen kamen herein, in *cholis* und *peshwaz* von hinreichend guter Qualität gekleidet. Ihr Tanz war anmutig, doch der Mirsa kannte die Bedeutung der hiesigen Gesten nicht, so daß er nicht zu sagen vermochte, ob sie die Geschichte von Schwestern erzählten, die gegen eine

Räuberbande kämpften, oder von Wäscherinnen, die auf den Steinen am Flußufer Kleidung trockenschlugen.
Ihre Bewegungen waren graziös aufeinander abgestimmt, anscheinend hatten sie schon oft miteinander getanzt, bis auf die letzte Frau in der Reihe. Sie schien etwas älter zu sein, und ihre Bewegungen fügten sich nicht immer in die der anderen ein. Sie schien den Mirsa und seine Männer aus ungewöhnlich blauen Augen prüfend anzusehen.
Aha. Natürlich. Das ist die Spionin des Sultans. Nun, mag sie beobachten, solange sie will, sie wird nichts Interessantes von uns zu sehen oder zu hören bekommen. Der Mirsa lächelte und nickte ihr zu.
Die Frau reagierte mit einem betörenden Lächeln und hätte fast einen Schritt verpaßt. Fünfmal umrundeten die Tänzerinnen den Pavillon, und jedesmal, wenn sie vorbeikam, war sie dem Mirsa näher und versuchte einen Bereich ihrer Anatomie vorteilhaft zur Geltung zu bringen, ohne sich darum zu kümmern, ob das noch zu der Geschichte paßte, die die anderen Tänzerinnen erzählten.
»Es scheint, als hätte diese ein Auge auf Euch geworfen«, meinte Jaimal.
»Ganz ohne Frage«, sagte der Mirsa. »Ich denke, ich werde mitspielen und sehen, was sie vorhat.«
Der Tanz endete mit einem hohen Flötentriller, und die Mädchen verteilten sich unter die Männer. Die Spiontänzerin rannte los und ließ sich rasch zu Füßen des Mirsas nieder.
»Hat Euch erfreut, was Ihr gesehen habt, Großer Gebieter?« fragte die Frau, wobei sie sich mit honigsüßer Stimme des besten Hofpersisch bediente.

»Ich konnte meinen Blick nicht von Euch wenden«, sagte der Mirsa, »so anmutig wart Ihr. Ihr ragtet unter den anderen heraus.«

Die Frau starrte mit einstudierter Bescheidenheit zu Boden. »Mein Gebieter erweist mir zuviel der Ehre.«

»Unmöglich!« sagte der Mirsa. »Aber eine Lady, die sich dermaßen gewählt ausdrücken kann, ist doch sicher kein einfaches Tanzmädchen. Ihr müßt eine ... ah, jetzt weiß ich. Ihr wart eine Kurtisane der höchsten Kaste, habe ich recht?«

»Ah, Ihr seid sehr klug, mein Gebieter. Ich bin wahrhaftig einmal als eine solche tätig gewesen. Im Norden, in Rajastan.«

»Was hat Euch veranlaßt, diese Stellung aufzugeben, daß Ihr nun als einfaches Tanzmädchen dient?«

Die Frau wandte ihm ihre großen blaugrauen Augen zu. »Ich bin gezwungen, die Wahrheit zu sagen; ich bin einzig deshalb hier, um Euch zu unterhalten, mein Gebieter.«

»Nun seid Ihr es, die mir zuviel der Ehre erweist.«

»Unmöglich«, seufzte die Frau mit vor Sehnsucht schwerer Stimme. »Ich habe gehört, daß der Große Gebieter auf der Suche nach Geschichten nach Bijapur kommt. Ich weiß viele Geschichten zu erzählen.«

»Erstaunlich«, sagte der Mirsa zu Jaimal, »unter einfachen Rubinen einen solchen Diamanten zu finden. Kommt, meine taubenäugige Schöne, setzt Euch neben mich und erzählt mir, was Ihr gehört habt.«

Die Frau drängte sich fast auf seinen Schoß. »Ihr sucht nach einer mächtigen *rani*, die jedem Mann, der eine

Nacht mit ihr überlebt, die Unsterblichkeit zum Geschenk macht.«

»Das ist eine … interessante Version dessen, was wir gehört haben, meine Holde. Verrät Eure Geschichte uns auch, wo man diese *rani* finden kann?«

»Weit, weit im Süden, mein Gebieter, in den Nigiri-Bergen, wo der Nebel nie von den Wipfeln des Waldes weicht, liegt ihre Stadt in den tiefsten Höhlen eines alten Vulkans verborgen. Sie wird von zehntausend Dämonen bewacht. Lediglich die tapfersten Männer kommen hinein, doch ist man einmal dort, so will man nie wieder fort.«

»Ihr spinnt ein herrliches Garn, schönes Kind.«

»Ihr wollt uns wahrscheinlich erzählen«, sagte Jaimal, »daß die Höhle mit Gold und Smaragden gepflastert ist, daß Honig in Kaskaden die Bergflanken hinabfließt, daß die Vögel zum Lob der Königin *ragas* singen und die Bäume das ganze Jahr über Früchte tragen.«

»Ah! Wie ich sehe, habt Ihr diese Geschichte schon einmal gehört.«

»Eine ähnliche, ja«, sagte der Mirsa. Aus den Augenwinkeln heraus sah er, daß Masum sich neben Jaimal setzte. *Der Sufi will ihre Geschichten also auch hören. Ich frage mich, was er wohl von ihr hält.*

Die Tänzerin lehnte sich an ihn. »Und wo, wenn ich fragen darf, habt Ihr diese Geschichte vernommen, Ihr, der Ihr von so weit her kommt?«

»Ich fürchte, meine Antwort ist trist, holdes Kind, denn ich vernahm sie, als mein Kaiser mir befahl, zu dieser Reise aufzubrechen. Und woher er sie kannte, nun, da müßtet

Ihr schon den ganzen weiten Weg bis nach Lahore reisen, um ihn selbst zu fragen.«

»Euer Kaiser hat es Euch nicht verraten?«

»Nein, und ich habe ihn auch nicht gefragt. Könige mögen es nicht, wenn ihre Diener sie bedrängen, grundsätzlich nicht. Allerdings behaupten welche, daß ihm einmal in einer Vision eine Göttin mit lichtem Haar erschienen sei, die einen von vier Tigern gezogenen Himmelswagen lenkte und verlangte, daß Akbar sich auf die Suche nach ihr begebe und ihr Tribut zolle.«

»Aber Ihr …« Plötzlich erregte etwas, was Masum tat, die Aufmerksamkeit der Frau.

Der Mirsa folgte ihrem Blick und sah, daß der Sufi offenbar kleine Wachskügelchen nahm und gegen einen Lederbeutel drückte, der mit braunem Staub bedeckt war.

»Was ist das?« flüsterte die Frau. »Was macht Ihr da?«

Masum lächelte. »Man sagte mir, es handele sich um *Rasa Mahadevi*, edle Lady. Der, der es mir gab, sagte, es sei ein tödliches Gift, das man nur dann verabreichen dürfe, wenn keine Hoffnung mehr besteht. Es ist jedoch nicht mehr viel übrig, deshalb versuche ich soviel wie möglich zu sammeln, damit es nicht verlorengeht.«

Sie starrte eindringlich darauf. »Es ist wahrhaftig ein tödliches Gift. Wer hat es Euch gegeben?«

»Einer aus dem Westen mit gelbem Haar. Ich weiß nicht, woher er es hat.«

»War sein Name Tamas?«

»Oha, ganz recht, Lady. Seid Ihr ihm begegnet?«

Die Frau schlug auf den Boden und knurrte etwas, was der Mirsa nicht verstand, doch er war sich sicher, daß es nicht sehr damenhaft war. Ohne ein weiteres Wort stand sie auf und verließ den Mirsa, machte lediglich kurz halt, um etwas zu dem blinden *vina*-Spieler zu sagen, bevor sie aus dem Pavillon ging.

»Äußerst seltsam«, sagte Jaimal.

»Ja«, bestätigte der Mirsa und sah ihr nach. »Ibrahim scheint seine Spione schlecht auszuwählen. Wißt Ihr, was sie so erregt haben könnte, Masum?«

Der Sufi schüttelte den Kopf. »Ich kann mir nichts denken, Erhabener Mirsa.«

»Ach, was soll's.« Der Mirsa erhob sich und klatschte in die Hände. »Die Lustbarkeiten sind beendet.«

Aditi lief still und leise zu dem Palastflügel, in dem die Goaner untergebracht waren, und zog einen kleinen, schmalen Dolch aus ihrem Rockbund. Im Atrium vor den Gemächern der Goaner war es bis auf die Rufe der Nachtvögel ruhig.

Thomas lag ausgebreitet auf den Steinfliesen, und das Licht des Mondes und ferner Fackeln brachte sein goldenes Haar zum Schimmern. Einen Moment lang fragte Aditi sich, ob jemand ihr die Arbeit abgenommen hatte. Und dann hörte sie ihn schnarchen. *Diesmal, Tamas, wird Krischna mich nicht aufhalten. Das war zuviel des Verrats, den Mogulen das* Rasa Mahadevi *zu geben. Wieviel haben sie dir dafür bezahlt? Was haben sie dir versprochen? Einerlei.*

Sie näherte sich der schlafenden Gestalt, hob den Dolch –

»Ay, *inglês*!« Die Tür zu den Unterkünften wurde aufgestoßen, und einer der goanischen Soldaten taumelte her-

aus. »Der Padre sagt, Ihr sollt sofort kommen, Ihr ungezogener Junge«, nuschelte er auf Latein.
Aditi duckte sich hinter einen *asoka*-Baum, als der Soldat Tamas unter den Armen ergriff und hochwuchtete. Thomas stöhnte und stützte sich auf den Soldaten, etwas Unverständliches murmelnd. Gemeinsam gelang es den beiden, wieder ins Innere zu taumeln.
Aditi stampfte fluchend auf und lief zu ihrem Zimmer mit dem Gitterwerk. Gandharva war bereits da und entfernte eine zerrissene Saite von seiner *vina*. »Nun?« fragte er, als sie eintrat.
»Das Schicksal hat mich erneut gehindert. Er war allein, doch ein Soldat brachte ihn in Sicherheit, bevor ich ihn töten konnte.«
»Ah.«
»Ai«, seufzte Aditi und ließ sich neben ihn auf ein Kissen sinken. »Was für eine Nacht.«
»Scheint mir auch. Ich glaube, meine Fingerspitzen werden versteinern, wenn sie mir nicht vorher abfallen. Wie ist es Euch mit dem Mirsa ergangen?«
»Ich habe nicht mehr von ihm erfahren als das, was Ibrahim uns schon sagte. Ich versuchte, ihm Lügen über die Lage der Stadt unserer Mahadevi zu erzählen.«
»Glaubte er Euch?«
»Nicht mehr, als ich ihm glaubte, nehme ich an.«
»Ihr habt ihn nicht mit Eurem ... Liebreiz überzeugen können?«
Aditi starrte Gandharva an, auch wenn er es nicht sehen konnte. »Was hätte das gebracht? Der Mirsa ist kein Narr, der mit der Schlange in seiner Hose denkt. Sicher hätte er

Gebrauch von mir gemacht, aber es hätte ihm nicht mehr bedeutet, als sich einmal zu schneuzen.«
»Ah, diese hohen Herren aus dem Norden wissen nichts von den anmutigen Spielen der Gesellschaft. Das muß an ihrem bedrückenden Glauben liegen. Was ist mit dem, der das *Rasa Mahadevi* hatte?«
»Er ist ein zotteliger Sufi mit der Miene eines treuen Hündchens. Ich glaube nicht, daß ihm bewußt ist, was er da hat. Man sagte ihm, es handele sich um Gift, weshalb er wohl nichts damit anfangen wird.«
»Ah, Ihr müßt Masum meinen. Er kommt vom Chisti-Anwesen auf der Feste Schapur. Ich sprach mit ihm, bevor ich für die Mogule spielte. Mir scheint, Ihr habt mehr von ihm zu befürchten, als Ihr glaubt.«
»Weshalb?«
»Weil ihn seiner Ansicht nach göttliche Eingebung zu seiner Suche veranlaßte, und deshalb werden ihn weder materielle Dinge noch mangelndes Wissen aufhalten.«
»Ich verstehe.«
»Er sagt, er habe durch Träume von der Expedition des Mirsa erfahren.«
Aditi seufzte und schlug in ein Kissen. »Was können wir schon tun, Gandharva, wenn die Mahadevi selbst gegen uns ist?«
»Gebt nicht der Mahadevi die Schuld an etwas, was das Werk von Dämonen sein könnte oder bloßer Zufall. Ihr und ich, wir sind wie Reisende auf einem Floß im Strom. Wir sind an einen Ort gekommen, an dem andere Flüsse einmünden, reißende Strömungen hervorrufen und wo sich Felsen unter dem Wasser verbergen. Der unbedachte

Reisende würde versuchen, seinen Kurs gewaltsam beizubehalten, und riskieren, dabei von seinem Floß gerissen zu werden und zu ertrinken. Der gewitzte Reisende wird alles daran setzen, sein Gefährt vor dem Kentern zu bewahren und ruhigeres Gewässer aufzusuchen, dem Fluß ansonsten aber seinen Willen lassen. So treibt der Gewitzte dann noch dahin, wenn die Strömung des Flusses wieder übersichtlich und gerade ist.«

»Eure Geschichten sind bezaubernd, Gandharva, doch sie können mich nicht leiten.«

»Ah. Wenn das so ist, werde ich wohl nie ein richtiger Sufi werden.«

Aditi starrte über den Balkon hinaus zu den im Sternenlicht schimmernden Dächern von Bijapur. »Die Mahadevi kann mich ebensowenig leiten. Ich weiß nicht mehr, was das alles eigentlich soll, Gandharva. Ich wünsche mir nur noch, nach Bhagavati zurückzukehren.«

»Ihr seid müde, Aditi.«

»Ja, doch es ist mehr als das. Ich bin dieses Lebens überdrüssig geworden. Dessen, was ich tue. Glaubt Ihr, die Mahadevi würde mir erlauben, daß ich aufhöre, Ihr als Ohren und Mund zu dienen?«

»Ich kann nicht vorhersagen, was die Mahadevi erlaubt und was nicht. Doch es gibt noch etwas, was Ihr zu Ende führen müßt.«

»Und das wäre?«

»Eure Dienerin. Ihr wolltet sie wiedererwecken.« Er stieß mit dem Fuß sanft gegen Krodhas Leiche.

»Oh. Ja. Das hätte ich fast vergessen.« Aditi holte unter dem Teetablett die Phiole mit *Rasa Mahadevi* hervor, die sie Gandharva abgenommen hatte. Sie zog den Stöpsel heraus und schüttete die letzten verbliebenen Körner in Krodhas Mund.

Nach einigen Momenten erbebte Krodha, als werde sie von Alpträumen geplagt. Dann keuchte sie und richtete sich mit schreckensweiten Augen auf.

»Ah, da seid Ihr ja wieder, schläfrige Schönheit«, sagte Aditi und lehnte sich beiläufig gegen Gandharva. »Wir dachten schon, Ihr hättet vielleicht beschlossen, für immer in Schayapura zu bleiben.«

Krodha legte ihre Hände auf Gesicht und Arme, als fragte sie sich, ob sie noch einen Körper besäße. »Ich ... ich muß wahrlich tief geschlafen haben. Was für seltsame Träume ich hatte.« Sie blickte Gandharva an. »Ihr seid noch hier?«

»Er ist zurück«, erklärte Aditi, »von seinen anderen Vergnügungen. Es ist recht spät. Die halbe Nacht ist schon verstrichen.«

Krodha erhob sich. »Ich sollte gehen.«

»Aber weshalb denn?« fragte Aditi. »Wer wird mir dann mein Morgenmahl bereiten?«

»Ich schicke jemand anderen.« Krodha schlang sich ihren *shal* eng um die Schultern und strebte der Tür zu.

»Haben wir Euch solche Angst eingejagt, gute Krodha«, sagte Aditi und folgte ihr, »daß Ihr jetzt vor uns weglauft?«

Krodha wandte sich um und starrte Aditi an. »Ich muß Euch warnen.«

»Warnen?«

»In meinem Traum war ich an einem mir unbekannten Ort. In einem Tempel aus weißem Stein, mit hohen Säulen. Da war jemand, eine Königin der *naga*, glaube ich, die zu mir sprach. Ihre Worte klangen fremdländisch, doch ich verstand sie. Sie sagte, daß man mir nicht Einlaß in das Paradies gewähren wolle, weil meine Zeit noch nicht gekommen sei. Und daß ich Euch sagen solle, Ihr hättet Euch an den Göttern versündigt. Wie lautete noch gleich das Wort … *hybis*, glaube ich.«

»Hybris.«

»Genau das. Sie sagte, Ihr werdet dafür büßen. Ich weiß nicht, was der Traum bedeutet, Sri Aditi, doch ich will Euch nicht länger dienen. Ich glaube, das bringt Unglück. Ich werde jemand anderen schicken.« Krodha verschwand durch die Gittertür und zog sie fest hinter sich ins Schloß. Aditi stand wie versteinert da, und das Gittermuster verschwamm vor ihren Augen. »Habt Ihr sie gehört, Gandharva?«

»Das habe ich. Ihr habt nach einem Zeichen verlangt. Anscheinend habt Ihr eines bekommen.«

»Die Mahadevi wird sicher verstehen, was ich getan habe und weshalb.«

Aditi fuhr sich mit der Hand über die Augen, und ihre Benommenheit wich. Sie ging wieder zu Gandharva und lehnte sich neben ihm auf die Kissen zurück. »Wie entgeht man dem Wahnsinn, wenn so viele widersprüchliche Gedanken in einem toben?«

»Indem man bei keinem davon zu lange verweilt. Für mich zählt jeweils der einzelne Augenblick. An die Zukunft oder die Vergangenheit zu denken bedeutet, sich Lügen und Illusionen hinzugeben.«

Aditi wandte den Kopf und betrachtete die hellen, lodernden Sterne. »Wer auch immer zu Krodha gesprochen hat, er hatte recht. Ich werde bereits bestraft. Denn ich glaube nicht, daß es mir heute nacht vergönnt sein wird, Schlaf zu finden.«

16

ROSE:

Sie gilt den Menschen in allen Ländern als Königin unter den Blumen. Jeder Teil der Pflanze hat heilende Wirkung. Rosenöl spendet ruhigen Schlaf und bewahrt die Jugend. Ein Aufguß der getrockneten Blätter hilft gegen Kopfschmerzen und reinigt mit Honig vermischt das Blut. Ihre Frucht lindert Brustbeschwerden und Halsweh. Die rote Farbe der Rose soll daher rühren, daß sie errötet sei, als Eva sie im Garten Eden küßte, doch die Dornen sind ihr gewachsen, damit sie uns an den Sündenfall erinnert. Den Mohammedanern ist die Rose ein Symbol der Zeugungskraft, und sie entsprang dem Schweiße des Propheten, als er ins Paradies reiste. Für die Hindu gewann die Rose einen Wettstreit zwischen den Göttern, welche Blume die schönste sei. Und die Griechen aus alter Zeit glaubten, sie sei vom Blut der Venus befleckt, die sich an den Dornen die Füße aufriß, als sie nach ihrem geliebten Adonis suchte. Eine über einem Gemeindehaus hängende Rose symbolisiert, daß Gäste darin frei von aller Angst sprechen dürfen. Rosenblätter, die außerhalb der Jahreszeit abfallen, sind böse Omen …

Obwohl die Sonne noch nicht über den Mauern von Bijapur aufgegangen war und obwohl die Gesänge des Muezzin und die klangvollen Gebete noch ermutigend in ihrem Geist widerhallten, standen der Mirsa und seine Männer schon an der Pforte und warteten.

Der Mirsa lächelte, als er das Nahen von Schritten hörte. »Habe ich es Euch nicht gesagt?« wandte er sich leise an Jaimal.

»Ich bin froh, daß mein Gebieter mich nicht bat, eine Wette abzuschließen«, sagte der Leutnant mit unwilligem Lächeln.

Die Pforte öffnete sich, und der gutgekleidete Diener, der zum Vorschein kam, machte einen Schritt zurück und blieb auf einmal erstaunt stehen.

»Ich wünsche Euch einen guten Morgen«, sagte der Mirsa. »Wir sind bereit für die Audienz bei Sultan Ibrahim.«

»Äh … äh …«, stammelte der Diener.

»Deshalb seid Ihr doch hier, nicht wahr?« fragte Jaimal. »Um uns zu Eurer erleuchteten Majestät zu führen?«

»Wahrlich, erhabene Herren, das stimmt. War jemand vor mir hier, um Euch das zu sagen?«

»Wir wußten es«, meinte der Mirsa. »Woher, tut nichts zur Sache.«

»Äh … natürlich, Ihr hohen Herren. Doch Ihr dürft Euch ruhig Zeit lassen. Seine Majestät möchte Euch nicht zur Eile drängen.«

»Aber wir sind soweit. Ihr könnt uns gleich zu ihm führen.«

»Ähem …«

»Das heißt«, meinte Jaimal, »wenn Seine Majestät für uns bereit ist.«

»Aber das ist er natürlich«, sagte der Mirsa. »Der wäre ein schlechter Gastgeber, der seine Gäste zu sich bestellt, bevor er selbst fertig ist.«

Die Wangen des Dieners nahmen allmählich eine hochrote Färbung an. »Wenn die erhabenen Herren so freundlich sein möchten, mir zu folgen.« Er verbeugte sich und führte sie in den Korridor.

Der Mirsa bemerkte, daß Masum den Raum als letzter verließ, wie er auch der letzte gewesen war, der sich vom Gebetsteppich erhoben hatte. *Seine Füße mögen den geistlichen Pfad begehen*, dachte der Mirsa und lächelte in sich hinein, *doch sich des irdischen bewußt zu bleiben, bereitet ihm offensichtlich Mühe.*

Der Diener lotste sie in weitem Bogen durch die Außenbereiche des *Gagan Mahal*, bis er sie endlich zu der gewaltigen Steinplattform im Zentrum des Palastes führte. Westlich davon lag der große Torbogen, durch die jeder Passant die abgehaltenen Treffen mitansehen konnte. In der Nähe der Plattform gab es weder Mauern noch Säulen, fiel dem Mirsa auf. Kein Platz für Soldaten, um sich im Hinterhalt zu verbergen. Sie bot eine Atmosphäre der Offenheit, Sicherheit, Aufrichtigkeit und des Vertrauens. *Entweder haben wir von Ibrahim nichts zu befürchten,* dachte der Mirsa, *oder er ist gerissener, als ich dachte.*

Auf der Plattform war provisorisch ein spiegelnder Teich angelegt und mit weißem Lotos gefüllt worden. Töpfe mit

Jasmin, Rosen und Chrysanthemen säumten die Ränder der Plattform. Am östlichen Ende stand eine achteckige Empore, über der ein Baldachin aus roter und grüner Seide hing. Auf der Empore stand ein breiter Plüschsessel mit kurzen Beinen und hoher Rückenlehne. Im Augenblick war der Sessel leer.

Vor der Empore lagen mehrere große, reich verzierte Webteppiche, und hier, zur Rechten der Empore, bat man den Mirsa und seine Männer, sich zu setzen. Der Mirsa wunderte sich über die Anordnung, verzichtete jedoch auf offenen Widerspruch.

Hinter dem Vorhang, der sich im Anschluß an die Empore erstreckte, rief ein Diener: »Macht Platz, alle, die ihr mich hört, dem Herrlichen und Erleuchteten Monarchen, Ihrer Höchsten Königlichen Majestät Ibrahim 'Adilshah, dem Obersten Gebieter von Bijapur, dem Günstling des Allmächtigen, dem Jagat-Guru, Edlen Unterweiser, Beschützer der Frauen und Bewahrer des Glaubens.«

Der Mirsa wandte sich der Empore zu und verneigte sich im Sitzen, wobei er seinen Männern bedeutete, es ihm nachzutun. Er fiel nicht auf die Knie, denn er wollte klarstellen, daß dies ein Treffen unter Gleichen war.

Der hintere Vorhang teilte sich, und im Gefolge zweier Diener trat Sultan Ibrahim ein. Wenn er sich in aller Eile angekleidet hatte, so wies nichts darauf hin. Der stämmige Sultan trug einen eleganten gelben Seiden-*jama* mit goldenem *kammerband* und einen juwelenbesetzten Gürtel mit Saphiren über einer gelben *shalwar*-Hose. Sein *pagri*-Turban aus goldenem Tuch, an dem ein Juwel prangte, vervollständigte das Ensemble.

»Wenn Ihre Höchste Königliche Majestät erlaubt«, fuhr der Diener fort, »darf ich Euch den Gesandten aus unserem Nachbarkönigreich im Norden vorstellen, Seine Hoheit Mirsa Ali Akbarshah.«

Noch in gebeugter Haltung sagte der Mirsa: »Ich bringe Euch Grüße, Majestät, vom Kaiserlichen Schahinschah Allahu Akbar, Khalifah und Herrscher über ganz Sind. Möge Er, der unser Allmächtiger Versorger ist, Euch, Eure Familie und Euer Königreich mit Frieden, Harmonie und jenen Segnungen überhäufen, die Euch gewiß gebühren.«

Der Sultan umarmte den Mirsa kurz. »Es ist mir eine Ehre, den Gesandten meines illustren Nachbarn zu empfangen; möge der Über Alle Maßen Großmütige und Barmherzige freundlich auf die Familie des Schahinschah, sein Land und sein Volk blicken. Bitte macht es Euch doch bequem, Ihr alle.« Ibrahim ließ sich mit überkreuzten Beinen auf der Sitzfläche seines Sessels nieder.

Der Mirsa und seine Männer setzten sich wieder auf die Teppiche zur Rechten des Sultans, wie man es sie geheißen hatte.

Weitere Männer gesellten sich zum Sultan auf die Empore. »Dies ist Qasim Firishta, mein Hofhistoriker. Ich habe ihn eingeladen, weil ich glaube, daß es sich hierbei um ein Ereignis von einiger Bedeutung handelt. Und dies ist Nur Al-Din Muhammad Zuhuri, mein Hofdichter, der zugegen ist, damit diese frohe Begegnung in ergötzlicher Sprache festgehalten werde. Und dies ist Gandharva, ein begnadeter Musiker, denn ohne Musik kann ich nicht sein.«

Der Mirsa erkannte den blinden *vina*-Spieler als einen von

denjenigen, die seine Männer vorige Nacht unterhalten hatten, als den, mit dem die seltsame Spiontänzerin gesprochen hatte, bevor sie hastig verschwand, doch er beschloß, kein Wort darüber zu verlieren.

»Ich nehme an, Ihr vergebt mir«, sagte Ibrahim, »daß ich Euch in aller Frühe zu mir gebeten habe. Ich fürchte, meine Geschäfte werden heute den ganzen Tag ausfüllen. Doch ich wollte sichergehen, daß ich Eure Hoheit bei der ersten möglichen Gelegenheit begrüße.«

»Ich verstehe vollkommen«, antwortete der Mirsa. »Außerdem ist das Morgengrauen ein günstiger Zeitpunkt, um große Unternehmungen zu besprechen.«

»Ihr seid wahrhaft freundlich«, sagte Ibrahim. »Doch erlaubt mir, daß ich meine Unhöflichkeit, Euch so früh zu mir zu rufen, durch einige bescheidene Erfrischungen wiedergutmache.« Er klatschte in die Hände, und Diener mit Silberplatten kamen auf die Plattform. Auf den Platten türmten sich zerlegte Passionsfrüchte und Granatäpfel, mit Mohnsamen bestreutes Honigbrot, mit Turmerik und Safran gewürzte Wachteleier, Schalen mit eingelegtem Gemüse und gedünsteten Lotosherzen. Mit Zimt und Koriander gewürzter Tee wurde in kleine Silbertassen eingeschenkt und vor dem Mirsa und seinen Männern abgestellt.

Es kam zu einem peinlichen Augenblick, als die anderen darauf warteten, daß der Mirsa zu essen begänne. *Wenn Ibrahim eine Schurkerei vorhat, hätte er uns auch im Schlaf erschlagen lassen können. Wir sollten jetzt nicht befürchten, vergiftet zu werden.* Er nahm ein schlüpfriges Stück Passionsfrucht und schob es sich in den Mund. Dann

wies er seine Männer an, ebenfalls zuzugreifen, was sie auch mit großem Eifer taten.
Nach dem Essen verging einige Zeit mit Geplauder über die Gesundheit des Kaisers, das Wetter in Bijapur und darüber, wie es um die Ernte bestellt war, über Ibrahims Familie und anderes belangloses Geschwätz, wobei weder der Mirsa noch der Sultan zuviel, aber auch nicht zu wenig sagen wollten.
»Doch können die Gerüchte, die uns zu Ohren kamen, wirklich wahr sein?« fragte der Sultan schließlich. »Daß ein General von Eurer Weisheit und Fähigkeit in den Dekkan gekommen ist, nicht um es im Krieg zu Ruhm und Ehre zu bringen, sondern um Märchen nachzujagen?«
Der Mirsa lächelte. »Der Schahinschah hat die größte Hochachtung vor der Weisheit seines Volkes. Und wenn das, was er hörte, Früchte trägt, wird darin ebensoviel Ruhm und Ehre liegen wie in einem Feldzug. Stellt Euch nur einmal vor, so es Euch beliebt, o weise Majestät, es gäbe irgendwo eine unsterbliche Königin, die bereit sein könnte, ihr Wissen, das sie ein Jahrhunderte währendes Leben lang gesammelt hat, mit uns zu teilen, vielleicht sogar das Wissen um das ewige Leben selbst. Welcher König würde eine solche Königin nicht finden wollen?«
»Aber mein guter Mirsa, solche Geschichten erzählt man sich doch schon, seit die Menschen Münder haben. Haben sie sich jemals bewahrheitet?«
»Wer kann sagen, ob einige davon sich nicht bewahrheitet haben? Vielleicht hat diese Königin ihr Geheimnis nur lange Zeit sehr gut bewahren können. Vielleicht wird sie bei der Wahrung ihres Geheimnisses von solchen unter-

stützt, die ihre Hilfe empfangen haben, solchen, deren Feinde sie vernichtet hat oder für die sie ein sterbendes Kind wieder ins Leben zurückrief.«

Ibrahims Augen wurden um eine Winzigkeit schmaler. »Eine interessante Annahme. Doch ich denke, der gute Mirsa pflückt Früchte von den Bäumen im Garten seiner eigenen Vorstellungskraft.«

»Wie kommt Ihr darauf?«

Ibrahim seufzte und lehnte sich auf seinem Sessel zurück, die Hände vor dem Bauch verschränkt. »Wenn ich eine solche Königin fände, unternähme ich doch alles, was in meiner Macht steht, um sie zu ehelichen und dadurch unsere Königreiche, unser Wissen und unser Blut zu vereinen. Ich nehme an, das täte jeder fürstliche Prinz.«

»Vielleicht will sie keinen Sterblichen zum Mann.«

»Wenn diese Königin allein so mächtig ist«, entgegnete Ibrahim, »weshalb hat sie dann nicht ganz Sind erobert, um anstelle Eures Kaisers zu herrschen?«

Als der Mirsa innehielt und nach einer Antwort suchte, beugte Masum sich vor und sagte: »Vielleicht, Majestät, hat ihr langes Leben sie gelehrt, Krieg und Eroberung nicht sonderlich zu schätzen, sondern vielmehr Frieden und Gelehrsamkeit. Sie verbirgt sich schicklich auf dem Gipfel eines fernen Bergs, wie man es sich von den weisesten *pirs* erzählt, und lädt lediglich jene zu sich ein, die sie aufsuchen, weil es sie nach Wissen dürstet.«

Ibrahim hob die Brauen.

»Dies, Majestät, ist Masum al-Wadud, ein Suf…«

»Ein *murid*«, berichtigte Masum.

»Aus Eurer eigenen Feste Schapur«, beendete der Mirsa den Satz.

»Ah, ein Chisti?« sagte der Sultan. »Ich bin ein großer Bewunderer der Poesie, die Eure Sekte hervorbringt. Ihr müßt mir etwas vortragen, während wir auf die anderen warten, die sich in Bälde zu uns gesellen werden.«

Masum strahlte. »Nur zu gern, Erhabener.«

»Die anderen?« sagte der Mirsa.

Die Klagelaute der mohammedanischen Ausrufer hallten noch durch seinen Geist, als Padre Gonsção sich bekreuzigte. Er versuchte, das Ketzergeschrei mit christlichen Gebeten zu übertönen, während er vor dem Kreuz kniete, das er in der Nische abgelegt hatte. *Will Gott durch die Stimmen, die die Ketzer zu ihrem schändlichen Gebet rufen, auf die Qualen hinweisen, die einen in der Hölle erwarten? Wie können Menschen, die bei gesundem Verstand sind, einem solchen Ruf Folge leisten?*

Mit knirschenden Knien erhob Gonsção sich und schaute sich nach den anderen um. Er kämpfte einen Anflug von hämischer Freude nieder, als er Magister Chinnery sah, der mit blutunterlaufenen Augen und blassem Gesicht noch immer auf seinen Kissen lag und vor Kopfschmerzen stöhnte. *Das ist der Sünde Sold, Magister.*

Der frühere Bruder Andrew saß mit finsterer Miene da und rieb sich den Kopf, schien aber in besserer Verfassung zu sein. *Jemand, der die Sünde und ihre Folgen nur zu gut kennt.*

Die *soldados* befanden sich in unterschiedlichen Stadien des Schlafs, der trüben Wachheit oder des ernüchternden

Schmerzes. Hin und wieder stöhnte einer: »Müßt Ihr so laut beten, Padre? Ai, mein Kopf!«
Timóteo kniete neben Gonsção, die Augen zum Gebet geschlossen. Immerhin war er von diesem Ort noch nicht besudelt. *Verglich man Goa mit einer tugendhaften gefallenen Frau, so war Bijapur eine exotische, prahlerische Dirne. Mögest wenigstens du ihren Verlockungen nicht erliegen, mein Sohn.*
Schritte näherten sich der Tür, und jemand riß sie ohne anzuklopfen auf. Die *soldados* griffen nach ihren Schwertern. Gonsção starrte den dunklen, turbantragenden Diener an, der sich im Eingang verbeugte. »Timóteo, fragt ihn, was sein Begehr ist.«
Der Knabe erhob sich gehorsam und sprach mit dem Diener, dann wandte er sich mit staunender Miene wieder dem Padre zu. »Er sagt, der Sultan bestellt uns zu sich. Wir haben noch zu dieser Stunde Audienz bei ihm.«
»Welch ein Glück also, daß meine lauten Gebete alle geweckt haben«, sagte Gonsção trocken. »Um so eher werden wir bereit sein.«
Auf weitere Worte des Dieners hin ergänzte Timóteo: »Er schlägt vor, daß wir uns beeilen. Der Sultan mag es nicht, wenn man ihn warten läßt.« Leise vertraute der Knabe ihm an: »Ich wünschte, ich hätte länger beten können, Padre. Ich mußte für vieles Fürbitte leisten.«
Gonsção legte dem Knaben eine Hand auf die Schulter. »Gott wird Euch sicher wieder Gehör schenken, Timóteo. Doch dies könnte unsere einzige Chance beim Sultan sein.«
Er wartete die langen Minuten ab, die die anderen brauch-

ten, um ihre Kleidung zu finden und anzuziehen, sich Wasser ins Gesicht zu werfen und sich in einen einigermaßen vertretbaren Zustand von Wachheit zu versetzen. Der Diener lotste sie durch einen schnurgeraden Korridor, der von ihrem Flügel zum zentral gelegenen Atrium und der gewaltigen Plattform in der Mitte führte.

Der Sultan war bereits anwesend und saß mit überkreuzten Beinen auf einem gepolsterten, übermäßig großen Sessel. *Anscheinend hat niemand diesen Leuten beigebracht, wie man anständig mit Möbeln umgeht,* dachte Gonsção. Ibrahim 'Adilshah war nach Einschätzung des Padre ein stämmiger, aber keineswegs unansehnlicher Mann, breitschultrig und lediglich in der Mitte zum Fettansatz neigend. Er hatte ein festes, kantiges Kinn mit einem sauber gestutzten, schwarzen Bart. Seine stark gekrümmte Nase wirkte schlank, die Augen waren groß, die Lippen wulstig. In seiner gelben und goldenen Kleidung verbreitete er maßlose Pracht, und er trug mehr Juwelen als jede europäische Prinzessin.

Hinter dem Sultan saßen drei Personen, von denen eine der blinde Musiker war, der Gonsção schon vorige Nacht bei den Lustbarkeiten aufgefallen war. *Dieser Sultan kann nicht einmal seinen Amtsgeschäften ohne Leckereien und Lieder nachgehen. Er folgt wahrlich einem sinnlichen Glauben. Und doch muß ich mit diesem Mann verhandeln. Wie sehr wünschte ich mir, Sadrinho hätte jemand anderen geschickt.*

Eine Anzahl Mogule saß zur Rechten des Sultans auf einigen Teppichen und beobachtete mit kaum verhohlener Neugier und Wachsamkeit, wie die Gruppe des Padre sich näherte. Vor ihnen lagen auf Silberplatten die Reste einer Mahlzeit, und der Geruch nach Gewürztee hing in der Luft. Der Mann, der der Empore des Sultans am nächsten saß, war hochgewachsen und wirkte sehr ernsthaft, hatte einen sauber gestutzten Bart und einen kunstvoll gewickelten Turban. Der untersetztere, dunkelhäutigere Mann neben ihm sah die Goaner beim Näherkommen grimmig an. Der Mann rechts von ihm, in einer Tunika aus weißer Wolle und mit reichlich ungepflegt wirkendem Bart, grinste breit und neigte den Kopf. »Tamas, Timóteo«, begrüßte er sie.

Gonsção wandte sich an Bruder Timóteo. »Ihr kennt diesen Mann?«

»Wir sind uns in der Herberge begegnet, Padre. Er ist ein Kräuterkundler wie Tomás.«

Gonsção starrte den jungen *inglês* an. »Wie ich sehe, hätte man sich besser um Euch kümmern sollen, Timóteo.«

Magister Chinnery sagte: »Es war eine Zufallsbekanntschaft, nicht mehr.«

»Darüber reden wir später.« Gonsção bedeutete Bruder Andrew, neben ihn zu treten, und gemeinsam gingen sie auf den Sultan zu. Gonsção ließ sich auf ein Knie nieder und verbeugte sich tief, wobei er die anderen anwies, es ihm gleichzutun.

Der Diener, der sie zur Plattform geführt hatte, tat in einer trällernden Sprache ihr Eintreffen kund.

Bruder Andrew runzelte die Stirn. »Seltsam, er spricht überhaupt nicht persisch.«

»Nein«, sagte Timóteo in einem Flüsterton auf Gonsçãos anderer Seite, »er spricht marathi. Er sagte: ›Sei- ne Erleuchtete Majestät, der Schah von Bijapur, geliebt vom

Himmel und seinem Volk, entbietet Euch Grüße und heißt Euch in seiner bescheidenen Behausung willkommen.‹«

»Leider«, sagte Bruder Andrew, »ist das keine Sprache, die ich beherrsche.«

Timóteo fuhr fort: »Er sagt des weiteren, daß diese anderen Leute Gesandte des großen Mogulkaisers Akbar seien. Ihr Anführer ist der Mirsa Ali Akbarshah.«

»Weshalb sind sie hier?« wollte Gonsção wissen.

»Erst müssen wir uns vorstellen«, sagte Bruder Andrew.

»Sprecht, wovon Ihr wollt, Padre, und ich werde es bei ihm auf persisch versuchen.«

»Also gut. Sagt ihm, ich, Father Antonio Gonsção vom Orden der Dominikaner, Gesandter des Kardinals Albrecht von Spanien und des Inquisitors Sadrinho von Goa, danke ihm und entbiete ihm meinerseits Grüße.«

Bruder Andrew drehte sich um und übersetzte es dem Sultan in eine Sprache, die Gonsção für persisch hielt. Doch Ibrahim runzelte daraufhin leicht die Stirn, und der Sultan wandte sich an seinen Diener. Der Diener versah ihn mit einer Übersetzung in eine weitere Sprache.

»Höchst erstaunlich«, flüsterte Bruder Andrew. »Wie es scheint, versteht der Sultan gar kein Persisch.«

»Vielleicht weigert er sich, es zu lernen«, sagte Timóteo, »weil Persisch die Sprache der Mogule ist.«

Gonsção blickte den Knaben an. »Ich verstehe nicht. Wenn diese anderen Männer zu den Mogulen gehören, weshalb bedient er sich dann nicht einer Sprache, die ihnen schmeichelt?«

»Der Junge könnte recht haben«, sagte Bruder Andrew. »Die Kameltreiber haben mir erzählt, daß die Dekkan-Königreiche das Mogulreich hassen, weil sie wissen, daß Akbar sie eines Tages erobern will.«

»Die Situation wird mit jedem Augenblick verworrener«, murmelte Gonsção.

Der Sultan lächelte und wies sie an, sich auf die Teppiche zu seiner Linken zu setzen. Die Mogule, die rechts von ihm saßen, sahen schweigend zu, bis auf den komischen Kauz mit dem ungepflegten Zottelbart, der Gonsção anstarrte, als sähe er ein Pferd mit zwei Köpfen.

Die *soldados* setzten sich ebenfalls still und wachsam auf die Teppiche und Kissen und blieben dicht bei Magister Chinnery. Gonsção suchte sich widerstrebend ein flaches, viereckiges Kissen aus und ließ sich darauf nieder. *Ist es ein sich hartnäckig haltender barbarischer Brauch, der diese Leute dazu bringt, ihre Amtsgeschäfte außer Haus zu tätigen und dabei auf dem Boden zu sitzen? Ich habe zu viele Stunden im Knien verbracht, als daß mir das leichtfiele. Gott gebe mir Geduld.*

Bruder Andrew nahm zwischen Gonsção und dem Sultan Platz, um ihnen als Dolmetscher zu dienen, doch Gonsção behielt Timóteo neben sich, für den Fall, daß eine unmittelbare Übersetzung erforderlich wurde.

Gonsção gab Joaquim ein Zeichen, das Geschenk zu überreichen, das sie dem Sultan mitgebracht hatten. Der *soldado* hob das Zedernkästchen hoch und schob sich auf den Knien zur Empore. Der Diener hielt Joaquim eine Schwertlänge vom Fuß der Empore entfernt an, nahm das Kästchen entgegen und stellte es zu Füßen des Sultans ab. Auf ein Nicken des Potentaten hin öffnete der Diener das Kästchen.

Der Sultan beugte sich vor, während der Diener hineingriff und langsam ein Tuch herauszog, das über einen Gegenstand darin gebreitet war. Der Sultan langte hinein, als wollte er das mit Silber beschlagene Buch herausholen. Plötzlich zuckte seine Hand zurück, als hätte ihn eine Schlange gebissen. Er rollte wütend mit den Augen, und seine Rechte fuhr zum Krummdolch in seiner Schärpe. Dann schloß er die Augen, lehnte sich mit einem Seufzer zurück und machte eine entlassende Geste mit der Hand. Der Diener klappte das Kästchen wieder zu und trug es davon.

Gonsção war verblüfft. *Was könnte den Sultan an einem Exemplar der Bibel so aufbringen? Ich habe gehört, dieser König interessiert sich für Andersgläubige.*

Man brachte ihnen Speisen auf Silberplatten: unerfindliches Obst und Gemüse sowie Reis und Eier. Die *soldados* griffen danach, kaum daß man es ihnen vorgesetzt hatte, und schlangen es hinunter. Gonsção bemerkte, daß die Mogule ihnen gegenüber sie mißbilligend anstarrten. *Was für einen scheußlichen Anblick wir bieten müssen.* Trotz seines knurrenden Magens beschloß Gonsção, darauf zu verzichten, von den Leckereien zu kosten. Er wollte seine Aufmerksamkeit voll und ganz dem Treffen widmen.

Der Anführer der Gruppe, die ihnen gegenübersaß, wandte sich an den Sultan und wechselte einige kurze Worte mit ihm.

»Versteht Ihr ihn, Timóteo?«

»Er sagt, unsere Anwesenheit wundere ihn, und er wolle wissen, was wir hier täten. Ich glaube nicht, daß es ihn freut, uns zu sehen, Padre.«

Der Sultan lächelte jovial und sprach mit herzlicher Begeisterung. »Mir scheint, Seine Majestät treibt mit uns beiden ein unlauteres Spiel«, sagte Bruder Andrew.
Timóteo fuhr fort: »Er sagt, der weise und großmütige Gott habe ihm eine Ehre zuteil werden lassen, größer als jede, die ihm jemals widerfuhr. Unsere beiden Gruppen kämen aus verschiedenen Ländern, hingen unterschiedlichen Glaubensrichtungen an und suchten doch das gleiche.«
»Das gleiche!« Gonsção und der Mogulprinz tauschten erschreckte Blicke aus. *Also ist es so, wie Sadrinho befürchtete. Die Mogule wissen bereits von dem Wiedererweckungspulver. Schlimm für Portugal. Wenn Akbar das Pulver findet, ist Goa verloren. Schlimm für das Christentum, denn wenn der ganze Islam es findet, sind wir verloren.*
»Der Sultan sagt, daß man den Mirsa aufgrund von Geschichten über eine unsterbliche Königin, die in einer verborgenen Festung lebe, hierher entsandt habe.«
»Sag ihm, wir hätten gehört, es sei eine heidnische Göttin.«
Der Mogulanführer erwiderte etwas, und Timóteo übersetzte: »Der Mirsa sagt, auch sie hätten ähnliche Geschichten gehört. Er fragt, ob wir wüßten, wo sie sich aufhält. Was soll ich antworten?«
Gonsção zögerte. *Dieses Wissen will ich nicht weitergeben. Weshalb sollte der Sultan den Mogulen helfen wollen, wenn sie doch Feinde sind? Wie haben sie von dem Pulver erfahren, frage ich mich? Hat die rätselhafte Aditi auch ihren Kaiser betört?* »Sag ihnen, wir haben von einem Zauberer in Goa davon erfahren, der es wiederum von einer Frau namens Aditi weiß.«

Ein kaum sichtbares Zucken der mit Juwelen geschmückten Hand des Sultans verriet, daß er den Namen kannte. Unter den Mogulen konnte Gonsção keine solche Reaktion wahrnehmen.

»Der Sultan fragt, ob diese Personen Euch den Aufenthaltsort der verborgenen Stadt wissen ließen.«

»Sag ihm, wir hätten eine Vorstellung davon, wo wir danach suchen sollten.«

Wieder sprach der Sultan ausführlich und mit ausschweifenden Gesten, und dabei nickte er beiden Parteien lächelnd zu.

Timóteo erklärte: »Er sagt, das seien gute Nachrichten, da die Mogule dieses Wissens bedurften. Und sie könnten uns wiederum ihren Schutz anbieten. Der Dekkan sei für Fremde ein gefährlicher Ort, und der Mirsa habe eine Armee von fünfhundert Mann dabei. Wenn unsere Expedition sich mit ihrer Armee zusammenschlösse, hätte unsere kleine Gruppe nichts zu befürchten.«

Eine Armee! Lieber Gott, behüte uns. Wie soll ich eine solche Menge Menschen davon abhalten, das Geheimnis des Pulvers an sich zu reißen? »Bitte dankt Seiner Majestät für Ihre Sorge um unsere Sicherheit, doch wir reisen unter dem Schutz unseres Herrn Jesus Christus und seines Himmlischen Vaters und bedürfen keines anderen.«

Als Timóteo übersetzte, bemerkte Gonsção, daß der zottelige Mogul auf ihn deutete und mit dem Mirsa sprach.

Bruder Andrew kicherte.

»Was ist daran so komisch?« grollte Gonsção.

»Dieser Bursche, Padre, ist ein Sufi, ein mohammedanischer Mystiker. Er sagt, auch Ihr müßt ein Sufi sein, weil Ihr eine weiße Wollrobe tragt wie er. Wißt Ihr, ›Suf‹ ist das arabische Wort für ›Wolle‹.«

Gonsção sah den Mystiker durch schmale Augen an. »Klärt ihn bitte über seinen Irrtum auf. Auch unser heiliger Herr Jesus Christus trug ein wollenes Gewand.«

Bruder Andrew grinste und sprach den Mystiker direkt an. Der Sufi lächelte und erwiderte Gonsção etwas in seiner unverständlichen Sprache.

»Er sagt, das sei nur natürlich, da der Nazarener ein kluger Lehrer gewesen sei, genau wie ihr Prophet Mohammed, der ebenfalls weiße Wolle trug. Er sei froh, daß er und Ihr etwas gemeinsam hättet.«

Gonsção seufzte und wandte sich ab.

Wieder sprach der Sultan, und Timóteo übersetzte: »Seine Majestät ist erfreut, daß wir bereits Brücken zwischen unseren beiden Völkern schlügen. Er sagt, er habe stets die Ansicht vertreten, daß Völker aus verschiedenen Ländern mit unterschiedlichem Glauben voneinander lernen könnten.«

»Das ist ja lächerlich!« entfuhr es Gonsção. »Wie sollte man jemals imstande sein, die Wahrheit herauszufinden, wenn man jedem Glauben und allen Sitten den gleichen Wert beimessen wollte?«

Timóteo lupfte die Brauen, gab es jedoch an den Sultan weiter. »Seine Majestät erinnert daran, daß das beste Brot hergestellt werde, indem man alles Getreide durchsiebt und die Körner im selben Ofen bäckt.«

»Sagt ihm, die Wahrheit ist wie Goldstaub im Getreide. Wenn man ihn mit anderen Körnern vermengt, geht ein

großer Schatz verloren. Man muß ihn aussondern und rein erhalten, damit er seinen Wert behält.«
Der Mystiker ihm gegenüber plapperte wieder etwas, und Bruder Andrew sagte: »Unser Sufifreund weist darauf hin, daß Brot wertvoller ist als Gold und daß Brot aus nur einer Getreideart weniger gesund ist als ein Laib, der aus vielen Zutaten besteht.«
»Ist er ein Irrer? Selbst seine Mitmogule runzeln über ihn die Stirn.«
»Mystiker werden oft fälschlich für Irre gehalten, Padre.«
Der Sultan lachte und klatschte in die Hände. Timóteo sagte: »Seine Majestät ist erfreut über unser philosophisches Gespräch und meint, es verheiße Gutes für unsere Expedition. Er fragt, wie er unseren Plänen dienlich sein und uns weiterhelfen könne.«
Das ist doch Irrsinn. »Hat er Euch vorhin nicht verstanden, Timóteo? Wir haben sein Angebot abgelehnt. Bitte macht ihm das klar.«
»Wartet«, sagte Bruder Andrew, bevor Timóteo beginnen konnte. »Padre, wenn Ihr meinen Rat hören wollt, ich halte es nicht für klug, den Sultan zu beleidigen, indem wir uns weigern, mit den Mogulen zu reisen. Wir wissen nicht, welche Vereinbarungen er mit ihnen getroffen hat, und …«
»Das soll nicht Eure Sorge sein.«
»Bitte hört mich an, Padre. Solange unsere mohammedanischen Gastgeber uns für nützlich halten, werden sie höflich und großzügig sein. Und Ihr solltet bedenken, daß die Armee des Mirsa uns vielleicht ohnehin folgt, wenn unsere kleine Gruppe allein aufbricht. Wenn sie uns ein

Leid zufügen, nachdem der Sultan uns in ihre ›Obhut‹ entlassen hat, riskieren sie, seinen Zorn auf sich zu ziehen und überdies ihrer eigenen Sitte der Gastfreundschaft, die sie überaus ernst nehmen, Gewalt anzutun. Außerdem ließe sich, wenn wir sie begleiten, vielleicht eine Gelegenheit finden, sie davon abzuhalten, an das Pulver zu gelangen, was uns verwehrt bliebe, wenn wir allein reisten.«

Gonsção seufzte. *Gesegneter Allmächtiger, der Du Daniel in der Löwengrube beistandest, stehe nun uns bei.* »Ihr habt ein treffliches Argument angeführt, Bruder Andrew. Ich finde nichts daran auszusetzen, so gern ich das auch täte. Timóteo, bitte teilt Seiner Majestät mit, daß wir Ihre Hilfe, unsere Expedition mit Proviant und Wissen über den Dekkan auszustatten, annehmen und die Mogule als Verbündete bei unserer Suche willkommen heißen.«

Der Sultan strahlte und warf unter erfreuten Ausrufen die Arme in die Höhe. Dann streckte er seine Hand dem Mogulmirsa entgegen und sprach ausführlich mit ihm.

Eine Auseinandersetzung entbrannte unter den Mogulen, von der Gonsção annahm, daß sie ihrer ähnelte. Der Mystiker und ein weiterer Mann, der neben dem Mirsa saß, redeten hitzig und eindringlich auf ihn ein. Der Mirsa blieb ruhig sitzen und strich sich über den Bart, bis seinen Männern die Worte ausgingen. Schließlich wandte er sich an den Sultan und antwortete ihm.

Der Sultan erhob sich und rief Lobpreisungen an Allah, was Gonsçãos Einschätzung nach bedeutete, daß die Mogule sich ebenfalls bereit erklärt hatten, sich mit ihnen zusammenzutun. Ibrahim kam von seiner Empore herun-

ter und stellte sich zwischen die Gruppen, die Hände zu beiden hin ausgestreckt.
Gonsção verstand die Geste, erhob sich und ergriff die nach ihm ausgestreckte Hand. Der Mirsa tat das gleiche, während die anderen Mogule ihn anstarrten, als habe er den Verstand verloren. Der Sultan führte die Hände des Inquisitors und des Mirsa – fast wie bei einer Eheschließung – zusammen und gab dabei erhabene Erklärungen ab.
Timóteo übersetzte: »Seine Majestät sagt, dies müsse wahrlich das Werk Gottes sein. Daß zwei Gruppen von Männern, einander fremd in Gedanke und Tat, sich auf der Suche nach etwas, was heilig und schön ist, zusammenschließen. Er gelobt, dieser gesegneten Queste seine volle Unterstützung angedeihen zu lassen, und bittet lediglich, über unseren Fortschritt unterrichtet zu werden, auf daß auch er von den Wundern erfahre, die wir gemeinsam entdecken.«
Also das war seine Absicht, dachte Gonsção. Er nickte, sah dem Mogulgeneral in die Augen und versuchte herauszufinden, mit was für einer Art Mensch er es bei ihm zu tun hatte. Doch dem dunklen, wettergegerbten Gesicht des Mirsa war nicht das Geringste zu entnehmen.
»Seine Majestät dankt Euch allen und entläßt Euch nun, auf daß Ihr in Eure Unterkünfte zurückkehren und Vorbereitungen für den Aufbruch treffen möget. Er wünscht, Euch keine Stunde länger als nötig aufzuhalten, jetzt, nachdem Eurer Suche ein so günstiger Stern beschieden sei.«
Der Sultan wandte sich um und entließ die Mogulgruppe

mit einer knappen Handbewegung, gestattete ihnen, als erste zu gehen. Die Mogule verließen die Plattform und warfen den Goanern, als sie an ihnen vorbeikamen, finstere Blicke zu.

Gonsção verbeugte sich und erwartete, ebenfalls entlassen zu werden, als der Sultan ihn ansprach. »Seine Majestät sagt, auch wir dürften gehen, möge Gott uns beistehen und Seinen Rat zuteil werden lassen. Er bittet lediglich, daß das Gelbhaar namens Tamaschinri noch zu einer Privataudienz bleibt.«

Gonsção fuhr herum und starrte den *inglês* an. Der junge Mann blinzelte, doch sein Erstaunen schien vorgetäuscht zu sein. *Und wann wurde dieser kleine Verrat eingefädelt?*

»Mir scheint, der Sultan ist an Euch interessiert, Magister Chinnery. Ihr habt großes Geschick darin, die Einheimischen dieses Landes zu bestricken.«

»Kein Grund, argwöhnisch zu sein, Padre«, sagte Bruder Andrew rasch. »Thomas möchte dem Sultan bloß auf der Grundlage der Hinweise, die De Cartago ihm gegeben hat, ein paar ausgesuchte Fragen stellen.«

»Wahrhaftig?« *Bist du ebenfalls an dieser Intrige beteiligt?*

»Natürlich!« sagte Timóteo. »Er will den Sultan nach den Fallen fragen, nach denen wir Ausschau halten sollten, und ihn vielleicht dazu bringen, daß er offenbart, was er über das *pulvis mirificus* weiß.«

Magister Chinnery lächelte schwach. »Ja, natürlich.«

»Nun denn«, sagte Gonsção, »in diesem Fall muß Timóteo wohl als Euer Dolmetscher hierbleiben, da Bruder Andrew die Sprache des Sultans nicht beherrscht.«

Der junge *inglês* wirkte verdutzt – diese Wendung der

Ereignisse hatte er offenbar nicht erwartet. Gonsção beschloß, seinen Vorteil weiter auszubauen. »Und das trifft sich gut, da ich selbst mit Bruder Andrew sprechen muß. Mir scheint, ich muß noch viel über die hiesige Politik und die hiesigen Gebräuche lernen, wenn wir mit den Mogulen reisen werden. Oh, habt keine Angst, Magister, ich lasse Euch nicht unbehütet zurück. Joaquim kann bleiben, um sicherzugehen, daß der Sultan Euch kein Leid zufügt.«
»Aber Padre«, sagte Bruder Andrew, »Timóteo, so sehr er sich als Übersetzer auch bewährt haben mag, weiß wenig von den hiesigen Gebräuchen. Er könnte, ohne es zu wollen, jemanden kränken.«
»Dann wird der Sultan ihm seiner Jugend wegen sicher vergeben. Und ich nehme an, daß Timóteo, der sein ganzes Leben auf diesem Kontinent verbrachte, wohl ein wenig mehr weiß als ein Schotte, der erst kürzlich hier eintraf, nicht wahr? Kommt, belasten wir den Sultan nicht länger mit unserer Anwesenheit. Magister Chinnery, ich sehe Eurer Schilderung des Gesprächs mit großer Freude entgegen.«
Gonsção fiel die Trauer in den Augen des *inglês* auf, als er Timóteo ansah. *So. Dir ist also noch immer wichtig, was der Junge von dir denkt. Gut. Mögest du den Schmerz deines Verrats im Gesicht des Jungen sehen, wenn er dem Sultan deine Worte übermittelt, und möge der Schmerz in deinem Herz widerhallen.*
Gonsção gab den *soldados* ein Zeichen, ihm zu folgen, und stieg von der Plattform herunter. Düstere Gedanken ballten sich in seinem Geist zusammen wie Gewitterwolken.

17

BLUTSTEIN:

Es handelt sich dabei um grünen Chalcedon mit roten Flecken. Manche sagen, die Flecken kämen vom Blut Christi, als es vom Kreuz auf grünen Jaspis tropfte. In einem Amulett um den Hals getragen heilt der Stein Blutungen. In einem Umschlag mit Honig vermischt lindert er Schwellungen und Geschwülste. Manche sagen, einen Blutstein zu tragen mache es möglich, Lügen und Illusionen zu durchschauen, und bewirke, daß man dem Träger jedes Wort glaube. Er bringe Frieden inmitten von Chaos und beschwichtige den Zorn von Königen. Keine Macht und kein Hemmnis könnten den Träger von seinem vorherbestimmten Ziel abhalten. Er bringe Visionen des Künftigen. Doch Blutstein beschwört auch Stürme, Erdbeben und Verheerungen herauf …

Thomas sah mit an, wie der Padre und Lockheart die Audienzplattform des Sultans verließen. Ein Schleier kalter Bestürzung umnebelte seinen Verstand, als wäre die Welt des heutigen Tages grundverschieden von der, die er letzte Nacht erlebt hatte. *Während gestern lauter Hoffnung und Schönheit herrschten, bringt dieser kühle Morgen nur Melancholie und zertrümmerte Illusionen.*

Thomas' Kopf schmerzte vom maßlosen Trinken, und die Arme taten ihm weh, wie es immer der Fall gewesen war, seit sie Goa verlassen hatten. Er hatte keinen Appetit auf die seltsamen Speisen, die die Diener des Sultans gebracht hatten. Der märchenhafte Palast erschien ihm nun fremdartig und absonderlich ... erschreckend in seiner Unvertrautheit. Thomas stellte fest, daß er sich am meisten nach einer Schüssel mit Gemüseeintopf an einem Küchenherd sehnte und danach, bei einem kalten Novemberregen durch Londons matschige, nasse Straßen zu laufen und rings um sich her eine Sprache zu hören, die er kannte.

»Senhor«, sagte Timóteo und zupfte an seinem Ärmel. »Tomás, der Sultan sagt, er sei bereit, mit Euch zu reden.«

»Ay, geht sanft mit ihm um, kleiner Mönch«, meinte Joaquim mit einem durchtriebenen Lächeln. »Unser Tomás hat des Guten zuviel gehabt und büßt nun dafür.«

»Vergebt mir«, sagte Thomas und versuchte, sich des Hier und Jetzt bewußt zu bleiben. »Ich bin soweit, wenn es sein muß.« Er ging zu dem Teppich vor dem Sessel des Sultans und kniete nieder, dann verbeugte er sich nach Hindu-Art. Joaquim und Timóteo knieten neben ihm nieder. Thomas fühlte sich zwischen ihnen gefangen, als säße er wieder in einer Zelle aus Stein und Eisengitter.

Sultan Ibrahim entließ seinen Historiker und seinen Poeten, gestattete lediglich dem blinden Musiker, bei ihm auf der Empore zu bleiben. Dann beugte er sich auf seinem Sessel vor und sprach Thomas an.

Timóteo riß jäh den Kopf herum und sah Thomas entsetzt an. »Tomás, Seine Majestät sagt, jemand habe ihm zugetragen, daß Ihr unsere Expedition zu verlassen wünscht, um in seine Dienste zu treten. Das kann doch nicht wahr sein, oder?«

Thomas seufzte und starrte das verschlungene arabeske Muster auf dem Teppich unter ihm an. *Soll ich das Vertrauen dieses Jungen in mich zerstören, nur der Illusion wegen, die ich in geistiger Umnachtung hegte, daß ich hierher gehöre? Welcher Dämon hat mich gestern abend geritten? Meine Arme sind nutzlos. Ich kann kein Soldat sein und verstehe mich nicht aufs Kriegshandwerk. Meine einzige Gabe besteht darin, Kräuter zu verabreichen, die Tausende von Meilen entfernt wachsen. Aditi will, daß ich nach ihrer ›Göttin‹ suche, Andrew will, daß ich das Pulver finde, um Handel zu treiben, und Joaquim, damit er seine Freiheit erhält, Timóteo und der Padre, weil das Gottes Wille sei. Wer bin ich, mich ihnen allen zu widersetzen? Welche Gegenleistung kann ich dem Sultan dafür anbieten, daß er mir bei meiner Rückkehr nach Hause hilft? Und wenn ich mich auf eigene Faust durchschlage, könnte ich leicht einem Straßenräuber zum Opfer*

fallen und als verwesender Leichnam am Rande eines vergessenen Dschungelpfads enden.
Das Vertrauen zu verraten, das Timóteo in ihn setzte, schien das Schmerzvollste von allem zu sein. Noch nie hatte jemand Thomas offen bewundert, zu ihm aufgeschaut, sein ganzes Leben lang nicht. *Irgendwann muß Timóteo lernen, daß die Welt kalt und böse sein kann. Doch nicht von mir.*
»Tomás«, flüsterte Joaquim ihm leise ins Ohr, »schlaft Ihr? Sprecht zu dem kleinen Mönch, damit er so gütig ist, ihm zu antworten. Und sorgt dafür, daß es die richtige Antwort ist.«
»Wie sagtet Ihr, Timóteo? Bitte teilt dem Sultan mit, daß man ihn falsch informiert hat. Ich wünsche mit ihm zu reden, doch lediglich, um mehr über dieses Land zu erfahren, besonders über den Dekkan vom Süden bis zum Osten, und über die Göttin, die das Pulver hervorbringt, das Tote zum Leben erweckt.«
Timóteo lächelte sichtlich erleichtert und übersetzte dem Sultan Thomas' Worte.

Ibrahim zog sich auf seinem Sessel zurück, überrascht darüber, was der Knabe aus Goa sagte. Er fuhr sich durch den Bart und starrte das Gelbhaar an. Hielt der Fremde ihn etwa zum Narren? *Der junge Mann wirkt schwächlich, fast krank. Unter ihnen herrschte gelinde Verwirrung, bevor der Priester ging, und der Soldat neben dem Gelbhaar lächelt bedrohlich. Ob Aditi mich belogen hat?* Er wandte sich zur Seite und fragte Gandharva leise: »Was haltet Ihr davon?«

»Vielleicht hat der junge Mann sich eines anderen besonnen, Majestät.«

»Nein.« Plötzlich überkam Ibrahim eine Erleuchtung, als hätte ihm Saraswati persönlich ihren Odem ins Gesicht geblasen. *Aditi will nicht, daß er an der Expedition teilnimmt. Doch weshalb? Er sagt, er habe Fragen über den Dekkan. Verfügt er über ein besonderes Wissen, ohne das die Expedition scheitern würde? Doch der Priester sagt, sein Wissen über die Mahadevi stamme von ihr. Hegt sie insgeheim eine Vorliebe für das Gelbhaar und will, daß die anderen aus dem Westen vernichtet werden? Oder will sie ihn vernichten, um den anderen zu helfen? Ich muß herausfinden, was sie mit diesen Goanern im Sinn hat.*

»Ist er sich auch ganz sicher?« fragte Ibrahim den Knaben. »Mein Hof steht Gelehrten und Reisenden aus aller Herren Länder offen. Und ich kann ihm Schutz bieten, falls er befürchtet, andere hätten etwas dagegen einzuwenden, daß er hierbleibt.«

Das Gelbhaar zögerte einen kurzen Moment lang und warf einen raschen Blick auf den Soldaten zu seiner Linken, bevor er entgegnete, daß er sich sicher war. *Aha. Vielleicht handelt der junge Mann unter Zwang oder ist ein Gefangener. Vielleicht wollte Aditi, daß man ihn rettet. Ich muß unbedingt noch einmal mit ihr reden. Doch weshalb gab der goanische Priester zu, daß er sie kannte? Beim Barmherzigen, was ist das doch für ein Durcheinander!*

Ibrahim wandte sich an Gandharva und murmelte: »Ich habe mehr und mehr den Eindruck, daß ich noch einmal mit Sri Aditi reden muß. Könntet Ihr Euch vielleicht zu ihrer Unterkunft begeben und sie bitten, mich so schnell

wie möglich aufzusuchen? Fangt es so an, daß kein anderer Euch hört, und gebt ihr keinen Anlaß zur Furcht.«
»Natürlich, Majestät«, meinte Gandharva und erhob sich mit einer Verbeugung. »Wenngleich ich, wie Ihr sicher wißt, in meinen Fähigkeiten eingeschränkt bin. Ich könnte ein wenig langsam sein.«
»Tut, was Ihr könnt«, sagte Ibrahim.
»Majestät.« Gandharva verbeugte sich ein letztes Mal und verschwand durch den Vorhang des Baldachins.
»Also gut«, seufzte Ibrahim und wandte sich wieder dem jungen Mönch aus Goa zu. »Über die Länder im Süden und Osten kann ich Euch wenig berichten. Das sind öde Gegenden, in denen es lediglich einige arme Dörfer gibt, wie man mir sagte. Ich kann mir nicht vorstellen, weshalb jemand glauben sollte, daß dort eine Göttin herrscht. Erst recht nicht Ihr, die Ihr doch Christen seid und Euch deshalb zu einem Einzigen Gott bekennt, wie es auch die Angehörigen meines Glaubens tun.«
Das Gelbhaar sprach lange Zeit zu dem Knaben, bevor dieser übersetzte. »Majestät, Ihr habt recht. Wir glauben nicht, daß wir nach einer Göttin suchen. Doch Sri Chinri hat von solch sagenhaften Dingen wie dem Stein der Weisen gehört, der Weisheit und Unsterblichkeit verleiht. Vielleicht hat jemand dieses Wunder entdeckt und gebraucht es zu seinem Vorteil und schreibt seine Macht einer Göttin zu, damit die Heiden es auch annehmen.«
Ibrahim rieb sich das bärtige Kinn. »Das ist … eine interessante Mutmaßung.« *Was, wenn die ganze Sache mit der Mahadevi nur fauler Zauber ist? Aditi und Gandharva könnten Lügner sein oder wurden vielleicht selbst hinters*

Licht geführt, damit sie das glauben. Vielleicht ist das der Grund, weshalb man mir nie erlaubte, die verborgene Stadt zu besuchen. Vielleicht gibt es überhaupt keine verborgene Stadt. Und doch ist meine Tochter vom Tode wiederauferstanden. War es vielleicht die Macht eines Minerals statt einer Göttin, die sie wiedererweckte? Was für eine beschämende Vorstellung, daß die Geistlichen, die meine Haltung mißbilligten, die ganze Zeit über recht gehabt haben könnten.

In dem Bemühen, sich seinen zunehmenden Verdruß nicht anmerken zu lassen, fuhr Ibrahim fort: »Um ehrlich zu sein, junger Freund, ich glaube, daß Ihr und Mirsa Ali Akbarshah einer Schimäre nachjagt. Ich bin jedoch entschlossen, ein vorbildlicher Gastgeber zu sein, und möchte Eurer Sache daher auf keinen Fall im Wege stehen.«

Der Knabe übersetzte die Entgegnung des Gelbhaars mit den Worten: »Wir sind dankbar für jede Unterstützung, die Eure Majestät uns angedeihen läßt.«

»Ich habe lediglich eine Bitte«, sagte Ibrahim. *Nun, da Gandharva fort ist, möchte ich doch wissen, was sich daraus machen läßt.* »Ich bin mit Eurer westlichen Sprache nicht vertraut und habe hier eine Nachricht, die ich nicht lesen kann und gern übersetzt hätte. Wäret Ihr wohl so freundlich, einen Blick darauf zu werfen und mir zu sagen, wovon die Rede ist?«

Das Gelbhaar bekundete nickend sein Einverständnis, und Ibrahim zog aus einer Falte in seinem *jama* ein Palmblatt hervor. Es handelte sich um jenes, das von der Botentaube stammte, die laut seinen Dienern von Gandharva losgeschickt worden war. Von seinen anderen Beratern konnte

keiner das Schriftstück lesen, doch seine Historiker meinten, daß es sich um eine alte westliche Sprache handele. Ibrahim reichte das Blatt seinem Diener, der es dem jungen Mönch reichte. Der Knabe bekam große Augen und gab es mit aufgeregten Worten an das Gelbhaar weiter.
Das Gelbhaar blickte das Palmblatt lange an. Ibrahim war nicht imstande, seine Miene zu deuten. Schließlich gab das Gelbhaar es dem Knaben zurück und sprach leise, aber eindringlich mit ihm.
Der Knabe reichte das Blatt dem Diener und sagte: »Sri Chinri sagt, daß die Worte darauf griechisch sind, doch daß die Botschaft nichts weiter als ein Gebet ist.«
»An welche Gottheit richtet sich das Gebet?«
Der Knabe beriet sich einen Augenblick mit dem Gelbhaar.
»Das läßt sich aus der Botschaft nicht klar ersehen, Majestät.«
»Worum ersucht der Bittsteller seine Gottheit?«
»Lediglich um Glück und Gesundheit, Majestät.«
Ibrahim musterte das Gelbhaar einige Momente lang. Der Fremde senkte den Blick, wollte ihm nicht in die Augen sehen. *Er lügt. Er weiß mehr, will aber nicht reden. Vermutlich hat Gandharva eine Botschaft an die Mahadevi geschickt. Oder an jemanden, der sich als Mahadevi ausgibt. Doch zu welchem Zweck? Um Unterstützung zu erbitten oder um über meine Taten zu berichten? Arbeiten er und Aditi zusammen oder gegeneinander? Wollte er der Mahadevi Aditis Verrat mitteilen oder sich für ihre Ränke göttlicher Hilfe versichern? Was wird die Mahadevi tun? Es ist an der Zeit, daß ich Gandharva, sobald er zurückkehrt, damit konfrontiere. Obwohl es schmerzlich sein*

wird. Er ist ein so guter Musiker. Und ich hielt ihn für einen Freund.

»Damit werde ich mich wohl zufriedengeben müssen.« Ibrahim seufzte und erhob sich. »Kommt, ich will Euch durch das *Gagan Mahal* führen, auf dem Weg zurück zu Euren Unterkünften. Man betrachtet es in diesen Breiten als Wunder der Architektur, und ich werde niemals müde, es mit meinen Besuchern zu teilen.«

»Seid Ihr sicher?« sagte Aditi zu ihrem neuen Dienstmädchen Pramlocha.

»Absolut. Diese Botschaft kam aus den Unterkünften der Männer aus dem Westen, Sri Aditi, und sie ist für Euch bestimmt.«

Aditi rollte das Stückchen Pergament auseinander und bemerkte, daß die Nachricht darin seltsamerweise auf latein geschrieben war, nicht auf griechisch.

Liebste Aditi, kommt sofort in unsere Räume.
Ich werde allein sein. Ich habe mit dem Sultan gesprochen.
Ich muß mit Euch reden.

Euer Bewunderer

Sie wußte nicht, ob es seine Handschrift war, doch das Pergament legte eindeutig nahe, daß es von Tamas stamme. »Wollt Ihr mich dort hinbringen?« fragte sie Pramlocha.

Das Mädchen zögerte und wandte den Blick ab. »Mir ist es nicht erlaubt, Euch umherstreifen zu lassen.«

»Es wäre nicht rechtens, die Gäste des Sultans durch meine Weigerung zu kränken, und ich würde nicht umherstreifen, sondern an einen bestimmten Ort gehen.«

Pramlocha schnalzte mit der Zunge, rührte sich aber nicht. »Ich mag diese Fremden nicht. Sie stinken.«

»Das ist wahr. Doch dieser eine meint, er habe mir etwas Wichtiges mitzuteilen. Vielleicht ist es etwas, was der Sultan erfahren muß. Doch das weiß ich erst, wenn ich mit diesem Mann gesprochen habe. Der Sultan wird sehr erbost sein, wenn wichtige Informationen verlorengehen, weil einem Dienstmädchen der Geruch seiner Gäste nicht behagt.«

Mit einem schweren Seufzer sagte das Mädchen: »Also gut. Dann bleibt mir wohl keine andere Wahl. Hier entlang.«

Aditi folgte ihrer neuen Dienerin durch einen geheimen Korridor und gab vor, ihr Ziel nicht zu kennen. In einiger Entfernung sah sie Gandharva langsam auf ihre Räume zugehen. *Nun ja, da wird er wohl warten müssen, bis ich zurück bin, wenn er mit mir reden will.*

Sie fühlte sich verärgert, ängstlich und unruhig. Wegen des Baldachins über der Empore des Sultans hatte sie nicht sehen können, mit wem Ibrahim gesprochen hatte.

Vielleicht will Tamas sich mit mir darüber unterhalten, was der Sultan zu ihm sagte. Ich frage mich, ob er mir erzählen würde, weshalb er dem Sufi das Pulver überließ und woher sie einander kannten. Vielleicht sollte ich ihn, wenn er wirklich allein ist, ja einfach töten. Doch wenn Ibrahim Tamas in seine Dienste aufgenommen hat, würde so ein verdächtiger Todesfall zuviel Aufmerksamkeit erregen. Ich darf Ibrahims Mißtrauen nicht noch weiter steigern. Tamas wird wohl am Leben bleiben müssen.

Sie empfand ein seltsames Gefühl der Erleichterung über diese Entscheidung. Ihr Zorn von gestern war verraucht und hatte lediglich Verwirrung und dumpfes Bedauern zurückgelassen. *Ich kann immer noch hoffen, daß Tamas die Mahadevi vergißt. Vielleicht bringe ich ihn eines Tages ja auch zu Ihr, wenn er so weit ist. Oder er kehrt einfach nach Hause zurück, wie er es vorhatte. Da die Mahadevi mich nicht leitet, muß ich alles Ihr überlassen.*

Es war ärgerlich, daß die schweigsame, verdrossene Pramlocha sie begleitete. Aditi konnte auf jemanden verzichten, der ihre Unterredung mit Tamas aller Wahrscheinlichkeit nach belauschte und an Ibrahim weitertrug. *Ai, sie ist genauso schlimm wie Krodha. Wenn ich sie nur loswerden könnte. Doch ich habe kein* Rasa Mahadevi *mehr, und vielleicht hat Krodha sie vor diesem Trick ja auch gewarnt.*

Sie gelangten an die Tür des Saals, in dem die Goaner untergebracht waren, und Pramlocha trat beiseite, den *shal* über den unteren Bereich des Gesichts gezogen.

Aditi erkannte an der Haltung des Mädchens, daß sie sich unbehaglich fühlte. »Habt Ihr Angst, Pramlocha?«

»Nein«, sagte das Mädchen etwas zu rasch.

»Es liegt keine Schande darin, wenn Ihr Euch fürchtet. Ich habe in Goa gelebt und weiß, was für Barbaren diese Männer aus dem Westen sind. Besonders Frauen gegenüber sind sie äußerst grob. Ich zweifle nicht daran, daß wir nur zur Tür hereinzukommen brauchen, und einer von ihnen wird Euch packen und Euch seinen Leib und Willen aufzwingen. Ich hoffe, Ihr seid darauf gefaßt.«

Pramlocha blickte verstohlen und ängstlich zur Tür, und ihr Mund wurde ganz schmal.

»Ah, dann hat man Euch also nicht gesagt, daß das zu Euren Diensten gehört? Ai, Ibrahim kann manchmal gefühllos sein. Er versteht den Kummer der Frauen nicht. Armes Ding. Eure Familie will Euch sicher gut verheiraten, und das wird schwierig werden, wenn Ihr befleckt seid. Besonders von einem aus dem Westen.«

Das Mädchen seufzte und preßte die Hände aufeinander.

»Das ist so ungerecht. Ich bezweifle, daß Ihr überhaupt verstehen würdet, was ich zu den Goanern sage. Seine Majestät hat Euch wahrlich falsch eingesetzt.«

Das Mädchen sah bissig zu Aditi auf. »Ihr habt keine Angst.«

»Wie ich schon sagte, ich habe in Goa gelebt und weiß, wie sie sich verhalten. Außerdem bin ich schon alt. Fast achtundzwanzig, und ich war nie verheiratet. Es stört keinen, wenn einer aus dem Westen mich anrührt.«

»Ich … ich habe Anweisung, Euch nicht von der Seite zu weichen.«

»Es braucht ja nie jemand zu erfahren. Wir können folgendes tun: Ihr geht einfach zu dem Nebengarten da drüben. Wenn Ihr Euch hinter den Lorbeerbaum stellt, werden die Goaner Euch nicht sehen. Ich werde Euch alles, worüber ich mit den Goanern gesprochen habe, genau schildern, wenn Euch das ein Trost ist. Sobald ich fertig bin, suche ich Euch auf. Weshalb solltet Ihr eines kleinen Schwatzes wegen leiden? Ist Euch mein Plan nicht viel lieber?«

Pramlocha wirkte noch immer mißtrauisch, aber auch erleichtert. »Und Ihr werdet mich nicht beschämen, indem Ihr fortlauft? Ihr kommt gleich zu mir, wenn es vorbei ist?«

»Habe ich es nicht versprochen? Los, versteckt Euch rasch, bevor die Goaner Euch sehen.«

Das Mädchen zog ihren *shal* noch enger um ihr Gesicht und ging schnell in den Garten davon.

Aditi gestattete sich ein kleines triumphierendes Lächeln, als sie an die Tür der Goaner klopfte.

»Venite«, sagte ein Mann im Inneren von fern.

Aditi blinzelte überrascht und öffnete die Tür selbst. Der große Raum war bis auf ein paar Kleidungsstücke und Rüstungsteile in der Nähe der Wände leer. Am anderen Ende saß zwischen zwei Kerzen auf einem Teppich der Priester des Orlem Gor. Er lächelte, als Aditi eintrat, doch in seinen Augen lag keine Freude.

Alle ihre Instinkte rieten ihr, sofort zu fliehen, doch Aditi wußte nicht, vor welcher Gefahr. Sie ging langsam voran, die Hand auf dem Knauf des Messers in ihrem Rock. Sie sah keinen der goanischen Soldaten, spürte jedoch, daß sie nicht weit waren. *Vielleicht war es etwas voreilig von mir, Pramlocha fortzuschicken.*

Der Priester erhob sich, als sie näherkam, und streckte seine Hände nach ihr aus. »Domina Aditi«, sagte er auf lateinisch, »was für eine Freude, daß Ihr meiner Einladung gefolgt seid. Bitte setzt Euch doch zu mir. Ich hatte schon geraume Zeit auf eine Gelegenheit gehofft, mit Euch zu sprechen.«

Aha. Also hat er die Nachricht geschickt und nicht Tamas, dachte Aditi. *Das Gesicht dieses Priesters ist eine Maske, und in seinen Augen liest kein* jiva. Aditis Erfahrung nach gab es solche, die die Wiedererweckung als großes Geschenk der Göttin ansahen, wie Gandharva. Und solche, die sich einfach nur glücklich priesen und mit ihrem Leben weitermachten wie bisher. Doch es gab auch einige, die der Ansicht waren, ihr neues Leben sei den Göttern geraubt, sie hätten einen göttlichen Plan zunichte gemacht oder seien dieser Gunstbezeigung nicht würdig.

Der Priester des Orlem Gor muß wohl einer sein, der sein neuerliches Leben haßt. Aditi hatte Mitleid mit ihm, fürchtete ihn aber auch. Einem Mann, der sich für einen Dieb des Himmels hielt, war kein irdisches Verbrechen zu gering.

Aditi berührte die Hände des Priesters nicht, sondern kniete auf dem äußersten Rand des Teppichs nieder. Sie sprach kein Wort.

»Ich muß Euch für Eure Schläue loben, Domina«, fuhr der Priester fort. »Wir von der Santa Casa haben lange nach Euch gesucht, doch ohne Erfolg. Und ich muß zugeben, daß Ihr mich in Eurer Rolle als Domina Agnihotra schön an der Nase herumgeführt habt. Gleichwohl ist mir unergründlich, weshalb Ihr die Güte hattet, uns auf unserer Reise so weit zu bringen. Ich könnte mir vorstellen, daß es etwas mit Senhor Chinnery zu tun hat.«

Aditi öffnete den Mund, um zu fragen, wo Tamas sei,

besann sich dann aber eines anderen. Sie schloß die Lippen wieder und starrte den Priester an.
»Ihr müßt allerdings zugeben, Domina, daß die Santa Casa über Eure Pläne letzten Endes doch den Sieg davontrug. Eure Verschwörung ist zerschlagen. Domine Resgate hat gestanden, und der arme Magister De Cartago – Der Priester schnalzte mit der Zunge. »Obwohl wir uns nach Kräften um ihn bemühten, starb er ohne Buße.«
Aditi ballte die Hände zu Fäusten, blieb jedoch stumm. *Was glaubt er eigentlich, daß ich sagen werde? Erwartet er, daß ich mit ihm streite? Daß ich prahle? Daß ich ihn als Mörder beschimpfe? Vielleicht neigen die Menschen aus dem Westen ja dazu, Wortschwälle von sich zu geben wie ein Monsunregen, aber ich nicht.*
»Leider sehe ich, daß ein Dämon Eure Zunge im Zaum hält. Könnte es sein, daß Ihr Euch hier nicht sicher fühlt? Das wäre töricht. Wir sind weit weg von der Santa Casa, tief inmitten Eures Landes. Vielleicht habt Ihr ja die Lügen geglaubt, die man sich über meine Arbeit erzählt. Dann könnte es Euch überraschen zu erfahren, daß ich, wie alle, die der Santa Casa beitreten, den Schwur abgelegt habe, nicht zu töten. Ihr braucht nicht zu befürchten, daß Ihr durch meine Hände sterbt.«
Ah, aber es ist ja auch so einfach, indirekt einen Tod herbeizuführen, nicht wahr? Dieser Mann muß mich wahrlich für eine Närrin halten.
Der Priester hielt inne und rieb sich das Kinn. »Möglich, daß Ihr auch nur nicht die Gelegenheit seht, die das Schicksal Euch bietet, Domina. Ihr wollt, daß andere um Eure Göttin wissen und sie annehmen. Hier bin ich und

suche diese göttliche Macht. Ihr könntet uns die Gunst Eurer Führung erweisen und uns zu dieser Mahadevi bringen, deren Name Kraft ist. Ich bin nicht ohne Einfluß in der Santa Casa, wißt Ihr? Wenn Ihr mich von ihrer Göttlichkeit überzeugt, könnte ich ihr Wort im größten Königreich von Europa verbreiten. Andererseits war das vielleicht von Anfang an Eure Absicht, und es ist mir einfach nur entgangen.«

O ja, ich brächte dich mit Freuden vor die Mahadevi, denn diese Erfahrung würdest du nicht überleben. Doch das hieße, Sie deinem Wahnsinn auszusetzen.

Der Priester seufzte schwer und begann, eine milchige Flüssigkeit aus einem Krug in eine Tasse zu gießen. »Ich begreife den Grund für Euer Schweigen nicht. Ich weiß, daß Ihr mich versteht. Es ist jetzt wahrlich nicht nötig, daß wir Feinde sind. Wenn Ihr um Euren goldhaarigen Liebsten besorgt seid, er ist noch beim Sultan. Ich nehme an, daß er bald wieder zurück sein wird. Hier, nehmt mit mir einen Friedenstrunk, und laßt uns darüber sprechen, wie wir einander behilflich sein können.« Der Priester stellte die Tasse vor ihr auf dem Teppich ab.

Aus Neugier nahm Aditi die Tasse und hob sie vorsichtig an die Lippen. Der Priester sah gespannt zu. Aditi roch an der Flüssigkeit und erkannte den beißenden Geruch von *datura. Er hält mich wahrhaftig für eine Närrin. Er will mich unter Drogen setzen und aushorchen. So weit weg vom Orlem Gor sind wir gar nicht.* Aditi starrte den Priester an und setzte die Tasse langsam wieder ab.

Der Priester runzelte die Stirn. »Ich bedaure, daß Ihr Euch entschlossen habt, mein Friedensangebot abzulehnen.« Er klatschte einmal in die Hände, und Aditi vernahm, wie Männer auf sie zueilten. Sie sprang auf und fuhr herum, das Messer stoßbereit. Doch sie waren zu viert und trugen lange Schwerter. Einer der Soldaten schlug mit der Klinge nach ihrem Messer, und es wirbelte davon.

Aditi begann auf marathi um Hilfe zu schreien, doch jemand packte sie von hinten und preßte ihr seine Hand auf den Mund. Zwei Soldaten ergriffen sie an den Armen, so grob, daß ihre Armreife klimpernd zu Boden fielen. Sie wehrte sich ein wenig, um ein Gefühl für die Kraft ihrer Häscher zu bekommen, und erkannte, daß sie nicht imstande sein würde, sie zu überwältigen.

»Fangen wir noch einmal von vorn an«, sagte der Priester und trat neben sie. »Ich erklärte bereits, daß die Santa Casa nicht tötet. Doch wir können das Leben … recht unangenehm machen. Unseren Erfahrungen nach hat Schmerz eine klärende Wirkung auf den Verstand und hilft, die Prioritäten richtig zu setzen. Es bereitet mir Kummer, daß Ihr mich zum Äußersten zwingt, Domina. Wie Ihr seht, wäret Ihr besser beraten gewesen, meine Verbündete zu werden und nicht mein Feind.«

Aditi blickte zum Schwertträger rechts von ihr und verdrehte die Augen, als fürchte sie sich vor der Klinge, die auf ihren Hals gerichtet war.

Der Soldat lächelte und schob das Schwert ein wenig näher. Auf portugiesisch sagte er: »Sie scheint vor Angst außer sich zu sein, Padre. Ich wette, daß Ihr jetzt alles von ihr erfahrt, was Ihr wollt.«

Der Priester bedachte Aditi mit einem Blick, aus dem kühle Berechnung sprach. »Nein. Alles, was sie uns jetzt erzählen würde, wäre Lüge, geäußert, um der Folter zu entgehen. Sie muß den Schmerz erleiden, bevor wir sicher sein können, daß sie die Wahrheit sagt.«

»Doch was, wenn der Sultan es herausfindet, Padre?«

»Wenn schon. Wir werden einfach behaupten, daß sie einen von uns ermorden wollte. Schließlich hat sie uns mit dem Messer bedroht, oder nicht? Der Sultan ist erpicht darauf, daß wir abreisen. Ich glaube nicht, daß er einen Prozeß erzwingen wird, nur weil einem seiner Tanzmädchen, das außerdem noch eine heidnische Fanatikerin und ein Spion ist, ein Leid zugefügt wurde.«

Der Priester trat einen Schritt näher und starrte Aditi in die Augen. »Vielleicht, Domina, glaubt Ihr ja, daß Magister Chinnery Euch irgendwie retten wird, wenn er eintrifft. Ich würde mir das aus dem Kopf schlagen. Seine Arme sind weit davon entfernt, ihre frühere Kraft zu besitzen, und lassen sich leicht wieder außer Gefecht setzen. Und wenn Ihr mir nichts verratet, wird es vielleicht seine Zunge lösen, Euch in Gefahr zu sehen, und er rückt mit den Informationen heraus, die Ihr mir verweigert. Ich bin seiner Geheimniskrämerei allmählich überdrüssig und froh, endlich ein Mittel zu haben, ihn zum Reden zu bringen.«

Aditi rief sich zur Ruhe und versuchte Kraft zu sammeln. *Aha. Das ist nun also meine Strafe für das, was Krodha meine Hybris nannte. Wenn ihre Foltern meinen Willen nicht brechen, wird man mich als Druckmittel gegen Tamas verwenden, damit er sein ganzes Wissen preisgibt. Ich glaube zwar nicht, daß er viel weiß, doch ich werde nicht zulassen, daß diese Schweine aus dem Westen mich oder Tamas in Schande stürzen oder sich an unseren Qualen weiden. Vielleicht ist das die letzte Prüfung der Mahadevi, damit ich meinen Mut beweise. Sei's drum. Ich werde nicht länger von Fehler zu Fehler stolpern. Die Zeit für ein Opfer ist gekommen. Tamas, mögest du dein wahres* dharma *finden. Große Mutter, vergebt mir und gewährt mir, so ich denn würdig bin, Einlaß in Euer Paradies.*

Aditi sackte wie vor schierer Verzweiflung zusammen. Sie fühlte, wie die Männer, die sie hielten, sich ein wenig entspannten. Mehr brauchte sie nicht. Sie biß fest in die Hand, die ihren Mund bedeckte. Als der Soldat aufschrie, warf sie sich mit aller Wucht zur Seite und reckte den Hals der Klinge des Schwertträgers entgegen.

Überrascht riß der Schwertträger die Waffe zurück, was die Wunde lediglich tiefer machte. Blut ergoß sich in Strömen über Hals und Brust. Es tat weh, doch nicht so sehr, wie Aditi erwartet hatte. Als sie nach vorn taumelte, gelang es ihr, den Kopf in die andere Richtung zu neigen, um die Wunde noch zu vergrößern. Einen kurzen Moment lang sah sie den entsetzten Blick des Priesters und belohnte ihn mit einem kalten Lächeln. Dann brachen Übelkeit und Finsternis über sie herein, und sie stürzte zu Boden.

Pramlocha entfernte sich weiter und weiter von den Unterkünften der Männer aus dem Westen und rang die Hände. *Was soll ich bloß tun? Ich bin sicher, daß es Sri Aditi war, die da schrie. Doch wem soll ich das sagen? Und wie soll ich es sagen, ohne zu offenbaren, daß ich nicht bei ihr war? Ich hätte niemals zulassen dürfen, daß sie ihre Räumlichkeiten verläßt. Ich hätte mich nicht von ihr beschwatzen lassen dürfen. Doch hat sie nicht einfach nur bekommen, was sie verdient? Nein, das ist nicht gerecht. Ach ...*

Weiter hinten im Korridor erspähte sie den blinden Musiker Gandharva. Pramlocha hatte auf Musikveranstaltungen mit ihm geflirtet, und er war ihr stets freundlich und kenntnisreich vorgekommen. Sie rannte zu ihm hin. »Guten Morgen, guter Gandharva. Ich bin es, Pramlocha, mit der Ihr schon einige Male gesprochen habt.«

Es schien, als glätte der Klang ihrer Stimme die Runzeln über seiner Braue, und er lächelte. »Ah, das Mädchen, das wie Honig duftet. Ich erinnere mich an Euch. Doch Eure Stimme bebt ja. Stimmt etwas nicht?«

Wie einfühlsam er ist! »Fürwahr, Sri Gandharva, ich fürchte, es gibt Schwierigkeiten. Kennt Ihr eine Frau namens Aditi?«

Seine Stirn umwölkte sich wieder. »Allerdings, meine Liebe. Ich bin sogar gerade auf der Suche nach ihr. Wißt Ihr denn, wo ich sie finden könnte?«

»Ich ... in meiner Torheit ließ ich zu, daß sie die Goaner besucht, und begleitete sie nicht in deren Unterkunft. Ich hörte einen Schrei und fürchte nun, daß ihr vielleicht etwas zugestoßen ist.«

Der Blinde sog heftig den Atem ein, und seine Hände verkrampften sich um die *vina*, die er über die Schulter geschlungen hatte. »Bringt mich dorthin.«

Pramlocha nahm seinen Arm und begann ihn zu führen. »Ich komme mir ja so töricht vor. Ich wußte einfach nicht, wem ich davon erzählen sollte ...«

»Weil Ihr Strafe fürchtetet? Seid unbesorgt, mein Kind. Ich

lasse nicht zu, daß man Euch die Schuld gibt. Hat Aditi Euch fortgeschickt?«

Pramlocha nickte. »Sie erzählte mir, wie schrecklich die Goaner sind. Doch sie sagte, sie wisse, wie man mit ihnen umgeht.«

»Ihr seht also, sie war lediglich auf Eure Sicherheit bedacht. Ihr braucht Euch keine Vorwürfe zu machen. Können wir nicht etwas schneller gehen? Ich bin beweglicher, als Ihr meint.«

»Vergebt mir, ich – Gandharva, da kommen Männer.« Sie umklammerte seinen Arm fester. »Es klingt, als wären es die Goaner!«

»Ich höre sie. Seht Ihr sie schon?«

»Noch nicht. Sie nähern sich aus einem anderen Korridor.«

»Gibt es hier irgendwo einen Ort, an dem wir uns verstecken können?«

Pramlocha schaute sich um und sah eine niedrige Mauer, die mit Ornamentfliesen geschmückt war. »Ja, da drüben. Ihr müßt einen hohen Schritt machen, über diese Mauer.« Sie führte seine Beine, erst das eine, dann das andere. Aus den Augenwinkeln heraus sah sie, daß der erste Goaner den Korridor betrat. »Duckt Euch! Rasch!« wisperte sie. Sie drückte Gandharva nach unten und kauerte sich hinter ihn.

»Könnt Ihr sehen, was sie machen?« fragte Gandharva. »Könnt Ihr sie beobachten, ohne selbst gesehen zu werden?«

Pramlocha schluckte schwer. »Ich will es versuchen.« Sie spähte über den Rand der Mauer, als gerade vier Männer einen unförmigen aufgerollten Teppich vorbeitrugen. Sie konnte ihr nervöses Gemurmel nicht verstehen, war sich jedoch sicher, Aditis Namen gehört zu haben. Sie spürte ein Zupfen an ihrem Kleid.

»Was machen sie?« wollte Gandharva laut flüsternd wissen.

»Scht.« Pramlocha spähte erneut über den Rand und sah, daß die Männer einen Nebengarten betraten, in dem es ein hohes Bambusdickicht gab. »Sie tragen etwas, was in einen Teppich eingerollt ist. Nun verbergen sie den Teppich hinter Bambus. Sie sind in Eile und fürchten, gesehen zu werden.« Ein Goaner schaute in ihre Richtung, und Pramlocha duckte sich wieder.

Schritte näherten sich, ebenso die murmelnden Stimmen, doch sie zogen vorbei, ohne innezuhalten. Pramlocha seufzte vor Erleichterung auf. Sie lehnte sich gegen Gandharvas Schulter und begann zu weinen.

Der Musiker richtete sich auf und legte seine Arme um sie.

»Ruhig, meine Liebe, ganz ruhig, nicht weinen.«

»Aber das ist ... das ist nur meine Schuld!«

»Noch wissen wir nicht, was geschehen ist. Vielleicht ist sie ja wohlauf. Könnte gut sein, daß die Goaner einfach nur einen Teppich stehlen.«

»Ich habe ihre Zehen gesehen, die am einen Ende herausragten.«

»Ah. Nun, das ist etwas anderes.«

»Was sollen wir tun, Gandharva? Wenn sie tot ist und bekannt wird, welche Rolle ich dabei gespielt habe, schickt man mich nach Hause, und meine Eltern werden mich dafür, daß ich Schande über sie gebracht habe, schlagen. Oder ... oder man könnte mich sogar hinrichten!«

»Nicht unbedingt, meine Liebe. Geht dorthin, wo Aditi untergebracht war, und wartet auf eine Nachricht von mir. Wenn jemand fragt, so sagt ihm, ich hätte Aditi abgeholt, und Ihr wüßtet nicht, wo sie jetzt sei. Schiebt ruhig alle Schuld auf mich, denn ich stehe dem Sultan sehr nahe, und er wird auf mich hören.«
»Ihr seid ja so gütig, Gandharva. Doch was habt Ihr vor? Was wird aus Sri Aditi?«
»Es ist besser, wenn Ihr das nicht wißt, meine Liebe. Ich will nur soviel sagen: Wenn Sri Aditi tot ist, wird Gerechtigkeit geschehen. Die Mahadevi wird nicht freundlich auf denjenigen blicken, der Ihre Tochter getötet hat.«

18

TOPAS:

Dieser Stein ist oft von goldener Farbe oder von einem rauchigen Braun. In einem Amulett um den Hals getragen, verleiht er Vernunft inmitten von Irrsinn, offenbart die Gegenwart von Gift und bricht bösen Zauber. Er soll vom heiligen Matthäus stammen und ist ein Stein der Gerechtigkeit. Bei den Hindu gilt der Topas als kalt und beißend, doch verleiht er auch Jugend und bewahrt vor Durst. Trägt man ihn an der linken Hand, vertreibt er Trauer, hilft das Böse zu meiden und steigert Gewitztheit und Mut …

Thomas folgte dem Sultan, während sie durch die Korridore des *Gagan Mahal* wanderten, und wünschte, er könnte der überschwenglichen Gastfreundschaft des Potentaten entrinnen. Der Sultan zeigte ihm stolz seine Schätze; einen Raum mit riesigen, farbenprächtigen Teppichen aus feinster Wolle; einen anderen Raum, dessen Wände mit kleinen Gemälden behängt waren – Porträts von Ibrahim und anderen Adligen aus seiner Familie; eine Kammer, in der sich nur Musikinstrumente befanden, Trommeln, Flöten und mit Saiten bezogene Monströsitäten. Es gab auch einen Raum, angefüllt mit großen Urnen aus chinesischem Porzellan – jede groß genug, um einen Mann zu fassen; einen weiteren Raum voll spanischer Wände, auf denen in Jade und Chalcedon geschnitzte Darstellungen prangten, mit Blattgold und Silber beschichtet. Viele Räume enthielten Wände aus kostbaren Hölzern und mit Intarsien versehene Steingitter, die teilweise (auf die Berührung eines bestimmten Steins hin) zur Seite glitten und einen Durchgang in eine andere Kammer freigaben. Ein Raum war vollständig mit Kacheln ausgekleidet, die mit so komplizierten Arabesken bemalt waren, daß einem beim Blick auf Wände und Decke ganz schwindelig wurde.

Es war ein verwirrendes Märchenland-Labyrinth, dessen Wände und Türen manchmal sichtbar und manchmal unsichtbar waren. Als könnte einen das richtige Kennwort, eine Geste oder ein einziger Schritt, egal in welche Richtung, in eine andere Welt führen. *Wenn ich doch nur den Schlüssel besäße, der mir sagt, was mich wohin führt. Doch hegt nicht jeder Mensch diesen Wunsch, im voraus zu wissen, welcher Schritt zu unmittelbarer Freude und welcher zu künftigem Bedauern führt?*

»Ein Jammer, daß Ihr das Angebot Seiner Majestät, in Ihre Dienste zu treten, nicht annehmen könnt«, flüsterte ihm Joaquim ins Ohr. »Ihr könntet inmitten all dieser Pracht leben. Stellt Euch nur die Tanzmädchen vor, die Ihr haben könntet, he? Doch andererseits hätten meine *soldado*-Brüder und ich Euch dann aus lauter Neid töten müssen.«

»Wie schrecklich das für mich gewesen wäre«, sagte Thomas, »Euch dazu zu bringen, eine solche Todsünde zu begehen.«

Timóteo starrte sie entsetzt an.

»Das ist lediglich ein Scherz, kleiner Bruder«, protestierte Joaquim.

Thomas fragte sich, ob der Sultan wußte, daß er ihn bei der Übersetzung des Griechischen auf dem Palmblatt belogen hatte. Stolz oder Angst vor der peinlichen Situation hatten seine Zunge daran gehindert, die Wahrheit zu sagen. *Eine weitere Sünde. Mir scheint, ich werde viel Schuld auf mich geladen haben, wenn diese Reise beendet ist.* In Wahrheit hatte dort gestanden:

»Sie, deren Name Kraft ist, wird von Ihrer Tochter dringlich um Hilfe gebeten, auf daß sie erfahre, was Ihr Wille sei, wem von denen, die nach Ihr suchen, sie beistehen und wen sie vernichten soll. Gebt ihr ein

Zeichen, denn die Liebe hat sie ebenso blind gemacht, wie ich es bin.«

Aditi hatte etwas mit dieser Botschaft zu tun, soviel war klar. Sicher bin ich diese Liebe, die sie ihre Pflicht vergessen ließ. Thomas fühlte sich angesichts dieser Enthüllung hin- und hergerissen. Erst wollte sein Herz vor Freude darüber, daß sie ihn liebte, schier überquellen. Und dann bereitete es ihm wieder Sorge, weil er keine Ahnung hatte, was er mit ihr anfangen sollte. *Um ihrer Liebe willen macht sie mir vielleicht ein großes Geschenk und führt mich zum Herkunftsort des Wiedererweckungspulvers oder Steins der Weisen oder worum es sich sonst handeln mag. Und das könnte mir eines Tages Ruhm und Reichtum bescheren. Doch was dann? Nehme ich sie mit heim nach England? Sie wäre dort ebenso fehl am Platz wie ich hier.*
Während der ganzen Führung stellte der Sultan Thomas forschende Fragen nach seiner Familie, seinem Land, den Gründen, aus denen er nach Bijapur gekommen war. Thomas erwiderte, daß seine Heimat eine kleine, einfache Insel sei, die nicht im geringsten über die Pracht und Schönheit verfüge, die er in Bijapur gesehen habe, und daß er lediglich aus Gründen des Handels hier sei. Den Sultan schienen seine Antworten nicht völlig zufriedenzustellen.
Vielleicht hält er mich für einen Spion und fürchtet eine Invasion. Doch ich weiß nicht, wie ich seinen Ängsten begegnen soll.
Schließlich stellte der Sultan eine Frage, die Timóteo die Stirn runzeln ließ, als er sie übersetzte. »Seine Majestät

wünscht zu wissen, wie Ihr zu einer gewissen Domina Aditi steht. Das ist doch das Tanzmädchen, mit dem Ihr gestern abend gesprochen habt, nicht wahr?«

Ah. »Sagt Seiner Majestät, daß sie als Teil der Kohorte unseres Karawanenführers von Goa aus mit uns reiste und ich nur wenige Male mit ihr sprach.« *Und das ist sogar die Wahrheit.*

»Sie reiste mit uns?« sagte Timóteo. »Sie war mir gar nicht aufgefallen.«

»Ehm, weil sie sich stets in der Nähe von Lady Agnihotra aufhielt und die meiste Zeit bei ihr im Palankin war.«

Joaquim warf ihm einen mißtrauischen Blick zu und hob eine Braue, sagte jedoch nichts, als Timóteo übersetzte.

»Seine Majestät fragt, ob Goa der Lady gefällt.«

Eine verblüffende Frage. »Ich glaube nicht, deshalb hat sie es wohl auch verlassen. Für Fremde kann es ein gefährlicher Ort sein.«

Der Sultan nickte und strich sich über den Bart.

Ein Knabe in hellblauer Jacke und mit Turban kam angelaufen und verneigte sich tief vor ihnen allen. Er sagte hastig etwas zum Sultan und deutete auf das Atrium in der Mitte. Ibrahims Augen weiteten sich, und er klatschte in die Hände wie ein Kind, dem man ein herrliches neues Spielzeug geschenkt hat.

»Seine Majestät bittet, ihn zu entschuldigen, doch es sind einige Musiker aus Bengal eingetroffen, und er sagt, er müsse sie sofort anhören. Er sagt, wenn wir diesem Korridor immer geradeaus folgen und dann rechts abbögen, kämen wir in unsere Unterkünfte zurück.«

Joaquim und Thomas verbeugten sich auf europäische Art

vor dem Sultan, als er ging. Thomas seufzte beim Wiederaufrichten und fühlte sich erleichtert.
Als sie hintereinander durch den Bogengang schritten, sagte Joaquim: »Ihr versetzt mich in Erstaunen, Tomás. Ich hatte befürchtet, Ihr könntet etwas Törichtes tun und uns alle in eine peinliche Situation bringen, indem Ihr hinter dem Rockzipfel des Sultans Zuflucht sucht, doch das habt Ihr nicht getan.«
»Natürlich nicht«, sagte Timóteo und schob trotzig das Kinn vor. »Hat er nicht den Padre geheilt und uns geholfen hierherzufinden? Er würde niemals zulassen, daß Ihr Memmen die Suche unverrichteter Dinge abbrecht und nach Goa zurückkehrt …«
»Sachte, kleiner Bruder«, unterbrach ihn Joaquim mit düsterem Lächeln. »Seid froh, daß Ihr noch ein Kind seid und ein Mönch dazu, sonst reichte ein Fausthieb nicht aus, Euch diese Kränkung zu vergelten. Es ist nicht sehr klug, einen *soldado* als Memme zu bezeichnen, erst recht nicht, wenn es stimmt. Meine Kameraden und ich sind auf derlei Worte nicht gut zu sprechen.«
»Außerdem, Timóteo«, sagte Thomas und legte dem Knaben seine Hand auf die Schulter, »bin ich eines so ungeheuren Lobs nicht würdig. Doch wo sind Eure Kameraden, Joaquim?« fragte er und blickte nach vorn. »Gewöhnlich treiben sie sich im Garten herum, doch ich sehe sie nicht.«
»Sicher hat der Padre sie zu einer Predigt gerufen, oder vielleicht essen sie auch irgendwo etwas. Das ist das Wunderbarste an diesem Ort, Tomás. Man läßt uns nie hungern.«

Sie hatten kaum den Eingangsbereich ihrer Unterkunft betreten, da spürte Thomas, daß etwas fehlte. Die *soldados* hatten ihre Ausrüstung am anderen Ende des Raums aufgehäuft, und der Teppich war nicht mehr vorhanden. Der Geruch von Blut hing schwer in der Luft. Zwei *soldados* waren eifrig dabei, mit ihren Hemden den Boden zu putzen, und einer von ihnen wickelte sich eine blutbefleckte Bandage um den Arm. Padre Gonsção wanderte mit benommener Miene zwischen ihnen umher.

»Padre, was ist geschehen?« verlangte Thomas zu wissen.

»Ehäm? Ah. Carlos hier hat sein Schwert gewienert und sich dabei aus Versehen geschnitten. Er hat stark geblutet, doch die Wunde scheint nicht gefährlich zu sein.«

Thomas schritt auf den *soldado* zu. »Laßt mich einmal sehen. Vielleicht kann ich oder Timóteo Euch helfen.«

»Nein!« Padre Gonsção verstellte Thomas den Weg. »Wir haben die Wunde gesäubert und verbunden, und ich bete um seine Genesung. Mehr kann man beim besten Willen nicht tun. Ich werde nicht zulassen, daß Ihr Eure giftigen Salben auftragt und ihm weiteren Schaden zufügt.«

»Aber Padre ...«, wunderte sich Timóteo.

»Ich sagte nein, und dabei bleibt es auch.«

»Wie Ihr wünscht«, sagte Thomas stirnrunzelnd. *Hier stimmt doch etwas nicht.* Er trat einen Schritt zurück, an den Männern vorbei, die den Boden schrubbten. *So eine große Menge Blut – wenn das alles von dem tolpatschigen Carlos stammte, dürfte er eigentlich nicht mehr aufrecht stehen.* Thomas wich so weit zurück, daß er fast über den Stapel Ausrüstung der *soldados* gestolpert wäre. Als er mit den Armen ruderte, fiel ihm neben einem achtlos hinge-

worfenen Helm etwas auf, was silbern und grün schimmerte.
Er langte nach unten und hob einen Armreif in Form einer sich in den Schwanz beißenden Schlange auf. Thomas' Magen verkrampfte sich. »Ist Domina Aditi hiergewesen? Das gehört ihr, da bin ich sicher.«
Der Padre wandte sich abrupt ab. »Ein Tanzmädchen war hier, das nach Euch suchte. Es könnte wohl die gewesen sein, die Ihr Aditi nennt. Doch sie ist wieder fort. Sie wollte nicht mit mir sprechen und hat auch keine Nachricht hinterlassen.«
»Tatsächlich?« meinte Thomas und starrte den Padre an. »Wann ist sie denn gegangen?«
»Vor gar nicht langer Zeit. Ich weiß nicht. Vergebt mir, ich war mit anderen Dingen beschäftigt.«
Thomas befürchtete das Schlimmste und fragte weiter: »In welche Richtung ist sie gegangen?«
»Ich kann mich nicht erinnern. Ich achtete nicht darauf. Habt Ihr nichts Besseres im Sinn als Eure Tändelei mit einem Tanzmädchen, Magister?«
»Im Augenblick«, erklärte Thomas leise, »nein. Ich glaube, sie wollte mir etwas sehr Wichtiges mitteilen.« Thomas drehte sich um und ging rasch zur Tür hinaus.
Er hörte das Scharren von Stiefeln auf Stein hinter sich und warf einen Blick über die Schulter. Die vier *soldados* folgten ihm und versuchten, ihn einzuholen. *Aha. Sie wollen nicht, daß ich sie finde oder erfahre, was sie ihr angetan haben. Na schön. Vielleicht kann ich aus der Führung Seiner Majestät Nutzen ziehen.*
Thomas ging schneller, bis er zu einem Seitengang kam.

Er bog ab und begann zu laufen, so schnell er konnte. Er hörte hinter sich Rufe. *»Alto! Pare!«* Es war wie in so vielen seiner Träume, in denen er verfolgt wurde, nur daß es diesmal keine rasenden Weiber waren, sondern verzweifelte Männer. *Waren meine Träume alle auf diesen Moment gerichtet? Höchst seltsam, wenn es so ist.*

Als er in einen anderen Säulengang einbog, begegnete ihm eine Anzahl Dienstmädchen in zinnoberroten Saris, doch Aditi war nicht darunter. Er rannte um sie herum und setzte seine Flucht fort, hörte ihre Schreie, als die *soldados* in sie hineinliefen und sie zur Seite stießen.

Thomas nahm eine weitere Abzweigung und sah, daß er sich vor der Kammer mit den bemalten spanischen Wänden befand. Er schlüpfte hinein, zwischen sie hindurch und trat dabei so leise wie möglich auf. Erst liefen die *soldados* vorbei. Doch als er das andere Ende des Raums erreichte, hörte er sie hereinkommen.

Er wartete, bis sie an der ersten Reihe spanischer Wände standen. Dann gab Thomas der Wand rechts von ihm einen mächtigen Schubs, und sie fielen um, klack, klack, klack, eine Reihe nach der anderen, bis die ersten gegen die *soldados* kippten. Als die Goaner fluchten und brüllten, wandte Thomas sich dem Gitterwerk hinter ihm zu. Zu seinem Glück war es eine Tür mit verschiebbarer Füllung, und nach einer Weile fand er den Öffnungsstein.

Er verschob ihn und zwängte sich durch die Tür, als die *soldados* gerade über die umgekippten spanischen Wände zu steigen begannen. Dann schob Thomas den Stein wieder zurück und rannte abermals davon, wenn auch nicht mehr so hektisch wie zuvor.

Er nahm eine Abzweigung nach der anderen, konnte sich aber noch nicht sicher sein, ob er seine Verfolger wirklich abgeschüttelt hatte. Er fand die Kammer mit den chinesischen Porzellanurnen und erkannte seine Chance. Er suchte sich eine in der Mitte des Raums aus, nahm den Deckel ab und glitt hinein. Er ging in die Hocke und hob den Deckel wieder über sich auf die Urne.

Es war nicht gerade bequem, in fast völliger Finsternis zu kauern, reglos wie eine Statue, damit die Urne nicht umkippte. Doch Thomas zwang sich, Geduld zu haben. *Ich habe das Strappado der Santa Casa überstanden. Da werde ich das hier wohl auch überstehen.*

Er hörte in der Nähe Gezänk – die *soldados* hatten doch noch hierhergefunden. Aber es waren auch andere Stimmen darunter, die sich einheimischer Sprachen bedienten und das Portugiesisch übertönten. Bald wurden die Stimmen leiser und verloren sich schließlich ganz. *Ah. Vielleicht haben die Diener des Sultans den Schaden im Raum mit den spanischen Wänden entdeckt und treiben die* soldados *nun zurück in unsere Unterkunft. Gebe Gott, daß es so ist.*

Thomas wartete noch einige lange, stille Minuten ab, bevor er den Deckel hochhob und nach draußen spähte. Er war allein im Raum. Er trat behutsam aus der Urne heraus, legte den Deckel wieder darauf und kehrte in den Korridor zurück. Er war leer, bis auf zwei Personen, die den Korridor gerade von Norden her betraten: ein junges Mädchen in einem grünen Kleid mit Schal, das einen Blinden am Ellbogen führte.

Der Musiker ... ich habe ihn schon einmal gesehen. Er

spielte gestern, als Aditi tanzte. Heute morgen saß er neben dem Sultan. »... denn die Liebe hat sie ebenso blind gemacht, wie ich es bin ...« Thomas fiel die Botschaft auf dem Palmblatt wieder ein. *Konnte das sein? Ist er Aditis Verbündeter?*

»Wartet!« rief Thomas auf griechisch hinter ihnen her. »Bleibt stehen, bitte!«

Der Blinde verharrte und wandte sich halb um. Das Mädchen blickte zu Thomas zurück und stellte dem Musiker flüsternd eine Frage. Der Blinde tätschelte ihre Hand und sagte etwas. Das Mädchen wich widerwillig von seiner Seite und ging allein weiter in den Korridor davon.

»Habt Dank. Ich muß mit Euch sprechen«, schnaufte Thomas, während er zu dem blinden Musiker rannte.

Der Musiker legte den Kopf schräg. »Wer spricht da das alte Hellenisch?«

»Ich bin Thomas Chinnery aus England. Ich traf mit den Goanern hier ein.«

»Ah. Tamaschinri. Vom gelben Haar. Ihr habt heute morgen mit Despos Ibrahim gesprochen. Es ist mir eine Ehre, Euch zu begegnen.« Er verbeugte sich. »Mich nennt man Gandharva, und vom Gewerbe her bin ich reisender Musiker und Geschichtenerzähler.«

»Ja, ich entsinne mich. Ihr habt neben dem Sultan gesessen. Habt Ihr zufällig Aditi gesehen – die blauäugige Frau, die tanzte, als Ihr gestern abend in unseren Unterkünften spieltet?«

Gandharva lächelte. »Es ist viele Jahre her, seit ich zuletzt etwas gesehen habe, mein junger Freund.«

»Nein, nein, bitte verzeiht. Ich meinte nur ...«
»Ob ich Nachricht von ihr habe? O ja. Wißt Ihr«, er trat näher heran, »sie sprach mit mir über Euch. Sie sagte mir einmal, daß sie den Eindruck habe, Euer beider Schicksale seien miteinander verbunden. Ich beginne zu glauben, daß sie recht hatte.«
Was ist das für ein Gewäsch? »Bitte sagt mir, wo sie ist und ob ich mit ihr sprechen kann. Ich fürchte, meine Reisegefährten könnten ihr ein Leid zugefügt haben.«
Gandharva nickte knapp. »Ganz gewiß. Vielleicht sogar sehr großes Leid.«
Thomas ballte die Fäuste. »Dann sagt mir doch bitte, wo ich sie finden kann. Hat man sie zu einem Heiler gebracht? Ich kenne mich mit Heilkräutern aus – vielleicht kann ich ihr helfen.«
Der Musiker trat noch näher heran, so daß Thomas seinen nach Anis duftenden Atem riechen konnte. »Es wird sehr große Anstrengungen erfordern, ihr zu helfen, Tamaschinri. Doch vielleicht seid Ihr der Richtige dafür. Vielleicht ist das der Wille der Mahadevi.«
Aye, er glaubt also auch an die Göttin. Dann wird er es wohl gewesen sein, der die Botschaft abschickte, die der Sultan mir zeigte. Thomas mußte an die Redewendung denken, die Aditi und De Cartago verwendet hatten, und er sagte: »Ihr Name ist Kraft.«
Der Musiker nickte. »So ist es. Aditi sagte mir einmal, sie hoffe, Ihr werdet den Weg zur Mahadevi finden.«
»Bitte. Wo ist sie?«
»Ihr werdet sie in einem Nebengarten mit einem hohen Bambusdickicht entdecken. Ich komme gerade von dort.

Einige Eurer Goaner haben einen Teppich, in den jemand eingewickelt ist, hinter dem Bambus versteckt. Nach allem, was sie sagten, habe ich Grund zu der Annahme, daß sich Aditi in dem Teppich befindet.«
»In einen Teppich eingewickelt?« Kalter Schmerz erfüllte plötzlich seine Brust, als bohrte man ihm einen Speer aus Eis durch den Leib.
»Nai. Ich fürchte, sie lebt nicht mehr.«
Thomas wich zurück und wollte sich schon umdrehen und davonlaufen. »Ich finde sie.«
»Wartet!« sagte Gandharva. »Laßt mich mit Euch gehen. Auch ich muß wissen, ob sie es ist und was man ihr angetan hat.«
Mit Gandharvas Hilfe fand Thomas ohne große Mühe den Nebengarten und das hohe Bambusdickicht. Er sah sich um, ob sie auch niemand beobachtete, und schob sich zwischen die dicken Schilfrohre, dicht gefolgt von Gandharva. Einige Bambushalme waren abgebrochen oder geknickt und wiesen darauf hin, daß andere vor ihnen diesen Weg gegangen waren. Der Teppich lag in der Mitte des Dickichts, und man hatte hastig etwas Dreck darüber gestreut. »Hier ist er.«
»Ist sie es?« sagte Gandharva und kauerte sich hin, um sich zu verstecken.
Thomas zerrte das obere Ende des Teppichs weit genug auseinander, um ihre blinden blauen Augen und die blutige Wunde an ihrem Hals zu sehen. Er seufzte. »Nai. Sie ist es.« *Arme Aditi. Du hast uns nur meinetwegen nach Bijapur geführt. Wie schlecht habe ich dir deine Hilfe vergolten. Ich wollte nicht, daß der Tod dich ereilt.*

Gandharva ließ den Kopf auf die Knie sinken.
Thomas streckte die Hand aus und schloß ihr sanft die Augenlider. »Habt Ihr eine Ahnung, Gandharva, wer das getan haben könnte?«
»Nein. Die Männer, die ich belauschte, haben es mir nicht offenbart.«
»Weshalb habt Ihr nicht Lärm geschlagen oder es den Wachen des Sultans gemeldet?«
Gandharva rieb sich das Gesicht. »Um jemand anderen zu beschützen, den keine Schuld trifft. Das Leben bei Hofe ist voller Gefahren, mein Freund, und das Schwert der Gerechtigkeit kann den Unschuldigen ebenso fällen wie den Schuldigen.«
»Davon habe ich gehört. Doch ich glaube, ich kenne den Schuldigen.« *Der Padre. Wie er sie anstarrte, als er Aditis Namen hörte. Die Santa Casa muß Vergeltung üben, selbst auf diese Entfernung hin. Und ich trage einen Teil der Schuld, weil ich sie in meiner Trunkenheit verriet. Was für ein schreckliches Mißgeschick, den Padre mit dem Wiedererweckungspulver von den Toten auferstehen zu lassen, nur damit er jene vernichtet, die uns zu diesem Pulver führt.*
Plötzlich traf Thomas ein Hoffnungsstrahl. »Ihr seid doch ein Gefolgsmann der Mahadevi, Gandharva. Wäre es möglich ... wißt Ihr von dem Pulver namens ...«
»Blut der Göttin? Besäße ich welches, hätte ich es, sobald sich die Gelegenheit bot, bei ihr angewendet. Es ist ein trauriger Umstand, daß ich keines besitze.«
»Ah. Wartet! Der Sufi Masum hat welches. Ich habe ihm den Rest gegeben, als ich ihm in der Herberge begegnete.«

»Den Rest? Wieviel war noch übrig?«
»Gerade genug, daß es die Innenseite des Beutels bedeckte.«
Gandharva schüttelte den Kopf. »Das reicht, um zu vergiften, aber nicht, um wiederzuerwecken. Ihr braucht soviel«, er deutete auf das erste Gelenk seines Zeigefingers, »um einen Menschen ins Leben zurückzurufen.«
»Ach! Ich habe mehr als das dem Padre verabreicht. Hätte ich das gewußt, hätte ich nicht soviel davon vergeudet. Doch kennt Ihr vielleicht eine andere Person, die noch welches hat?«
»Nur den letztlichen Ursprung, Sie Selbst.«
Thomas starrte den blinden Musiker an. »Ihr kennt den Herkunftsort des *Rasa Mahadevi?«*
»Ganz recht, Tamaschinri. Doch er liegt weit fort, und ich bin schlecht gerüstet, um selbst dorthin zu gehen.«
Thomas ergriff Gandharvas Schultern und achtete nicht auf den Schmerz in seinen eigenen. »Vielleicht kann ich Euch helfen! Wäre es möglich, daß wir ihren Leichnam hinbringen und sie wiederbeleben?«
»Ja und nein, mein Freund. Die verborgene Stadt der Mahadevi liegt einige Tagesreisen entfernt. Bis dahin wird Aditi in einem erbärmlichen Zustand sein. Sie würde schwer leiden und wäre vielleicht nicht mehr vollständig, wenn wir sie dann wiederbeleben. Sie wäre Euch nicht dankbar für eine Rückkehr in ein solches Leben.«
»Gibt es denn keine andere Quelle? Keinen anderen Weg, sie wiederzubeleben?«
»Nein, aber …« Der Musiker legte den Kopf schräg, als

lauschte er nach einem fernen Geräusch. Dann lächelte er. »Vielleicht bringt man uns ja welches entgegen.«

»Ich verstehe nicht.« Thomas spürte, wie seine Gedanken sich überschlugen. *Lieber Gott, mach, daß ich es nicht mit einem Irren oder einem Schurken zu tun habe. Doch wenn er wahrlich um die Herkunft weiß* – »Die gemeinsame Karawane der Goaner und der Mogule bricht bald auf. Kann vorher noch ein Vorrat des Pulvers geliefert werden?«

»Nein. Das wird mehrere Tage dauern. Aditi muß irgendwie mit Eurer Karawane reisen. Derjenige, der das *Rasa Mahadevi* bringt, muß uns auf halbem Weg treffen.«

»Ja«, sagte Thomas, »das ist ein guter Plan. Doch wie können wir ihren Leichnam einschmuggeln?«

»Ihr müßt um einen Wagen mit Gauklern bitten, die Eure Expedition begleiten sollen. So etwas ist hier nicht ungewöhnlich, und der Sultan würde es respektieren.«

»Doch der Padre würde eine solche Bitte nie äußern. Und ich hege nicht den Wunsch, mit ihm oder für ihn zu sprechen.«

»Verdächtigt Ihr diesen Priester des Orlem Gor, Aditi getötet zu haben?«

»Und ob.«

»Gut zu wissen. Doch wenn er diese Bitte nicht äußert, muß der Mirsa das eben tun. Ich sage Euch, wo die Mogule untergebracht sind. Soweit ich weiß, ist Euer Mitreisender Lakart gerade bei ihnen.«

»Schön, dann kann er gleich für mich übersetzen. Gandharva, wenn Ihr mir hierbei helft, werde ich für immer in Eurer Schuld stehen.«

Gandharva nickte. »Sprecht nicht von Schuld, Sri Tamaschinri. Immerhin werdet Ihr Aditi helfen, Gerechtigkeit zu finden, und mir, wieder nach Hause zu gelangen.«

Wie ungemein ärgerlich das ist, dachte Mirsa Akbarshah, als er dem Westmann Lakart über seiner fünften Tasse Nelkentee gegenübersaß. *Ständig reden wir im Kreis herum, weil keiner von uns zuviel ausplaudern will und dem anderen doch soviel wie möglich zu entlocken versucht.* Der Mirsa hatte noch nie etwas von S'qotland gehört, wo Lakart herzustammen behauptete. Wenigstens hatte der Mann irgendwo passabel persisch gelernt. *Und wenigstens ist er nicht so aufbrausend, wie man es mir von den Goanern berichtete.*

Doch der Mann starrte dauernd nach Osten, zu einem weiter entfernten Bereich des *Gagan Mahal,* als beschäftige er sich eigentlich mit etwas anderem.

»Seine Gedanken sind wie eingesperrte Leoparden«, flüsterte Masum dem Mirsa auf Urdu zu. »Was er wohl sagen würde, wenn man sie freiließe?«

»Eh?« sagte Lakart, plötzlich wieder bei der Sache. »Was hat Euer Mann gerade gesagt? Ich habe ihn nicht ganz verstanden.«

»Uns ist aufgefallen, daß Euch etwas ... abzulenken scheint. Masum ist lediglich neugierig, was Euch dermaßen in seinen Bann schlägt.«

»Ah. Ihr habt recht, Hoheit«, sagte Lakart mit kläglichem Lächeln. »Ich mache mir um das Wohlbefinden des jungen Engländers Thomas Sorgen. Wißt Ihr, ich habe seinem Vater gegenüber den Schwur geleistet, über ihn zu wachen und dafür zu sorgen, daß er seine Reise auch zu Ende führt. Ich habe diesem Schwur in der Vergangenheit schon zu wenig Beachtung geschenkt und fürchte, daß ich in meiner Pflicht wieder etwas nachlässig geworden bin.«

Der Mirsa nickte. »Es ist bei meinem Volk nicht unbekannt, für ein geliebtes Kind einen Hüter auszuwählen. Ist er ein erstgeborener Sohn?«

»Das ist er. Sein Vater hat … große Pläne mit ihm.«

»Der erste Sohn ist der kostbarste Schatz einer Familie. Diese Verpflichtung wiegt schwer.«

Der Mann aus dem Westen starrte zu Boden. »Das tut es.«

Der Mirsa hielt inne und versuchte, die Stimmung seines Gastes abzuschätzen. »Ihr braucht nicht zu befürchten, daß ihm durch uns irgendein Leid widerfährt. Wenn er friedlich und ehrerbietig ist, werden wir ihn mit größter Höflichkeit behandeln.«

Lakart warf ihm unter dunklen Brauen hervor einen kurzen Blick zu. »Nicht Ihr und Eure Leute sind es, die ich fürchte, Hoheit.«

Ah. Unter den Goanern herrscht Zwietracht. Das könnte sich als sehr nützlich erweisen. Der Mirsa beugte sich mit den Worten vor: »Wenn Ihr den Eindruck habt, Euer Schützling sei in Gefahr oder daß er etwas besitzt, was man ihm stehlen oder mißbrauchen könnte, ließe ich mich vielleicht davon überzeugen, ihm Schutz zu gewähren. Meine Männer können sich fünf schlecht ausgebildeten goanischen Soldaten mit Leichtigkeit widersetzen.«

Der Fremde zögerte und schien das Angebot gegen einen unbekannten Faktor abzuwägen. »Wenn es erforderlich werden sollte, Hoheit, nehme ich Euer Angebot gern an. Doch im Augenblick sind meine Befürchtungen vielleicht nur Schatten, die eine flackernde Lampe wirft.«

»Und ich will hoffen, daß es sich so verhält. Ich nehme an, es würde Euch nicht verletzen, von denen Hilfe anzunehmen, die keine Christen sind? Vorausgesetzt, Ihr seid selber einer. Ihr sollt wissen, daß der Eingang zu meinem Zelt Euch jederzeit offen steht, egal, wann Ihr Gebrauch davon machen wollt.«

Lakart wich ein wenig zurück, und ein Schleier der Verschwiegenheit legte sich über seine Züge. »Ich spreche mit anderen nicht über meinen Glauben. Doch seid gewiß, daß es mich nicht kränken würde, Euer Zelt aufzusuchen, wenn die Notwendigkeit sich ergeben sollte.«

Das wird ja immer seltsamer. Ist er vielleicht ein Parsi und hat deshalb Grund, Christen und Muslime gleichermaßen zu fürchten? Oder ein Jude? Ich werde es in Erinnerung behalten, ihn einstweilen aber nicht bedrängen. Es klopfte an der Gittertür. Ein Diener verbeugte sich im Eingang. »Sri Tamaschinri sucht hier nach einem, der Andru Lakart genannt wird.«

»Ah!« sagte Lakart. »Das ist eben der Schützling, von dem ich sprach. Wenn Ihr mich entschuldigen möchtet.« Er stand auf, verbeugte sich und ging zur Tür hinaus.

»Ein seltsamer Mann«, murmelte der Mirsa.

»Ein Dschinn reitet ihn«, sagte Masum.

»Fürwahr? Könnt Ihr mir sagen, welcher Abkömmling Schaitans es ist?«

Masum schüttelte den Kopf. »Wie ich schon sagte, ich bin kein *sheykh*. Doch es sind nicht die goanischen Priester oder Soldaten, die er fürchtet. Er fürchtet sich vor sich selbst.«

Thomas konnte nicht anders, als ständig den Kopf erst hierhin, dann dorthin zu drehen, um sicher zu sein, daß keiner der Leute des Padre ihn gefunden hatte. *Wahrscheinlich hat man sie wegen des Schadens, den sie angerichtet haben, in den Unterkünften isoliert. Wenn das der Fall ist, würde es mir nur zum Vorteil gereichen.*

Ein Seufzer der Erleichterung entfuhr ihm, als Lockheart aus dem Zelt des Mirsa auftauchte. »Ah, Andrew, da seid Ihr ja!«

»Ihr habt mich gefunden. Wie, Ihr habt keine anderen Kindermädchen bei Euch? Der gute Padre wird in seinen Pflichten nachlässig.«

»Ich habe ihn gemieden«, erklärte Thomas leise, »und seine Leute werden von den Männern des Sultans in den Unterkünften festgehalten, weil sie den Besitz Seiner Majestät beschädigten.«

Lockheart stutzte und hob eine Braue. »Und seid Ihr nun einer der Männer des Sultans?«

Thomas schüttelte den Kopf. »Mein Platz ist nicht hier, und es gibt keinen erkennbaren Grund, weshalb ich ihm dienen sollte. Die Dame Fortuna treibt mich mit blutiger Peitsche voran.«

»Wahrhaftig? So sprecht denn. Wessen Blut bedeckt die Peitsche?«

»Aditis Blut. Aditi ist tot.«

Lockheart sog die Luft zwischen den Zähnen ein. »Wie konnte das geschehen?«

»Sie wurde erschlagen. Ich weiß nicht, von wem, doch ich fürchte, es war der Padre oder einer seiner Leute.«

»Der Padre? Nach all den prahlerischen Worten, daß die Santa Casa niemanden tötet? Dem kann ich kaum Glauben schenken, mein Junge.«

»Ich hätte es selbst nicht gedacht – und doch ist er ein Mann mit festen Überzeugungen und einer Philosophie, und ich beginne zu begreifen, daß die Philosophie eines Mannes nur seine Vernunft zu untergraben braucht, damit er zu jeder Schandtat bereit ist.«

»Oder zu jeder guten Tat, mein Junge. Wenn der Mensch nämlich danach trachtet, das Tier zu bezwingen, kann das Pendel zum Guten wie zum Schlechten ausschlagen. Doch sicher habt Ihr handfestere Beweise als lediglich seine Philosophie, daß Ihr dem Padre die Schuld gebt.«

»Allerdings. Als ich von meinem Gespräch mit dem Sultan in unsere Unterkunft zurückkehrte, verhielt der Padre sich äußerst seltsam, und auf dem Boden war viel Blut. Auch die Soldaten verhielten sich, als wären sie nicht sie selbst. Ich fand Aditis Leichnam nicht weit entfernt in einem Bambusdickicht, mit grausam zerschnittener Kehle.«

»Wahrlich seltsam, doch das beweist noch gar nichts. Ein Jammer, daß Ihr mein ganzes *pulvis mirificus* aufgebraucht habt, sonst könntet Ihr die Wahrheit von der so schändlich behandelten Lady selbst erfahren.«

»Aye, daran dachte ich auch schon. Doch es gibt einen anderen Weg.«

Lockheart erschrak und starrte ihn an. »Hat jemand in Bijapur noch mehr von dem Pulver? Habt Ihr eine weitere Quelle aufgetan?«

»Nicht hier, und es gibt auch nur einen Herkunftsort. Selbst wenn ich zugesagt hätte, in die Dienste des Sultans zu treten, würde meine Ehre mir nun gebieten, wieder meinen Abschied zu nehmen und unsere Reise fortzusetzen.«

Allmählich breitete sich ein Grinsen auf Lockhearts Gesicht aus. »Das ist Schicksal, wie ich schon sagte. Die Menschen in diesem Land, Hindu und Muslime gleichermaßen, messen Omen große Bedeutung bei, wißt Ihr. Wenn die Hand des Göttlichen den Weg weist, dann wehe dem, der ihm nicht folgt. Mir scheint, diese Hand hat uns beide am Kragen gepackt und zerrt uns voran. Auch wenn es herzlos klingen mag, so freue ich mich doch über Aditis Hinscheiden, weil es Eure Entschlossenheit festigt. Wie sieht Euer Plan aus? Sollen wir ihren Leichnam nehmen, wir beide, uns mitten in der Nacht davonmachen und den mörderischen Padre mit seiner ach so großen Schläue zurücklassen?«

Thomas schüttelte den Kopf. »Es gelänge uns niemals, ungesehen durch die Tore der Stadt zu kommen. Und nur zu zweit könnten wir gegen einen Trupp bewaffneter Verfolger nichts ausrichten. Ich kenne diese Gegend hier nicht besonders gut, und vielleicht fielen wir gewissenlosen Räuberbanden in die Hände …«

»Genug, mein Junge. Ich begreife, was Ihr meint. Doch was sollen wir denn tun?«

»Wir müssen so weitermachen, als wäre nichts Verkehrtes geschehen. Wir werden vorgeben, nichts von Aditis Tod zu wissen, und den beiden Karawanen gestatten, gemeinsam aufzubrechen, wie es die Absicht des Sultans ist. Auf die Weise wird uns die Armee des Mirsa vor inneren Gefahren ebenso beschützen wie vor äußeren.«

»Ah, ich verstehe. Und dann machen wir uns nach einigen Tagen einfach aus dem Staub, he?«

Thomas zögerte. »Wir werden sehen, wie die Umstände sind, und dann die erste Gelegenheit nutzen.« *Und ich weiß noch nicht, ob du ein Teil meines Plans bist.*

Lockheart kicherte. »Ihr seid vorsichtig, mein Junge. Ich kann es Euch nicht verdenken.«

»Eines noch. Ich muß den Mirsa bitten, daß er den Sultan nicht nur um Proviant, sondern auch um einen Karren mit Gauklern ersucht, die die Karawane begleiten.«

»Gaukler, mein Junge?«

»So werden wir Aditi einschmuggeln. Das ist sehr wichtig. Der Padre würde eine solche Bitte nie äußern, und wenn der Mirsa es tut, wird der Sultan nicht sonderlich überrascht sein. Würdet Ihr den Mirsa für mich darum bitten?«

Lockheart trat einen Schritt zurück und streckte den Arm zur Gittertür aus. »Nur zu, macht selbst seine Bekanntschaft. Ich werde übersetzen und Euch alle Führung zuteil werden lassen, die Ihr braucht.«

19

VEILCHEN:

Dieses kleine Kraut hat gezähnte oder runde Blätter und bringt im Sommer purpurne oder gelbe Blüten hervor. Man nennt es auch Seelenfried und verabreicht es jenen, die an gebrochenem Herzen leiden. Es heißt, das Veilchen lasse den Kopf hängen, weil es im Schatten des Kreuzes Christi wuchs. Die Alten glaubten, daß die Blüten einst Tanzmädchen waren, die Venus aus Eifersucht grün und blau schlug. Die getrockneten Blüten heilen Beschwerden und Krankheiten der Leber. Ein Umschlag aus den Blättern lindert Schwellungen und Juckreiz der Haut. Die Alten verwendeten Gebinde aus Veilchen, um friedlichen Schlaf zu bringen und Nachtmahre und Zorn fernzuhalten. Es ist ratsam, Veilchenblätter bei sich zu tragen, wenn man an Gräbern vorbeikommt, denn sie beschützen einen vor den ruhelosen Toten …

Sultan Ibrahim 'Adilshah saß mürrisch im *durbar* und beobachtete, wie die Sonnenstrahlen des späten Nachmittags über den gemusterten Teppich krochen. Seine Minister brummten wie Dschungelinsekten und vermehrten noch die drückende Schwüle, denen seine mit gefiederten Fächern wedelnden Diener vergebens beizukommen versuchten. Er hatte schon lange aufgehört hinzuhören.

Die Tür am anderen Ende des Raums öffnete sich, und Ibrahim setzte sich auf, in der Hoffnung auf eine Unterbrechung, die ihm gelegen käme. Gandharva trat bedächtig ein und verbeugte sich.

»Genug! Verlaßt uns«, fuhr Ibrahim den Minister an, der gerade schwatzte. Dann starrte er die anderen anwesenden Edelleute an, um ihnen zu bedeuten, daß sein Befehl auch sie mit einschloß.

»Aber Majestät ... die Zuweisung der Gebäude an die *khanagh* ...«

»Kann noch einen Tag warten.«

»Ist Euer Ruf nicht schon befleckt genug, Majestät«, grollte Alim Hassan, »daß Ihr die Gesellschaft von Musikanten der angemessenen Fürsorge für Euer Königreich vorzieht? Bedenkt, daß Allah der Allsehende ist ...«

»In welchem Fall der Allwissende verstehen wird, weshalb ich mit diesem Mann sprechen muß, und zwar privat! Er bringt wichtige Kunde, die ich hören muß. Fort mit Euch allen, bis ich Euch wieder zu mir rufe!«

Die Minister und *ulama* raunten mißmutig, rafften ihre Gewänder zusammen und erhoben sich. Sie bedachten Gandharva mit finsteren Blicken voller Mißtrauen, als sie langsam durch eine Seitentür verschwanden.
Ibrahim nickte auch den Dienern zu, die alle noch Jünglinge waren, und froh ließen sie ihre Fächer fallen und rannten hinter den Männern hinaus. *Zweifellos hat ihnen das* durbar *noch weniger behagt als mir.* Als der letzte die Tür hinter sich schloß, wandte Ibrahim sich an Gandharva, der geduldig am anderen Ende der Halle wartete.
»Ihr dürft vortreten, Gandharva. Achtet auf die Kissen; meine Minister sind nicht sehr ordentlich.«
»Ich danke Eurer Majestät, wenngleich Ihr Euch keine Sorgen um mich zu machen braucht.« Mit vorsichtigen Schritten tastete Gandharva sich durch den Irrgarten der Kissen, bis er sich zu Ibrahims Füßen niedersetzte. »Ihr erweist mir Ehre, indem Ihr Euren Hof entlaßt, um meine dürftige Bitte anzuhören, Majestät.«
»Macht Euch nichts vor, Gandharva. Ich habe nur auf eine Gelegenheit gewartet, die Hofhaltung zu beenden.« Ibrahim hob einen der weggeworfenen Fächer auf und wedelte heftig damit, doch die Kühlung, die das seinem Gesicht brachte, war nur gering.
»Dann ist es mir eine Ehre, Eurer Majestät Erleichterung verschafft zu haben.«
»Wahrhaftig? Ich hege Hoffnung, daß Ihr das könnt, doch habt Ihr es bislang nicht getan.«
»Bitte sagt mir, wie ich Eure Majestät gekränkt haben könnte.«

»Ihr habt mir Aditi nicht gebracht, damit wir miteinander sprechen, wie es mein Wunsch war.«

»Ah, deshalb bin ich ja hier, Majestät. Ich habe im ganzen Palast nach ihr gesucht und soeben erfahren, daß sie abgereist ist.«

»Abgereist? Wohin?«

»Was das betrifft, so weiß ich es nicht, Majestät.«

Ibrahim konnte sich gerade noch davon abhalten, dem Musiker vor Wut einen Schlag mit dem Fächer zu versetzen. »Wer hat Euch gesagt, daß sie fort ist?«

»Eine der Palastdienerinnen. Tamaschinri, der Mann aus dem Westen, hat es mir bestätigt.«

»Aha. Sie hilft also den Goanern?«

»Majestät, ich kann Euch in aller Aufrichtigkeit versichern, daß sie diesmal niemandem hilft. Nun, da sie fort ist, darf ich Euch sagen, daß sie keinerlei Absicht hatte, die nicht mit Euren Plänen vereinbar gewesen wäre. In der kurzen Zeit, die ich gestern abend mit ihr sprach, wirkte sie … verwirrt. Die Mahadevi hatte ihr keine Botschaft, kein Zeichen zukommen lassen, wie sie sich bezüglich der Neuankömmlinge verhalten solle.«

Vielleicht, weil das griechische Gebet die Mahadevi nie erreichte?

Gandharva fuhr fort: »Es gab lediglich einen unter den Besuchern, auf dessen Wohl sie bedacht war.«

»Das Gelbhaar.«

»Ja.«

»Wißt Ihr weshalb? Welchen Wert hat dieser seltsame junge Mann? Die Goaner haben ihn heute schon durch den ganzen Palast verfolgt und dabei elf meiner spanischen Wände beschädigt. Ich hoffe, die Edelsteine und das Silber auf dieser Bibel, die sie mir überreichten, machen den Verlust wieder wett.«

»Der Verlust Eurer Schätze ist höchst bedauerlich, Majestät. Doch ich glaube, den einzigen Wert, den Tamaschinri für Aditi hatte, hat Krischna Selbst ihm verliehen.«

»Sie liebt ihn?« Ibrahim pfiff leise. »Das glaube ich kaum. Im Herz einer Fanatikerin ist kein Platz für eine andere Liebe als der zu ihrer Göttin.«

»Manchmal, Majestät, ist das Verlangen der menschlichen Seele sogar mächtiger als göttlicher Wille.«

»Hm. Wenn das stimmt, ändert das meine Einschätzung von ihr. Ich denke nun, daß ich das Gelbhaar unter irgendeinem Vorwand hierbehalten sollte, damit er nicht mit dieser Expedition weitermacht. Ihn in der Nähe zu haben könnte mir etwas geben, was ich in die Waagschale werfen kann, wenn ich mit ihr verhandeln muß.«

»Nein, Majestät! Ihn hierzubehalten wäre nicht klug.«

»Oh? Wie kommt Ihr darauf?«

»Die Goaner werden ohne ihn nicht aufbrechen. Sie vermuten, daß er über das notwendige Wissen verfügt, um sie ans Ziel zu führen. Und wenn der Mirsa und seine Männer Wind davon bekommen, daß Ihr ihre Suche behindert …«

»Ja, ja, das würde dem Padschakaiser gar nicht gefallen. Doch was soll ich sonst mit ihm tun?«

»Mein Rat lautet, Majestät, nichts anderes zu tun, als Ihr bereits vorhattet. Zweifelt nicht an Eurer Weisheit.«

»Doch wenn das Gelbhaar die eine oder andere Gruppe zur

verborgenen Stadt führt, könnte ich mir dadurch nicht den Zorn der Mahadevi zuziehen?«

Gandharva schüttelte den Kopf. »In Wahrheit besitzt er das Wissen, das sie ihm unterstellen, überhaupt nicht. Er kann sie nicht zur Mahadevi führen. Und die Mogule und die Goaner können nicht sehr lange zusammenarbeiten. Vertraut Eurer Vision, Majestät. Es ist besser, ihre Expeditionen ziehen zu lassen, damit sie in der Wildnis dem Untergang anheimfallen, als sie in der Nähe zu behalten und auf diese Weise Bijapur in Gefahr zu bringen.«

»Hm. Ihr sprecht überzeugend, Gandharva, wie stets.« *Ich wüßte nur zu gern, welches Spiel du treibst und welche Rolle ich darin einnehme.*

»Eines wäre da noch, Majestät. Die Mogule werden Euch bitten, daß Ihr ihnen einen Karren mit Gauklern zur Verfügung stellt.«

»Tänzerinnen und dergleichen? Das überrascht mich nicht. Mein General meldete mir, daß die Männer des Mirsa zwar gut ausgebildet seien, es ihnen aber an Zerstreuung mangele.«

»Ganz recht. Erfüllt Ihnen diese Bitte, Majestät. Und seht zu, daß unter den Gauklern … auch ich bin.«

»Ihr? Weshalb?«

»Um Euer Ohr zu sein, Majestät, und um sicherzustellen, daß alles nach Euren Wünschen geschieht.«

»Aber Ihr seid Euch doch Eurer … Grenzen bewußt?«

»Für die Menschen zählen die Verkrüppelten oft nicht, sie halten sie für zu schwach oder zu vertrauenswürdig oder für gar nicht vorhanden. Das kann ein Vorteil sein.«

»Hmpf.« Ibrahim erhob sich und ging in der Hoffnung auf

eine frische Brise zum nächsten Fenster. »Bisweilen frage ich mich, Gandharva, wem Ihr in Wahrheit dient. Der Mahadevi oder mir?«

»Es liegt kein Widerspruch darin, Euch beiden zu dienen, Majestät. Eure Ziele sind eins.«

»Sind sie das?«

»Bedenkt doch, Majestät. Aus welchem Grund sollte die Mahadevi Euer Königreich schwächen wollen und zulassen, daß die Geißel von Akbars Macht oder die räuberischen Horden aus dem Westen sich Ihren Toren noch weiter nähern? Sie kann sich nur ein starkes Bijapur als Bollwerk gegen die Flut der Außenwelt wünschen.«

Ibrahim ließ seinen Blick über die glitzernden Kuppeln, Minarette, Mauern und hohen Palmen von Bijapur schweifen. »Ich habe mein ganzes Leben dem Ziel verschrieben, Gandharva, hieraus einen Ort des Friedens und der Schönheit zu machen.«

»Das habt Ihr auch, und mit großem Erfolg. Bijapur ist weithin als prächtigste Stadt im Dekkan bekannt. Die Mahadevi wünscht sicher nicht, es zu zerstören. Falls nötig, werde ich der Mahadevi Selbst des langen und breiten das Loblied Eurer Stadt ins Ohr flüstern. Ich werde bei Ihr als Euer Anwalt auftreten. Ich werde dem Mirsa oder dem Padre keinerlei nützliches Wissen zukommen lassen. Wenn überhaupt etwas, so werde ich mein Möglichstes tun, sie in die Irre zu führen. Entsendet mich.«

Ibrahim wandte sich um. *Es gibt hier ein Mysterium, von dem ich nichts weiß. Bin ich sicherer mit dir in der Nähe oder wenn du weit weg bist von meinem Hof?* »Ich habe oft gedacht, daß im Gesang der *vina*-Saiten mehr Wahr-

heit liegt als in den Worten von tausend weisen Männern. Und Ihr spielt wie kein anderer, den ich jemals gehört habe. Ich werde Euch vermissen, Gandharva.«
Der Blinde lächelte und verneigte sich. »Möge ich mich Eurer Weisheit würdig erweisen, Majestät.«

Timóteo saß zappelig in einer Ecke. *Das ist ungerecht. Etwas Schreckliches ist passiert, ich weiß es! Doch sie sagen mir nichts, weil sie mich für ein Kind halten.*
Padre Gonsção hatte den vier *soldados* befohlen, Tomás zu verfolgen, sich dann zum Gebet vor sein Kruzifix gekniet und nicht auf Timóteos Fragen reagiert. Das Gesicht des Padre zeigte nicht die Ernsthaftigkeit von einem, der Zwiesprache mit Gott hielt; vielmehr war es angespannt und die Stirn gerunzelt, als sei er sich nicht einmal sicher, ob Gott überhaupt zuhöre.
Joaquim bekundete Verwirrung, als er ihn wegen des Verhaltens seiner Kameraden fragte, und dieses eine Mal glaubte ihm Timóteo.
Als die anderen *soldados* von ihrer Verfolgungsjagd zurückkehrten, in Begleitung mißmutiger Palastwachen und ohne Tomás, wurde es noch schlimmer. Oh, sie hatten Timóteo schon immer mit leutseliger Geringschätzung behandelt, ihn verhöhnt und zu schockieren versucht. Doch nun mieden sie ihn ganz und gar, putzten eifrig ihre Habseligkeiten, flüsterten untereinander und wandten sich ab, wenn Timóteo sie etwas fragen wollte.
Es war kein Trost, daß sie auch Joaquim nichts sagen wollten. *Sie benehmen sich wie schuldbewußte Kinder. Wissen sie denn nicht, daß Gott alles vergibt, wenn man*

ihm nur sein Herz öffnet? Es war töricht. Die Wachen standen jetzt vor ihrer Tür, damit niemand entwich, und Tomás war noch immer nicht zurück.

Wie können sie alle so tun, als wäre nichts geschehen? Der verletzte *soldado* Carlos wollte noch immer nicht zulassen, daß Timóteo sich um seine Wunde kümmerte, obwohl im Nebengarten drei ausnehmend gute Kräuter wuchsen, die den Heilprozeß beschleunigt hätten.

Tomás glaubt, daß die Lady namens Aditi verletzt wurde. Vielleicht hat sie Carlos aus irgendeinem Grund geschnitten, und die anderen wollen nicht darüber reden, weil das ihren Stolz verletzt. Keiner will mir etwas über die Art der Sünde sagen. Doch wenn ich eines Tages Priester sein werde, muß ich dann nicht auch die Sünde verstehen? Madre Maria, hilf mir. Ich fühle mich so allein.

Die Vordertüren öffneten sich, und die Wachen geleiteten Tomás und Bruder Andrew hindurch, um die Türen gleich wieder hinter ihnen zu schließen.

»Padre!« rief Timóteo, als er aufsprang. »Tomás ist wieder da!«

Doch der Padre blickte lediglich auf, starrte Tomás an und begrüßte ihn nicht.

Timóteo lief zu dem *inglês* und hätte ihn am liebsten umarmt. »Tomás, ich bin ja so froh, daß Ihr wieder da seid. Ist alles in Ordnung?«

Der *inglês* antwortete mit einem verlegenen Lächeln, doch in seinen Augen lag Schmerz. »Alles ist so sehr in Ordnung, wie es nur sein kann, kleiner Bruder.«

Bruder Andrew legte Tomás seine Hand auf die Schulter.

»Er hatte sich bloß verirrt, doch nun haben wir ihn ja wieder.«
»Schau an«, sagte Joaquim, »das Kaninchen kehrt in den Fuchsbau zurück, und sogar in Begleitung eines Wolfs.«
»Habt Ihr das Tanzmädchen gefunden?« fragte Timóteo.
Der ganze Raum wurde totenstill. Sie warteten.
Tomás blickte zu Boden. »Nein. Anscheinend ist sie fort.«
Der Raum schien wieder zum Leben zu erwachen. Timóteo zerrte an Tomás' Ärmel. »Seid nicht traurig, Tomás. Vielleicht werdet Ihr sie eines Tages wiedersehen.«
Der *inglês* lächelte kläglich. »Ja, Timóteo. Vielleicht werde ich das.«
Bruder Andrew ging zum Padre und begann ihm zu berichten, was er vom Mirsa erfahren hatte. Timóteo schritt neben Tomás her, als dieser zu seiner Bettstatt ging, in der Hoffnung, der *inglês* zöge ihn vielleicht ins Vertrauen. »Tomás, etwas Seltsames und Schreckliches ist passiert, doch niemand will mir sagen, was es ist.«
»Haben sie Euch von dem Schaden erzählt, den sie den spanischen Wänden des Sultans zufügten?«
»Ja, ich übersetzte, als die Wachen des Sultans mit dem Padre sprachen. Aber es steckt doch noch mehr dahinter, oder?«
Tomás seufzte und setzte sich, an die Wand gelehnt. Er zögerte, bevor er sagte: »Wir sind ein wenig … aus dem Gleichgewicht geraten, weil wir unsere Expedition mit der des Mirsa zusammenwerfen müssen. Als ich sah, daß die Soldaten mir folgten, beschloß ich, ihnen einen Streich zu spielen und davonzulaufen. Doch ich wurde der Hetzjagd

bald müde und irrte im Palast umher, bis Bruder Andrew mich fand und zurückbrachte.«

Er lügt, dachte Timóteo kalt. *Selbst er, den ich für meinen Freund hielt, belügt mich. Nachdem ich ihn so großzügig an meinem Wissen teilhaben ließ. Nachdem ich in der Santa Casa seine Seele erlöste.* »Was ist mit dem Blut, Tomás? Was ist mit Carlos' Wunde?«

»Was sagt der Padre dazu?«

»Er verrät es mir nicht!«

Thomas wandte den Blick ab. »Kleiner Bruder, belastet Euch nicht mit diesen Dingen. Bald werden wir diesem Alptraum entronnen sein und uns neuen Gefahren stellen müssen. Wenn Ihr etwas Nützliches tun wollt, so macht Euch wieder an Eure Gebete. Das ist wahrscheinlich das Beste, was Ihr für uns alle tun könnt.«

Timóteo spürte, wie Wut in ihm aufstieg. Zum ersten Mal seit langer Zeit wollte er etwas zerschlagen. *Selbst du. Du verbirgst die Wahrheit vor mir. Schön. Auch ich kann Geheimnisse für mich behalten, Tomás. Geheimnisse, die ich mit dir geteilt hätte. Warte nur ab, Tomás. Warte, bis wir dieses Ungeheuer von einer Göttin gefunden haben, nach dem wir suchen, und sie ihren gräßlichen Blick auf dich richtet und du dich in Stein verwandelst. Ich habe die Berichte in der Santa Casa gelesen und weiß Bescheid. Der Padre glaubt mir nicht. Er meint, ich hätte zu viele der alten Geschichten gehört, die mein Großvater mir erzählte. Vielleicht wird ja einer der* muçulmanos *auf mich hören. Doch ich werde verschont bleiben, weil ich einen Spiegel habe und die Schlangen auf dem Kopf des Ungeheuers nicht sehen werde. Und ich werde zu ihr sprechen und ihr*

Gottes Herrlichkeit verkünden, während der Rest von euch vor ihren Füßen zu Staub zerfällt. Und ihre Seele wird erlöst werden, während ihr im lodernden Sündenpfuhl der Hölle schreit!

Thomas sah mit einem Anflug von Kummer, wie Timóteo davonstapfte. *Vergib mir, kleiner Bruder, doch es ist besser, wenn du nichts davon weißt. Bleib unschuldig, solange es geht.* Er fand seine Bettstatt und streckte sich darauf aus, spürte, wie die Nachmittagshitze ihm die Kraft aus den Knochen saugte. Zu wenig Schlaf die Nacht zuvor und zuviel Aufregung den Tag über forderten ihren Tribut, und Thomas versank in tiefen Schlaf.

Und stellte fest, daß er auf einem Feld stand, auf dem übelriechender Nebel waberte, und Thomas konnte ringsum nur wenige Yard weit sehen. In der Nähe quollen Dämpfe aus Erdspalten, doch die übrige sichtbare Landschaft bestand lediglich aus leblosem Schmutz und Gestein. Die Luft war drückend und schien an der Haut zu kleben. Schweiß tropfte ihm von der Stirn.

Ist das wieder mein Alptraum? fragte er sich und erwartete, das Geschrei der Jägerinnen zu hören. Alles blieb still, bis auf ein fernes Gurgeln und Zischen.

Etwas bewegte sich inmitten des Dampfs und des Rauchs. Eine Frauengestalt, in blassen Nebel gewandet, schlenderte gerade noch sichtbar vorbei.

»Aditi?« So wie er ihr durch den Dschungel außerhalb Goas gefolgt war, folgte Thomas jetzt der Gestalt durch die beißenden Dämpfe und wählte den Weg, den sie nahm. Auf einmal verschwand sie, und der Nebel vor ihm wich, gab einen Höhleneingang in einer Klippe frei. Mit einer

Gewißheit, die man nur in Träumen hat, wußte Thomas, daß er eintreten mußte, und er tat es.
Er fand sich in einer gewaltigen Felsenkammer wieder. An einer Seite verlief ein Spalt, aus dem weitere Dämpfe austraten, doch diese rochen nach Weihrauch und brennendem Laub. In der Mitte der Höhle saß die Frau auf einem Stuhl unglaublich alter Machart. Thomas konnte ihr Gesicht nicht deutlich erkennen – manchmal wirkten die Schwaden um sie herum wie Engelsschwingen, manchmal schmiegten sie sich wie Schlangen um ihren Leib, und manchmal bildeten sie auch einen dunklen Umhang mit weiter Kapuze.
»Ich habe eine Botschaft für dich«, sagte die Frau.
»Ich höre«, antwortete der Traum-Thomas.
Die Frau streckte ihren Arm aus, und eine Kupferpfanne mit glühenden Kohlen tauchte vor ihr auf.
Flammen loderten daraus empor und umschlossen einen Moment lang ihre Hand. Dann sanken sie zurück, und sie hielt ein Stück glimmendes Pergament. Sie schaute darauf und las: »Hüte dich, Sohn des Lichts und der Dunkelheit. Du bist deinem Schicksal nicht entronnen. Dein Leben ist einem anderen versprochen, und er wird es dir nehmen. Bewahre dein Leben. Wappne dich für den Tod!«
Die Gestalt verging, und in der Höhle wurde es stockfinster. In der Luft über sich vernahm er das Flattern von Fledermausflügeln. Das schrille Gezirp der Tiere verwandelte sich allmählich in Worte. »Mörder! Mörder! Du kannst nicht entkommen! Mörder!«
Eine Klaue grub sich in seine Schulter, und er spürte

heißen Atem auf seinem Gesicht. Er schrie auf und schüttelte unter großem Schauder den Schlaf ab.
Lockheart blickte auf ihn hinunter, die Hand auf Thomas' Schulter. »Ich bitte um Vergebung, mein Junge, doch die Wachen des Sultans sind gekommen. Wir sind nicht länger willkommene Gäste und sollen heute nacht wieder in der Karawanserei Obdach nehmen. Er hat auf Eile gedrängt, und unsere Expedition wird schon in aller Frühe aufbrechen. Packt Eure Sachen.«

»Also«, sagte Jaimal, »wann töten wir sie?«
»Mein Gebieter!« protestierte Masum.
»Friede, Ihr beiden«, sagte Mirsa Ali Akbarshah. »Sie könnten über Wissen verfügen, dessen wir bedürfen, und deshalb liegt es in unserem Interesse, die Goaner anständig zu behandeln. Wenn sie uns Schwierigkeiten machen oder den Eindruck erwecken, als wollten sie sich in unsere Expedition einmischen, werden wir weitersehen.«
»Ist die Bitte um einen Wagen mit Gauklern nicht Beweis genug, daß sie sich einmischen wollen?« fragte Jaimal. »Oder daß sie wenigstens versuchen, uns in eine peinliche Situation zu bringen?«
»Aber«, sagte Masum, »wenn die unsterbliche Königin, nach der wir suchen, wirklich soviel für Musik und Tanz übrig hat, wie Tamas uns erzählte, dann würden wir unsere Expedition in Gefahr bringen, wenn wir ihr kein Geschenk überreichen können.«
»Oh, dann glaubt Ihr also die Lügen der Westlinge?« sagte Jaimal.
»Es fällt leicht zu glauben«, meinte Masum, »daß eine Frau

von hohem Alter und hoher Bildung die Schönheit in den Künsten zu schätzen weiß.«

»Dann können wir ja von Glück reden, daß wir einen Poeten wie Euch bei uns haben.«

»Genug!« befand der Mirsa. »Ich stimme zu, daß die Männer aus dem Westen uns seltsam vorkommen, doch wir werden reichlich Zeit haben, in der wir beobachten können, ob sie Gutes oder Böses im Schilde führen.«

»Weshalb hat der Gelbhaarige uns eigentlich gebeten, dem jungen Mönch zu erlauben, in Eurem *howdah* mitzureiten?« wollte Jaimal wissen. »Ist das nicht anmaßend?«

»Nein, nein«, erwiderte Masum, »wie gesagt, der Knabe war von dem Elefanten schon fasziniert, als wir in der Herberge eintrafen. Ich sah, wie er ihn beobachtete und tätschelte. Tamas erweist dem Jungen nur einen Gefallen.«

»Gebt acht, mein Erhabener Mirsa, daß Ihr Euch nicht über den jungen Mönch ärgert, wenn er Euch zu bekehren versucht.«

»Sollte er das versuchen«, erklärte der Mirsa, »kann Masum ja sein Bestes tun, um den Jungen seinerseits zum Wahren Glauben zu bekehren. Das könnte eine interessante Zerstreuung für die lange Reise abgeben. Doch habt Ihr auch schon die andere Möglichkeit bedacht, daß man uns den Jungen als Geisel angeboten hat?«

Jaimal runzelte die Stirn. »Weshalb sollten sie aus freien Stücken so etwas tun?«

»Ich kann mir mehrere Gründe denken. Der Mann Lakart kennt sich ein wenig mit unseren Gebräuchen aus und hat es vielleicht als ein Zeichen des Vertrauens und guten Glaubens getan. Doch ist uns auch nicht entgangen, daß unter den Männern aus dem Westen Zwietracht herrscht, und vielleicht hoffen Lakart und Tamas, die Goaner auf diese Weise zur Zusammenarbeit mit uns zu bewegen. Doch genug davon. Jemand kommt.«

Es klopfte an der Tür, und ein prunkvoll gekleideter junger Diener in gestreiftem *jama* und mit federgeschmücktem Turban trat ein und verneigte sich feierlich.

»Was gibt es?« wollte der Mirsa wissen.

»Höchst ehrenwerte Herren«, intonierte der Knabe, »der Sultan hat beschlossen, daß Eure Suche von solcher Dringlichkeit ist, daß er Euch nicht länger aufhalten will. Ihr solltet noch heute abend den Palast verlassen und dorthin zurückkehren, wo Eure Streitkräfte lagern, und morgen in aller Frühe zu Eurer Reise aufbrechen.«

»Morgen!« bemerkte Jaimal.

Der Mirsa hob eine Hand und gebot seinem Leutnant zu schweigen. »Fahrt fort«, sagte er zu dem Diener.

Der Knabe blinzelte einen Moment, dann fügte er hinzu: »Aller Proviant, der bis dahin gesammelt werden kann, wird Euch zur Verfügung gestellt. Eurer Bitte gemäß überläßt man Euch auch einen Wagen mit Gauklern.«

»Sehr interessant«, stellte der Mirsa fest, »da ich doch gar nicht um einen gebeten habe.«

Wieder blinzelte der Knabe. »Eh, der Sultan ist in allen Belangen klug und umsichtig und hat Eure Bitte vorausgesehen.«

»Oder ein anderer hat ihn für uns darum gebeten«, murmelte Jaimal.

Der Mirsa ignorierte das. »Na schön. Sagt Seiner Majestät, daß wir ihm für seine Großzügigkeit dankbar sind und uns jeglicher Proviant, mit dem er uns versieht, willkommen ist. Der Schahinschah Akbar wird von der großen Gastfreundlichkeit des 'Adilshah erfahren.«

Der Knabe verneigte sich erneut, so daß die Federn auf seinem Turban über den Boden strichen. »Ich werde es ihm ausrichten, Ihr erhabenen Herren. Man wird Euch in Kürze Führer schicken, damit sie Euch Geleit geben.«

»Ihr habt unseren Dank.« Der Mirsa warf dem Knaben eine Silbermünze zu. Der Diener fing sie, verneigte sich mit breitem Grinsen noch einmal und lief zur Tür hinaus.

»War das klug?« fragte Jaimal.

»Freundlichkeit«, sagte Masum, »kann einem mehr Türen öffnen als Argwohn und Hartherzigkeit.«

»Freundlichkeit«, warf Jaimal ein, »kann ein Zeichen für Hohlköpfigkeit sein. Fast scheint mir, o *murid* von der schlagenden Zunge, daß Ihr Euch auf unsere Reise mit den Männern aus dem Westen freut.«

»Das tue ich«, bestätigte Masum mit einem Lächeln. »Die Liebe zu einem Gott kann nämlich nur dann wachsen, wenn man mehr über seine Schöpfung erfährt.«

»Selbst wenn diese Schöpfungen den Wahren Glauben leugnen?«

»Selbst dann, weil die Wahrheit inmitten des Irrtums nur desto heller erstrahlt und man sich einzig umgeben von Finsternis dem Licht nähern kann.«

»Selbst wenn dieses Licht lediglich eine Kerzenflamme und die Königin, nach der wir suchen, nur eine Hexe aus dem Volksglauben ist?«

»Die Suche nach der Weisen Königin *Bilgis* gleicht der Suche nach dem hehren Licht, der Ewigen Sophia. Diese

Queste kann niemals töricht sein, denn nur derjenige, der danach sucht, kann eines Tages vielleicht das Angesicht Gottes schauen.«

»Ich bedaure«, sagte der Mirsa, »daß ich Euren philosophischen Disput unterbrechen muß, doch auf uns wartet Arbeit. Es wäre am besten, wenn wir das Lager noch vor dem Abendgebet erreichen.« Im Grunde brach der Mirsa die Debatte jedoch ab, weil sie ihm lästig war. *Was, wenn am Ende unserer Reise geistlicher und nicht materieller Erfolg steht? Wäre ich imstande, das zu erkennen und die Offenbarung anzunehmen, so sie geschieht? Wäre ich würdig? Ich glaube, ich zöge es vor, an unserem Ziel auf ein langlebiges, wohlhabendes Weib zu treffen, das in einer Höhle lebt, statt geistliche Schätze zu finden, die ich möglicherweise nicht fassen kann.*

Thomas fand in dem Raum in der Karawanserei keinen Schlaf. Er wollte nicht wieder zu seinen peinigenden Träumen mit den unheilvollen Orakeln zurück. So leise wie möglich, um Timóteo und Padre Gonsção nicht zu stören, erhob er sich von seiner Bettstatt und ging zur Tür hinaus.

Er schlenderte mit der vagen Vorstellung auf dem Balkon im oberen Stockwerk dahin, einen passenden Ort zum Pinkeln zu finden. Dann sah er, daß auf dem viereckigen Wachturm an der Südwestecke der Karawanserei ein Mann stand, der die Arme zum Halbmond emporgestreckt hielt. Es schien, als wollte er den Silberbogen beim Herabsinken mit seinen Armen auffangen.

Zunächst dachte Thomas, es handele sich vielleicht um

einen mohammedanischen Gebetsausrufer, doch nein. Der Singsang des Mannes war zu leise und erklang in einer Sprache, die nicht arabisch war, sondern eher so klang wie … griechisch.

Das ist Andrew! Was treibt er hier nur zu dieser Stunde?

Froh, keine Schuhe angezogen zu haben, begab Thomas sich zum Durchgang des Turms und stieg lautlos die Leiter hinauf. *Wo sind die Wachen, die sich hier aufhalten sollten? Weshalb ist alles so still?*

Oben angekommen, schlich Thomas sich von der Leiter weg. Welche Gebete Lockheart auch gesprochen hatte, jetzt erfolgten sie schweigend. Das Mondlicht brach sich gleißend in zwei Schalen, die oben auf der zinnenbewehrten Mauer auf einem weißen Stofftuch standen. Zwischen den Schalen lag ein Eichenblatt. *Eine Tasse enthält Wein, die andere Körner eines Getreides. Woher weiß ich das?*

Erinnerungen suchten ihn heim: wie er als Knabe auf einem weißen Tisch lag, zwei solche Schalen zu beiden Seiten des Kopfes; wie er einen Wald durchstreifte, von Frauen umgeben, die in Bettlaken gekleidet waren und sich in Begleitung magerer Hunde befanden, die immerzu winselten und ihnen die Hände ableckten. Sein Vater, der ein dunkelrotes Gewand und einen hohen Hut getragen hatte, und einen Dolch hatte er auch dabei gehabt.

Thomas trat noch einen Schritt vor, und eine Bohle knarrte. Lockheart fuhr herum, die Arme in Abwehrhaltung, um jeden möglichen Schlag zu parieren.

»Andrew?«

Der Schotte seufzte und ließ die Fäuste sinken. »Donnerwetter, Tom, habt Ihr mich erschreckt. Ihr hättet Euch nicht so anschleichen sollen.«

»Wie ich sehe, folgt Ihr den Riten meines väterlichen Hauses.«

Lockheart nickte knapp. »Glaubt Ihr mir jetzt, daß Euer Vater mich schickte?«

»Ja. Doch diese Riten waren viele Jahre lang in meinem Gedächtnis begraben, und ich kenne sie kaum. Was haben sie zu bedeuten, Andrew? Wollt Ihr mir das nicht sagen?«

Lockheart zögerte und rieb sich das bärtige Kinn. »Mag sein. Mag sein, daß es an der Zeit ist. Es kann nicht mehr viel schaden. Euer Vater und ich, und auch andere, wir folgen alten Bräuchen, mein Junge. Bräuchen, die Mutter Kirche seit langem bekämpft. Bräuchen, die älter als Christus und der Teufel sind.«

Thomas lächelte fast. »Ha. Ihr seid Heiden.«

Lockheart zuckte mit den Achseln. »Nennt es ruhig so, wenn Ihr wollt.«

»Und Ihr betet den Mond an.«

»Der Mond ist lediglich ein Symbol für die Unsterbliche Jägerin, die Heilerin Diana oder Artemis, die allen Pflanzen und Kreaturen auf Erden Leben gibt.«

»Ah«, seufzte Thomas. »Kein Wunder, daß Ihr auf eine rasche Fortsetzung unserer Expedition drängt. Ihr sucht nicht nach dem Stein der Weisen. Ihr haltet die Mahadevi für Eure Göttin.«

»Ich weiß noch nicht, was wir am Ende unserer Reise vorfinden werden, mein Junge. Vielleicht ist es nur ein Mineral oder Tierblut, das die Eigenschaft besitzt, den

Toten das Leben zurückzugeben. Doch ich gestehe, daß die Aussicht mich anspornt, wir könnten, wie Ihr es ausdrückt, meine Göttin finden. Und Eure, mein Junge. Denn Ihr wurdet Ihr als Kind geweiht.«

Thomas spürte ein Prickeln auf seiner Haut. »Man sagte mir in einem Traum, daß mein Leben einem anderen gehöre. Doch weshalb hat mein Vater es mir verschwiegen?«

»In Eurem Land ist es gefährlich, eine Religion wie die unsere auszuüben, und Kinder sind nie gute Hüter von Geheimnissen. Er wollte Euch von allem Schaden fernhalten, bis die Zeit reif wäre.«

»Dann besteht also die Absicht, mich neuerlich zu bekehren, erst vom Christen zum Papisten und nun vom Papisten zum Heiden?«

»Das ist nicht erforderlich, mein Junge. Ihr gehört Ihr, und Sie wird Euch bekommen, ganz gleich, wessen Wein und Hostie Ihr kostet.«

Weshalb kippt die Welt nicht aus den Angeln? Weshalb schwirrt mir nicht der Kopf? Sicher weiß meine Seele nicht mehr, wohin sie sich wenden soll und für wessen Paradies sie bestimmt ist. Doch vielleicht hatte ich ja auch nur das Unglück, unter Irren geboren zu sein, und sollte ihnen keinen Glauben schenken. Thomas ging zur Turmmauer, die den dunklen Innenhof der Herberge überblickte, und lehnte sich gegen den kalten Stein. »Ich weiß nicht mehr, wem ich glauben soll, Andrew. Ich bin nicht überzeugt davon, daß ich mich an Euch halten sollte.«

»Das stört nicht. Laßt Euch Zeit. Die Wahrheit wird zum Vorschein kommen. Unser Schicksal ist miteinander ver-

bunden und in den Stein des Olymp gemeißelt. Ihr habt gesehen, wie sicher wir Euch den Pfad gewiesen haben.«
»Mag sein. Ich werde also Euren Beweis abwarten. Ihr wißt, daß der Padre vorhat, das, was wir finden, zu vernichten, ganz gleich, was es ist?«
»So sagt er, mein Junge. Doch ich glaube, er wird feststellen, daß seine Beute mächtiger ist als alle Pfeile, die er danach ausschicken kann. Mir scheint, nicht die Beute, sondern der Vernichter wird vernichtet werden.«
»Meint Ihr? Der Padre hat sich bereits als begabter Mörder erwiesen. Ich würde ihn nicht so einfach abtun. Weshalb ist es finster? Wo sind die Wachen?«
»Bestochen, damit sie ein oder zwei Stunden ihre Stube nicht verlassen.«
»Ihr hattet genug Münzen, um sie zu bestechen?«
»Nicht ich allein. Schaut einmal auf den Hof hinunter.«
In den Schatten neben den Herbergstoren sah Thomas sich Männer bewegen, die Pferde am Zügel führten. Mondlicht glitzerte auf ihren Morionhelmen und metallenen Brustplatten.
»Die goanischen Soldaten«, sagte Thomas. »Wohin gehen sie?«
Als das große Tor sich weit genug öffnete, um jeweils einen nach dem anderen durchzulassen, sagte Lockheart: »Sie fliehen nach Hause, mein Junge. Zwei von ihnen sind am Fieber gestorben. Die übrigen glauben, der Padre habe den Verstand verloren und werde an seiner Queste festhalten. Zweifellos hat die Geschichte vom Tod Eurer geliebten Lady die Dinge nur noch verschlimmert.«
Thomas versuchte sie zu zählen, konnte jedoch nicht

deutlich genug sehen. »Sollten wir nicht den Padre wecken?«

»Und seinen gesegneten Schlaf stören, obwohl er nichts tun kann, um sie aufzuhalten? Nein, soll er am Morgen nach dem Erwachen die traurige Kunde vernehmen, wenn er besser ausgeruht ist. Es gereicht uns zum Vorteil, Tom. Je weniger es gibt, die uns beobachten, desto freier können wir uns bewegen.«

»Aber jetzt wird uns niemand mehr vor den Mogulen beschützen.«

»Zwölf Mann gegen fünfhundert wären ein geringer Schutz gewesen, mein Junge. Mit der Hilfe der Mogule fahren wir besser, und wir haben schon begonnen, die Bande der Freundschaft mit ihnen zu knüpfen.«

»Dann laßt uns hoffen, daß diese Bande nicht reißen.«

»Dafür werde ich sorgen, keine Angst.«

Vor dir werde ich Angst haben, bis ich dich besser kenne, Andrew. Meine einzige Hoffnung liegt darin, Aditi zum Wiedererweckungspulver zu bringen, und das in Begleitung eines wahnsinnigen Inquisitors, eines blinden Hindumusikers, eines möglicherweise wahnsinnigen schottischen Heiden, eines jungen Mönchs und einer Armee von fünfhundert Mohammedanern, dachte Thomas. Vielleicht sollte ich hoffen, der Auserwählte einer gütigen und mächtigen Göttin zu sein. Ich werde nämlich aller göttlichen Hilfe bedürfen, deren ich habhaft werden kann.

20

APFELSINE:

Die Borke dieses Obstbaums ist von schwärzlichbrauner Farbe und hat Dornen, die mitten zwischen den Knospen wachsen. Er trägt weiße Blüten, die süß duften. Man kann ihn als Geschenk des Ostens betrachten, weil das Wissen um ihn durch die Kreuzzüge in den Norden kam. Die getrocknete Schale der Frucht heilt Magenbeschwerden und Lungenleiden. Ein Aufguß aus den Blüten ergibt ein gutes Stärkungsmittel, doch Öl aus den gepreßten Blütenblättern verursacht Krämpfe. Im Osten ist die Apfelsine ein Symbol kommenden Glücks und fortdauernder Liebe. Doch es heißt auch, daß Hexen die Frucht für ihre Rache verwendeten – indem sie sie zum Herz des Opfers erklärten, stachen sie Nadeln in die Frucht und verbargen sie an einer dunklen Stelle, um Krankheit und Tod zu bringen. Spickt man sie anstatt mit Nadeln mit Nelken, so verbreitet die Frucht einen angenehmen Geruch in der Luft, die zuvor vielleicht übel roch …

Die aufgehende Sonne war eine zinnoberrote Scheibe, die nur trübe durch den Morgennebel schien. Padre Antonio Gonsção schritt benommen zwischen den Mogultruppen umher und hatte den Eindruck, in ein gefährliches Märchenland geraten zu sein. Anmutige Pferde, klingelnde Glöckchen am Geschirr, tauchten plötzlich neben ihm auf, als wäre der Mann, der sie führte, ein Magier, der sie mitten aus dem Nebel hervorzauberte. Hin und wieder ragte ein großer grauer Behemoth, ein Elefant, vor ihm aus den Schwaden auf. Männer mit Turbanen, deren Schritte nicht zu hören waren, riefen einander in ihrer melodischen Sprache etwas zu.

Die Nachricht, daß die *soldados* sich in der Nacht abgesetzt hatten, hatte ihm weniger Sorgen bereitet als ein Mückenstich. Es war fast, als hätte er es erwartet. Gonsção fand, daß er geradezu froh war, dieses rauhe und anmaßende Gesindel nicht mehr um sich zu haben. *Sollen sie doch versuchen, nach Goa zurückzukehren, um dort einem verärgerten Sadrinho Rede und Antwort zu stehen. Mein Weg ist klar, und ich werde nicht von ihm abweichen.*

Vertraute Stimmen näherten sich, und fünf Reiter tauchten aus dem Nebel auf; Bruder Andrew, Magister Chinnery und zum Erstaunen des Padre auch drei *soldados*: Joaquim, Carlos und Estevo.

»Hola!« rief Gonsção ihnen zu. »Was sehe ich? Ihr habt mich nicht alle meinem Wahnsinn überlassen?«

Joaquim zuckte mit den Achseln. »Der *sargento* wollte mich nicht mitnehmen. Und die beiden hier werden hängen, wenn sie sich noch einmal in Goa blicken lassen: Carlos für Schmuggel, Estevo für Mord. Wenn Ihr solche Sünder bei Euch haben wollt, Padre, hier sind wir.«

»Wenn Unser Herr seinem Verhängnis in Begleitung von Sündern begegnen konnte, wie könnte ich es dann nicht? Ich bin froh, daß Ihr geblieben seid. Hat einer von Euch Bruder Timóteo gesehen?«

Sie zügelten ihre Pferde neben ihm. »Wir haben ihn dort entlanglaufen sehen.« Bruder Andrew deutete hinter sich. »Er hat die Elefanten gescheucht und wirkte dabei über alle Maßen glücklich.«

Gonsção fröstelte in der Morgenkühle und schob seine Hände in die Ärmel. »Ich bete darum, daß er keinen Schaden nimmt. Er ist noch jung und hält das alles lediglich für ein großes Abenteuer.«

»Welchen Schaden, meint Ihr, könnte er nehmen?« fragte Magister Chinnery. »Körperlichen oder geistlichen?«

Gonsção musterte die Miene des jungen Mannes, und das, was er sah, beunruhigte ihn. *Diese Augen drücken einen stummen Vorwurf aus. Weiß er, was der Frau namens Aditi widerfuhr? Oder vermutet er es nur? Weshalb sollte ich mir darüber Sorgen machen? Sie starb nicht durch meine Hand. Das kann ich in aller Aufrichtigkeit behaupten.* »Beides, Magister, und so könnte es uns allen ergehen.«

»Elefanten sind Geschöpfe Gottes«, sagte der junge *inglês*. »Was hat ein gottesfürchtiger Junge geistlich von ihnen zu befürchten?«

Gonsção runzelte die Stirn. *Wie kann ich diesem … Fremden die Besudelung des Geistes durch fremde Dinge erklären?* »Die Hindu beten sie an.«

»So irren sie sich denn. Doch es besteht ein großer Unterschied zwischen Anbetung und Bewunderung. Timóteos Interesse kann wahrlich nicht schlimmer sein, als wenn man, sagen wir, ein Kamel bewundert, das man zum erstenmal sieht.«

Gonsção lächelte humorlos. »Vielleicht solltet Ihr erwägen, die Robe anzulegen, die Bruder Andrew weggeworfen hat, Magister Chinnery. Ihr fangt schon an, wie ein Jesuit zu reden.«

»Dort ist er, Tomás«, sagte Joaquim und deutete auf den Rand der marschierenden Mogularmee.

Gonsção drehte sich um und sah in der Ferne einen farbenprächtig bemalten Karren, der von zwei Ochsen gezogen wurde. »Was für eine Monströsität ist das?«

»Das ist der Wagen der Gaukler«, erklärte Bruder Andrew.

»Ein Geschenk des Sultans. Jede anständige Mogularmee führt einen mit sich, sagte man mir. Freut Euch, Padre. Bei ergötzlicher Kurzweil grübeln die Mohammedaner vielleicht weniger über unsere irritierende Anwesenheit nach.«

»Ihr seid pragmatisch wie immer, Bruder Andrew. Doch ich fürchte, Ihr könntet schon wieder eine Sünde begehen. Weshalb habt Ihr nach diesem Wagen gesucht?«

»Vielleicht hofft der gute Senhor, dort seine geliebte Tänzerin zu finden, he?« meinte Joaquim.

»Die Hoffnung stirbt nie«, bemerkte der junge *inglês.*

»Es wäre das Beste, wenn Ihr sie vergessen und Euch mit anderen Dingen beschäftigen würdet«, sagte Gonsção. »Frauen sind schwache Geschöpfe, und bei ihnen zu verweilen, fängt die Seele ein und zieht sie lediglich in einen immer tiefer werdenden Sumpf hinab.«

»Ah«, warf Bruder Andrew ein, »war Eure Mutter dann nicht auch ein solcher Morast, Padre? Denn einst verweiltet Ihr in ihr, doch Ihr scheint bar allen Schlamms entronnen zu sein.«

Gonsção krauste die Stirn, als die anderen lachten. »Ich möchte Euch daran erinnern, daß uns eine Reise voller Gefahren bevorsteht. Es würde mich beruhigen zu wissen, daß Ihr daran denkt statt an Frivolitäten. Seht Euch nur einmal diese Flut von Männern, Stahl und Tieren an, in der wir hier treiben. Wir sollten darauf achten, von ihr nicht in den Tod geschwemmt zu werden.«

»Aber das dürft Ihr so nicht sehen«, sagte Bruder Andrew. »Es muß keine Flut sein oder ein rollender Felsen, der alles in seinem Weg zermalmt. Betrachtet dieses Aufgebot als etwas Flüssiges, Padre, wie der wehende Sand in einer Wüste oder wie Wasser in einer Schüssel. Es kann überall hinfliegen. Unsere Gruppe ist vielleicht die sanfte Brise, die den Sand verteilt, oder die Hand, die die Schüssel neigt und das Wasser verschüttet. Gerade unsere Schwäche könnte unsere Stärke sein. Denkt darüber nach, Padre, und bannt auf diese Weise Eure Furcht.«

Der falsche Mönch scheint heiterer Stimmung zu sein. Vielleicht hätte ich ihn nicht schicken sollen, um die Mogule auszuhorchen. Wer weiß, was er vereinbart hat. Ach, sei's drum. Gottes Wille geschehe. »Ihr sprecht über-

zeugend, Bruder, und ich werde es im Gedächtnis behalten. Allerdings wird der Mogulmirsa mich fragen, ob wir wissen, in welche Richtung dieser Fluß aus Menschen fließen soll, und ich muß ihm eine Antwort geben.«
»Sagt ihm, nach Südwesten«, erwiderte Magister Chinnery. »Das wird vorerst reichen. Wir dürfen ihnen am Anfang nicht zuviel verraten, und auch nicht, wer unter uns den richtigen Weg kennt.«
Und das entspricht bislang auch dem, was ich der Karte des Zauberers De Cartago entnehmen konnte. Noch versucht er uns offenbar nicht in die Irre zu führen. »Klingt vernünftig«, sagte Gonsção. »Nun, ich mache mich jetzt wohl besser auf die Suche nach Timóteo, bevor er sich zu weit entfernt. Carlos, Estevo, begleitet Ihr mich?«
Die *soldados* gingen mit ihren Pferden zu Gonsção hinüber. Er nickte Bruder Andrew und Magister Chinnery einmal kurz zu, bevor er davonschritt, erleichtert darüber, den jungen *inglês* nicht mehr um sich zu haben. *Ich darf nicht die Kontrolle über diese Männer und die Expedition verlieren. Doch Magister Chinnery betrachtet mich nun mit Argwohn, und die* soldados *beobachten mich auf Anzeichen von Wahnsinn hin. O Herr, führe mich. Das wird eine schwierige Aufgabe.*

Thomas, Lockheart und Joaquim ritten zum Karren der Gaukler weiter und wurden von kichernden jungen Frauen begrüßt, die in grellbunten Röcken und Umhängen auf dem Dach saßen.
»Wenn das ein Sündenpfuhl ist«, sagte Joaquim, »würde ich mich gern in die Tiefe hinabziehen lassen.«

Thomas lächelte und rief: »Ist Gandharva hier?«
»Sie werden Euch nicht verstehen, Tomás.«
Doch die Mädchen hämmerten ungestüm gegen die Seiten des Karrens und schrien: »Gandharva! Gandharva!«
Die Türen des Ochsenkarrens öffneten sich, und der Musiker erschien.
»Da ist er ja!« sagte Thomas. »Gandharva, ich bin's, Tamas.«
Der Blinde grinste und erwiderte in melodischem Latein: »Möchte der junge Magister gern ein Lied hören?«
»Dieser Hindu spricht lateinisch?« fragte Joaquim.
»Er ist ein vielseitig begabter Mann«, erklärte Lockheart.
»Ja. Singt mir ein Lied über meine Geliebte«, sagte Thomas.
»Wie Ihr wünscht«, antwortete Gandharva, hängte sich einen Kürbis seiner *vina* über die Schulter und legte den anderen in seinen Schoß. Während er schwirrende, dröhnende Akkorde anschlug, sang er auf griechisch:

»In tiefstem Schlummer die Lady ruht,
so süß ist sie, von Honig umschlossen,
wie's seinerzeit dem Iskander tat gut,
der niemals vor Moder zerflossen.

Sie harret aus goldener Pracht
an Bord unsres Karrens, bar aller Gelüste,
bis der Mutter göttliche Pflege ihr lacht
und neuer Atem durchweht ihre Brüste.

So trauert nicht, o tapferer Herr,
schaut nicht verzagt den matten Glanz,

denn Euer Aug' sieht bald viel mehr:
wie lieblich sie aufersteht zum Tanz.«

»Hat das Lied dem jungen Magister gefallen?« fragte Gandharva, als er fertig war.

»Wahrlich, es hat mir prächtig gefallen. Das habt Ihr sehr gut gemacht.«

Der Blinde verbeugte sich über seinem Instrument. »Es ist mir eine Freude, Euch zu dienen.«

Lockheart sah Thomas bewundernd an. »Das war besser geplant, als ich erwartet hatte.«

»Was soll dieser Unfug?« wollte Joaquim wissen. »Ihr wollt uns wohl veralbern? Der Mann singt in einer fremden Sprache und spielt eine Laute, deren Saiten zu locker sind. Wie könnt Ihr ihn dafür loben?«

»Vielleicht ist es ja so, wie der Padre befürchtet«, meinte Thomas, »und ich habe eine Vorliebe für die einheimischen Bräuche entwickelt.«

»Möge mir das erspart bleiben«, brummte Joaquim. »Wenn mir so etwas nämlich auch widerfährt, beweist es nur, daß ich den Verstand verloren habe. Doch andererseits«, er sah die Mädchen auf dem Dach des Zweispänners an, »es gibt gute und schlechte Formen des Wahnsinns.«

»Ermão Andrew! Senhor Chinnery!« Carlos kam zu ihnen geritten und sprach eine Zeitlang auf portugiesisch mit Lockheart.

»Anscheinend«, erklärte Lockheart, »hat Timóteo sich irgendwelchen Ärger eingehandelt. Der Padre läßt Euch und mich bitten, daß wir ihm Beistand leisten.«

Ich frage mich, ob es dabei um den Elefanten des Mirsa

geht, dachte Thomas. *Timóteo wollte heute morgen noch immer nicht mit mir reden. Ich hatte gehofft, eine Gelegenheit, auf dem Behemoth zu reiten, würde seinen Zorn besänftigen.*

»Erlaubt, daß ich mitkomme«, bat Joaquim. »Ich möchte gern sehen, in welches Schlamassel der gottesfürchtige kleine Bruder hineingeraten ist. Das wird mich zweifellos besser unterhalten als das grauenhafte Gejaule dieser blinden Kreatur.«

Sie ritten zu einer Stelle vor, die allmählich zu einer Art Stausee des Stroms aus Männern und Tieren wurde, und entdeckten Timóteo, der an der Seite desselben Elefanten mit dem *howdah* wartete, den sie in der Karawanserei gesehen hatten. Der Mirsa stand über Timóteo gebeugt neben ihm, seine Hand auf der Schulter des Knaben.

Padre Gonsção schritt zu Lockheart hinüber, als dieser abstieg. »Ich bin froh, daß Ihr da seid. Ich kann mich dem Mirsa nicht verständlich machen, und er sich mir ebensowenig. Und auch wenn Timóteo die Sprache leidlich beherrscht, so zöge ich in diesem Fall doch einen etwas erwachseneren Übersetzer vor.«

Thomas beobachtete Timóteo, dessen Laune sich gegenüber vorhin völlig gewandelt zu haben schien. Die Augen des Knaben waren weit aufgerissen, und er tänzelte fast vor Aufregung von einem Fuß auf den anderen.

Lockheart verbeugte sich und sprach eine Weile mit dem Mirsa, dann sagte er: »Nun ja, Padre, es ist lediglich eine Einladung. Der Mirsa bietet Timóteo an, mit ihm auf seinem Elefanten zu reiten.«

»Bitte, Padre!« flehte Timóteo. »Oh, bitte, darf ich?«

Die besorgte Miene des Padre blieb reglos. »Das sehe ich. Doch ich will nicht, daß der Junge unter die Kontrolle der Mogule gerät. So etwas darf ich nicht zulassen.«

»Padre«, sprach Lockheart ernst, »wir müssen in Frieden mit diesen Leuten reisen, und das heißt, wir müssen ihre Gastfreundschaft dankbar annehmen. Es ist eine große Ehre, die der Mirsa uns da erweist.«

»Gastfreundschaft! Ehre! Dieser Mann will Timóteo als Geisel mit sich nehmen!«

Lockheart nickte. »Das ist bei diesem Volk so Tradition. Der Mirsa hat nicht die Absicht, dem Jungen ein Leid zuzufügen. Es handelt sich um eine Methode, den Frieden zwischen den beiden Gruppen zu gewährleisten.«

»Bitte, Padre!« Timóteo rang flehentlich die Hände.

Thomas beugte sich auf seinem Pferd vor, bis er dem Ohr des Padre nahe war. »Entsinne ich mich recht, daß es einmal einen Jungen gab, der alles getan hätte, um auf einem Kamel zu reiten? Und wie traurig der Junge war, als es ihm verwehrt blieb? Ihr habt selbst gesagt, daß dies eine lange und beschwerliche Reise werden wird. Weshalb gestattet Ihr Timóteo nicht, soviel Freude wie möglich zu erleben, solange es noch geht, und stellt Euch bei dieser Gelegenheit gleich mit dem Mirsa gut?«

Der Padre starrte ihn an. »Wollt Ihr etwa auf dieser alten Geschichte herumreiten?«

»Wenn das Euer steinernes Herz erweicht, wieder und wieder, Padre.«

»Hmpf. Ganz wie ein Jesuit. Schön, Ihr sollt Euren Willen haben. Timóteo darf mit dem Mirsa auf dem Elefanten

reiten. Doch wenn dem Jungen irgendwas zustößt, werde ich Euch persönlich zur Rechenschaft ziehen.«
Lockheart lächelte und übersetzte dem Mirsa das Einverständnis des Padre. Der Mogulgeneral lächelte seinerseits und verbeugte sich vor Gonsção.
Timóteo sprang vor Freude in die Luft. »Habt Dank, Padre! Oh, habt vielen Dank. Gott sei's gepriesen! Ihr werdet doch auch einmal auf dem Elefanten reiten, nicht wahr?«
»Irgendwann vielleicht, Timóteo, doch nicht jetzt.«
Timóteo schaute Thomas kurz an und bedachte ihn mit einem zögerlichen Grinsen.
»Nun«, murmelte Lockheart Thomas zu, »ich habe beinahe den Eindruck, man hat mir verziehen.«
»Cuidado, Timóteo«, sagte der Padre leise.
»Sim, Padre, claro«, antwortete Timóteo.
Ein hinter dem Schädel des Elefanten sitzender Mann griff nach hinten und ließ eine Strickleiter aus dem Zeltaufbau hinab. Er hielt die Leiter ruhig, als Timóteo flink wie ein Affe hinaufkletterte. Thomas stellte fest, daß er einen gewissen Neid empfand. *Wenigstens einer von uns sollte etwas Freude an dieser Reise haben.*
Der Mirsa sprach wieder eine Minute mit Lockheart.
»Seine Hoheit«, übersetzte Lockheart, »bietet uns nun einen aus seiner Gruppe an, der mit uns reiten und unser Wissen und unsere Kameradschaft teilen soll.«
»Wahrhaftig?« grollte der Padre. Und welchen Ketzer erwählt der Mogulprinz zu unserem Gefährten aus?«
»Ich werde ihn fragen«, sagte Lockheart. Er sprach mit dem Mirsa.
Der Mirsa nickte, verstohlene Heiterkeit im Blick. Er rief

über die Mogulmenge hinweg, die sich inzwischen versammelt hatte: »Masum!«
Der leicht ungepflegte Sufi in weißer Tunika und mit Turban tauchte aus der Menge auf und kam auf sie zu.
»Madre Maria, nein«, keuchte der Padre.
Thomas konnte sich ein Grinsen nicht verkneifen. »Mir scheint, ich bekomme wieder Gelegenheit, etwas über die hiesige Kräuterkunde zu lernen.«
»Der Mirsa erweist uns neuerlich Ehre«, sagte Lockheart. »Er bietet uns seinen Sufiratgeber als Mitreisenden an. Sufis werden von muslimischen Edelleuten als kundige Philosophen und moralische Führer hoch geschätzt.«
»Seine Hoheit erweist uns zuviel der Ehre«, knurrte der Padre.
Der Sufi wandte sich Thomas zu und sprach ihn mit einer Verbeugung an.
Thomas verbeugte sich seinerseits im Sattel. »Was sagt er, Andrew?«
»Er hat eine seltsame Art, sich auszudrücken, doch ich glaube, er sagt, es sei ihm eine Freude, das Gottesgeschenk zu begleiten. Ich habe keine Ahnung, was er damit meint.«
»Entweder, daß ich ein Geschenk des Himmels oder eine zum Opfer bestimmte Ziege bin, scheint mir.«
Lockheart warf ihm einen scharfen Blick zu.
»Es war nur ein Scherz, Andrew. Ich wollte Euch nicht in Eurem Glauben verletzen.«
»Gewiß. Doch man sollte sich vorsehen, womit man seinen Scherz treibt, Tom.«
»Dann übersetzt es eben nicht.« *Wie seltsam er sich einer Redewendung wegen verhält.*

Eine weiße Taube flog über ihre Köpfe hinweg, und die Flügel gleißten im Schein der Morgensonne. Einer der Mogule stieß einen Ruf aus und deutete auf sie, als sie nach Südosten flog.

»Die Mohammedaner behaupten, die Taube sei ein gutes Omen«, erklärte Lockheart, als er wieder auf sein Pferd stieg. »Sie sei eine Gunstbezeigung Allahs, besonders, da sie in die Richtung fliegt, in die wir reisen.«

»Sie ist auch ein Symbol für den Heiligen Geist«, sagte der Padre. »Und des Friedens.«

»Seht Ihr«, bemerkte Thomas lächelnd. »Sogar der Himmel billigt unsere Übereinkunft heute morgen. Das muß Euch doch eine Beruhigung sein, Padre.« *Wer bin ich, ihnen zu verraten, daß das Gandharvas Botenvogel ist? Flieg, du hinreißendes Geschöpf, flieg heim zur verborgenen Zitadelle der Mahadevi. Meine Hoffnungen ruhen auf deinen Schwingen. Betöre deine Göttin mit Worten, diese Königin über Leben und Tod, deren Name Kraft ist. Sag Ihr, Ihre Tochter braucht Sie, bring uns das Pulver des Lebens, und beende dadurch meine unglückselige Reise.*

Kara Dalkey

Die Geheimnisse von Goa

Roman

Im Jahre 1597 macht sich der britische Apotheker Thomas Chinnery auf eine gefährliche Seereise nach Indien, um seltene Gewürze, Kräuter und Heilpflanzen zu kaufen. An Bord des Schiffes kämpft er um das Leben eines Portugiesen und einer wunderschönen Inderin, die der Ketzerei beschuldigt werden. Als er im Gepäck der beiden Gefangenen auf ein kleines Fläschchen mit einer seltenen Substanz stößt, ahnt er noch nicht, dass ihn seine Suche nach jenem Elixier, das Unsterblichkeit verleihen soll, direkt in die Mühlen der Inquisition führen wird …

»Es ist unmöglich, diesen Roman zur Seite zu legen.«
Wall Street Journal

Knaur